KB100951

오모리 후지노 지음 | 야스다 스즈히토 일러스트 | 김민재 옮김

S NOVEL

릴리루카 아데 LILIRUCA ARDE

'서포터'로 벨의 파티에 들어온 파룸(소인족) 소녀. 보기보다 힘이 장사. 【헤스티아 파밀리아】 소속.

벨프 크로조 WELF CROZZO

벨의 파티에 들어온 스미스 청년. 벨의 장비 《깡총이 Mk-II》의 제작자. 【헤스티아 파밀리아】 소속.

야마토 미코토 YAMATO MIKOTO

극동 출신 휴먼. 한번 미끼로 삼았던 벨에게 용서를 받은 데에 은혜를 느끼고 있다. 【헤스티아 파밀리아】 소속.

산죠노 하루히메 SANJONO HARUHIME

벨과 환락가에서 마주친 극동 출신 르나르(여우 수인). 【헤스티아 파밀리아】 소속.

에이나 튤 EINA TULLE

던전을 운영하고 관리하는 「길드」 소속 접수원. 벨과 함께 모험자 장비를 구입하는 등 공사 양면에서 도와준다.

헤르메스 HERMES

【헤르메스 파밀리아】의 주신. 파벌들 속에서도 중립을 자처하는 여리여리한 남신. 행동력이 뛰어나고 빈틈이 없다. 누군가에게서 벨을 감시하도록 의뢰를 받고 있는지도……?

아냐 프로멜 ANYA FROMEL

【풍요의 여주인】 점원. 조금 바보스러운 캣 피플. 시르와 류의 동료.

클로에 로로 CHLOE LOLO

【풍요의 여주인】 점원. 신들의 언동을 따라하는 캣 피플. 벨의 엉덩이를 노린다.

루노아 파우스트 LUNOR FAUST

【풍요의 여주인】 점원. 상식적인 것 같으면서도 무서운 일면을 가진 휴먼.

미아 그랜드 MIA GRAND

주점 『풍요의 여주인』의 점주. 드워프임에도 매우 키가 크다. 모험자가 울며 도망칠 정도로 힘이 장사.

아렌 프로멜 ALLEN FROMEL

【프레이야 파밀리아】 소속 캣 피플. Lv.6 제1급 모험자이자 『도시최속』이라는 별명을 가졌다.

알프릭 걸리버 ALFRIGG GULLIVER

파룸으로서 Lv.5에 이른 모험자. 네쌍둥이의 장남으로 드바린, 베링, 그레르 세 동생이 있다.

회그니 라그날 HOGNI RAGNAR

헤딘의 숙적이기도 한 다크엘프. 별명은 【다인 슬레이브】. 사실은 말을 하는 것이 서툴다……?

헤딘 셀랜드 HEDIN SELLAND

프레이야도 신뢰하는 영명한 마법검사. 별명은 【힐드 슬레이브】.

회른 HELUN

프레이야에게 충성을 맹세한 여신의 시종. '여신의 이름 없는 심부름꾼(네임리스)'이라는 별명으로 알려졌다.

헤이즈 벨벳 HEITH VELVET

【프레이야 파밀리아】에 속한 유능한 치유사. 오탈을 자주 비난한다고 한다.

헤스티아
HESTIA

인간과 아인을 넘어선 초월존재인, 천계에서 내려온 신. 벨이 속한 【헤스티아 파밀리아】의 주신. 벨이 너무 좋아!

벨 크라넬
BELL CRANEL

본 작품의 주인공. 할아버지의 가르침 때문에 던전에서 멋진 히로인과 만날 날을 꿈꾸는 신출내기 모험자. 【헤스티아 파밀리아】 소속.

류 리온
RYU LION

원래는 뛰어난 모험자였다. 현재는 주점 【풍요의 여주인】에서 점원으로 일한다.

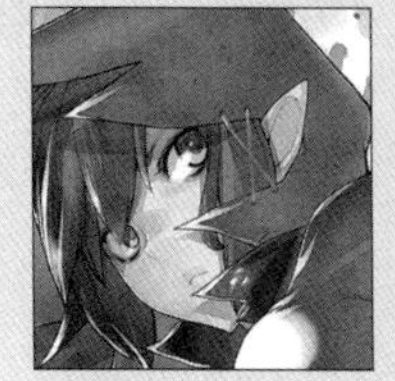

아이즈 발렌슈타인
AIS WALLENSTEIN

아름다움과 강함을 겸비한 오라리오 최강의 여성모험자. 별명은 【검희】. 벨에게는 동경의 존재. 현재 Lv.6. 【로키 파밀리아】 소속.

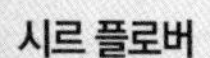

시르 플로버
SYR FLOVER

주점 【풍요의 여주인】의 점원. 우연한 만남으로 벨과 친해졌다.

프레이야
FREYA

【프레이야 파밀리아】의 주신. 신들 중에서도 가장 아름답다고 일컬어지는 '미의 여신'.

오탈
OTTARL

파밀리아 단장을 맡은 오라리오 최강의 모험자. 보어즈.

아스피 알 안드로메다
ASUFI ALANDROMEDA

다양한 매직 아이템을 개발하는 아이템 메이커. 【헤르메스 파밀리아】 소속.

CHARACTER & STORY

미궁도시 오라리오―― 통칭 『던전』이라 불리는 장대한 지하미궁을 보유한 거대도시. 모험자가 되려는 소년 벨 크라넬은 이 도시에서 여신 헤스티아와 만나 【헤스티아 파밀리아】에 입단한다. 동경하는 【검희】 아이즈 발렌슈타인에게 인정받고자 던전 탐색에 매진하는 가운데 서포터 릴리, 스미스 벨프, 극동 출신 미코토, 르나르 하루히메도 같은 【파밀리아】의 일원이 되었다.

주점 아가씨 시르에게 『여신제』 데이트 신청을 받은 벨은 에스코트 훈련이라는 명목으로 헤딘에게 호된 훈련을 받았다.

그리고 여신제 당일, 주입받은 기술로 시르를 농락하는 벨과 이를 지켜보는 동료들. 그들의 마음이 향하는 곳은――.

커버 그림, 본문 일러스트 | **야스다 스즈히토**

프롤로그_ SUPER ORARIO RPG

『롤플레잉』이란 말을 들어봤을까?

역할을 연기한다. 혹은 역할에 몰입한다.

상상하고, 몽상해, 자신이 아닌 누군가가 되어 유사체험을 한다.

단, 우리 신들의 경우에는 『유사』라 부를 만큼 얄팍한 것이 아니지만.

처음에는 그저 단순한 『게임』이었다.

다른 신들이 그러했듯, 지루함에 죽어가던 나는 천계에서 하계로 내려왔다.

【파밀리아】를 만들고.

세계를 여행하고.

오라리오에 묶이게 되고.

던전을 공략하고.

그렇게 하계의 오락을 한바탕 즐긴 후, 역시나 싫증이 났다.

우리를 흥분시키는 『미지』는 끊임없이 찾아오는 것이 아니다. 오히려 『기지』로 바뀌면 바뀔수록 자극은 줄어들어, 맛도 냄새도 없는 하루하루가 늘어만 갔다. 권속의 성장은 기쁘고, 그 아이들을 사랑스럽게 여기면 마음이 충족된다. 이것은 거짓이 아니다. 하지만 나는 언제부터인가 천계와 마찬가지로 한가한 시간을 주체하지 못하게 되었다.

그래서 나는 제우스 같은 신들이 하던 『게임』에 문득 흥미를 느꼈다.

그것이 『롤플레잉』.

일부 신들은 『신위』를 없앨 수 있다. 신이라는 증거를 숨긴 그들은 하계 주민을 가장하고 시정에 녹아들어 아이들의 일원으로서 생활을 영위한다. 말 그대로 자신에게 롤(역할)을 부여해, 신이라는 사실조차 잊고 하계를 즐기고자 하는 것이다.

아이들의 생활이라는 이름의 테이블을 내려다보며, 성격도 목소리도 바꾸고, 타인이라는 이름의 게임말이 된다.

별짓을 다 한다고 웃어넘길 수도 있었겠지만, 결국 나는 극도의 지루함을 견디다 못해 그 『게임』을 즐기기로 했다.

시간을 때우기 위해, 흥미 본위로 내가 선택했던 롤은 『마을 아가씨』.

회른에게 받은 『진명』과 『데이터』가 있었으므로 딱 좋다고 생각했다.

그 아이가 발현한 마법 【바나 세이즈】.

여기에는 재미난 『부작용』이 있었다.

이코르(신혈)를 매개로 삼아 나와 맺어지고, 신위와 이어져, 내가 천계에서 썼던 『아이』의 얼굴까지도 만들어냈던 것이다.

천계에서는 제우스도 변신의 명수였다. 황소며 백조, 심지어 비로도 변할 수 있었다. 그 아니꼬운 대신 오딘도 그랬다. 많은 신들이 다양한 얼굴을 가지고 있다.

나의 『아이』도 그와 마찬가지였다. 천계에서는 몰려드는 다른 신들의 눈을 속이기 위해, 미의 신 프레이야가 아닌 모습으로 신전을 자주 빠져나가곤 했던 것이다.

『아르카넘』의 규칙에 저촉되지 않고 『마을 아가씨』가 될 수 있었던 나는 웃음을 지었다. 맺어진 맹세는 회른에게 『여신』을 주고, 나에게도 대가를 주었던 것이다.

하지만 하계의 『미지』란 얼마나 무서운지.

『여신이 되고 싶다』는 회른의 갈망은, 그 한 가지로만 따지자면 오탈의 의지마저도 웃돌았다.

그 힘은 신의 소환── 아니, 『강신(세이즈)』을 이루어냈다는 뜻이다. 어쩌면 『여신』 프레이야에 대한 갈망 이외에, 『행복한 마을 아가씨』이고 싶었던 바람 또한 다분히 섞여 있었을지도.

무엇보다도 『진명』의 교환은 중요한 의미를 가진다.

이름은 몸을 나타낸다.

그렇다면 내가 『시르』를 얻은 시점에서, 마을 아가씨의 얼굴을 되찾은 것은 필연이었는지도 모른다.

어쨌거나 나는 『롤플레잉』을 수행하는 데에 유리한 『모습』, 혹은 『가면』을 이미 확보하고 있었다.

그리고 나의 『시르』가 시작되었다.

나는 전부터 권속 미아가 요구하던 【파밀리아】 반탈퇴를 인정하는 대신, 그 아이의 주점에서 일하기로 했다. 미아는 매우 언짢은 표정을 지었지만.

신위를 지우고, 내가 『시르』로 있는 동안 여신의 잡무는 모두 회른에게 떠넘겼다.

회른은 비법을 통해 프레이야로도, 시르로도 될 수 있다. 후자의 모습을 허용한 것은 손으로 꼽을 정도밖에 없었지만.

그 아이는 감격해서 여신의 대리 노릇을 완수했다―― 귀찮은 일인데도 영광이라는 것처럼 정력적으로 척척 해내는 그 아이의 마음은, 응, 이해 못 할 것도 없지만, "그건 내 캐릭터가 아닌걸?"이라고 말해주고 싶었다.

모습이나 신위는 둘째 치더라도 언동은 아무리 따라 해봤자 로키에게는 금방 탄로 날 테니 『신의 연회』나 『신회』에는 내가 나가기로 했다. 그래봤자 거의 얼굴만 비치는 수준이었지만.

아렌 같은 아이들이 호위로 따라붙는 것은 타협점이었다. 사실은 혼자 있고 싶었다. 하지만 그 아이들의 사랑을 이해하지 못하는 것도 아니니 받아들이기로 했다.

지루함을 때울 한순간의 장난.

단순한 여흥.

처음에는 그렇게 생각했지만, 나의 예측은 좋은 의미에

서 배신당했다.
주점을 찾아오는 수많은 아이들.
다양한 광채.
당사자의 입장에서 경험하는 온갖 소동.
지루함을 느낄 새도 없었다.
그리고 나는 자신이 『마을 아가씨』의 역할을 무리 없이 연기할 만큼 요령이 없다는 사실도 깨달았다.
청소라든가, 요리라든가.
온갖 실패에 아연실색하는 나를 보는 미아의 어이없는 표정이란.
스스로가 분하고 한심해, 침대 위에서 몇 번이나 몸부림을 쳤더랬지.
하지만, 응, 즐거웠어.
아이들을 같은 눈높이에서 만나는 것도, 힘을 합쳐 일하는 것도, 우정과 신뢰를 얻는 것도.
아이들은 이해할 수 없을 정도로 불완전하고 불안정하고, 시시한 일로 고민하고 망설이고 슬퍼하고, 그래도 강한 의지를 가지고 일어난다. 그것은 불변의 신에게는 없는 뚜렷한 광채. 나는 그것을 존엄하게 여겼다.
나는 아름다운 것을 좋아한다.
자신 이외의 존재를 위해 아름다울 수 있는 존재를 좋아한다.
길을 잃은 새끼고양이, 외로움을 타는 검은 고양이, 보금자리를 찾아 헤매던 소녀, 잘못을 저지르면서도 성실하고자 하는 요정. 모두 내가 아끼는 아이들.

수많은 아이들이 있으면 수많은 발견이 있어 눈을 빛낼 수밖에 없었다.

모르는 아이와 접하는 것이 취미로 바뀌어, 마음이 시큰거리게 되었다.

나는 『마을 아가씨』라는 롤이── 시르가 되는 것이 즐거워졌다.

그리고 나는 발견했다.

아니, 만나버리고 말았다.

새하얗고 투명한 그 『소년』과.

나를 미치게 만들어버리는 『　』과.

그러므로, 나는.

예의도, 경의도.

긍지도, 체면도.

공허함마저도 모두 내팽개쳐버리기로 했다.

그래, 그래서 나는── 시르를 죽인 거야.

1장
그리고
시작되는
『침략』
© Suzuhito Yasuda

그 『마음』을 거부한 후.

그녀는 고개를 숙이고 달려나가 내 앞을 떠났다.

얼른 그 뒷모습을 따라가려다가, 그러지 못했다.

남의 호의를 거절해놓고는 기다리라고 붙들다니. 부조리하고 잔혹하고 모순된 행위다. 그럴 자격 따위 없다고 마음의 목소리가 요란하게 매도했다.

하늘이 오열하듯 으르렁거리고.

비가 쏟아지기 시작해.

물방울의 탄환에 온몸을 두들겨 맞으며.

나는 그 자리에서 한 걸음도 움직이지 못했다.

"……류 씨한테…… 아이즈 씨한테…… 가야 해……."

얼마나 그러고 있었는지 알 수 없었다.

헛소리처럼 중얼거린 나는 겨우 정원을 떠났다.

흠뻑 젖은 채, 그대로 비에 녹아 사라져버릴 것 같은 몸을 억지로 끌면서.

그리고 【프레이야 파밀리아】를 붙들어놓고 있던 류 씨 일행과 헤어졌던 장소, 도시 북동쪽, 제2구역에 도착했다.

"벨 크라넬, 무사하셨습니까! 【바나 프레이아】 일당을 붙잡아놓지 못해 걱정했습니다만……."

"다들, 다쳐서, 쫓아가질 못해서…… 미안."

폐가의 처마 밑에서, 내가 온 것을 본 아스피 씨, 아이즈 씨, 그리고 헤스티아 님과 헤르메스 님이 류 씨 일행을 치료해주고 있었다.

루노아 씨와 클로에 씨는 주점 제복을 피로 적신 채 정신을 잃었고, 아냐 씨는 평소의 밝은 모습이 거짓말이었던 것처럼 고개를 숙인 채 영혼이 빠져나간 빈 껍질처럼 주저앉아 있었다.

"벨…… 시르는?!"

부상을 입었으면서도 유일하게 제정신이 남아있었던 류 씨가 힐문했지만,

"……시르 씨는…… 괜찮아요. 【프레이야 파밀리아】도, 이제는, 괜찮아요."

그렇게 대답할 수밖에 없었다.

그 이외에는 대답할 방법이 없었다.

사실은 그 시르 씨는 가짜였고.

진짜 시르 씨는 내가 상처를 주고 말았어요.

그런 말을 어떻게 설명할 수 있을까.

이때 나는 모든 것을 설명할 방법을 도저히 찾을 수 없었다.

"……벨? 왜 그래?"

가만히 서 있기만 한 나에게 조용히 다가오는 아이즈 씨의 손.

빗방울에 젖어 차가워진 뺨을 따뜻하게 해주려는 듯한 그녀의 손가락에, 흠칫, 하고.

나는 과도하게 반응해 몸을 빼고 말았다.

"벨……?"

양심에 거리끼는 일이 있는 것도 아닌데 아이즈 씨의 얼굴을 볼 수 없었다.

아니, 그렇지 않다. 보지 않았으면 했던 것이다. 저 금색 눈동자가.

건드리기를 바라지 않았던 것이다. 동경하는 존재가——

당신을 애타게 생각한 나머지 소중한 사람을 상처 입힌 진짜 바보 멍청이 따위는.

눈을 크게 뜬 아이즈 씨는 그저 당황하고 있었다.

아무 관계도 없는 그녀가 그런 표정을 짓도록 만든 나는 더더욱 죽고 싶어졌다.

"벨……."

헤스티아 님은 그런 나를 보고 아무 말씀도 하지 않았다.

어쩌면 신의 눈은 어리석은 아이의 속마음 정도는 다 꿰뚫어 보고 모두 알아차리셨던 걸까.

"……어쨌든 다들 다쳤잖아. 게다가 비까지 이렇게 오니, 몸 상하기 전에 실내로 이동해서 애들을 쉬게 해주자."

헤르메스 님도 별말씀을 하지 않고 그렇게 제안해주셨다.

우리는 류 씨 일행을 데리고 비가 오는 거리를 떠났다.

——그것이 어제 있었던 일.

"……."

여신제 사흘째 아침.

오열하듯 쏟아지던 비는 그쳤다. 그 대신 회색 구름이 지금도 하늘을 덮고 있다.

그런 어두운 하늘을 『화덕관』의 복도에서 아무 생각 없이 바라보았다.

부상을 입은 류 씨 일행을 『풍요의 여주인』으로 옮긴 후, 우리는 일단 홈으로 돌아왔다.

주점 종업원 분들을 대신해 일하던 【파밀리아】 동료들도 함께.

우리가 짊어지고 온 아냐 씨 일행의 모습에, 주인 미아 씨는 무서울 정도로 심각한 표정을 지었다. 헤르메스 님께 자초지종을 ──【프레이야 파밀리아】의 습격에 대해── 듣고, 낯을 찡그리더니 무언가를 생각하는 듯했지만…….

'……안 되겠어, 아무 생각도 안 나.'

저택 안뜰에 인접한 복도에서 아무리 올려다봤자 하늘은 좁았다.

생각해야만 할 것들이 있을 텐데, 몸도 마음도 납처럼 무겁기만 했다.

선택하고, 거절하고, 그 사람을 상처 입힌 주제에 나 자신이 상처를 입다니. 그럴 자격은 없을 텐데도.

그저, 마지막으로 보았던 그 사람의 표정이 눈동자 안쪽에 새겨져 있었다──.

"벨."

"……류 씨?"

들려온 목소리에 뒤를 돌아보았다.

그곳에 서 있던 것은 주점 제복을 입은 류 씨였다.

"……다친 데는, 이제 괜찮아요?"

왜 여기 있을까.

왜 내 앞에 나타났을까.

내 입술은 그 질문을 무의식중에 피하고 있었다.

"네……. 저와 교전했던 【다인 슬레이브】는 제게 치명상을 입히지 않도록 손속을 봐주고 있었습니다. 커스 웨폰에 베인 폐해인지, 치유에는 시간이 걸렸지만……."

나와 마찬가지로, 류 씨는 다크엘프 회그니 씨와 교전했다고 한다.

아직 상처가 아물지 않았는지 옷 너머로 가슴을 누르는 그녀는 고통을 견디듯 고운 눈썹을 찡그렸다.

하지만 그것도 잠시.

고개를 들고, 요정의 눈으로 나를 꿰뚫어 보았다.

"벨. 어제 무슨 일이 있었습니까?"

"……."

"당신을 믿지 않는 것은 아닙니다. 하지만 시르가 무사한지 어떻게 알고 있었던 겁니까? 애초에 시르는 대체 어디로 갔지요? 무엇보다, 왜 【프레이야 파밀리아】가 그녀를……!"

류 씨가 거듭하는 물음은 지극히 당연한 것들이었다.

나는 류 씨 일행과 헤어진 후의 일을 제대로 설명도 하지 않았고, 자신의 마음을 정리하지도 못했다. 솔직히 말하자면 지금도 그렇다.

하지만…… 더 이상 입을 다물고만 있을 수는 없었다.

나는 어디서부터 이야기해야 좋을지 필사적으로 생각하며 더듬더듬 설명했다.

【프레이야 파밀리아】는 시르 씨를 노렸던 것이 아니라는 사실.

류 씨 일행이 보았던 『시르 씨와 똑같이 생긴 인물』은 시르 씨가 아니었다는 사실.

"가짜 시르……?!"

류 씨는 도중에 몇 번이나 놀라움을 드러냈지만, 말을 끊으려고는 하지 않고 끝까지 귀를 기울여주었다.

그리고 나는 그 사실을 밝혔다.

"시르 씨에게…… 고백받고…… 그걸, 거절했어요……."

"네――?!"

얼어붙은 것처럼, 류 씨의 시간이 한순간 정지했다.

숨을 쉬는 것도 잊어버리고 서 있기만 하던 그녀는, 다음 순간 내 어깨를 붙잡았다.

"어째서?!"

고막이 떨렸다.

찢어질 듯이 통렬한 감정의 메아리가 온몸을 후려쳤다.

그 목소리는 이제까지 들어본 적이 없을 정도로 크고 격렬했다.

놀란 나머지 머릿속이 새하얗게 물들어버린 나에게 류 씨는 격렬히 힐문했다.

"왜 거절한 겁니까! 시르의 마음을! 시르의 결의를!!"

"웃……!!"

"당신은! 당신이라면!! 그런 짓을 할 리가……!"

"………………."

"그래서는, 아무도………… 나도…………."

거칠었던 목소리는 서서히 기세를 잃고, 마지막에는 조그맣게 사라져버릴 정도로 덧없는 것이 되었다.

하늘색 눈동자가 마치 규탄하듯, 혹은 매달리듯 나만을 비추고 있다.

마음만 먹으면 입술이 닿을 만큼 가까운 거리여서, 누가 보면 연인처럼── 혹은 결별을 앞둔 반려처럼 서로를 마주 보고 있었다.

붙들린 두 어깨에 가녀린 손가락이 파고드는 것을 느끼며.

나는 어금니를 깨물고, 아래를 향하려는 얼굴을 필사적으로 든 채, 대답을 쥐어짜 냈다.

"동경하는 사람이, 있어서…… 계속, 그 사람을 보고 있었으니까……."

"!!"

"그 사람을 따라잡고 싶어서…… 따라잡으면, 마음을 전하고 싶어서……. 그래서, 시르 씨의 마음은………… 받아들일 수가 없었어요."

주체할 수 없을 정도로 괴로워하며, 말해야만 하는 마음을 전부 털어놓았다.

아연실색한 류 씨의 두 손이 힘을 잃고 내 어깨에서 떨어져 축 늘어졌다.

공허한 침묵이 춤을 추었다.

그녀는 몇 번이나 입을 열려 했다.

하지만 목소리를 이루지 못하는 말을 몇 번이고 무덤에 묻은 후, 결국 시선을 떨구었다.

"…………당연한 일이지. ……왜 생각하지 못했을까. 시르가 당신에게 마음을 기울이듯, 당신이 누군가를 사모할 수 있는 것도 당연한데…… 전혀 이상할 것이 없는데……."

조그만 입술에서 새어 나오는 말은 나를 책망해주지 않았다.

오히려 이해했다는 듯이, 아무런 잘못이 없다고 옹호해주었다.

그것이 지금은 너무나도 괴로웠다.

"……죄송합니다. 잠시 이성을 잃었습니다. 당신의 마음도…… 생각하지 않고……."

나는 침묵으로 대답할 수밖에 없었다.

류 씨는 눈을 감고, 괴로운 듯 미간을 찡그리더니, 마치 감정의 격류를 억누르려는 것처럼 두 손으로 가슴을 꽉 쥐었다.

바닥으로 떨어지는 두 사람의 시선. 침묵이 돌아온 복도에는 단둘뿐.

시곗바늘은 우리를 남겨놓고 멀어져간다.

그렇게 오랫동안 이어졌던 정체를 깨뜨린 것은 역시 류 씨였다.

"벨…… 나는 시르를 찾으러 가겠습니다."

"읏……."

"원래 같으면 시르는 이미 주점에 왔어야 할 시간인데도 오지 않았지요. 무슨 일이 있었는지도 모릅니다. 그러니…… 찾으러 가겠습니다."

시르 씨가 어디 사는지는 모른다고, 어딜 찾아야 할지도 모르겠다고, 그렇게 말하면서도 류 씨의 의지는 흔들리지 않았다.

얼굴만을 옆으로 돌린 채, 소중한 사람의 모습을 찾으려는 듯 구름에 덮인 회색 하늘을 올려다본다.

"당신은…… 어떻게 할 생각인지요."

시선을 이쪽으로 되돌린 류 씨는 몇 번이나 망설인 후 갈라진 목소리로 물었다.

분명 고민해야만 한다.

시르 씨를 생각해 신중하게 움직여야만 한다.

그렇지 않고선 또 그 사람을 상처 입히고 만다.

그래도 나는 바보처럼 얼굴을 찡그린 채 대답하고 있었다.

"저도…… 갈래요."

도시는 소란에 휩싸여 있었다.

아쉽게도 날씨는 흐리지만, 사람들은 여신제 마지막 날을 즐기고자 각 메인 스트리트를 중심으로 북적였다. 오늘도 풍요의 연회라는 이름 아래 밀과 야채, 과일 등 형형색색의 수확물이 사람들의 눈을 즐겁게 해준다.

"여신제 3일차나 돼서야 겨우 축제를 즐길 수 있게 됐네요~."

그런 광경을 곁눈질하며 투덜거리듯 중얼거린 것은 릴리였다.

곁에는 벨프, 미코토, 하루히메가 나란히 서서 저도 모르게 쓴웃음으로 대답했다.

바로 어젯밤까지, 【헤스티아 파밀리아】는 『풍요의 여주인』에서 알바라는 이름의 중노동에 시달렸다. 비번인 시르는 물론이고 아냐 일당까지 빠져나간 구멍을 메우기 위해 쉴 틈도 없이 이틀 연속으로 일해야만 했기 때문이다. 던전 공략보다도 가혹한 격무에서 해방되었으니, 릴리만이 아니라 다들 무거운 한숨을 쉬는 것도 어쩔 수 없는 노릇이다.

점장 미아도 여신제 마지막 날까지 일을 시킬 만큼 악마는 아니어서——는 아니고.

"아냐 님 일행은 돌아오셨사오나…… 모두들 부상을 입으셨으니까요."

"……네. 그래서야 일도 제대로 못 하겠죠."

하루히메의 말에 맞장구를 치며 릴리는 눈살을 찌푸렸다.

그들이 풀려난 표면적인 이유는 아냐 일당이 돌아왔기 때문이지만, 실제로는 영업을 할 상황이 아니었기 때문이다.

"아냐 님 일행을 습격한 것이 【프레이야 파밀리아】고, 벨 님도 말려들었다니……."

"시르 공도 주점에 돌아오지 않으셨다고 합니다. 조금 전에 홈을 방문한 류 공과 함께 벨 공이 찾으러 나가신 듯합니다만……."

릴리에게 고개를 끄덕여 대답하며 미코토가 말을 받았다.

어제 무슨 일이 있었는지 헤스티아와 벨에게 물어 대강의 경위는 알았지만, 두 사람 모두 태도가 분명치 않았다. 특히 벨은 말하는 것조차 괴로워 보였다. 아무 일도 없었다고는 생각하기 힘들었다.

류를 저택에 들여보내 벨과 만나도록 묵인해주기는 했지만, 릴리와 하루히메, 미코토는 복잡한 표정을 공유하고 말았다.

"야, 우리도 그 급사 아가씨 찾으러 가는 건 어때?"

입을 연 것은 그때까지 침묵하던 벨프였다.

동료들의 시선을 모으며 의견을 말했다.

"벨 말고 우리도 신세를 많이 졌잖냐. 그 여자한테도, 주점에도. ……게다가 마음에 걸리는 것도 있고."

벨프는 동료들과는 달리, 동생처럼 생각하는 소년이 왜

그렇게 풀이 죽었는지 감을 잡고 있었다. 벨에게 남자로서 매듭을 짓도록 조언을 해주었던 것은 바로 벨프 본인이었다. 당사자와 비슷할 만큼 켕기는 구석이 있었다.

하지만 그 이상으로, 【프레이야 파밀리아】가 개입했다는 점이 마음에 걸렸다.

시르의 정체가 대체 무엇인가 하는 마음이 의심과 우려 사이에서 흔들리고 있었다.

"……이제 와서 릴리네끼리만 여신제를 즐길 수도 없으니까요."

"네. 저도 같은 생각입니다. 여신제를 기대했던 하루히메 공에게는 죄송하지만……."

"아니옵니다, 괜찮습니다, 미코토 님. 축제의 북소리는 내년에도 다시 들을 수 있는걸요."

릴리와 미코토가 고개를 끄덕이자, 이제까지 환락가에서만 갇혀 살았던 하루히메도 웃음을 지으며 찬성했다.

"미안하다, 다들. ……좋아, 일단은 꾸준히 탐문이라도 해볼까."

회색 머리 소녀를 본 사람은 없는지, 벨프 일행은 북적이는 거리로 이동하기 시작했다.

"……기분 나쁜 구름이군."

헤스티아는 혼자 걷고 있었다.

오라리오의 가도를 따라.

권속들도 나가고, 빈 저택은 【타케미카즈치 파밀리아】에게 맡겨두었다. 미아흐나 헤파이스토스의 권속들과 교대로 한다 해도, 주점 알바 때부터 매일 이렇게 되니 송구스러울 지경이었다. 타케미카즈치 본신은 "먹고 돌아다니며 즐길 만한 돈도 없으니 번뇌를 끊기에는 딱 좋지"라며 웃음을 지었지만.

그런 두서없는 생각을 하면서도 헤스티아는 딱딱한 표정을 풀지 못하고 있었다.

'어제 헤르메스에게 들었던…… 그 시르라는 아이의 정체…….'

『시르』라 불리던 아가씨와 처음 만났던 헤스티아는 헤르메스에게 힐문했다.

『여신』을 방불케 하는 존재에 대해, 대체 저것은 무엇이냐고.

그의 추측은 『변신(變神) 마법』.

단 한 명의 여신으로만 변할 수 있는 『비법』.

규정된 단계를 오르지 않고서 신의 위계에까지 이르고 만, 이질적이면서도 무한한 『갈망』.

헤스티아의 가슴 속에는 여전히 믿어지지 않는다는 마음이 꽉 차 있었다.

『마법』이라는 제한이 있다고는 하지만, 그리고 『아르카넘』을 쓸 수 없다고는 하지만, 일시적으로라도 인간이 신으로 변할 수 있다니.

법칙에서도 섭리에서도 일탈해버린 이치 밖의 이치, 이상 사태 그 자체를 생각하면 몸이 떨려올 지경이었다.

"하지만…… 진짜 문제는 **그것이 아니지**."

헤스티아는 무서운 상상을 하고 있었다.

이제까지 벨과 접했던 『시르』가 신으로 변했던 『권속』일 경우에는 그나마 다행이다.

하지만 만약 『여신』 본신이 이제까지 계속 벨과 접촉했던 것이라면?

그러면서 소년의 무언가가 원숙해지기를 기다렸던 것이라면?

그 미신의 은색 눈동자가 이제까지 벨을 바라보고 있었다면?

——『문디가, 눈치 좀 채라. 저 여자가 머스마 감싸준 거 아이가.』

그것은 신회에서 로키가 했던 말.

그때 그녀는 프레이야에 대해 충고해주었다.

헤스티아도 이제까지 경계를 해왔고, 【이슈타르 파밀리아】의 사건을 거치면서 한층 위기감을 품었다. 하지만——

"다른 녀석도 아닌 프레이야가, 아직까지도 『추파』를 던지지 않았다. 그래서 나도 기분 탓이 아닐까 생각했고."

몬스터 필리아에서 직면했던 실버백 소동. 【랭크 업】의 계기가 되었던 미노타우로스의 시련. 짚이는 구석은 분명히 있었다.

『미의 신』은 한 번 노린 사냥감을 결코 놓치지 않는다.

그자들의 사랑 어린 속삭임에 주신의 곁을 떠나버린 권속은 셀 수 없을 정도라고 들었다.

그 이야기에 비하면, 이제까지 프레이야가 보인 태세는 너무나도 소극적이었다.

정말로 벨이 표적이 되었는지, 헤스티아가 확신에 이르지 못할 정도로.

"……하지만 『여신』으로서 움직일 필요가 없을 만큼, 그동안 계속 벨의 곁에 있었던 거라면."

헤르메스는 자신이나 다른 신들의 눈으로는 『시르』가 신인지 권속인지 판단할 수 없으며, 가능한 자가 있다면 그것은 오랫동안 알고 지낸 로키뿐일 거라고 말했다. 그 풍요의 주점은 그야말로 『마법』이 풀리고 뚜껑이 열리기 전까지는 관측할 수 없는 고양이의 상자다.

『시르』는 여신일까, 권속일까.

그것을 확인하기 위해 헤스티아는 시내로 나갔다.

자세히 이야기를 나누기 위해 헤르메스와 만날 예정이었다.

헤르메스 외에도 데메테르 등 시르와 면식이 있는 신들의 이야기를 들어볼 생각이었다. 물론 데메테르는 여신제가 있으니 나중 일이 되겠지만, 최악의 경우 로키에게 빚을 져서라도 진위를 물어야만 한다.
“아무튼 일단 헤르메스와 합류해서——.”
그때였다.

“헤스티아.”

바람처럼.
앞을 가로막듯.
아름다운 여신의 목소리가 정면에서 들려왔다.
“………………………………………………………….”
헤스티아의 발은 걸음을 멈추었다.
마치 보도블록에 못 박힌 것처럼, 부자연스러운 움직임으로 그 자리에 정지했다.
“………………프레이야.”
언젠가 몬스터 필리아 때 그랬듯, 『미의 신』은 남색 로브를 입고 있었다.
싱그러운 백옥 같은 피부를 감추고, 아름다운 은색 머리도 후드로 덮은 채, 입술에 미소를 머금고.
그리고 그 미소와 은색 두 눈은 같은 신이라 해도 정체 모를 무언가인 것처럼 보였다.
왜, 어째서, 여기에.
이 타이밍은, 우연? 정말로——?
뻣뻣하게 굳어버린 헤스티아의 머릿속에 폭죽과도 같은

생각이 터져 나왔다가 뱅글뱅글 맴을 돌았다.

뺨을 타고 흐르는 물방울의 존재를, 자신이 땀을 흘리고 있다는 사실을 자각하지도 못하던 헤스티아는 그제야 깨닫고 말았다.

부자연스러울 정도로, 주위에 인기척이 없었다.

도시 어디를 가더라도 북적거리는 여신제 날인데, 마치 사람을 치우는 결계와도 같이 공간이 뻥 뚫려 있었던 것이다.

만물을 『매료』시키는 미신의 눈이 요사스러운 은색 잔재를 번뜩였다.

"……나한테, 뭐 볼일이라도 있어……?"

혀가 말라붙은 것을 느끼며 물었다.

프레이야는 선선히 대답했다.

"네 아이를—— 벨을 나한테 주련?"

"뭐?"

경악은 한순간이었다.

의구심이 현실이 되었음을 두려워하기도 전에 헤스티아의 감정이 순식간에 점화한 것이다.

"무슨 소리야!! 그딴 짓을 어떻게 해!"

머리끝까지 피가 솟는 기분이었다. 낯빛 하나 바꾸지 않고 들이댄 요구에 헤스티아는 규탄이나 다를 바 없는 태세로 거부의 의사를 퍼부었다.

"얘, 헤스티아. 나는 널 좋아해."

그래도 프레이야는 잔잔한 미소를 머금은 채 조용히 말

했다.
“뭐……?”
“언젠가 『신의 연회』 때도 말했지. 너는 날 별로 안 좋아한다지만, 난 너를 한 여신으로서 존경하고 있어. 정말이야. 네가 관장하는 유구한 성화는 그 어떤 황금보다도 가치가 있지. 내가 두려워하는 것이라고 해도 좋아.”
뜬금없는 고백에 당황하는 헤스티아를 내버려 둔 채, 프레이야는 적나라한 마음을 입에 담고, 그리고,
“그러니까, 있지. **난폭한 짓은 하고 싶지 않아**.”
『본성』을 드러냈다.
“우읏——?!”
정(正)과 부(負)의 양면성을.
사랑을 관장하면서도, 누구보다 분방하고 잔혹한 『신성』을.
“나는 아폴론처럼 되고 싶진 않아.”
“널 지상에서 없애버리려고 했던 촌극의 광대처럼은.”
“나는 이슈타르처럼 되고 싶진 않아.”
“욕망에 충실한 나머지 품성을 잃어버린 짐승처럼은.”
“하지만 조용히 해결할 수 없다면, 수단을 가릴 마음도 없어.”
“왜냐면, 그 어떤 것보다도 그걸 갖고 싶으니까.”
마치 노래하듯 담담히 들려주는 은색 신의.
그런 여왕의 눈을 활처럼 구부려, 웃음과 함께 헤스티아를 바라보고, 거역을 용납하지 않는 절대적인 화살촉을 쏘

아냈다.

두근.

억누를 수 없는 소리를 내며 헤스티아의 가슴이 떨렸다.

아름답고도 냉혹한 웃음.

그것은 최후통첩.

하계의 누구보다도 아름답고, 어떤 것보다도 부유하며, 또한 무엇보다도 강한 【파밀리아】를 가진 여신이 내리는, 자비로운 양보이자 부조리한 왕명이었다.

정적에 잠긴 시내 한 모퉁이. 거리를 두고 시선을 얽은 여신들 사이에서 눈으로 볼 수 없는 프레이야의 신위가 소리도 없이 헤스티아를 침식하기 시작했다.

"그러니 헤스티아. 벨을 나에게 주련?"

그 최후통첩에 헤스티아의 대답은.

"거절한다."

처음부터 뻔했다.

"도저히 안 되겠어?"

"도저히 안 되겠다."

"정말로?"

"정말로!!"

눈꼬리를 틀어 올리며, 단 하나뿐인 답을 내던졌다.

"벨은 내 권속이다! 내 소중한 아이다! 너 따위에게 넘겨

줄 순 없어!!"

그것은 헤스티아의 유일한 역린이었다.

그녀가 가진 가장 격렬한 감정이자, 가장 강한 독점욕이자, 가장 깊은 자애였다.

소년에 대한 자신의 사랑은 하계 천계, 그리고 지계——던전에 이르기까지, 온갖 세계를 통틀어 누구에게도 지지 않노라고, 성화의 여신은 단언했다.

발산되는 헤스티아의 신위가 프레이야의 신위를 밀어냈다.

"——그래. 그럼 어쩔 수 없네."

프레이야의 얼굴에서 표정이 떨어져 나갔다.

결정적으로 대립한 서로의 신위에 짜증을 내는 것도, 근심하는 것도 아니고, 그저 아쉬워하듯 ——이렇게 되리라고 처음부터 이해하고 있었던 것처럼—— 한 손을 들었다.

때 한 점 묻지 않은 가느다란 손가락이 튕겨졌다.

정적의 거리에 울려 퍼지는 높은 소리.

그 직후 소환된 것은—— 벼락.

"?!"

머리 위에서 떨어진, 것이 아니라 지상에서 솟구친 번개의 섬광.

여신의 『신호』를 받아 『봉화』가 오라리오 상공을 휩쓸었다.

한 화이트 엘프가 내린 『호령』이 도시에 숨을 죽인 『최강의 전사들』에게 도달했다.

흠칫 하늘을 올려다본 헤스티아를 향해, 프레이야는 자비를 없애며 선고했다.

"힘으로 빼앗겠어."

그 습격은 너무나도 무자비했으며 빨랐다.

일격.

지붕에서 지상으로 내려온 직후, 상대가 감지하기도 전에 그 거대한 해머가 소녀의 몸에 폭약과도 같이 작렬했다.

"커어어억————?!"

임전 태세조차 용납하지 않고, 무방비한 상태로 믿을 수 없는 충격에 휩쓸린 미코토는 뼈가 부서져 입으로 피를 뿜어내며 상점 한 모퉁이에 처박혔다.

"…………어?"

그로부터 1초 동안.

그녀의 곁에 있던 하루히메도, 릴리도, 벨프도 제대로 반응을 할 수 없었다.

대로를 오가던 인파조차 멈춰 서서 얼어붙은 가운데, 【헤스티아 파밀리아】를 에워싸듯 나타난 네 개의 그림자가 각각의 무기를 울렸다.

장창, 해머, 도끼, 대검.

모래색 투구에 모래색 갑옷을 장비하고 똑같은 모습을 한 네 명의 파룸 전사가 냉혹하게 선고했다.

"여신의 명령이 하달됐다."

""""그러니 죽어라.""""

장남 알프릭의 목소리에 이어 세 동생의 똑같은 목소리가 이어진 순간.

민중의 비명이 터졌다.

"——미코토?!"

여성과 아이들이 외쳤다.

사람들이 이리저리 도망쳤다.

하루히메가 망연자실해 얼어붙었다.

상점 안쪽에 쓰러져 있는 소꿉친구에게 달려가려 했지만 그럴 수 없었다.

밀려드는 쇳덩어리.

미코토의 몸을 부순 거대한 해머가 자신마저 산산이 부수려 하는 광경에 하루히메의 호흡이 끊어졌다.

"어딜!!"

"……!! 아이샤 씨?!"

이를 저지한 것은 여걸의 대형 박도.

옆에서 해머를 후려쳐 하루히메를 위기에서 구해낸 것은 아이샤였다. 하지만 손이 저리는 위력에 혀를 차고 있다.

"아, 아이샤 님?! 게다가【헤르메스 파밀리아】까지……?! 대체 무슨 일이 일어난 거예요?!"

"그건 내가 할 소리야! 왜 【프레이야 파밀리아】가 너희를 공격해?!"

한 걸음도 움직일 수 없었던 릴리가 제정신을 차린 듯 고함을 질렀다.

그녀의 주위에는 걸리버 4형제와 아이샤 외에도 어디서 나타났는지 워타이거, 엘프, 시앙스로프 모험자들이 있었다.

"어쩐지 그놈의 주신님이 『감시해라』라고 이상한 명령을 내리더니만……!"

【헤르메스 파밀리아】는 【헤스티아 파밀리아】를 감시하고 있었다.

정확하게는 【프레이야 파밀리아】를 감시했던 것이다.

전부 헤르메스의 지시였다.

여신제 2일차에 일어났던 습격사건, 나아가 벨과 『시르』의 모습을 보고 무언가 불온함을 느낀 남신이 【프레이야 파밀리아】의 동향을 캐도록 지시했던 것이다.

그리고 제1급 모험자를 마크했던 결과가 이것이었다.

"야, 아이샤! 헤르메스 님은 무슨 일이 일어나도 개입하지 말라고 했는데……!"

"난 동생을 지키기 위해 너희 파벌에 들어간 거야! 이제까지 혹사당했으니까 이자라도 갚아, 팔거!"

"……에잇, 젠장!"

워타이거 모험자는 만류하면서도, 아이샤의 반론에 결

심을 한 것처럼 대검을 뽑았다.

정확하게는, 체념했다.

이쪽을 꿰뚫어 보는 파룸 네쌍둥이의 눈이 자신들을 『장애물』로 단정했기 때문이다.

""""전부 치워버린다.""""

순식간에, 전투라고도 부를 수 없는 『일소』가 시작되었다.

"으아——?!"

"크으윽!"

"으, 으아아아아아아아아아아아아아아아아아아아악?!"

장창이 무기란 무기를 모조리 튕겨내고, 도끼가 워타이거를 휩쓸고, 대검이 엘프와 시앙스로프를 한꺼번에 베고, 해머가 아이샤를 위협했다.

Lv.2**인 그들에게는 개입조차 용납되지 않는 격렬한 교전.**

'너무 빨라—— 아니—— **있을 수 없어**——.'

벨프와 하루히메가 제대로 반응도 못 한 채 눈을 크게 뜨고 있을 동안, 릴리는 전율에 지배당하고 있었다.

지휘자가 되기로 했던 그녀만은 그 광경의 『이상성』을 이해하고 말았다.

——차원이 다른 『연계』.

목소리는 고사하고 눈짓조차 나누지 않는 『의사소통』. 그렇다, **있을 수 없다**. 마치 분신과도 같이 한순간의 시간 낭비도 없이 서로의 행동을 보완하다니.

【브링가르】가 자랑하는 『무한의 연계』를 눈앞에서 본 릴

리가 얼어붙은 동안에도 【헤르메스 파밀리아】의 제2급 모험자들은 하나하나 땅바닥에 쓰러지고 있었다.

"이 괴물들!!"

간신히 버티던 아이샤가 하루히메를 등 뒤로 감싸며 욕설을 퍼붓는다.

반격 불가능, 전멸 불가피.

1분도 되지 않는 교전 시간 동안 아이샤는 자신들의 결말을 예감했다.

'하다못해 하루히메만이라도 피신시켜야——!!'

그렇게 생각한 직후.

"""이 르나르를 지켜?"""

무언가가 쓰러지는 소리가 들렸다.

바로 **뒤에서**.

아이샤는 숨을 멈추고, 돌아보았다.

"""안 지키고 있잖아, 얼간이."""

그곳에 있던 것은 도끼와 대검을 든 두 명의 파룸.

그리고 그들의 발밑에 쓰러진 르나르 소녀.

아름다운 금발의 일부와 함께, 등을 베인 채, 피 웅덩이를 만들고 있었다.

한순간이었다.

두 명의 전사가 한순간 시야에서 사라졌을 뿐. 그뿐이었다.

장창과 해머를 든 나머지 두 명의 파룸이 아이샤의 시선을 유도했다.

그 얼마 안 되는 틈을 누비고, 그들은 아이샤의 소중한 존재를 베어버렸다.

얼어붙은 아마조네스의 눈에, 가학적인 각도로 구부러진 파룸의 두 입술이 비쳤다.

입술을 피로 물들인 채, 공허한 눈으로, 하루히메가 이쪽으로 손을 뻗는다.

"아이, 샤, 씨……."

그 직후,

콰직.

내리찍은 조그만 발이 소녀의 뒷머리를 짓밟았다.

보도블록과 차가운 입맞춤을 한 하루히메는 그 후로 꼼짝도 하지 않았다.

"——————————————우우우우우아!!"

아이샤의 고삐가 끊어졌다.

시야를 시뻘겋게 물들이고, 눈꼬리를 틀어올린 채, 분노의 경계를 돌파했다.

입에서 인간의 언어를 잊은 야수의 노호가 솟아났다.

그리고 그런 분노와 함께, **베여 쓰러졌다**.

"————."

혼신의 힘이 실린 박도를 받아내는 대검, 그 즉시 번뜩이는 도끼.

르나르 소녀와 마찬가지로 피의 꽃을 피우며, 목소리도

내지 못한 채, 아이샤도 있을 수 없는『연계』의 희생양이 되었다.

"크윽……!! 도망쳐, 릴리돌이!"

부조리하기 그지없는 폭력과 흉행.

상황파악도 제대로 하지 못한 벨프는 동료를 잃은 분노의 충동을 불태웠다.

자신과 함께 남아버린 소녀를 피신시키기 위해 무모한 항전을 선택했다.

대도를 등에서 뽑으며 달려가려 했을 때,

"——읏?"

『바람』이 불었다.

그렇게밖에 형용할 수 없었다.

어디서라고 할 것도 없이 생겨난 풍압이 벨프의 옆얼굴을 쓰다듬고, 그의 시선을 옆으로 유도했다.

"너는……【이슈타르 파밀리아】때의?!"

"……."

말없이 서 있던 것은 은색 장창을 든 캣 피플.

【이슈타르 파밀리아】와의 항전 당시, 차원이 다른 실력을 과시하며 벨프에게 폭언을 남겼던 제1급 모험자. 스미스를 모욕한 악연의 원수라고 해도 과언이 아니었다.

여신의 전차,【바나 프레이아】아렌 프로멜.

"네가 날 잡겠다는 거냐……!"

창졸간에 대도를 들려 하는 벨프를 앞에 두고.

아렌은 모멸의 시선만을 보냈다.

"멍청하긴."

그리고 말했다.

"이미 끝났어."

진심으로 시시하다는 듯, 그렇게 선고했다.

"———."

말을 잃은 벨프는 깨달았다.

손에 들고 있어야 할 대도가 손에서 빠져나간 채, 이미 없다는 사실을.

그제야 생각이 났다는 양 열을 띠기 시작하는 옆구리가, 창날의 형상으로 도려져 나간 채, 피를 토하고 있다는 것을.

팔다리가 급격히 힘을 잃고, 자신이 이미 **끝난** 후라는 사실을 자각했다.

"……웃기고, 있어……!"

눈앞의 적에 대한 전율, 무능한 자신에 대한 분노.

그런 것들이 뒤섞인 목소리를 역류하는 혈액과 함께 흘리며, 벨프도 쓰러졌다.

"미코토 님…… 하루히메 님…… 아이샤 님………… 벨프, 님……."

홀로 남은 릴리는 창백하게 질린 채 떨었다.

순살, 즉멸, 포학.

지원할 틈도 없었다.

지휘의 목소리를 내는 것조차 용납되지 않았다.

눈 깜짝할 사이에 【헤르메스 파밀리아】가 토벌되고, 동료들도 당해, 『항쟁』의 기미를 느낀 민중이 앞을 다투어 도망쳐버린 대로 한복판에서 절망의 고독에 사로잡혔다.

"네가 마지막이다."

"——우읏?!"

바로 뒤에서 들려온 목소리에 릴리의 몸이 펄쩍 움직였다.

허리에 찬 무기를—— 벨프가 마련해주었던 나이프 『마검』을 뽑아 역수로 쥐고, 그야말로 벨처럼 내질렀다.

15년이라는 인생을 통틀어도 분명 가장 빠른 거동.

벨이 싸우는 모습을 누구보다도 가까운 곳에서 지켜본 그녀가, 그의 움직임을 흉내 내 반사적으로 휘두른 결사의 일격.

그런 일격을, 비웃듯이, 너무나도 쉽게.

파룸 전사는 한 손으로 받아냈다.

"좋은 반응이야. 대처도 좋고. 길드에서 공표된 Lv.2 【랭크 업】도 진짜였군."

잔인하고 가차 없는 동생들과는 다른 장남 알프릭은 공격당한 사실조차 없었다는 듯 릴리의 팔을 쥔 채 담담히 말했다.

'막혔어—— 아니야, 아직——!!'

이것은 『마검』. 힘없는 자의 비밀무기.

간격은 밀착 상태. 쏘면 자신도 말려들겠지만, 상관할까 보냐.

함께 날아가, 폭발의 여파를 이용해 이곳에서 이탈을──

"그놈의 아니꼬운 【브레이버】 같은 말이지만, 너 같은 동포가 생겨나 기쁘다. 진심이야. 거짓이 아니라."

하지만 릴리는 그럴 수 없었다.

왜냐하면 손과 『마검』의 칼끝이, 애먼 방향을 바라보고 있었으므로.

조용히 쥐고 있던 가느다란 팔이, 붕괴 직전의 빙하와도 같은 비명을 지르며, 애처로울 정도로 꺾여 있었던 것이다.

"으────아아아아아아아아아아아아아아아아아아아?!"

눈물을 머금은 밤색 눈동자에 핏발을 세우며, 파룸 소녀는 절규를 질렀다.

"하지만 어쩔 수 없을 정도로── 운이 없었지."

그것이 마지막으로 들은 말.

믿을 수 없는 괴력으로 땅에 내동댕이쳐져, 릴리의 의식은 너무나도 쉽게 어둠으로 가라앉았다.

"우웃──!"

그때 아이즈는 지붕 위를 질주하고 있었다.

【프레이야 파밀리아】가 【헤스티아 파밀리아】를 상대로 날뛰고 있다는 말을 인파 속에서 들은 순간, 그녀의 몸은 화살처럼 달려나가고 있었다.

"아이즈, 기다려?!"

"진정해!"

함께 시내로 나왔던 티오나와 티오네가 필사적으로 따라왔지만 멈출 수 없었다.

전날 【프레이야 파밀리아】의 소동에 말려들면서, 아이즈는 헤르메스와 마찬가지로 불길한 예감을 느끼고 있었다. 그것은 형용할 수 없는 감각이라, 분석도 표현도 서툰 아이즈는 말로 바꿀 수가 없었다.

하지만 제대로 설명을 할 수 없다면, '벨이 걱정되어서'라는 이유면 충분하다.

어젯밤, 비에 젖은 채 아이즈의 손을 거부했던 소년은 그야말로 들판을 헤매는 길 잃은 토끼를 방불케 했다. 내버려 두는 것은 도저히 불가능했다.

그러므로 아이즈는 아침부터 시내에 나와 벨을 찾고 있었다.

그리고 그곳에서 『최악의 소식』을 들었다.

소란이 일어나는 곳으로 서둘러 달려가는 데에 더 이상 이유는 필요가 없었다.

"멈춰라."

"읏?!"

그러나 그런 그녀의 질주를 한 자루의 흑검이 가로막았다.

"당신은…… 【다인 슬레이브】?!"

"칼날의 광채는 서로에게 이끌리는 숙명인가. 겨우 하루── 짧은 이별이었구나, 검의 여인이여."

검과 검이 드높은 포효를 뿌렸다.

창졸간에 발검해 머리 위에서 날아드는 강습을 막아낸 아이즈는 눈을 크게 떴다.

지붕 위에 착지한 것과 동시에 눈앞을 가로막은 것은 다크엘프── 회그니 라그날.

공교롭게도, 바로 어제 벨을 지키기 위해 교전했던 상대와 다시 대치한 것이다.

"가증스러운 금빛의 눈동자여, 우리를 방해하지 말지어다."

"큭…… 왜 벨이랑 사람들을 공격해?!"

"개입하지 말라고 했을 터. 두 번은 말하지 않는다. 어리석은 지혜의 결실은 자신을 멸할 뿐."

【검희】가 목소리를 높여도 다크엘프는 낯빛 하나 바꾸지 않았다.

이미 **마법을 발동해두었는지** 현재의 회그니에게는 조금의 빈틈도 없었다. 무턱대고 다가섰다가는 반대로 베여버릴지도 모른다는 위압감마저 있었다.

"【프레이야 파밀리아】! 그럼 아르고노트 군네가 습격당했다는 게 사실이야?!"

"잠깐만, 대체 뭐가 어떻게 된 건데……!"

아이즈가 미간을 찡그리고 있을 때, 티오나와 티오네가 그녀를 따라잡았다.

상황을 이해할 수는 없었지만 그녀들도 이미 자세를 잡고 있었다.

아이즈는 두 사람의 힘까지 빌려 강행돌파를 감행하려

했지만,

"관두시지. 너희도 파벌 사이의 『항쟁』을 바라지는 않을 텐데."

"……!【힐드 슬레이브】……!"

그녀들의 발밑에 도합 세 개의 번개 탄환이 작렬했다.

뒤를 돌아보니, 어느새 나타났는지 화이트 엘프 헤딘이 서 있었다.

모두가 Lv.6인 제1급 모험자이며, 3대 2. 하지만 호신용 검을 가져온 아이즈와는 달리 티오나와 티오네는 무기조차 없었으며, 양상은 협공이나 마찬가지다. 수적 우세는 상쇄되었다고 해도 과언이 아니다.

무엇보다 헤딘의 말은, 방해하면 로키와 프레이야 사이의 『항쟁』으로까지 발전하리라는 분위기를 풍기고 있었다.

그들은 그만한 각오로 이 자리에 서 있다는 뜻이다.

다섯 쌍의 눈이 빈틈없이 서로를 노려보며, 고착상태를 벗어나도록 용납하지 않았다.

"……『항쟁』 운운하기 전에 이 상황을 어떻게 설명하려고? 여신제 도중에 소동을 일으키면, 이번에는 길드의 페널티 정도로 때우진 못할 텐데?"

하필이면 엘레지아 직후의 여신제에서, 백주대낮에 당당히 다른 파벌을 습격했다.

각 파벌에게, 그리고 민중에게 빈축을 사지 않을 수 없다.

티오네가 냉정하게, 그러나 도발적으로 말하자.

"상관없다."

"뭐……?!"

회그니는 역시 낯빛 하나 바꾸지 않았다.

날카롭게 치켜세운 두 눈으로, 놀라는 아이즈 일행을 노려보며, 그렇게 말했다.

"죄도 벌도 감수하리라. 비방도 중상도 받아들이리라. 충성을 바친 주인께서 바라신다면 우리는 신의를 완수하는 종복이 될지니."

회그니는 절대적인 충성을 밝혔다.

그리고 헤딘은 아무 말도 없이, 표정을 지우듯 눈을 감았다.

마지막으로, 아연실색한 아이즈 일행을 향해 다크엘프 검사가 들이댔다.

"무엇보다도 여신께서 바라신다면—— 모든 『의미』 따위 소실된다."

『결론』부터 말하자면.

너무나도 무자비하면서도 『즉석』에서 이루어진 습격은, 아무도 막을 수가 없었다.

헤스티아의 권속들이 보인 그 어떤 저항도, 아이즈 일행의 그 어떤 지원도, 모두 무의미했다.

그렇다, 역설적으로 말해도 된다면.

『그』가 나타난 순간부터, **이미 결론은 난 상태였다.**

"어——?"

바위였다.

벨의 앞을 가로막은 것은, 바위와도 같은『무인』이었다.

고개를 바짝 들고 올려다봐야 할 정도의 키, 몬스터와 분간이 가지 않을 정도의 거구.

순수한 근육만으로 엮인 팔다리는 그 누구의 것보다도 굵고, 단단하고 강했으며.

몸에서 뿜어져 나오는 위압감은 무엇보다도 처절하고 비상식적이며 격렬했다.

그 흉악한『힘』그 자체는『절대강자』의 상징이었다.

아직도 더 높은 경지에 오르고자 하는, 그것은 곧 지칠 줄 모르는 의지의 증명이었다.

토끼는 영문도 모르고 몸을 떨었다.

그 짐승은 용마저도 없앨 강자임을, 누가 말해주지 않았어도 이해했기 때문이다.

녹슨 색깔의 머리카락과 눈을 가진『최강』은 그저 고요히, 벨만을 노려보았다.

"맹……자……?"

앞에 선 것만으로도 호흡을 빼앗겨버린 벨의 곁에서, 마찬가지로 당혹감을 감추지 못하는 류가 그 보어즈의 별명을 간신히 중얼거렸다.

도시의 수많은 대로 중 하나, 아직까지 파란을 모르는 인파 한복판.

느닷없이 벨과 류의 눈앞에 나타난 무인, 오탈은 입을 열었다.

"투항하라."

요구는 단 하나.

"여신의 신의가 너를 바라셨다. 너의 운명은 정해졌다."

반박을 용납하지 않는 말이지만, 그것은 그가 가져다준 유일한 자비였다.

지나치리만치 고요한 중압감은 논의의 여지를 앗아갔다.

녹슨 색깔의 눈빛이 불가피한 충돌을 말해주고 있었다.

"따르지 않겠다면── **진압하겠다**."

오싹!!

순식간에 온몸의 피부에 소름이 돋은 벨과 류의 앞에서, 도시 최강의 모험자는 한 발을 내디뎠다.

"──도망치십시오, 벨!!"

노성과도 같은 절규.

떠밀리는 소년의 어깨.

뽑혀 나오는 두 자루의 소태도.

모든 여유를 잃어버린 엘프가 펼친 임전 태세.

신속과도 같은 결단이었다.

그러나 그것도 이미 한발 늦었다.

류가 전의를 두른 순간, 교섭이 결렬되었다고 본 오탈이 움직였던 것이다.

"――――."

엘프의 시간이 멎어버렸다.

오탈의 모습이 보이지 않았다.

시야에서 사라져버렸다.

아니, 그렇지 않았다.

류가 **날아가버렸던 것이다**.

한 걸음.

그러나 누구보다도 크고 빠른, 단 한 걸음의 파고들기.

단지 그것만으로 피아의 거리가 사라지고, 류가 지각하지도 못한 곳에서, 그녀의 정면에 선 오탈이 오른팔을 휘둘렀던 것이다.

수평 일격.

단지 그뿐이었다.

거목처럼 굵은 팔을 회피하지 못했던 순간, 류는 전투의 권리를 잃었다.

"――――커어억?!"

주마등과도 같은 상황파악에 이어, 뒤늦게 밀려오는 끝없는 충격, 피와 함께 새어 나오는 절규.

류가 이제까지 경험했던 주먹 중에서도 틀림없이 『최강』이라 단언할 수 있을 만한 위력.

건물에 처박혀, 돌벽을 분쇄했다.

"류 씨?!"

굉음과 충격. 그리고 분진.

벨의 고함과 함께 민중의 비명이 교차하고 대로가 공황에 빠졌다.

사람들이 낯빛을 바꾸며 거미새끼를 흩어놓은 것처럼 도망치는 가운데, 벨은 류의 곁으로 가려 했다. 분진 너머에서 꼼짝도 하지 않는 엘프에게 달려가려 했다.

하지만 그것도 용납되지 않았다.

"――――."

맹렬한 오한, 본능이 울려대는 요란한 경종.

겨우 한순간 류에게 의식을 빼앗겼던 벨은 뇌리의 목소리에 따라 돌아보았다. 그리고 이내 얼어붙었다.

시야를 점령한 손바닥.

코앞까지 밀려온 그것은 마치 거인의 손과도 같았다.

손가락 틈으로 보이는, 냉철한 보어즈의 눈.

결코 눈을 떼어서는 안 될 존재로부터 의식을 돌렸던 대가는『종막』이었다.

"――――――우우욱?!"

무시무시한 힘에 안면을 붙들려 땅바닥에 처박혔다.

함몰되는 보도블록, 솟아오르는 파편, 퍼져가는 무시무시한 균열.

등을 기점으로 달려나가는 터무니없는 충격에 의식이

산산이 찢겨나갔다.

벨은 무참할 정도로 지면에 파묻혀버렸다.

"……우읏?!"

아스피는 말을 잃었다.

아이샤 일행과 마찬가지로 주신의 명령에 따라 【프레이야 파밀리아】를 감시하던 그녀는 눈앞의 광경에 개입할 틈도 없었다.

그만큼 찰나에 일어난 습격이었다.

"리온………… 벨 크라넬…………."

류가 순식간에 쓰러지고, 벨도 일격에 진압당했다.

Lv.4인 제2급 모험자가 한순간에.

『최강』의 의미를 알고 있었을 텐데도, 새삼 눈앞에서 과시된 맹위에 아스피는 조각상이 될 수밖에 없었다.

"……."

오탈은 말없이, 의식을 잃은 벨을 오른쪽 어깨에 걸머졌다.

류는 거들떠보지도 않는다.

대로 한복판에서 굳어버린 아스피도 무시한 채, 그 옆을 유유히 지나쳐갔다.

낯을 창백하게 물들인 아스피는 그 앞을 가로막을 수도, 그를 불러 세울 수도 없었다.

“뭐, 뭐냐?!”

두 곳.

광대한 도시 안, 축제의 것과는 명백히 분위기가 다른 『굉음』이 남쪽과 남서쪽에서 들려와, 헤스티아는 펄쩍 뛰듯 고개를 들었다.

어두컴컴한 하늘에 울려 퍼진 메아리는 분명한 공포와 조바심을 머금고 있었다.

“내 아이들이 네 아이를 습격했어.”

“뭐……?!”

웃기지 마!

그게 무슨 소리야!

헤스티아가 터뜨리려 했던 노성은 프레이야의 다음 말에 가로막혔다.

“그리고, **이미 끝났어**.”

그 냉담한 목소리가 떨어진 직후, 남쪽과 남서쪽의 술렁임이 파도가 물러가듯 급격히 조용해졌다. 그야말로 순식간의 종전을 고하듯.

헤스티아는 얼어붙었다.

얼어붙은 채, 부정하려 했다.

“거, 거짓말이야…… 그럴 수는……!”

“정말이야. 게다가, 봐── 왔어.”

프레이야는 그런 현실도피도 용납하지 않았다.

고속의 그림자 네 개가 헤스티아에게 날아왔다.

"~~~~~~~~~~~~~~~~~~~~~~~~~~~~~~?!"

바로 앞에서 착탄해.

무시무시한 파쇄음을 일으키는 낙하물에, 헤스티아는 팔로 얼굴을 가렸다.

후둑후둑 떨어지는 보도블록의 파편과 모래 먼지를 뒤집어쓴 후, 천천히 눈을 떴던 그녀는 흠칫 숨을 멈추었다.

그것은 대도였다.

그것은 카타나였다.

그것은 마검이었다.

그것은 부채였다.

틀림없는 권속들의 장비품이, 억울함을 머금고 주신의 곁에 돌아왔다.

"이건…… 아이들의……?!"

벨프의 대도와 미코토의 카타나, 릴리의 마검과 하루히메의 부채.

간격을 두고 꽂힌, 혹은 부서진 무기들은 그야말로 『묘비』 같았다.

주인의 말로를 설명하기에 충분한 광경을 보고 헤스티아는 말을 잃은 채 고개를 들었다. 시야 저편, 건물 지붕에 선 네쌍둥이 파룸과 은색 장창을 든 캣 피플—— 무기를 투척한 것으로 보이는 습격자들의 모습이 간신히 시야에 들어왔다.

아이들의 모습은, 어디에도 없었다.

"……그럴, 수가……."

거부하려 해도, 도피하려 해도, 눈앞에 들이댄 것이다.

엄연한 현실을.

【아폴론 파밀리아】와 겨루었던 『항쟁』 따위와는 비교도 되지 않는 **유린**을.

압도적인 힘의 차이.

파벌의 격.

부조리에 이은 부조리.

약자에게는 저항도 불가능한 강자의 절대 규칙에, 헤스티아는 속절없이 얼어붙어 있어야만 했다.

그리고,

"——벨?!"

마지막 한 사람.

어디에서라고 할 것도 없이 나타난 거구의 보어즈가, 어깨에 짊어진 그것을, 땅에 꽂힌 무기의 한가운데에 내팽개쳤다.

지면에 나뒹군 백발 소년의 의식은 끊어져 있었다.

꼼짝도 하지 않는다. 옷은 터져나갔는지 찢어진 소매만이 남았을 뿐 상반신에는 아무 것도 걸치지 않았다. 앞머리에 가려진 눈은 보이지 않고 눈가에 어두운 침묵만이 드리워져 있었다.

헤스티아가 달려가려 했다.
하지만 눈앞까지 간 순간, 보어즈의 대검에 가로막혔다.
"읏……?!"
"못써, 헤스티아. 넌 이제 마음대로 건드리면 안 돼."
무뚝뚝한 무인은 한손으로 든 대검을 경계선이라도 되는 것처럼 헤스티아의 눈앞에 들이댔다.
벨과 자신을 가로막은 쇳덩어리에 헤스티아가 한순간 움직임을 멈춘 가운데, 프레이야는 유유히 소년의 곁으로 다가갔다.
원래 헤스티아가 있어야 할 장소에 프레이야가 섰다.
"프레이야아아……!!"
"너도 그런 눈을 할 수 있구나, 헤스티아. 하지만 말했지? 힘으로 빼앗겠다고."
헤스티아는 파랗던 두 눈에 불꽃을 맺고 눈꼬리를 틀어올린 채 여신의 격정을 드러내고 있었다.
프레이야는 표정을 지운 채 개의치도 않았다.
"이제 『게임』은 끝났어. 『시르의 시간』은 끝."
"……그러면, 역시 주점 아가씨는 너 자신이었구나! 하, 웃기는걸! 요컨대 벨에게 차인 넌 홧김에 이런 짓을 저질렀던 거야! 사랑을 관장하는 『미의 신』이라는 자가!"
어젯밤 소년의 분위기를 통해, 헤스티아는 시르와의 사이에 있었던 일을 어느 정도 간파하고 있었다.
그렇기에 프레이야를 도발했다.

아니, 정확하게 말하자면 지금의 헤스티아가 할 수 있는 일은 조롱뿐이었다.

그것은 헤스티아답지 않은 타인에 대한 분노였으며, 갈 곳 없는 감정의 발로였으며, 어쩔 수 없을 정도의『분풀이』였다.

그만큼 승패는 이미 결정된 후였다.

"그래. 시르 가지곤 안 되겠던걸. 그러니 이제 수단은 아무래도 상관없어."

반면 프레이야는 표정을 지운 채.

조금도 흔들리지 않는 절세의 미모로, 담담한 목소리와 함께 손을 내밀었다.

그리고 그 손으로 헤스티아의 머리카락을 움켜쥐었다.

"우윽——?!"

"그러니까 **무슨 수를 써서라도 벨을 내 것으로 삼겠어**."

오탈이 대검과 함께 뒤로 물러난 것과 동시에, 한데 묶은 흑발 한 다발을 난폭하게 잡아당겨 헤스티아의 얼굴을 자신에게 들이댔다.

그것은 폭거였다.

외견으로 보더라도 어른과 아이 정도의 체격 차가 있는 헤스티아는 저항할 수 없었다.

머리를 붙든 손가락에서 배어 나오는 얼음 같은 감정을 느끼며, 아픔에 낯을 찡그렸다.

그런 헤스티아의 얼굴을 숨결이 닿을 정도의 거리에서

프레이야가 들여다본다.

"헤스티아, 벨과의 『계약』을 해제해."

"뭐……?!"

"『컨버전』 준비를 하라는 소리야."

한순간 무슨 말을 들었는지 이해하지 못하던 헤스티아는, 깨달았다.

프레이야의 옆, 지면에 쓰러진 벨의 등에는 【스테이터스】가 드러나 있었다.

『스테이터스 시프』를 썼는지, 헤스티아가 걸었던 록이 풀린 채였다.

"벨을 나의 【파밀리아】에 넣겠어."

그 요구에 헤스티아는 은색 두 눈을 노려보았다.

"내가 그런 짓을 할 거라고, 진심으로 생각해……?!"

"그럼 **네 권속을 죽이겠어**."

너무나도 가벼운 선언에 헤스티아의 온몸이 얼어붙었다.

"한 명도 남김없이 하늘로 돌려보낼 거야. 요구를 거절할 때마다, 지금 사로잡고 있는 네 아이들을."

"뭐……?!"

"『은혜』의 수가 줄어들기 시작하면, 너도 이해할 수 있겠지?"

크게 뜨인 헤스티아의 눈앞에서, 프레이야는 낯빛 하나 바꾸지 않았다.

그것은 결코 뒤집지 않겠다는 그녀의 맹세였다.

절대적인 『신의』였다.

"만약, 그래도 해제하지 않겠다면…… 아이들은 다시 태어날 테니 상관없다고 지껄이겠다면…… 그러면 나도 방법이 없겠지만, 그땐 너를 『송환』시키겠어. 네가 떼를 써봤자 결국 벨은 내 것이 될 거야."

그렇기에 이 『요구』는 최후의 자비이자, 양보이자, 자신의 『허술함』이라고.

인간성을 저버린 신의 얼굴로 말했다.

겨울철의 메마른 찬바람과도 같은 음성으로 단언했다.

"크윽……?!"

진심이다.

프레이야는 진심이다.

신의를 의심할 수도 없었다. 헤스티아가 거역하면 그녀는 사로잡은 아이들을 죽이도록 권속에게 즉각 지시할 것이다.

그녀는 정말로 더 이상 수단 따위 가릴 생각이 없는 것이다.

"결말은 똑같아. 그렇다면 현명한 쪽을 택해, 헤스티아."

쩌적, 하고.

주위를 에워싸듯 꽂혀 있던 무기의 묘비 속에서 대도에 금이 갔다.

헤스티아의 호흡이 빨라졌다.

눈앞에 육박한 갈림길에 숨소리가 거칠어지고, 감출 수

도 없는 비지땀이 피부를 따라 흘러내렸다.

선택할까보냐.

선택하고 싶지 않아.

아이들을 저울질하다니!

벨을, 누구에게도 주고 싶지 않아!

하지만, 그렇지만, 그래도, 선택하지 않는다면 【헤스티아 파밀리아】는——.

헤스티아는 목이 바짝 타고 몸에서 힘이 빠져나갈 것 같아 고개를 숙이려 했다.

하지만 프레이야는 그것조차 용납하지 않았다.

여전히 붙잡은 머리카락을 잡아당겨, 신음하는 헤스티아와 억지로 눈을 마주했다.

"자, 선택해. 벨인지, 【파밀리아】인지."

여왕의 선고.

이번에야말로 거부할 수 없는 양자택일.

굴욕과 분노, 공포와 슬픔으로 헤스티아의 두 눈이 떨렸다.

침묵을 반역으로 간주했는지, 혹은 『본보기』였는지. 프레이야는 냉담한 눈을 가늘게 뜨고 권속의 말살을 명하려 했다.

"——이런 광경을 볼 때마다 항상 생각하게 된다니까. 여신의 수라장보다 무서운 게 또 있을까 하고."

그때.

태평하고도 표표한, 그러나 긴장을 감추지 못하는 여리여리한 남신의 목소리가 들려왔다.

"……헤, 헤르메스……?"

"여어, 헤스티아. 미안해, 약속시간에 늦어서."

아연실색한 헤스티아에게, 헤르메스는 여느 때와 같은 분위기로 웃음을 건넸다.

약속시간에 늦기는커녕, 헤르메스는 이제까지 동분서주했을 것이다.

약속장소에 나타나지 않는 헤스티아를 찾으러.

불길한 예감에 등을 떠밀려, 얼마 안 되는 정보를 캐내며, 비명이 울려 퍼지는 도시 한복판을 지나 이곳까지 도달했던 것이다.

"심상찮은 분위기지만 일단은 손을 놓아주면 어떨까, 프레이야 님? 그렇게 난폭한 짓은 당신의 품성에 흠을 내버릴 텐데. 그럼 나 너무 슬플 거야."

"……."

헤르메스는 이내 프레이야를 보았다.

그와 동시에 주위로 빠르게 시선을 돌렸다.

묘비처럼 꽂힌 무기들, 쓰러진 벨, 태연히 서 있는 보어즈, 그리고 프레이야와 헤스티아. 상황을 파악하고, 누가 이 자리의 지배권을 쥐었는지 간파한 후, 『조정자』로서 행동하고자 했다.

"헤르메스. 날 방해한다면 너부터 없애겠어."

하지만 프레이야는 거부했다.

헤스티아의 머리카락을 놓기는 했지만 주위를 휘감은 신위는 줄어들 줄 몰랐다. 귀를 막아버린 여왕처럼.

미모를 감춘 후드 안에서는 은색 두 눈이 이제까지 한 번도 보인 적이 없었던 싸늘한 빛을 머금고 있었다.

헤르메스는 웃음을 유지하면서도 목 뒤에서 식은땀을 흘렸다.

비틀비틀 한 걸음 물러난 헤스티아와 프레이야의 사이로 다가가 섰다.

딱 삼각형을 그린 신들을 오탈만이 묵묵히 지켜보았다.

"개입도 중개도 필요 없어. 이 자리를 휘저어서 유야무야하려 들면 너부터 먼저 천계로 돌려보낼 거야."

"……상황을 보건대, 드디어 벨을 데려가려고 움직인 걸까?"

"맞아. 그러니까 내가 더는 멈추지 않는다는 걸 잘 알겠지?"

이 건을 신회에 맡기는 것도, 벨 일행을 길드로 피신시키는 것도 허락하지 않을 것이다.

프레이야의 눈은 그렇게 말하고 있었다. 원래 같으면 용납되지 않을 폭거도, 여왕이라면 밀어붙일 수 있다. 그것은 그녀와 그녀의 권속이 『도시 최강』이기 때문이다.

적어도 지금, 그녀를 말릴 수 있는 자는 이 자리에 없다.

헤르메스도 그 사실을 이해하고 선선히 어깨를 으쓱했다.

"알았어. 하기야 당신을 막을 수는 없지. 벨 군을 데려가도록 해."

"윽……! 헤르메스!!"

그 항복선언에 당연히 헤스티아가 목소리를 높였으나, 헤르메스의 말은 그 뒤로도 이어졌다.

"하지만 벨을 【파밀리아】에 넣는 건……『컨버전』은 조금 미뤄주지 않겠어?"

"뭐라고?"

"어허, 그렇게 무서운 표정 하지 말라고, 프레이야 님. 난 딱히 당신이 아까 말했던 것처럼 이 자리를 휘저으려는 건 아니니까."

너스레를 떨며 두 손을 든 헤르메스는 이제 웃음까지 머금고 있었다.

하지만 그의 등황색 눈만은 웃음을 짓지 않았다.

"하지만 벨 군이 헤스티아네 【파밀리아】에 들어온 건 이제 겨우 **반년.**"

"!"

"권속이 다른 【파밀리아】로『컨버전』하려면 1년 이상의 재적 기간이 필수야. 우리 신들이 결정한 하계의 규칙이잖아?"

"……."

"소속 파벌이 소멸했을 때는 어쩔 수 없지만, 당신도 가능하다면 헤스티아를 없애고 싶진 않겠지? 조용히 넘어갈 수 있다면 그보다 나을 게 없을 텐데."

그때 프레이야는 처음으로 입을 다물었다.

헤르메스는 논리적으로, 정연하게, 도리를 피력하고, 감정에도 호소하며 담담히 말했다.

어디까지나 규칙과 불문율에 따르는 형태로, 조정자가 『개입』할 정당성을 설파했다.

헤르메스의 페이스였다.

신들 중에서도 가장 뛰어난 언변이 혀를 움직여, 한 치의 거짓도 없이, 사실과 진실을 번갈아 구사하는 화술의 극치를 보였다.

"벨 군의 신병은 맡고 있어도 상관없어. 뭣하면 『가입단』 취급으로 해도 괜찮겠지. 특례 중의 특례이기는 하지만 내가 길드를 설득해볼게."

"뭐……?! 기다려, 헤르메스! 그런 건──!"

"헤스티아~ 이제 그만 패배를 인정하라니깐? 우리 사이니까 내가 그나마 『타협점』을 마련해주려는 거야~."

헤르메스는 대들려 하는 헤스티아의 코끝에 손가락 하나를 들이대 움직임을 막았다.

그리고 그 손가락을 본 헤스티아는 깨달았다.

경박한 웃음을 머금었지만, 그래도 진지한 눈빛으로 자신을 바라보는 헤르메스가 『자신의 편』을 들어주려 한다는 것을.

계략의 신 헤르메스는 원래 진심으로 신용해도 될 상대가 아니다.

하지만 자신의 힘으로 어떻게도 할 수 없는 지금 현재, 헤스티아는 그를 신뢰할 수밖에 없었다.

"큭……!!"

논리와 감정은 별개다. 그러나 다른 권속들을 위해서라도, 헤스티아는 고개를 숙인 채, 있는 힘껏 이를 악물고 두 주먹을 떨었다.

그 침묵은 헤르메스가 마련한 『타협점』에 대한 긍정이었다.

"……좋아. 실제로 나도 쓸데없는 희생을 치르길 바라는 건 아니니까. 네 말발에 놀아나 주겠어, 헤르메스."

"오오. 고마워, 프레이야 님. 자비로운 사랑의 여신이여."

프레이야는 잠시 생각한 후, 이 상황과 자신의 감정에 눈썹 하나 까딱하지 않고 결론을 내렸다.

감사를 바치는 헤르메스의 아첨을 무시한 채.

"오탈."

짧게 이름을 불렀다.

묵묵히 서 있던 보어즈 종자에게 벨을 짊어지게 하고는, 헤스티아와 헤르메스에게 등을 돌렸다.

"벨……!"

"지금은 참아, 헤스티아."

멀어져가는 여신의 무리와 끌려가는 소년의 모습에 헤스티아는 몸을 내밀려 했지만, 헤르메스가 어깨를 붙들었다.

"여기서 프레이야 님에게 대들어봤자 당하기만 할 뿐이야.

하지만 반년이나 여유가 있으면 『책략』을 강구할 수 있어.”

“책략……?”

“그래. 길드, 다른 파벌, 여론, 뭐든 좋아. 아무튼 우리 편을 늘려서 프레이야 님으로부터 벨 군을 떼어놓는 거야. 저 사람은 분명 무적의 여왕이지만, 그렇기에 적도 많아.”

포학한 유린을 저지른 프레이야에게 민중을 수긍시킬 대의명분 따위는 없다.

타인의 비난도 손가락질도 아랑곳하지 않고 힘으로 빼앗은 것이다. 적어도 동정을 사야 할 쪽은 헤스티아다. 만약 이블스처럼 변명의 여지조차 없는 악당의 무리였다면 정당화라도 가능했겠지만 ——실제로 프레이야는 마음에 든 아이를 위해 블랙 파벌을 궤멸시켜 빼앗아오기도 했으므로—— 【헤스티아 파밀리아】는 화이트 중에서도 화이트 파벌이다.

무엇보다 벨 크라넬은 끊임없이 오라리오를 뒤흔들었던 인기인.

본인이 바라지 않는 『컨버전』이라면, 민중은 물론이고 같은 모험자나 신들도 틀림없이 난색을 보일 것이다.

여기에 헤르메스가 『불』을 던지면 어떻게 될까. 【이슈타르 파밀리아】 전멸 사건도 있으니, 이 이상의 폭거를 용납했다간 프레이야의 횡포는 막을 수 없게 될 것이다—— 그런 식으로 여론을 움직인다면 엉덩이가 무거운 길드도 움직이지 않을 수 없게 된다.

"게다가 헤스티아, 너에게는 네가 생각하는 것보다도 편이 많아. 이런 사건이 그대로 용납돼버리면, 헤파이스토스 같은 신들은 분명 길길이 화를 내면서 프레이야 님하고 대립할걸."

헤파이스토스가 파벌을 총동원해 【프레이야 파밀리아】로 쳐들어간다.

비뚤어진 일을 지독히 싫어하는 절친신이 행동에 나서는 모습을 쉽게 상상할 수 있었다.

파벌의 힘은 작더라도, 타케미카즈치나 미아흐 또한 마찬가지일 것이다.

"그리고 헤파이스토스나 다른 파벌의 참전은 반드시 사태를 움직이는 계기가 될 거야."

극단적으로 말해, 【로키 파밀리아】의 협력을 얻을 수 있다면 최악의 경우 『항쟁』에 가까운 전투를 일으켜도 좋다. 아무튼 시간만 있으면 프레이야에게서 벨을 탈환할 작전을 세울 수 있다.

헤르메스는 그렇게 호소하는 것이었다.

"……왜지, 헤르메스. 왜 프레이야를 적으로 돌리면서까지, 우리를……."

"제노스 건도 포함해서 여러모로 폐를 끼쳤던 빚을 갚기 위해, 라고 하면 수긍하기 힘들까?"

전면 협력도 불사하겠다는 남신의 언변에, 헤스티아는 당혹감을 품으면서도 의문을 제기했다.

『중립』을 표방하는 그가 절대강자인 프레이야에게 아첨하지 않고, 그저 오래 알고 지낸 사이라는 이유만으로 헤스티아를 도울 리가 없다.

"그런 기특한 놈이 아니잖아, 너는."

그렇게 되받아치자, 깃털 달린 모자를 만지작거리던 헤르메스는 잠시 후 쓴웃음을 지었다.

"이러니저러니 해도 나는…… 벨 군이 헤스티아랑 있는 게 제일 좋다고 생각해. 그게 그를 위해 도움이 될 거라고."

눈을 크게 뜬 헤스티아를 내버려 둔 채, 헤르메스는.

"정말로, 그냥 왠지 그렇다는 생각이 들어서."

그렇게 덧붙이고는 다시 한번 쓴웃음을 지었다.

모자의 챙을 내려 한 차례 눈가를 감추는가 싶었지만, 다시 고개를 들었을 때는 진지한 표정으로 바뀐 후였다.

"그러니까 이번에는 네 편에 붙을 거야. 프레이야 님과 적대한다 해도——."

상인의 수호신도 자청하는 남신이 계약의 말을 입에 담으려 했던 바로 그때.

"한 가지 말하는 걸 깜빡했는데."

이미 거리가 벌어진 곳에서 프레이야가 발을 멈추었다.

헤스티아와 헤르메스는 흠칫 고개를 들고 긴장을 띠었다.

목소리를 낮추어 이야기하고 있었다.

지금의 대화가 들렸을 리는 없다.

하지만 걸음을 멈춘 미신의 뒷모습은 눈도 귀도 기울이지 않은 자세임에도, 모든 것을 꿰뚫어 본 듯 여유만만했다.

"네가 반년 후의 『컨버전』을 이행하도록 『대가』를 받아두겠어."

"대, 대가……?"

"그래. 벨을 내 것으로 삼기 위해── **먼저 그 이외의 것을 뒤틀어버릴 거야.**"

그 말에.

당황하던 헤스티아의 곁에서 헤르메스가 몸을 굳히고 있었다.

"약속은 지켜, 헤스티아."

이미 헤스티아 이외에는 안중에 없다는 듯.

얼굴만을 돌려, 눈으로 화로의 여신을 꿰뚫어 본 프레이야는 소년을 짊어진 오탈과 함께 이번에야말로 모습을 감추었다.

"설마──."

조정자는 눈을 크게 뜬 채 전율했다.

프레이야는 이때, 틀림없이, 헤르메스의 생각보다 『위』에 있었다.

회색 하늘이 삐걱거렸다.

격동하는 도시의 거울이라도 된 것처럼.

그만큼 사태는 어지럽게 흐르고 움직였다.
"신 프레이야! 이 소동은 대체 어떻게 된 겁니까?!"
길드장 로이먼 마르딜이 외쳤다.
엘프이면서도 『길드의 돼지』라 불릴 정도의 뱃살을 출렁이며, 마침 눈에 들어온 여신에게 달려갔다.
"무장한 당신의 권속이 날뛰었다는 사실을 이미 파악하고 있습니다! 여신제 도중에 『항쟁』이나 다를 바 없는 짓을 저지르다니, 아무리 오라리오의 영광에 기여하신 분이라 해도 간과할 수는――!"
도시 최대 파벌이라 해도 제멋대로 횡포를 저지른다면 길드 또한 페널티를 불사하겠다고.
오라리오의 운영에 주력하는 로이먼이 그런 뜻을 내비치자,
"닥쳐, 로이먼."
"――예?"
프레이야는 일축했다.
로이먼도, 곁에 서 있던 여러 길드 직원들도 아연실색하는 가운데, 도시 중앙을 향해 똑바로 나아가던 여신은 발을 멈추었다.
"**그딴 것보다도** 군중을 센트럴파크에 모아줘."
그 순간 은색 두 눈이 요사스럽게 빛났다.
로이먼이 『매료』임을 깨달았을 때는 이미 때가 늦었다.
주위에 있던 직원들은 부자연스럽게 몸을 떨며, 영혼이

빠져나간 것처럼 멍한 모습이 되었다.

“아이들도, 신도, 될 수 있는 한 많이. 그다음에는 도시 구석구석까지 내 목소리가 전해지게 해줘.”

“““분부에 따르겠습니다…….”””

남녀를 가리지 않고, 직원들은『미의 신』의 부탁에 응하기 위해 주위로 흩어졌다.

그 자리에 남아있던 것은 프레이야와 지면에 두 무릎을 꿇은 로이먼뿐.

“끄으으윽……?!”

“고통으로『매료』에서 의식을 돌리다니…… 돼지라고 멸시받는 추한 모습과는 달리, 역시 넌 우수해, 로이먼.”

창졸간의 판단이었다.

불룩 튀어나온 뱃살을 뜯어낼 듯이 두 손으로 움켜쥔 로이먼은 눈을 시뻘겋게 충혈시키며 프레이야의『미』에 저항하고 있었던 것이다.

하지만 그것이 끝이었다.

수행원도 없이, 그저 홀로, 로브로 몸을 가린 여신이 내려다보는 가운데, 짐승처럼 신음했다.

“신, 프레, 이야……! 대체…… 무슨 짓을……?!”

이성도, 본능도, 거역할 수 없는 매혹적인 은빛에 빨려 들어간다.

남은 의식이 벌레에게 파먹히듯 뚫려가는 가운데, 냉혹한 빛을 머금은 여신의 눈이 대답했다.

"평소랑 같아. 단순한 신의 변덕. 하지만."

싱그러운 입술이 말을 이었다.

"계속 참았던, 가장 원하는 것. 그걸 손에 넣기 위해, 이제는 참지 않기로 했어. 그뿐이야."

그렇다.

프레이야는 계속 참고 있었다.

벨과 만난 후로, 몬스터 필리아, 『마법』의 발현, 미노타우로스와의 사투, 『중층』의 결사행, 워 게임, 그가 성장해 나가는 과정 속에서, 방관자로 있으면서, 개입하려고는 하지 않았다. 【이슈타르 파밀리아】나 제노스 때조차 소년과 직접 접촉하지는 않았다.

계속해서 계속해서, 참고 참으면서, 빼앗으려고는 하지 않았다.

하지만 이제는 참을 필요가 없다.

정면에서, 온갖 수단을 다 써서, 자신의 것으로 만들 수 있다.

프레이야를 옭아매던 『시르』라는 이름의 사슬은 이미 존재하지 않았으므로.

"윽……?!"

자신을 내려다보는 신의 두 눈을 올려다보며, 로이먼은 이해했다.

――『침략』이 시작된다.

남은 의식 한구석으로, 그것만을 이해했다.

프레이야가 움직인다는 의미를 올바르게 이해한 그는 신음하고, 붉게 달아올랐던 얼굴을 창백하게 물들이며, 두려움에 떨었다.

"그러니까 이제, 방법 같은 건 가리지 않을 거야."

"헤스티아, 신위를 높여!!"

찢어지는 절규가 솟아났다.

여유를 깡그리 내팽개치고 외친 것은 모험자도 누구도 아닌 남신, 헤르메스였다.

"있는 대로, 한계까지!! 안 그러면 네 권능으로도 **뚫릴 거야**!!"

"무, 무슨 소리야, 헤르메스……? 책략을 강구한다며……?!"

헤르메스의 분위기에 휩쓸린 헤스티아는 극심한 혼란에 사로잡혔다.

이제까지 본 적이 없을 만큼 초조함에 사로잡힌 얼굴로, 헤르메스는 고개를 가로저으며 여신의 두 어깨를 붙들었다.

"이미 그런 단계는 끝났던 거야!! 의미가 없다고, 이미!"

"우……?!"

"잘못 계산했어! 그래, 잘못 계산했다고, 내가! 우리가!! 프레이야 님의 벨 군에 대한 『집념』을, 『집착』을! 이슈타르가 송환됐던 그때부터 계속 잘못 계산했던 거야!!"

여신 프레이야의 마음속 깊은 곳에 줄곧 도사리고 있던 감정.

그것은『질투』나『분노』가 아니었다.

"단 하나의『반려』를 위해 긍지도 체면도, 자신에게 부과했던『규칙』조차도 내팽개치고 **하계 그 자체를 범할 생각이야!**"

그『일편단심의 광기』에 의해, 그녀는 냉정하게, 냉혹하게 망가질 수 있다.

"프레이야 님은 진심이라고! 이제는 멈추지 않아! 아무도 막지 못해!!"

『반년』은 고사하고, 이제는 한순간의『유예』조차 없다며.

갈팡질팡하는 헤스티아에게 헤르메스가 호소하고 있을 때.

"헤르메스 님!"

아스피가 헤르메스와 헤스티아를 향해 하늘에서 급강하했다.

"【프레이야 파밀리아】가【헤스티아 파밀리아】를……! 아이샤와 팔거도 당했습니다! 리온까지……! 대체 무슨 일이 일어나고 있는 겁니까?!"

비행신발 탈라리아로 하늘에서 내려온 그녀의 두 팔에는 의식을 잃은 류가 안겨 있었다.

그녀도 혼란에 빠진 모양이었다.『투명 상태』가 되는 것도 잊은 채, 남들이 목격할 수도 있는 하늘을 날아온 것만

봐도 동요의 크기를 짐작할 수 있었다.

그런 그녀에게 헤르메스가 내뱉은 것은 설명이 아니라 명령이었다.

"아스피, 도망쳐!"

"예……?!"

"하늘을 날 수 있는 너 외에는 도망칠 수 없어! 될 수 있는 한 많은 사람을 데리고── 아니야! 안 돼, 늦었어! 류랑 같이 오라리오에서 떨어져!"

"무, 무슨 말씀을 하시는 겁니까, 헤르메스 님?!"

아스피는 얼굴을 고뇌로 일그러뜨린 주신의 지시에 대들려 했으나,

"내 말 들어!!"

"!!"

"생각하지 마! 시키는 대로 해! 이러다간 늦어! 조금이라도 오라리오에서 멀어지란 말이다! 얼른 가, 아스피! ──제발!!"

"………………알겠, 습니다."

헤르메스의 신의, 아니, 『필사적인 애원』에 고개를 끄덕일 수밖에 없었다.

주신을 믿고 물러나, 하늘로 날아올라, 빠른 속도로 시벽 너머를 향해 멀어져갔다.

그 광경을 아연실색 올려다보던 헤스티아가 간신히 시선을 되돌리자, 헤르메스는 스크롤 한 조각을 찢어내 거칠게 무언가를 휘갈겨 썼다.

"그때가 되면 이걸 **나한테** 넘겨!"

"메, 메모……? 게다가 헤르메스 너한테 넘기라니……?!"

"지금 당장 줘선 안 돼! 시기를 잘못 잡으면 **난 그대로 네 적이 될 테니까!**"

붉은 깃털펜을 내팽개치고, 찢어낸 종잇조각을 헤스티아에게 떠넘겼다.

이마를 타고 흐르는 땀.

절박한 목소리.

끝없는 조바심.

설명도 무엇도 모조리 건너뛰고 『필요한 것』만을 맡기듯 외쳤다.

"지금 이 오라리오 내에서 저항할 수 있는 건 헤스티아, 처녀신인 너밖에 없어!!"

신의 절규.

한계까지 크게 뜨인 헤스티아의 두 눈.

지금부터 무슨 일이 일어나려 하는지, 무시무시한 『가정』이 뇌리에 솟아났다.

"헤르메스…… 설마…… 프레이야는――?!"

무의식중에 떨린 목소리가 남신에게 닿는 일은, 없었다.

『바늘』 소리가 들려왔다.

시계의 긴 바늘과 짧은 바늘이 겹쳐지며, 하늘을 우러르듯 머리 위에 멈추는 소리가.

그리고 『침략』의 막이 열렸다.

『지금부터 시시한 이야기를 할 거야.』

헤스티아가 흔들렸다.
헤르메스가 숨을 삼켰다.
튕겨지듯 두 신이 돌아본 곳
도시의 중심지에서, 그『아름다운 음성』이 울려 퍼졌다.

『여기에는 원래 풍요의 신이 한 명 더 있어야 했어.』
센트럴파크.
지금은『풍요의 기둥』네 개가 서 있는 도시의 중심부에서 프레이야는 말을 잇고 있었다.
"프레이야 님……?"
"여신제 폐막 선언은 해가 진 다음에 하는 거 아닌가?"
"뭘 하시려는 거지?"
조종당하는 로이먼과 길드 직원들에게 유도되어, 사람들이 하나둘씩 센트럴파크로 모이고 있었다.
종자도 호위도 대동하지 않은 채, 정북향에 있는『풍요의 탑』에, 혼자.
로브와 후드를 걸친 여신은 발코니처럼 탁 트인『제단』에서서, 눈 아래의 군중을 눈에 담지도 않는 듯 바라보았다.

『나와 같은 미의 신 이슈타르. 내가 그걸 하늘로 돌려보냈어.』

프레이야는 고요했다.

담담하게 말하면서도 신성하기까지 했다.

모두가 그녀의 잔잔한 공기에 휩쓸려 말을 잃기 시작하고, 눈길을 빼앗겼다.

『시시한 적개심에 사로잡혀서, 짐승으로 전락해, 품성을 잃었지. 보기 딱할 정도로, 너무나도 추했어. 그래서 없애버렸어.』

프레이야의 발밑과, 군중에게서는 보이지 않는 위치에서, 『제단』에 설치된 대형 마석제품 확성기가 그녀의 아름다운 음성을 오라리오 구석구석까지 전했다.

예외 없이, 모두가, 그 목소리를 들었다.

여신의 목소리를 제외하면 도시에서는 소리가 사라져버렸다.

거대한 센트럴파크를 가득 메운 군중은 마치 신탁을 받는 대지의 아이들처럼, 서로 이끌리듯 여신을 우러러보며 경청했다.

『그리고 난, 지금부터 그것과 같은 추한 존재가 되려고 해.』

조소.

자조의 목소리.

『미의 신』이 스스로를 경멸하는 일면에, 하계 주민들이 동요를 품었다.

온 도시의 신들조차 눈을 의심했다.

『매도는 감수하겠어. 경멸도 얼마든지. 하지만 사죄는 하지 않아. 왜냐면 이미 결심했거든.』

여신의 눈이 바벨을 올려다본다.

까마득한 하늘 저편에 있는 세계에도 고백하듯, 낭랑하게 말을 이었다.

『원하는 것이 뭔지를 알았으니까.』

『무엇과도 바꿀 수 없는 것을 찾았으니까.』

『나는 이제, 그거면 족해.』

노래하듯, 떨듯, 기뻐하듯, 슬퍼하듯.

여신의 선언에 말문이 막혀버린 인간들과 신들은 그 기이한 분위기를 겨우 깨달았다.

그러나 때는 이미 늦었다.

여신의 손이, 얼굴을 덮었던 그림자와 함께, 후드를 젖혔다.

"나는 이제야 겨우 『사랑』 이외의 것을 알 수 있게 됐는지도 몰라."

그리고 나타난 것은 『아가씨』의 얼굴.

회색 머리카락, 회색 눈동자.

여신의 목소리를 잊어버린 소녀의 목소리.

그 눈에서 흘러 떨어진 것은 한줄기의 눈물이었다.

아름다운 미소를 머금은 채, 눈물이 뺨을 타고 흘러내렸다.

그것은『여신』이 묻어버렸어야 할『아가씨』의 잔재.

『그녀』의 마음 깊은 곳에 있던 것의 현현.

도시의 시간이 멎었다.

모두가 말을 잃었다.

하늘이, 갈라졌다.

그녀를 축복하듯, 혹은 저주하듯, 구름 틈새에서 빛을 쏟아 보냈다.

"그러니까, 알고 싶어."

도시 남쪽.

전쟁의 평원 속에서, 여신의 권속들이 충성을 맹세하듯 신하의 예를 취했다.

"그러니까, 놓지 않겠어."

도시 서쪽.

의식을 잃어버린 소년과 소녀들을 땅에 내버려 둔 채, 제1급 모험자들이 시야 저편에 솟은 탑을 바라본다.

"그러니, 세계를── 너희를 범하겠어."

다크엘프는 눈을 가늘게 떴다.
네쌍둥이 파룸은 입을 다물었다.
캣 피플은 감정을 짓이기듯 눈을 감았다.
보어즈 또한 마찬가지.
화이트 엘프는 그저 바라보았다.
모두가 주인의 결정을 받아들였다.
"저 색골 가스나가 설마……?!"
그『기피해야 할 조짐』에 로키의 눈빛이 바뀌었다.
"아이즈, 저거!"
"읏……?!"
소년의 행방을 쫓던 아이즈 일행이 이변을 느끼고 걸음을 멈추었다.
"헤스티아아!!"
"우읏───?!"
헤르메스의 절규와 함께, 헤스티아의 신위가 최대로 전개되었다.
인간들도.
모험자도.
신들도.
모든 것이 허사였다.

저항조차 용납하지 않는, 그 순간이 찾아왔다.

그리고.

"꿇어 엎드리렴."

모든 존재의 고동이 크게 뛰었다.

모든 생명의 소리가 떨렸다.

회색 눈동자가 『은색 광채』를 띠고, 소녀의 목소리가 『은사슬』이 되어 **모든 것을 함락시킨다.**

"무슨――?!"

오라리오에서 멀리 떨어진 상공.

류를 안은 아스피는 그 순간을 보았다.

결코 시인할 수 없는 『은색 신위』가 거대한 돔 형태의 빛이 되어 오라리오를 뒤덮어가는 순간을.

어마어마한 『매료』의 순간을, 그녀만이 지각하고 말았다.

제정신을 가진 이도, 의식을 잃은 이도, 모든 『영혼』이 유린당했다.

침략당하고, 뒤틀리고, 통일되었다.

――'내 말을 들어줘'.

『아가씨』였을까, 여신이었을까.

이제는 누구인지도 알 수 없는 고요한 목소리가 울려 퍼졌다.

그날, 오라리오는『변모』했다.

2장

장자 정원 고독

무언가가 쩌렁쩌렁 울려 퍼졌다.

은색 현을 잡아 뜯듯.

말라붙은 목구멍을 헤집고 공명시키듯.

장려하고도 처절한 음색으로, 온갖 것들을 뒤흔든다.

그것은 모든 것을 집어삼키는 파도 소리처럼 들리기도 했다.

그것은 일사불란하게 하나의 거대한 생물처럼 울려 퍼지는 군화의 소리마저 떠오르게 했다.

정복의 소리.

지배의 소리.

지극히 아름다운 빛의 소리.

너무나도 무시무시하고 슬픈 것.

던져진 주사위는 발밑으로 굴러갔으며, 분명 이미 부서져 버렸을 것이다.

그리고.

무언가가 타올랐다.

그 불길은 등에서부터 퍼져나가, 또 하나의 강대한 무언가로부터 몸을 지키고, 저항하고, 튕겨내 버리는 듯했다.

동경이 타오르는 소리.

신위에 저항하는 소리.

높은 산꼭대기에 핀 한 떨기 금색 꽃과도 같이, 정복도

침략도 모조리 거부한다.
장작은 없다.
재도 나오지 않는다.
불똥은 피어난다.
그저 화덕 깊은 곳에서, 빛바래지 않는 금색의 정경만이 타오르고 있었다.
눈꺼풀 안쪽의 어둠 속에서, 몸에 깃든 유구한 성화(聖火)에 안겨 있었다.

그런데도.
왜 이렇게나 불안해지는지, 나는 알 수 없었다.
마치 자신만이 홀로 남겨진 듯한.
아무도 없는 막막한 어둠 속에 서 있는 듯한.
결코 나를 돌아봐 주지 않는, 수많은 등에 에워싸인 듯한, 그런 감각.
따뜻한 성화의 불꽃이 소리를 내며 고독하게 타오른다.
공포에 안겨 얼어붙은 의식은, 금세 떠오르고 있었다——.

"……윽."
지독히 갈라진 신음소리가 새어 나왔다.

눈을 떴다가 깜빡이기를 되풀이하자, 높은 천장이 시야에 들어왔다.

빰에 어렴풋이 드리워진, 커튼 틈새로 스며든 햇살.

한동안 정신을 차리지 못하던 나는 시트와 옷이 마찰하는 소리와 함께 몸을 일으켰다.

"여긴……?"

넓은 방.

카브리올 렉 의자와 원형 테이블, 커다란 수납장, 촛대처럼 생긴 마석등. 내가 누워있던 곳은 기품 있는 침대였으며, 바닥에는 발이 묻혀버릴 정도로 부드러운 융단이 깔려 있었다.

마치 고급 호텔 같다.

거액의 빚을 진 【파밀리아】의 일원에게는 아무리 발버둥을 쳐도 인연이 없을 만한.

하지만 그러면서도, 뭐랄까.

잘 표현하지는 못하겠지만…… 그렇다, 호텔에는 없는 『생활감』이 있는 것 같았다.

객실이 아닌, 누군가의 방이라고 해야 할까. 당혹감을 느끼면서도 나는 실내를 둘러보았다.

어째서 이런 곳에 있는 걸까. 필사적으로 기억의 실을 더듬어보았다.

"……! 맞아, 난……!"

습격을 당했다.

류 씨와 함께, 『도시 최강의 모험자』에게.

아연실색해 순식간에 긴장감을 되찾았다.

그러면 이 방은?

나는 끌려온 건가?

류 씨는 무사할까?

넘쳐나는 온갖 의문을 간신히 억누르고, 소리도 없이 침대에서 나왔다.

입고 있는 옷은 기억에 없는 잠옷으로 바뀐 상태였다. 몸을 구속하는 것은 없다. 자유롭게 움직일 수 있었다. 하지만 장비는 전혀 보이지 않았다. 《주신님 나이프》도.

무장을 몰수당했다는 사실에 이를 악물며, 방에 나 이외의 기척이 없다는 것을 면밀히 확인한 다음, 아침 햇살이 밀려드는 창가로 살그머니 다가갔다.

"……들판?"

고개를 살짝 내밀고 밖을 살펴보니, 그곳은 광대한 정원…… 아니, 『평원』이었다.

푸른 하늘 아래로 시야 가득 녹색 바다가 펼쳐지고, 저 멀리 성벽 같은 돌담이 보였다.

……안 되겠어. 이런 경치는 기억에 없어.

오히려 내가 있는 장소가 정말로 오라리오 안일까 의심이 들 정도였다.

도시 밖으로 끌려 나온 것은 아닐까, 하고 일말의 불안을 품으며 창을 조사했다.

쇠창살 같은 것은 없고, 잠기지도 않았다. 어이없을 정도로 쉽게 나갈 수 있을 것 같다. 하지만 아래쪽에서는 모험자로 보이는 사람들이 몇이나 돌아다니고 있었다. 이래서는 반드시 들킨다.

나는 창문으로 탈출하는 것을 포기했다.

"그렇다면……."

나는 방에 설치된 유일한 출입구를 보았다.

한참을 응시한 후, 결심하고 다가갔다.

손잡이에 손을 대고, 세심한 주의를 기울이며 소리를 내지 않고 문을 열었다.

"…………여긴 진짜 어디지?"

방을 나온 나는 아연실색해 중얼거리고 말았다.

하얗고 산뜻한 복도는 넓고 길어 마치 성 같은 장관을 보였다.

터무니없는 곳에 끌려온 건 아닐까 갈팡질팡하고 있으려니,

"뭘 하나."

"!!"

등 뒤에서 들려온 목소리에 숨이 멎을 정도로 충격을 받았다.

반사적으로 돌아본 곳에 서 있던 것은, 어떤 사람인지를 요 며칠 사이에 급격히 알게 된, 금발의 화이트엘프였다.

"마……마스터……."

옆 복도에서 나타났는지, 헤딘 씨는 혼자 서 있었다.

기척은 느끼지 못했다── 아니, 그것도 당연하다. 이 사람은 Lv.6의 제1급 모험자니까.

내 지각능력 따위 얼마든지 뚫고 들어올 수 있고, 주먹질과 발차기만으로도 나를 압도할 수 있다. 레슨이라는 이름의 개조 속에서 진저리가 날 정도로 그 사실을 인식했다.

제자로 삼았던 인연 때문에 나를 구해주……려는 건 아니겠지.

왜냐하면 마스터는 **냉혹**하고 비정하며, 원래는 【프레이야 파밀리아】니까!

"크……!"

붙잡히는 걸까, 방으로 돌아가게 되는 걸까, 애초에 나는 왜 잡혀 온 걸까.

목덜미에 흐르는 땀을 느끼며 한동안 시선을 교차시키고 있으려니…… 마스터는 오물이라도 보듯 혀를 찼다.

"그 지저분한 얼굴을 당장 씻고 와라. 아침 먹으러 간다."

…………………………네?

나는 무슨 말을 들은 것인지 이해할 수 없었다.

"……아, 아침요? 어, 어째서요……?"

"무슨 소릴 하나. 날이 밝는데 이유가 필요한가? 아침을 먹는 것도 마찬가지지."

"어, 어……? 마스터야말로 무슨 말씀을 하시는 거예요? 머, 머리가 이상해진 건──."

"내가 우습게 보이나, 우둔한 토끼."

"흐버억?!"

소리도 없이 눈앞까지 육박해 예전과 다를 바 없는 발차기를 꽂는다.

아니 그야 아침을 먹는 건 당연한 일이지만요……!

고통에 몸부림치면서도, 나는 조금 안도하고 말았다.

아니아니, 걷어차여서 기뻤다거나 그런 의미는 아니지만…… 마스터가 요전과 전혀 다를 바 없이, 평소대로였으니까.

적어도 적대시하는 분위기는 아니다. 상황을 전혀 이해하지 못해 혼란스러워 한껏 긴장했던 내 마음을 이완시켜 주었다.

……『위화감』은 씻을 수 없었지만.

"준비하고 와라. 냉큼 가자."

안경 속에서 산호색 두 눈으로 나를 바라보던 마스터는 등을 돌렸다.

나는 입을 꾹 다물고 말없이 따라갈 수밖에 없었다.

——그리고 "준비하고 오라고 했잖나, 쓰레기"라는 말과 함께 다시 걷어차인 다음, 물이 가득한 욕조에 머리까지 잠겼다. 뒷머리를 붙들려서.

배틀클로스로 보이는 옷을 받고 강제로 몸단장을 당한

후, 마스터의 뒤를 따라갔다.

【헤스티아 파밀리아】의 『화덕관』도 호화 저택이라고 부를 수 있겠지만, 이곳과는 비교가 되지 않았다. 넓이는 물론이고, 금은을 뿌려놓은 내부 장식은 가공할 만했다. 발이 푹푹 빠지는 호화로운 융단에 위축되고, 샹들리에 형태의 거대 마석등에 입을 딱 벌리고, 궁전처럼 넓은 계단에 눈을 크게 떴다. 그리고 연신 주위를 두리번거리는 사이에 그곳에 도착했다.

이야기 속에서나 존재할 것 같은, 무시무시한 규모의 『특대 홀』.

"이제 일어났냐."

"늦잠이라니 팔자 늘어졌군."

"사장님 출근이냐, 토끼."

"요즘 기어오르는 거 아니냐, 토끼."

연결에 연결을 거듭해 50M 정도는 될 것 같은 긴 테이블에는 바닥에 발이 닿지 않는 어린이 같은 네 명의 파룸이 앉아 있었다.

【브링가르】, 걸리버 4형제.

도시 최대 파벌의 제1급 모험자를 보고 나는 아연실색하기도 전에…… 당황해버렸다.

"야. 토마토 남기지 마, 드바린."

"아침부터 가지라니 누구 고문해? 알프릭 먹어."

"장난하냐 너! 베링도 따라하지 마!"

“아니야. 이건 알프릭의 디저트와 교환하는 거라고. 먹어.”

“더 안 좋지! 얀마 그레르, 너도 하지 마!”

“먹어먹어먹어.”

“하다못해 변명이라도 해봐!”

““““알프릭 형아~ 먹어줘~.””””

“죽을래 너희들?!”

똑같은 얼굴에 똑같은 목소리의 형제가 접시 위의 붉은 채소를 서로 떠넘기고 있었다.

마치 자신의 분신과 장난하는 것 같은 기묘한 아침 식사 소동이 펼쳐지고 있었다.

……이, 이거 뭐야?

왜 가정적이고 난리지?

그 무시무시한 제1급 모험자의, 상상도 못했던 기묘한 모습에 눈을 크게 뜨고 있으려니.

“아 됐어! **벨**, 네가 먹어! 늦잠 잔 벌이다!”

가슴에 품은 당혹감에 결정타를 날리듯 『내 이름』을 불렀다.

““““알프릭 형아 나빴다~.””””

“너희가 할 소리야?! 그리고 그렇게 부르지 마, 짜증 나!!”

굳어버린 내 모습은 보이지도 않는지 파룸 네쌍둥이는 어린아이처럼 계속 소란을 떨어댔다.

“영혼을 나눈 숙명의 네 아이. 여명의 만찬이 전란으로 전락하는 것 또한 숙명…….”

"회, 회그니 씨……."

"아름다운 일출이다. 대식의 금계는 아직 풀리지 않았는가?"

파룸 형제와는 한 자리를 띄어놓고 앉아 포크와 나이프를 놀리고 있던 것은 다크엘프.

지난번의 격렬한 싸움이 거짓말이었던 것처럼 ——아니, **낯을 가리지 않게 된 것처럼**—— 회그니 씨는 가볍게 내게 말을 걸어주었다.

아마…… "잘 잤니? 밥은 안 먹어?"라고 말씀하신 거겠지…….

"왜 멍청하게 서 있고 난리야. 냉큼 먹고『정원』으로 나가."

마지막으로 입을 연 것은 검은색 털을 가진 캣 피플.

【바나 프레이아】 아렌 프로멜…… 씨는 투덜거리면서도 앉으라고 눈짓으로 명령했다.

나를 데려온 마스터도 아무 말 없이 아침 식사 자리에 앉았다.

"…………으?"

어이가 없었다.

긴장감이라든가, 죽을 것 같은 위압감이라든가, 그런 모든 분위기가 날아가 버리는 바람에 아연실색하고 말았다.

조용히 아침 식사를 가져다주는 메이드 누나들의 모습에 깜짝 놀라고 있으려니 내가 앉을 의자까지 빼주었다.

같은 식탁에서 밥을 먹으라는 건가요. 적대 파벌인 당신들하고.

나는 얼어붙고 말았다.
“야, 뭐 해.”
“왜 얼빠진 낯짝을 하고 있어.”
“우리랑 같이 밥 먹는 게 그렇게 거북해?”
“뭘 새삼스레.”
“그대 두려워하지 말지어다, 이단의 아이여. 그렇다, 그대의 이름은 레코드 홀더…….”
파룸 네쌍둥이가, 다크엘프가 입을 모아 말했다.
이상하다.
무언가가.
치명적일 정도로.
같은 테이블에 앉아 식사를 하는 것이 자못 당연하다는 것처럼 행동하는 그들을 보며 나의 혼란은 한계를 돌파했다.
“여, 여기는!!”
넓은 홀에 고함소리가 울려 퍼졌다.
제1급 모험자의 시선이 모여들어 압도될 것 같으면서도 갈라진 목소리로 물었다.
“……여긴, 어디인가요……?”
내가 그렇게 묻자.
의아하다는 시선이 쇄도했다.
대답한 것은 파룸들 중…… 아마 알프릭 씨와 드바린 씨.
“당연히 우리 홈이지.”
“이 신성한 영역을『폴크방』이외에 뭐라고 말하지?”

폴크방……?

그럼 여긴, 역시 【프레이야 파밀리아】의 본거지?

나는 다른 파벌의 거점에 잡혀온 거야?

하지만…… 그렇지만…… 그래도…… 상황을 이해하고도 여전히 『위화감』은 씻을 수 없었다.

으스스한 한기를 느끼며 입술을 간신히 비집어 열고 질문을 쏟아냈다.

“왜 날 데려왔나요?”

“왜 우리를 습격했어요?”

“류 씨는 무사한가요?!”

침묵.

정적.

무음.

넓은 홀에서 소리가 사라지고, 외쳤던 나만이 동요했다.

마치 자신의 발언이 이상했던 것 같은 착각에 빠진 가운데, 모두가 의아한 표정을 지었다.

“그대를 잡아 올 필요가 어디에 있는가. 그대는 사로잡힌 공주가 아닐진저.”

“잠꼬대하냐, 너?”

회그니 씨와 아렌 씨가 말했다.

“그보다 류 씨란 게 누구야?”

“용(류)이겠지. 드래곤.”

“용한테 ‘씨’ 자를 붙이다니, 몬스터랑 터놓고 친구 먹

었냐?"

"단련이라면 몰라도 널 습격한 적은 없다만?"

세 형제가 고개를 꼬고, 맏형이 농담하듯 단언했다.

"서로 이야기가 맞질 않는군. 아까부터 대체 무슨 말을 하는 거냐."

그리고 마스터의 눈빛이 나를 꿰뚫어 보았다.

"네놈은 프레이야 님의 눈에 든 권속, 【프레이야 파밀리아】의 일원이잖나."

시간이 정지해버렸다.

심장은 뛰는 것도 잊은 채 그저 장식물로 전락했다.

무슨 말을 들은 것인지 알 수 없었다.

왜 그런 말도 안 되는 『농담』을 하는지 전혀 이해할 수 없었다.

"무슨………… 무슨 말씀을, 하시는 거예요……? 저는, 저는 【헤스티아 파밀리아】! 프레이야 님의 권속이 아니라고요!"

동요하며 외치자 주위의 공기가 다시 표변했다.

"무슨 개소리를 하고 앉았어, 저 자식이."

"프레이야 님에 대한 모욕…… 반역을 표명한 거냐?"

제일 먼저 캣 피플과 한 파룸이 살기를 드러냈다.

"아니, 잠깐만. 뭔가 이상해."

"이 토끼가 암만 바보여도 주신에 대한 경의를 잊을 리가 없지."

다음으로는 다른 파룸 두 사람이 제지했다.

"그의 눈빛은 혼돈 그 자체…… 외세계로부터 폭군이 당도하여 동란의 조짐이 밤하늘에 반짝이는구나."

"무슨 소린지 알 듯 말 듯 한 데 저거 통역 좀 해줘, 헤딘."

"『기억이 혼탁해졌는지 의심해야 하지 않을까? 외부에서 강한 충격을 받아 착란을 일으켰다거나』라고 하는군."

회그니 씨와 알프릭 씨, 마스터가 수군거렸다.

왜 다들 명백하게 이상한 소리를 하고 있는데 자신들을 의심하지 않을까.

왜 내가『이상하다』고 할까.

무슨 말을 하는 걸까.

이 사람들은 다들, 무슨 소릴 하고 있는 거야!!

"저, 저는 주신님이, 헤스티아 님이 주워주셨어요! 프레이야 님께 컨버전한 적은 없다고요!!"

"멍청한 소리 하지 마. 이 도시에 처음 온 너한테『은혜』를 주셨던 건 **프레이야 님이잖아.**"

외친 직후, 알프릭 씨의 반박에 호흡이 멎어버렸다.

벨 크라넬에게『은혜』를 준 것은 프레이야 님이었고 앞으로도 그럴 것이라며.

한 점의 거짓도 없는 눈으로 그렇게 말하니, 눈앞이 아찔해지는 것 같았다.

"훈련을 너무 심하게 하다 머리라도 맞았나?"
"아니면 다른 파벌 놈한테 성가신 『마법』이라도 걸렸나?"
"이 녀석은 헤딘 네가 돌보고 있었잖아. 뭐 짐작 가는 거 없어?"
"이 우둔한 토끼를 24시간 감시할 수야 있나."
파룸 형제와 헤딘 씨가 이야기하거나 말거나, 나의 발은 무의식중에 뒷걸음질을 치고 있었다.
정체 모를 공포가 뱃속에서부터 치밀었다.
무서워.
이 사람들이 무서워!
"헤이즈 불러와. 지금은 『바벨』에 있을 거야. 이상이 없는지 알아보라고 해."
주위에서 당황하던 메이드 누나들에게 그런 지시가 내려진 순간.
나는 넘쳐나는 공포를 이기지 못해 뛰어나가고 있었다.
"크윽!"
등 뒤에서 제지하는 목소리가 들려왔다.
상관할까 보냐.
무시해. 들어서는 안 돼.
상대는 제1급 모험자. 마음만 먹으면 당장이라도 쫓아와 나를 사로잡을 수 있다.
그러니 도망쳐라. 얼른 도망쳐라. 이 기분 나쁜 곳에서 당장 도망쳐!

홀을 뛰쳐나간 나는 출구로 향했다.

궁전과도 같이 넓디넓은 저택 안을 달려나가, 바깥의 기척을 찾아, 홀과도 같은 정문 현관의 문을 힘차게 부쉈다.

"웃……?!"

그 직후 시야에 들어온 것은 『싸우고 또 싸우는 전사들』이었다.

궁전이 세워진 언덕 위—— 지금의 위치에서 내려다보이는 광대한 평원. 들꽃이 하늘거리는 녹색 바다 속에서, 수십 명의 모험자가 무기를 들고 충돌한다. 몇 겹으로 겹쳐진 함성이 머리 위의 푸른 하늘을 뒤흔든다.

들은 적이 있다.

【프레이야 파밀리아】에서는…… 그들의 본거지 『폴크방』에서는 단원들이 밤낮으로 목숨을 걸고 싸운다고!

잔혹할 정도의 【파밀리아】 내 경쟁.

모든 것은 자신을 드높이고 주신의 총애를 얻기 위한 과정.

그러나 그것이야말로 【프레이야 파밀리아】를 오늘날 도시 최대의 파벌로 군림케 한 이유.

성별, 종족, 나이, 그 무엇도 상관없다. 모두가 피를 흘리고, 전의에 등을 떠밀려, 서로에게 무기를 들이댄다.

나는 그 열기에 압도되어 얼어붙었다.

그와 함께, 판단에 망설임이 생겼다.

광대한 부지를 에워싼 네 개의 벽에 당도기 전까진 이곳을 벗어날 수 없다.

들키지 않도록 이곳을 나가기란—— 불가능하다.

언제 마스터나 다른 사람들이 올지 알 수 없어!

나는 단숨에 언덕을 뛰어 내려가 정면돌파를 시도했다.

"벨! 이 자식, 태평하게 이제야 기어 나오다니! 게다가 무기도 없어? 우리가 우습게 보이냐?"

"윽……?!"

바로 옆에서 싸우던 단원들의 곁을 지나쳐 들판을 가로지르고 있으려니 어떤『하프파룸』이 내게 칼날을 휘둘렀다.

쌍검을 손에 든 그는, 마치 **잘 아는 인물을 본 것처럼** 나를 불렀다!

"Lv.4 됐다고 기어오르지 마! 예전처럼 반쯤 죽여가며 훈련시켜주지!"

날카롭게 파고든 하프파룸의 참격을 아슬아슬하게 피하며 식은땀을 흘렸다.

그리고 그 이상으로,『내가 모르는 나』에게 고함을 질러대는 이 사람에게 공포를 느꼈다.

나는 상대도 하지 않고 몸을 굴리다시피 해 그의 옆을 달려나갔다.

민첩성을 최대로 살려 이탈을 시도했다.

그 순간 주위에서 싸우던 전사들이 나를 알아보고 무기를 들이댔다.

싸워!

싸워!

싸워라, 벨!!

꿰뚫어 보는 눈빛, 들이대는 노기, 퍼부어대는 『나의 이름』. 나는 고개를 가로저어 그 모든 것들을 거부했다.

"몰라! 난 당신들을 모른단 말이야!!"

모든 것을 떨쳐내듯 초원을 박차고 달려나가 힘차게 가로지른 그 너머.

문지기가 지키던 장엄하고 거대한 문을, 크게 도약해 뛰어넘었다.

"헉, 헉, 헉……!"

번화가를 하염없이 달려나갔다.

【프레이야 파밀리아】의 홈에서 탈출한 내가 이동한 곳은 도시 남쪽 구역.

여신제는 무사히 끝났는지, 길드 직원이며 시민들이 뒷정리를 하고 있었다. 수많은 작물이 담긴 갱차 형태의 나무상자가 옮겨졌으며 노점도 철거되는 중이다. 화려한 풍요의 장식이 하나하나 자취를 감추는 모습은 그야말로 축제가 끝난 후의 적막감을 느끼게 했지만…… 지금의 나는 그런 것을 신경 쓸 겨를이 없었다.

상급 모험자들로부터 도망치기 위해 숨을 요란하게 헐떡였다.

강행돌파의 대가로, 옷은 곳곳이 찢어졌다.

이래서는 마치 감옥에서 탈출한 죄수 같다.

지금도 심장이 허덕이고 땀이 멈추질 않는다. 피부 안쪽을 미끄러지는 불안이 뱃속에서부터 솟아났다.

빨리 안심하고 싶다. 당장 이 공포를 잊고 싶다.

그러니 주신님의 곁으로.

우리 집으로……!

"우욱?!"

불안과 동요로부터 벗어나려던 나머지 곁눈질도 하지 않고 달려나가던 나는 엇갈려 지나치던 사람과 어깨를 부딪치고 말았다.

자세가 무너지면서도 발을 디뎌 멈추었다.

체격이 좋은 상대도 간신히 넘어지지 않고 버텼다.

그리고 이쪽이 당황해 사과하기도 전에, 익숙한 목소리로 매도가 날아들었다.

"아프잖아! 눈을 어디 달고 다녀!"

——몰드 씨!

적지 않은 교류를 거듭했던 지인을 보고 나는 영문도 모르고 안도했다.

우락부락하게 생긴 선배 모험자는 평소처럼 나를 노려보더니, 어깨를 부딪친 상대가 나란 것을 깨달은 순간.

"래, 【래빗 풋】?! 【프레이야 파밀리아】?!"

그렇게 외치며, 겁을 먹었다.

"＿＿＿＿＿＿＿＿＿."

안도의 웃음을 지으려던 얼굴이 부자연스럽게 굳어버렸다.

안면의 근육이 못나게 경련했다.

내 머릿속이 새하얗게 물든 것도 모른 채, 몰드 씨는 그저 허리를 연신 꾸벅거리며 사과했다.

"미, 미안해! 너인 줄 몰랐어!"

"몰드, 돈, 돈!"

"있는 대로 다 바치고 얼른 용서해달라고 빌어!"

동료인 스코트 씨와 가일 씨까지 갈팡질팡했다.

그 광경이 의미하는 바는, 간단했다.

마치 **도시 최대 파벌의 보복을 우려하듯**—— 나를 두려워한다!

"아니야…… 아니야!! 난 【프레이야 파밀리아】가 아니라고요!!"

"무, 무슨 소리야?! 부, 부탁이니 용서해줘!"

"용서하고 말고도 없어요! 저라고요, 몰드 씨?! 당신한테 호되게 두들겨 맞고, 이상한 것도 잔뜩 가르쳐주셨고, 그래도 몇 번이나 도와주셨던 벨이에요!!"

"그런 적 없어! 안 했어! 제발 이상한 트집 잡지 말아줘!"

생판 남을 보는 눈에, 나는 마침내 평정을 잃어버렸다.

눈앞까지 다가가 그의 굵은 두 어깨를 잡았다. 하지만 아무리 호소해도 그에게는 전해지지 않았다. 오히려『착각하고 있는 건 너다』라고 말하듯 몰드 씨는 비명을 질러댔다.

그의 눈은 자신보다도 몸집이 작은 휴먼에게 그야말로 겁을 집어먹고 있었다.

이성이란 것이 모조리 사라져가기 시작했다.

"이렇게 말하는데 제발 용서해줘!"

말리려 드는 스코트 씨와 가일 씨의 모습도 동요를 조장했다.

소란을 듣고 모여든 주위 사람들이 술렁이기 시작하는 가운데, 내가 서 있는 곳이 어디인지도 불확실해졌다.

"무슨 일입니까!"

모르는 도시에 흘러 들어온 것처럼 얼어붙어 있으려니, 그런 목소리가 들렸다.

이쪽으로 다가오던 것은 한 하프엘프.

나는 흠칫했다.

"지금은 여신제 뒷정리 중입니다! 대체 무슨 일이 있었죠?!"

검은 바지와 정장의 제복 차림. 평소와 전혀 다를 바 없는, 안경을 낀 고운 얼굴.

작업을 하던 동료들 속에서 그녀는 늠름하게 걸어 나왔다.

모험자를 용감하게 중재하고자, 직무를 다하고자 하는 그 모습은 성실하고 공정한 길드 직원 그 자체였다.

"에이나 누나!"

나는 그녀의 이름을 외쳤다.

이 사람이라면.

모험자가 된 후로 나를 계속 지켜봐 주었던 에이나 누나라면.

내가 【프레이야 파밀리아】라는 이상한 소리는 하지 않을 거야!

이름을 불린 그녀는 에메랄드색 눈을 크게 뜨며 쓴웃음을 지었다.

나를 안심시키려는 듯한 미소와 함께 입을 열었다.

"죄송합니다. 어디서 뵌 적이 있던가요?"

쩌적, 하는 소리와 함께

이번에야말로.

유리에 금이 가듯, 덧없고도 메마른, 치명적인 환청을 들었다.

시야가 터져나가듯.

안구에 균열이 생기듯.

모든 경치와 인물이 일그러진 윤곽을 그렸다.

"………………제가, 기억나지, 않아요?"

"설마요! 레코드 홀더라는 별명도 있는 당신을 모르는 이가 이 도시에 있을까요? 다만…… 제 이름을 부르셔서 놀랐을 뿐."

웃는다.

에이나 누나가 웃는다.

내가 잘 아는 미소로, 나에 대해서는 전혀 모른다고, 그렇게 웃는다.

"…………몰드 씨네가, 농담을 해서…… 저는, 【헤스티아 파밀리아】인데……."

"……? 크라넬 씨께서 컨버전을 하셨다는 정보는 들은 적이 없습니다만."

불러주지 않는다.

에이나 누나가 『벨』이라고 불러주지 않는다.

아니, 그게 아니다. 이곳은 공공장소이기 때문이다. 길드 직원으로서 규범을 준수하려는 것뿐이다.

분명 그럴 것이다.

그래야 하는데도.

"…………누나는, 제 어드바이저, 맞죠?"

"네에?! 그럴 리가, 제가 크라넬 씨의 어드바이저라뇨! 애초에 【프레이야 파밀리아】는 파벌의 방침으로 어드바이저 제도를 이용하지 않는걸요……."

부정했다.

그녀는 내 말을, 모조리 부정했다.

우리의 만남 따위 있지도 않았다고 단언했다.

"크, 크라넬 씨……? 무슨 일 있으셨나요?"

나에게서 풀려나 한숨을 돌리던 몰드 씨 일행이, 주위 사람들이, 눈앞에 서 있는 에이나 누나가, 창백하게 질린 나를 곤혹스러운 시선으로 바라본다.

모르겠어.

내 목소리가 왜 떨리는지.

내 다리가 대체 어디에 서 있는지.

나는 대체, 어떤 미궁에 잘못 흘러들어온 건지, 아무것도 알 수 없었다.

"……………………………저는, 누구죠?"

말라붙은 혀가 꼬일 것 같으면서도, 그렇게 물었다.

낭떠러지에서 뛰어내리듯, 교수대로 오르듯, 몬스터 앞에서 무기를 내팽개치듯, 계속 피해왔던 『핵심』을 묻고 말았다.

그녀는 의아하다는 표정을 지으며 말했다.

"당신은【프레이야 파밀리아】의 벨 크라넬 씨지요."

낭떠러지 밑바닥에 처박히는 듯한 충격이 느껴졌다.

"신 프레이야의 『은혜』를 받아, 세계 최고속【랭크 업】의 위업을 달성한 영웅 후보."

밧줄이 목에 파고들어, 질식하듯 호흡이 차단되었다.

"겨우 반년 만에 제1급 모험자를 눈앞에 둔, 모두가 인정하는 『에인헤랴르』입니다."

흉악한 이빨에 팔다리가 뜯기고, 몸이 짓씹혀, 머리카락 한 올에 이르기까지 잡아먹히듯―― 그렇게 벨 크라넬의 육체와 정신이 멈춰버렸다.

나는 누구지?

여긴 어디지?

지금은 언제고, 무슨 일이 일어났고, 왜 이렇게나 몸이 추운 걸까.

나를 꿰뚫어 보는 시선 속에 『나』를 아는 눈빛은 존재하지 않았다.

누나처럼 늘 도와주었던, 눈앞에 서 있는 그녀의 안에도.

등에 맺힌 성화만이 소리를 내며 고독하게 타오르고 있었다——.

“상태는?”

알프릭이 물었다.

소년이 도망친 【프레이야 파밀리아】의 홈, 그 안에 존재하는 특대홀 『세스룸니르』.

아렌 한 사람만이 따라 나가 지금도 소년을 감시하는 가운데, 동생들과 함께 의자에 앉아 대각선 맞은편에 앉은 화이트엘프를 보았다.

“……거의 여신의 신의대로.”

헤딘은 안경의 위치를 고치며 말했다.

“그 우둔한 토끼를 제외하고는 모든 사람과 신이 『매료』되어 **기억을 개찬당했다**.”

감정을 죽인 엘프의 발언에 파룸 동생들은 전율을 감춘

채 저마다 말했다.

"무섭다."

"응, 진짜 무서워."

"우리 주인이지만 소름끼쳐."

그리고 셋이 동시에 말했다.

""""벨 크라넬을 뒤틀 수 없다고 그놈 이외의 모든 세계를 뒤틀어버리다니.""""

그것이 전부였다.

그것이 지금, 한 소년이 세계에서 고립되어 있는『원인』이자 프레이야가 이룬『침략의 정체』였다.

"벨 크라넬이 혼란에 빠지는 것도 무리는 아니지."

"이제까지의 반년이 **모두 없었던 것이 됐으니까.**"

"【헤스티아 파밀리아】였던 녀석은 민중의 기억에서 사라지고, 대신 우리【프레이야 파밀리아】의 일원이라고 인식하게 됐어."

그것은『미』의 권능이다.

그것이『미』의 극치였다.

때로는 조종하고, 때로는 파멸시키며, 때로는 꼭두각시를 만들어내는『미』는『아르카넘』없이 하계를 변모시킬 수 있다.『영혼』그 자체를── 장악한다.

『궁극의 미』란 그곳에 존재하기만 해도 모든 것을 현혹시키는 존재를 말한다.

“『기억개찬』이라기보다는 『매료』로 그렇게 믿어 의심치 않도록 만들었다고 해야겠지. 신 헤스티아의 권속이었던 휴먼을 **인지하지 마라**. 벨 크라넬은 처음부터 우리 【프레이야 파밀리아】였다고 **오인하라**…… 프레이야 님의 노예로 전락한 사람들과 신들은 그런 명령을 받은 거야.”

두려워하는 동생들을 곁눈질하는 알프릭 또한 전율을 내비치며 첨언했다.

『미의 신』의 『매료』에, 세계는 고사하고 사람들까지 개변하는 힘 따위는 없다.

그러나 프레이야의 『포로』로 삼아, 고분고분한 『종복』을 만들어내는 것은 가능하다.

사람들과 신들은 왕명에 따르듯, 벨만이 아니라 자기 자신까지도 속이는 것이다.

그것은 『자기암시』에 가까운 현상이기도 했다.

다시 말해 개변의 원리와 과정은 다를지언정, 결과는 같다.

『기억개찬』과 다를 바 없는 현상이 지금 오라리오에서 발생하고 있다.

“고락을 함께 했던 친구도, 뒤에서 지탱해주던 은인도…… 모두가 영원한 유대를 망각한 채, 추억 속의 소년을 죽인다.”

혼자 서 있던 회그니는 눈을 감은 채 중얼거렸다.

“토끼가 추락한 곳은 이상한 나라…… 아무리 달리더라

도, 그 누구도 토끼를 따라와 주지 않는, 고독의 세계."

"우우웃?!"

벨은 에이나의 앞에서 달려나갔다.

현실을 직시하지 못한 채, 공포에 굴복해, 혼란에 빠졌다.

『자신』을 아는 누군가를 찾기 위해, 충동의 포로가 되었다.

하지만.

"봐봐. 저기, 【프레이야 파밀리아】야."

"【래빗 풋】이다."

길거리, 길모퉁이, 길가, 골목길.

사람으로 넘쳐나는 도시의 공기가, 모두 낯설고 거리가 멀었다.

"크……?!"

목소리를 죽이는 도시 주민들. 숲의 메아리와도 같은 속삭임.

벨이 느끼는 것은『기시감』이었다.

그 높고도 높은 곳에 핀 꽃, 【검희】에게 향하던 것과 같은 민중의 시선을 지금, 자신이 받고 있다.

절대 어제까지와 같은 시내의 인기인 【리틀 루키】에게 보내는 것과 같은 시선이 아니었다.

순수한 공포와도 다른, 선망과 흥분.

그렇다, 이것은――『외경』.

그야말로『최강의 권속』중 한 사람에게 보내는 것과 같

은, 에누리 없는 외경심.

거짓말이야!

내 착각이야!!

자신에게 그렇게 외치며, 주민도 상인도 모험자조차도 길을 열어준다는 사실에 눈을 돌린 채, 벨은 달려나갔다.

"프레이야 님이 『매료』를 쓰기로 결심한 시점에서 벨 크라넬의 운명은 이미 정해진 거야."

『세스룸니르』에 드리워지는 알프릭의 목소리.

여신제 마지막 날, 다시 말해 어제.

『풍요의 탑』에서 자신의 『미』를 이용한 프레이야에 의해, 오라리오는 함락되었다.

"그분의 『매료』가 미친 범위는── **오라리오 전역.**"

센트럴파크에서 그녀를 직접 보았던 자, 마석제품 확성기를 탄 그녀의 목소리를 들은 자, 모두가 『매료』되었다. 수면이나 기절로 의식이 없었던 이도 예외는 아니다. 미의 신의 목소리는 의식이 있든 없든 육체 속으로 스며들어 『영혼』을 뒤흔들었다.

수많은 사람과 신이 『포로』로 전락했다는 자각조차 없이, 어제까지와 같은 생활을 보내고 있다.

"벨 크라넬에게는 악몽이겠지."

"하룻밤 사이에 자신을 둘러싼 세계가 돌변했으니까."

"지금 같으면 약간이나마 연민의 정을 품어줄 수도 있어."

드바린, 베링, 그레르의 완전히 똑같은 목소리가 세 번 울려 퍼졌다.

"""무엇보다, 아무것도 모르는 그 녀석은 아무 의심도 할 수 없고, 이 이상한 현상을 이해할 수도 없어."""

"왜…… 어째서?!"

파룸 형제의 말대로, 달려나가는 벨의 혼돈과 조바심은 멈출 줄 몰랐다.

신의 힘『아르카넘』을 쓰지 않고 세계를 뒤틀어 도시를 통째로 개변시켰다니,『신』의 저력을 모르는 하계의 주민은 상상도 할 수 없을 것이다.

벨 크라넬이 투명한 영혼을 가지고, 아무리 새하얗게, 지금도 성장을 계속하고 있더라도,『신의 척도』로 사물을 추측하기란 절대 불가능하다.

"아, 벨. 뭐 하고 있어요, 이런 데서."

"어……? 누, 누구세요?"

드디어 벨의 이름을 불러주었던 것은 낯선 연상의 미소녀.

연홍색 머리카락에 배틀클로스의 구조를 가진 백의. 당황하던 벨은── 보고 말았다.

"누구, 냐뇨…… 헤이즈잖아요, 헤이즈. 늘 다치기만 하는 당신을 치료해주는 힐러. 지금은 심부름 중이에요."

그 백의의 어깨에 새겨진『발키리의 엠블럼』을.

【프레이야 파밀리아】.

얼굴에 핏기가 사라져, 소녀의 아름다운 얼굴도 그 순간 마치 인형처럼 보였다.

"심부름 도중에 달달한 거 사가던 중이에요. 당신도 하나 먹을래요? ……아, 맞아. 당신은 **단것을 잘 못 먹었죠.** 짭짤한 맛도 살 걸 그랬네요."

낯선 사람이 자신에 대해 알고 있다.

그것은 어떤 의미에서는, 아는 사람이 자신을 모르는 광경을 웃도는 공포였다.

"으, 아……?!"

뒷걸음질을 치고, 다시 달려나갔다.

도망쳐가는 소년의 뒷모습을, 소녀는 감정이 떨어져 나간 얼굴로 바라보고 있었다.

"권속은 물론이고 같은 신들까지도 함락시키는 『매료』의 힘…… 우리도 그분의 『매료』에 함락될 거라고 각오했는데……."

"정확하게는 한 번 『매료』됐어. 그 후 『매료』가 해제된 거야. 우리에게 깃든 프레이야 님의 신혈을 매개로 삼아서."

프레이야의 『매료』는 거의 무차별이다.

미신의 모습을 보고 목소리를 들은 자는 함락된다. 특정한 인물을 대상에서 제외할 수는 없다.

그렇기에 【헤스티아 파밀리아】를 습격하기 전, 프레이야의 신의를 들은 권속들은 모든 것을 받아들였다. 주신이 바란다면 자신들이 뒤틀리는 것도 불사하겠다는 충성심을 보였다.

하지만 지금, 【프레이야 파밀리아】의 멤버들은 개찬 전의 정보를 인지하고 있다.

알프릭의 말에 헤딘이 대답했듯, 자신의 신혈을 기점으로 신위를 발휘해 『미』의 효과를 해제한 것이다.

"하지만 그 덕에 여신께서 바라시는 『설정』도 공유할 수 있었지."

귀찮은 일이 없어서 다행이라고 발언한 이는 드바린.

한번 『매료』되어 『설정』을 입력받은 후 제정신을 되찾았다.

그렇기에 【프레이야 파밀리아】는 프레이야가 바라는 역할을 연기할 수 있는 것이다.

모든 단원이 『벨 크라넬은 원래부터 우리 동료였다』고 마치 미리 짠 것처럼 행동할 수 있었다.

"『벨 크라넬은 반년 전에 오라리오를 찾아왔다』."

"『그때 프레이야 님이 구해주셔서, 급속도로 힘을 키워, 현재 Lv.4에 이르렀다』."

"『그리고 【래빗 풋】은 【프레이야 파밀리아】의 간부 후보로서 파벌 안팎의 주목을 받고 있다』……."

그것이 현재 오라리오의 상황.

나아가서는 벨 크라넬을 에워싼 거짓된 『시추에이션』.

벨은 아무것도 확인하지 못한 채로, 자신을 에워싼 세계에 희롱당하고 있었다.

"아…… 미아흐 님! 나자 씨, 다프네 씨, 카산드라 씨!"

마구잡이로 달려가다 맞닥뜨린, 함께 돕고 함께 싸워왔던 소중한 사람들.

파벌이 총출동해 축제 뒷정리를 하던, 어떤 의술의 신 일행이었다.

"음? 너는 분명……."

"【프레이야 파밀리아】네요, 미아흐 님……. 레코드 홀더니 뭐니 하는 시건방진 【리틀 루키】. 아니, 지금은 【래빗 풋】이었던가……?"

"도시 최대 파벌의 간부 후보가 우리한테 무슨 일인데?"

"——?!"

처음 만난 것처럼 고개를 갸웃하는 미아흐.

생판 남을 보는 눈을 하는 나자.

경계심을 드러내는 다프네.

그들에게서 절망을 느낀 벨은 온몸을 떨며 다시 달려갔다.

『있을 수 없는 정몽』을 꾸는 것처럼 창백하게 질려 말문이 막혀버린 또 다른 소녀, 카산드라의 모습은 보지 못한 채.

"타케미카즈치 님! 오우카 씨, 치구사 씨!!"

싸움을 중재하던 무신의 일행.

다툼을 일으킨 서로 다른 파벌의 모험자를 말리던 그들에게 달려가, 혼란스러워하면서도, 소녀의 어깨를 잡았다.

"히익?!"

"너 무슨 짓이야! 치구사에게서 떨어져!"

"……프레이야네 아이구나. 공연히 친한 척하는데, 어디서 만난 적이 있던가?"

"크……?!"

겁을 먹은 치구사.

노기와 함께 손을 쳐내는 오우카.

의아한 눈빛을 보내면서도 주의 깊게 이쪽을 관찰하는 타케미카즈치.

여기서도 벨은 혼란에 휩싸였다.

숨을 잘 쉴 수가 없었다. 심장이 요란하게 뛰었다.

없어.

어디에도 없어.

【헤스티아 파밀리아】의 벨 크라넬을 아는 사람이, 존재하지 않아.

초월존재인 신들조차도 자신을 기억하지 못한다는『현실』.

잘못된 것은 하위존재인 자신이 아닐까 하는 의구심이 싹터, 소년을 몰아붙여 간다.

인간의 몸이면서도 벨만이『매료』의 권능에 저항할 수 있었고,『정상』이었기에 뒤틀린 세계로부터『이단』의 낙인이 찍혔다.

"진정한『매료』의 힘…… 우리도 처음 봤지."

"이 정도의 권능을, 그동안 프레이야 님은 쓰려고도 하지 않은 채 숨겨오셨던 건가.”

“당연한 일이다. 세계의 변전, 이는 곧 지고의 여왕이 꺼리는 『하계의 모독』 그 자체일진저.”

드바린의 말에 회그니가 단언했다.

【프레이야 파밀리아】는 만군을 쳐부술 수 있다.

하지만 그들의 주신인 프레이야는 **싸우지 않고도 만군을 장악할 수 있다.**

프레이야가 마음만 먹으면, 비유가 아니라 모든 것이 끝나고 만다.

왕위 찬탈, 낙원 구축, 하계 전토의 지배.

그녀의 눈빛과 목소리가 닿는 범위는 모두 여신의 영토다.

같은 신위를 가진 존재에게까지 미치는 『매료』의 위력은 압도적이어서, 신들마저 두려워할 정도였다.

——나라를 기울일 미녀, 아니, 『세상을 지배할 마녀』.

그것이 『미의 신』 프레이야의 정체.

하지만 절대적인 여왕이면서도 프레이야가 세계를 유린하려 들지 않는 것은 오락을 즐기기 위해서이며, 무엇보다도 하계를 존중하기 위해서다.

그녀는 자신의 권능이 더할 나위 없이 허무하며 더할 나위 없이 재미없다는 사실을 잘 안다.

아무 고생 없이 손에 넣은 만물에 얼마나 가치가 있을까. 그것은 대체 얼마나 큰 허무와 맞바꾸어야 할까.

모든 것이 『매료』되어, 그녀의 마음대로 움직이는 세계 따위 『죽은 것』과 동의어다.

그렇기에 프레이야는 하계를 『매료』해 지배하려 들지 않는다.

그것은 그녀에게는 금기였다.

"……하지만 그분은 그 금계마저도 깨뜨렸다. 그만큼 우둔한 토끼를…… 벨 크라넬을 원하셨다."

미의 신 이슈타르, 그리고 그녀의 종자였던 청년 탐무즈에게서도 얻었던 정보.

『벨 크라넬에게는 매료가 통하지 않는다』.

그 소년은 시르의 마음에도 넘어가지 않으며, 여신의 『사랑』에도 굴하지 않는다.

그렇기에 프레이야는 소년이 아니라 소년의 주위를 바꾸기로 했다.

소년이 고립되도록, 세계를 뒤틀어버렸다.

벨을 손에 넣기 위해. 그의 몸도 마음도 자신의 것으로 삼기 위해.

헤딘이 떨군 말을 시작으로, 『세스룸니르』에는 침묵이 드리워졌다.

전사들의 눈에 깃든 가장 큰 감정은 『질투』.

다음으로는 『충성』.

눈을 감은 엘프를 대신해 파룸 네쌍둥이가 제창했다.

""""모든 것은 여신께서 바라는 대로.""""

그리고.

"주신님! 모두들!!"

소년은 마침내, 【헤스티아 파밀리아】와 두 번째 『만남』을 이루었다.

"———!!"

벨!

소년이 눈앞에 나타난 순간, **모든 것을 기억하는** 헤스티아는 있는 힘껏 외치고 싶었다.

동쪽 메인 스트리트와 가까운 도시 남서쪽 구역.

거미집처럼 복잡하게 얽힌 길 중 하나에 【헤스티아 파밀리아】가 있다.

릴리, 벨프, 미코토, 하루히메, 그리고 헤스티아. 다른 이들과 마찬가지로 여신제의 뒷정리에 종사하던—— 그렇게 가장해 **세계의 개찬상황을 조사하고**, 확인하면 할수록 절망하던 헤스티아의 앞에, 소년이 나타나고 말았다.

서로 이끌리듯, 고독의 성화를 나누듯, 최악의 『해후』를 이루고 말았다.

"백발에, 붉은 눈…… 설마 【프레이야 파밀리아】의 루키?"

"도, 도시 최대 파벌이, 릴리네 같은 약소 【파밀리아】에 무슨 볼일인가요?!"

의아해하는 벨프와 동요하는 목소리로 경계하는 릴리를 보며, 벨의 얼굴은 창으로 가슴을 꿰뚫린 것처럼 고통으로 일그러졌다.

헤스티아도, 검에 베인 것 같은 아픔을 가슴속에 느꼈다.

보이지 않는 눈물을 흘리듯 일그러지는 루벨라이트색 눈동자가 자신의 장소를 찾고 있었다.

적이라도 되는 것처럼 마주하는 가족들 속에서 자신의 보금자리를 바라고 있었다.

"여러, 분…………."

아아. 달려가야 하는데,

안아주어야 하는데.

저 아이가 저렇게나 떨며 추워하는데.

저렇게나 아파하며 괴로워하는데!

하지만—— 그럴 수 없다.

"리, 릴리……! 내 서포터가 돼주겠다고 했던 거, 기억하지……?"

"릴리 같은 파룸이 당신의 서포터가 된 적은 한 번도 없어요!"

파룸 소녀는 무슨 말을 하는 거냐고 부정했다.

첫 동료, 처음으로 파티를 맺었던 파트너의 말이 소년의 마음을 헤집었다.

"벨프! 나한테, 무기를 만들어줬는데……!"

"애석하게도 의뢰를 받은 기억은 없는데. 너도 내 작품

같은 건 가지고 있지 않잖아."

대장장이 청년은 수상한 물건을 보듯 냉정하게 내쳤다.

소년이 아무리 자신의 몸을 내려다본들 청년의 장비는 어디에도 없다.

"미코토 씨! 워 게임 때, 우릴 도와줬잖아요……!"

"……【프레이야 파밀리아】가 워 게임을 했던 기억은 제게 없습니다만……."

의리 있는 극동 소녀는 애초에 관철할 의리 따위 없었다는 양 강한 당혹감을 보였다.

그녀와 함께 구해주었던 소꿉친구가 곁에 있는데도, 그 자청색 눈은 아무것도 기억하지 못했다.

"하루히메 씨……! 같이, 늘 영웅담 이야기를……!"

"유, 유곽에서 뵌 적이 있었나이까……? 하오나 소녀는 더 이상 창부가 아니옵니다……."

르나르 소녀는 분명히 겁을 먹고 있었다.

창부 시절의 고통과 억압 때문인지, 초면인 남자를 두려워하듯 몸을 떨며 미코토의 뒤로 숨는다.

그들, 그녀들의 모든 것이 벨을 상처 입힌다.

구역질이 난다.

자신의 권속이, 소중한 소녀를, 상처 입힌다.

꼴사납게 주저앉아, 목이 터져라 고함을 지를 것만 같았다.

그만들 해라!

이제 그만들 해!

이 이상 그 아이를 상처 입히지 말아다오!!

헤스티아는 그렇게 울부짖고 싶었다.

그래도———— 말릴 수 없었다.

"큭……!!"

헤스티아의 눈에만 비치는 두 개의 그림자.

대로를 내려다보는 건물 위, 그리고 어두운 옆길에서는 보어즈 무인과 캣 피플 청년이 지금도 헤스티아를 감시하고 있다.

——헤스티아는 벨과 마찬가지였다.

그녀만은 프레이야의 『매료』에 함락되지 않았다.

그녀의 몸은 천계의 『3대 처녀신』 중 하나.

지혜의 신 아테나, 순결의 신 아르테미스와 마찬가지로 정조를 중시해, 『미의 신』의 절대적인 지배력마저도 엄연히 거절한다.

도시가 뒤틀려버리기 직전, 헤르메스가 『저항할 수 있는 것은 너밖에 없다』고 단언했던 것도 그녀가 헤스티아이기 때문이었다. 『신위』를 최대로 전개해 처녀신의 권능으로 『매료』의 힘을 튕겨냈던 것이다.

그리고, 그렇기에, 『감시』당하고 있다.

'보고 있다…… 아니, 나에게 **말하고 있다**! 여기서 벨에게 모든 것을 털어놓으면, 아이들의 목숨을……!'

헤스티아만이 알 수 있도록 기척과 모습을 드러낸 『도시 최강』과 『도시 최고속』.

전자는 아침부터 헤스티아 일행을 감시했으며, 후자는 【프레이야 파밀리아】의 홈에서 뛰쳐나간 벨을 추적해왔다.

그들의 냉랭한 두 눈이 말하는 것은 『경고』였다. 동시에 『인질 통고』이기도 했다. 지금, 여기서, 헤스티아가 프레이야와의 약정을 어긴다면, 그들은 눈 깜짝할 사이에 권속들을 해칠 것이다.

특히 아렌.

그는 여신에게 충성을 맹세하는 한편, 이 『촌극』을 혐오하는 분위기를 풍겼다. 동료를 죽여 벨이 망가지는 바람에 그의 영혼이 프레이야의 것이 되지 않는다고 해도, 저 캣피플은 분명 묵묵히 헤스티아의 권속들을 해칠 것이다.

헤스티아에게는 벨과의 접촉은 물론 밀고, 필담 등 모든 것이 허용되지 않았다.

벨의 컨버전이 이루어져 계약이 이행되거나, 혹은 소년의 마음이 프레이야에게 넘어갈 때까지 『감시』당할 것이다.

"…………………………."

다가가서 소년을 끌어안고 싶다는, 그 감정을 소년에게 들켜서는 안 된다.

그런 모순을 안은 채, 헤스티아는 벨을 바라보았다.

벨은 얼마 남지 않은 힘조차 당장이라도 잃어버릴 것만 같았다.

아무리 캐물어도, 아무리 호소해도 모두가 벨을 거부한다. 자해에 가까운 행위를 되풀이하며, 소년의 정신은 이미 너덜너덜해졌다.

강인한 Lv.4, 제2급 모험자의 모습은 어디에서도 찾아볼 수 없었다.

미노타우로스 격파, 제18계층의 결사행, 워 게임, 【이슈타르 파밀리아】와의 대치, 제노스를 둘러싼 공방전, 그리고 심층영역에까지 이르는『원정』——.

이러한 모험과 시련은 결코 혼자 넘어선 것이 아니다.

동료가 있었기에 벨 크라넬은 넘어설 수 있었던 것이다.

지금이야 누구나 벨이 성장했다고 말한다. 누구나 벨이 대단하다고 칭송한다.

하지만 그것은 착각이다.

모험자의 껍질을 벗겨버리면, 벨은 14세의, 그 나이에 딱 어울리는 소년이다.

모두와 다를 바 없는, 평범한 휴먼이다. 헤스티아만이 그 사실을 알고 있다.

혼자서는 상처 입고 갈등한다. 한번 고독에 휩쓸리면 약함이 드러난다.

아니, 벨은 할아버지와의 이별을 경험하면서 유대의 상실을 극도로 두려워하는 경향마저 있다.

아무리 괴로워도 벨이 일어날 수 있었던 것은, 무엇과도 바꿀 수 없는 사람들이 지탱해주었기에.

수많은『만남』이 있었기에.

그러한『만남』이 근본부터 부정당한 지금, 벨 크라넬은

아무것도 이해하지 못한 채, 한없이 정서 불안 상태에 빠져 있었다.

"…………주신, 님…………."

그런 소년이 마지막으로 기댈 곳은, 단 하나뿐.

루벨라이트색 눈동자가 이쪽을 향한다.

훅 불면 부서져 버릴 것처럼 약하고 덧없는 눈빛으로 헤스티아에게 매달린다.

아이들의 뒤에 숨은 채 두 손을 떨었다.

몸 안쪽이 사막처럼 말라붙었다.

다섯이 함께 서 있는 【헤스티아 파밀리아】와, 배틀클로스── 【프레이야 파밀리아】의 제복을 입은 소년.

그 광경과, 대치한 자신들의 사이에 존재하는 깊은 『경계선』이 이 순간의 전부였다.

"……가자, 얘들아."

지금 자신은 어떤 표정을 하고 있을까.

벨에게 제대로 말하지도 못한 채, 감정을 지우고, 그를 상처 입히고 있을까.

"【프레이야 파밀리아】와 얽혀서는 안 되니……."

미신의 권속이 만족할 만큼 깔끔하게, 그의 숨통을 끊어 놓았을까.

"아────."

털썩.

실이 끊어진 것처럼, 소년의 무릎이 땅에 떨어지는 소리가 들렸다.
이미 등을 돌린 헤스티아는 알지 못한다.
주신의 신의에 따라 아이들도 뒤를 따르는 가운데, 자신의 가면이 떨어져 나가지 않도록 참는 것이 고작이었다.
"주신님…… 주신니임……!"
오열 섞인 소년의 목소리가 등을 두드렸다.
하루히메가 당황해 돌아보지만, 헤스티아는 결코 돌아서지 않았다.
떨리는 주먹이 땀에 젖어 있었다.
아니, 그것이 아니었다. 땀이라고 생각했던 것은 피였다. 피부가 찢어져 버린 모양이었다. 어느새 이렇게 되었는지도 알 수 없었다. 관심도 없다.
왜냐면 눈물을 흘릴 자격 따위 없었으므로.
자신에게 절대적인 실망을 품은 채, 화로의 여신은 처음으로 탄원자의 손을 거부했다.
가장 사랑하던 아이의 손을, 뿌리쳤다.

그 후로.
어떻게 되었는지, 아무것도 기억나지 않는다.
의식조차 불확실한 상태로, 인형이나 다를 바 없었던 나는, 정신이 들고 보니 【프레이야 파밀리아】의 홈에 도로 끌려와 있었다.

띄엄띄엄한 기억은 아렌 씨에게 손을 붙잡혔던 것만을 가르쳐주었다.

마음에 구멍이 뻥 뚫린 듯한, 형용하기 힘든 허무감에 싸인 가운데, 마스터의 명령에 따라 몸을 조사받고 있었다.

그리고.

"이건 『커스』네요."

입을 열자마자.

긴 『진찰』 끝에, 그런 선고를 받았다.

"……커, 스……?"

"그러니까 『저주』라고요. 당신에겐 『가짜 정보』가 심어져 있어서, 일종의 혼란 상태에 빠진 거예요."

의자에 앉은 내 눈앞에서 힐러 소녀가 『진단 결과』를 말해주었다.

제대로 머리가 돌아가지 않던 나는 꺼져 들어가는 듯한 목소리만을 간신히 쥐어 짜낼 수 있었다.

싸늘하게 식어버린 몸에 열이 스며드는 것처럼…… 조바심의 감정이 팔다리를 마비시켰다.

"잠깐…… 잠깐만요…… 그럴, 리가……."

받아들일 수 없었다.

당연하다.

내가 가진 기억이 모두 거짓이고, 지금의 나는 진정한 자신을 잊어버렸을 뿐이라니. 그런 말을 알겠습니다, 하고 받아들일 사람이 어디 있을까.

정말로 내가 【프레이야 파밀리아】의 일원이라니, 어떻게 인정할 수 있겠어……!

"저주에 걸린 상황에서 이런 말을 하는 것도 잔혹하지만…… 얼른 현실을 받아들이시는 게 좋을 거예요. 다들 이상하게 쳐다봤죠?"

"그, 그건……!"

"기억혼란계 저주는 많은 사례가 있어요. 커스는 『내성』 어빌리티로도 막을 수 없거든요."

반박할 수가 없었다.

한 마디도 반박할 수가 없었다.

다정하게 모든 퇴로를 차단해버리는 그녀의 말대로, 아무도 『나』를 몰랐으므로.

내가 아무리 나 자신을 긍정하려 해도, 주위 사람들이 모두 부정한다.

세상에게 거절당해버리면, 그것은 **내가 잘못되지 않았더라도 『잘못』이 되고 만다**. 흰 것은 검어지고, 빛은 어둠이 되며, 정상인조차 광대가 된다.

숨을 잘 내쉴 수 없었다. 가슴이 답답하다.

연홍색 머리카락을 한데 묶은 힐러 소녀는 어깨를 으쓱했다.

"다른 사람의 기억을 주입당하는 일은 상당히 특수하지만요. 이렇게 악질적인 커스를 대체 어디서 받은 거예요?"

커스……? 정말로, 이게……?

내 기억, 주신님과의 추억, 수많은 사람들과의 만남이…… 모두『거짓』?

눈앞의 광경이 흐물텅 소리를 내며 일그러졌다.

아니다. 일그러진 것은 나의 시야다.

내 눈이다.

내, 마음이다.

"일단, 프레이야 님께 보고해야겠군."

"응. 우리 파벌을 우습게 본 괘씸한 놈을 찾아내서 본보기를 보여줘야지."

"프레이야 님은 지금 어디 계셔?"

"『바벨』이겠지. 멧돼지랑 같이."

우리가 있는 방, 성의 응접실 같은 치료실에는 제1급 모험자들이 모두 모여 있었다.

마스터와, 회그니 씨, 아렌 씨, 그리고 걸리버 4형제.

동요하는 나를 내버려두고 파룸 형제가 대화를 나누는 가운데, 그들의 시선은 힐러 소녀에게 쏠렸다.

"헤이즈, 얼른 풀어."

"저주라면 해주하는 게 힐러의 일이잖아."

"억지 부리지 마세요오~. 저는 상처를 치유하는 게 전문이라 해주는 전혀 모른다고요. ……게다가 이 저주는 어지간한 술사는 못 풀걸요. 그야말로【디안 케흐트 파밀리아】에 부탁해도 가능성이 있을지 모를 만큼."

헤이즈라 불린 소녀가 마지못한 듯이 대답했다.

마치 미리 짜놓은 듯한 대화의 내용에는 모순도 없었으며, 연기로도 보이지 않고, 거짓도 드러나지 않았다.

마치 한번 『기억』을 공유했던 것처럼, 나를 둘러싸고 대화를 나눈다.

"【디안 케흐트 파밀리아】…… 【데아 세인트】 말이지."

"그놈들에게 빚을 지는 건 아니꼽지만, 할 수 없지."

"실수한 토끼를 위해 고생하는 건 아니꼽지만, 할 수 없지."

"프레이야 님이 아끼는 녀석이니까."

""""하아 짜증나.""""

제멋대로 떠들어댄다. 하지만 아무 반응도 할 수 없다. 아직까지 현실을 부정하고 싶어서 견딜 수가 없었다.

마스터와 회그니 씨는 말없이 나를 바라보고, 아렌 씨는 당장이라도 혀를 찰 것 같은 표정이다.

마지막으로 힐러…… 헤이즈 씨는 내게 손을 내밀었다.

"하는 수 없네요. 치유하지 못하는 건 제 책임이니까, 다른 단원들한테는 제가 고개를 숙일게요. 【데아 세인트】에게 보여주고, 해주할 수 있기를 기도해보죠."

내 손을 잡으려 하는 그 손을 응시했다.

……풀리면, 어떻게 되지?

만약, 가령, 믿고 싶지는 않지만, 정말로 내가 『커스』에 걸렸다 치고…… 그걸 풀면 나는 잊어버리게 되는 걸까?

주신님을, 에이나 누나를, 미아흐 님을, 나자 씨를, 아이즈 씨를, 시르 씨를, 류 씨를, 미아씨를아냐씨를클로에씨를루노아씨를릴리를데메테르님을헤파이스토스님을벨프를티오나씨를티오네씨를베이트씨를핀씨를리베리아씨를가레스씨를미코토씨를오우카씨를치구사씨를헤르메스님을아스피씨를레피야씨를몰드씨를가일씨를스코트씨를보르스씨를타케미카즈치님을로키님을다프네씨를카산드라씨를하루히메씨를아이샤씨를루비스씨를도르무르씨를라이를피나를루우를마리아씨를비네와제노스도, 모두 모두 모두!!

모든 만남이—— 전부 거짓이었음을 깨닫고, 없었던 일이 된다고?!

싫어.

싫어.

싫어!!

정신이 들고 보니 나는 의자를 박차고 일어나며 내게 내밀던 손을 뿌리치고 있었다.

"아야……."

"아………… 죄, 죄송, 해요……."

기억을 되찾는 것이 두려워—— 아니, 기억을 잃는 것이 두려워, 거부했다.

주위에 있던 제1급 모험자들에게는, 그렇게 보였을 것이다.

얼어붙은 나를 빤히 바라보던 헤이즈 씨는 탄식하더니 말했다.

"중증이네요, 이거."

홈의 복도는 역시 궁전처럼 화려하고 세련되었다.
키보다도 높은 창문, 많은 조각이 가미된 기둥, 신들이 사는 천계의 일부를 떼어온 것처럼 아름다운 정원. 그리고 그 모든 것이 내게는 너무나도 비현실적이었다. 장엄한 백색을 기조로 한 내장이라, 아직까지도 깨지 않는 꿈속에 흘러들어온 것만 같았다.
치료실을 떠난 나는 생기를 잃어버린 얼굴로, 한마디도 하지 못한 채 아무도 없는 복도를 걷고 있었다. 아니, 끌려가고 있었다.
"여기가 네 방이다."
"……."
"프레이야 님이 돌아오실 때까지 이 방에서 얌전히 있어."
문 앞에서 발을 멈춘 마스터가 나를 돌아보았다.
『내 방』이라는 장소는 아침에 눈을 떴던 방과 같은 곳이었다.
안내받은 방에 들어가는 것 외의 선택지는 없었다. 애초에 갈 곳도 없다.
화덕관에 돌아가도, 지금의 동료들은 나를 맞아주지 않을 것이다
아니…… 그게 아니야.
『여긴 네 집이 아니야.』

『나가.』

그런 말을 듣는 것이 두려웠다.

그 말을 듣는 순간, 두 번 다시 일어날 수 없게 될 정도로.

"……마스터."

윗눈질로, 매달리듯 엘프 청년을 올려다보았다.

하지만 그런 나에게, 마스터는 아무 말도 해주지 않았다.

『기억을 잃은 지금의 너에게 해줄 말은 없다』. 산호색 눈이 안경 너머로 그렇게 말하는 것 같았다.

나는 목에서 힘을 빼고 바닥으로 시선을 떨구며, 마스터의 곁을 지나쳐 방으로 들어갔다.

"…………."

아무런 부족할 것이 없는, 도시 최대 파벌의 권속에게 주어지는 개인실.

실내는 당연하다는 듯이 넓고, 천장은 필요 없을 정도로 높고, 가구는 부족한 것을 찾기가 어렵다. 바로 얼마 전까지 영세파벌의 일원이었던 자신이 이런 방에서…… 마음이 차분해질 리가 없다. 호화로운 액자에 담긴 그림 속에서 나만이 둥둥 떠 있는 것 같았다.

동시에, 깨달았다.

오늘 아침, 깨서 일어났을 때 느꼈던『생활감』은 분명 누군가가 이 방에서 살았던 흔적이 존재했기 때문임을.

꼼꼼할 정도는 아니어도 구석구석 잘 된 청소.

책상 위에 자랑스럽게 놓인 던전의 채집물.

언젠가, 누군가가 애독서라고 얘기했던 것 같은, 몇 권의 영웅담.

마치 『나의 분신』이 생활했던 것만 같은, 그런 흔적이 방 곳곳에 있었다.

정말로, 여기서 벨 크라넬이, 생활했던 걸까……?

"읍……!"

목구멍 안에서 치민 구토감에 입을 두 손으로 막으며 휘청거렸다.

몇 걸음 물러났다가 고개를 들자, 벽 근처에 놓인 전신 거울에 비친 것은……【프레이야 파밀리아】의 제복을 입은 모험자의 모습.

"크……."

완전히 새파랗게 질린 나는, 입술을 경련시키며 대형 수납장으로 다가갔다.

손잡이를 잡고 천천히 문을 열었다.

"…………내, 『장비』?"

그곳에 담긴 것은 의류와 몇 종류의 무구였다.

나이프, 바젤라드, 단도와 대검.

방어구는 경장과 건틀렛, 서포터, 그리고 정령의 방호포.

……내가 사용한 적이 있는 장비품뿐.

떨리는 손으로 그곳에 걸린 나이프를 들자, 무서울 정도로 그립이 손에 착 감겼다.

손가락의 길이와 손바닥의 크기까지 계산된 오더메이

드. 방어구도 마찬가지다. 정확하게 치수를 잰 것이었다.

『모험자 벨 크라넬에게 적합한 장비 일람』이 그곳에 펼쳐져 있었다.

벨프의 사인이 새겨진 장비는, 없다.

주신님의 나이프도, 존재하지 않았다.

“………………으, 아.”

호흡이 떨리고 목이 조여드는 것 같았다.

이 장비 말고 다른 것도 그렇다. 【헤스티아 파밀리아】의 내가 아닌, 【프레이야 파밀리아】의 벨 크라넬이 남긴 흔적만이 곳곳에 보였다.

기분 나빠. 다리가 풀릴 것 같아.

거울 속에서는 여전히 내가 모르는 내가 이쪽을 바라보고 있다.

바닥에 주저앉지도, 침대에 쓰러지지도 못하는 나를 쪽빛 광채가 비추었다.

창밖에서 태양은 서쪽으로 기울어져, 황혼이 찾아오고 있었다.

헤스티아는 홀로 걷고 있었다.

아이들은 떼어놓고 왔다. 걱정하는 권속들에게는 신들하고 볼일이 있다고 설득했다.

『벨……? 대체 누구를 말씀하시는 거예요, 헤스티아 님?』

어젯밤, 눈을 떴을 때 릴리가 했던 말이었다.

프레이야의 『개찬요구』가 이루어진 후, 헤스티아는 한동안 의식이 돌아오지 않아 주저앉아 있었다. 틀림없이 하계에서 행사된 것 중에서도 가장 무시무시한 것이었을 『매료』의 위력은 처녀신의 신위마저 뒤흔들었던 것이다. 헤스티아가 간신히 일어났을 무렵에는 해가 저물려 했으며, 『모든 것이 바뀐』 후였다.

주위에서는 도시 사람들이 아무 일도 없었다는 듯 여신제를 즐기고, 헤르메스도 자취를 감추었다. 그 대신 대도 같은 무기가 꽂혀 있던 『묘비』의 주위에는 권속들이 쓰러져 있었다.

황급히 달려가자, 그들은 상처 하나 없이 금세 눈을 떴다.

그리고 무슨 일이 있었는지 모든 것을 잊어버린 상태였다.

【프레이야 파밀리아】의 기습도, 벨에 대해서까지도.

"프레이야의 『매료』가 이 정도였을 줄이야……."

아연실색한 헤스티아는 현재의 오라리오가 프레이야의 『정원 상자』로 바뀌었음을 깨달았다.

홈에 돌아온 후, 아이들을 혼란에 빠뜨리지 않도록 주의하며 상황을 확인해보니, 모두 기억 속에서 벨의 존재가 사라진 후였다. 릴리를 【소마 파밀리아】에서 구해낸 것은 벨프였으며, 벨프가 무기를 만들어준 사람은 미코토, 그리고 미코토가 홀로 구해낸 것이 하루히메. 자못 그럴듯하게 보완된 기억에는 『벨』이라는 결정적인 조각이 빠져나가, 아무리 생각해도 앞뒤가 맞지 않을 텐데도, 그들은 그것을 『모순』이라고 인지하지 않았다. 『전혀 이상하지 않다』고 오인하고만 있었다.

생각의 방향성이 통일된, 그야말로 『매료』의 증상이었다.

벨이 있었기에 성립되었던 현재의 【헤스티아 파밀리아】에, 그들은 아무 의문도 느끼지 못했다.

헤스티아와 벨의 【파밀리아】는 이미 존재하지 않았다.

"큭……!"

주위에서는 아직 사람들이 여신제의 뒷정리에 내몰려 있음에도, 헤스티아는 머리를 움켜쥔 채 고함을 지르고 싶어졌다. 분노도, 슬픔도, 공허한 마음도, 무력감도, 모든 것을 절규로 바꾸어 토해내고 싶었다.

그 충동은 분명 벨이 톡톡히 맛보았던 경험일 것이다.

시련에 직면할 때마다 고뇌했던 그와 같은 입장이 되어서야 비로소 그의 마음을 진정한 의미에서 이해했다는 마음은 들었지만, 위로조차 되지 않았다. 마음을 나누고 싶은 소년은 이곳에 없었으므로.

"헤스티아? 이런 데서 뭐 해?"

"……! 헤르메스!"

들려온 목소리에 헤스티아는 고개를 들었다.

찾던 신이 여기에 있었다. 권속들과 함께 여신제의 뒷정리를 하는 척하며 도시의 양상을 확인하는 한편, 줄곧 접촉하고 싶었던 자가 눈앞의 남신이었다.

"헤르메스…… 어제, 있었던 일은……."

"응? 어제 일?"

"그, 뭔가………… 기억하는 거, 없어……?"

"뭔데 그렇게 애매해. 사양 말고 말해봐. 나랑 헤스티아 사이에 뭐 가릴 게 있다고?"

『매료』를 받아들이지 않아 제정신을 유지한 헤스티아는 여전히 『감시』의 대상이다. 프레이야가 바라는 『정원 상자』를 망가뜨리지 않도록, 아마 앞으로도 계속.

이 대화 또한 분명 새나가고 있다. 공연한 소리는 할 수 없다. 싱글벙글 웃는 헤르메스를 앞에 둔 채 헤스티아는 말을 고르려 하다…… 결국 그것을 물어보았다.

"……벨을, 알아?"

"벨 군? 이봐이봐, 당연히 알지, 무슨 소리야."

그 밝은 목소리에 헤스티아는 한순간 희망을 느꼈다.

"프레이야 님의 권속이잖아. 도시를 뒤흔드는 레코드 홀더!"

"큭……!"

그리고 역시, 이내 절망으로 뒤집어졌다.

"반년만에 Lv.4라니 들어본 적도 없다니까. 하지만 이걸로 하계의 비원, 나아가서는 우리 신들의 바람이 이루어질 한 줄기 빛이 보이기 시작했어. 세상은 영웅을 원한다는 거지."

세계가 바뀌기 직전까지 자신에게 조언을 주었던 헤르메스, 벨의 양부모에 대해서도 아는 트릭스터. 그런 헤르메스라면 혹시나 하고 생각해 접촉을 시도해봤지만——허사였다.

기분 좋게 『프레이야의 소유물』을 이야기하는 그도 또한 『매료』에 빠진 상태였다.

도시가 개찬되기 전, 헤르메스 자신이 우려한 대로였다.

'그때가 되면 이걸 **나한테** 넘겨…… **지금 당장 줘선 안 돼…….**'

헤스티아는 손안에 감춘, 뜯어낸 메모를 꼭 쥐고 있었다.

'시기를 잘못 잡으면 **난 그대로 네 적이 될 테니까**……. 그게 그런 뜻이었구나, 헤르메스. 너도, 헤파이스토스나 다른 신들도, 내가 이상한 행동을 보인 순간 적으로 돌아서는 거야……?'

『매료』에 지배당한 자들은 프레이야의 『정원 상자』를 부수려 하는 존재를 배제한다. 그렇게 입력되어 있다. 헤르메스 자신이 휘갈겨 쓴 이 메모를 지금 줘봤자, 계략을 궁리한 순간 헤르메스는 표정을 지우고 헤스티아를 무력화시킬 것이다. 『개찬 전의 헤르메스』는 이런 상황까지 예상했던 것이다.

의지할 곳이 모두 사라졌다.

지금, 상황을 타개할 방법은 없다.

벨과 마찬가지로, 헤스티아는 프레이야의 손바닥 위에

서 고립되어 있었다.

게임판 위에서는 이미 완벽하게 체크가 이루어졌다.

"과연 프레이야 님이라니까. 그런 권속을 발견하다니. 영혼의 수집가라는 이름은 허명이 아니었어."

"…………."

"그건 그렇고 의외인걸. 헤스티아가 그 친구를 그렇게 친근하게 부르다니."

"…………."

"언제부터 그 정도로 친한 사이가 됐던…… 어라, 헤스티아? 이봐, 왜 그래? 얼굴색이 영 아닌데."

밝게 말하던 헤르메스가 의아한 표정을 지었다.

그런 그의 얼굴을 보기가 괴로워서, 헤스티아는 고개를 숙였다.

"……아무것도, 아냐……. 아무것도, 아니라고……."

"헤스티아?"

"미안, 헤르메스…… 그만, 갈게."

쾌활함 따위는 잊어버린 유령 같은 발걸음으로 헤르메스의 앞을 떠나갔다.

도시의 소란이 힘들었다. 밝은 웃음소리도 미웠다. 헤스티아의 권속을 모르는 도시가 슬펐다.

그리고 벨이 훨씬 괴로워하고 있다.

그 사실이 너무나도 마음 아팠다.

소중한 존재를 박탈당한 골목길. 어디로도 나아갈 수 없게 된 헤스티아는 고뇌에 차 있었다.

그때.

"……저건……."

문득 고개를 들었을 때, 저 멀리 높은 곳에서 눈에 익은 실루엣을 본 것 같았다.

헤스티아는 걸음을 멈추고, 잠시 망설인 끝에 그곳으로 향했다.

자신과, 벨과, 『그녀』.

세 사람이 걸었던 길을 떠올리며, 계단을 올라, 거대 시벽 위로 나갔다.

"…………."

소녀는 홀로 서 있었다.

가을바람에 금색 장발을 나부끼며.

아름답고, 어딘가 적막한 한 장의 그림과도 같은 광경을 향해 헤스티아는 말을 걸었다.

"발렌아무개 군……."

"……헤스티아 님?"

웃음이 나와버렸다.

벨이라는 요인이 없으면 자신과 그녀는 아무 접점도 없는, 어쩌면 완전히 다른 관계가 되었을지도 모르는데, 두 사람은 어제까지의 관계 그대로 서로의 이름을 부르고 있다.

헤스티아는 너무나도 우스꽝스럽고 부조리한 현실에 웃음을 지으려 했지만 웃을 수 없었다.

“여기서 뭘 하고 있었느냐?”

“……알 수가 없어서.”

“알 수가 없어?”

“네…… 왜, 여기에 왔는지…… 뭔가를, 찾고 있었는지……… 누군가를, 만나고 싶었는지.”

헤스티아의 물음에, 아이즈는 자신도 스스로를 이해하지 못하는 것처럼, 그렇게 대답했다.

그 감정의 기미를 알아차리고, 설마 벨을 기억하는 것이 아닐까 생각하려다가, 헤스티아는 이내 낙담했다.

그녀의 아름다운 금색 눈도 『은색 빛 조각』에 침범당한 상태였다.

각도가 바뀔 때마다 어른거리는 은광의 파편은 아이즈 또한 『매료』에 빠졌다는 증거다.

다른 신들조차 종순(從順)한 노예가 되었으니, 아무리 『특별』했다 하더라도 한 소녀가 주박에서 벗어났을 리가 없다.

희망적 관측을 가지지는 말자. 해야 할 일을 해라. 그렇게 자신을 다스렸다.

“발렌아무개 군…… 벨에 대해 아느냐?”

“……?【프레이야 파밀리아】의, 벨 크라넬, 말인가요……?”

그녀가 벨을 그렇게 부르는 것이 너무나도 서운했다.

분명 지금도【프레이야 파밀리아】의 감시가,【검희】조차 기척을 감지할 수 없는【맹자】가, 이쪽을 보고 있을 것이다.

그것을 알면서도, 헤스티아는 말을 쥐어 짜낼 수밖에 없었다.

"부탁이다…… 너는, 벨 앞에, 나타나지 말아다오."

미신의 『눈』과 『귀』가 어떻게 판단할지 알 수 없었다.

하지만 상관할까 보냐.

아무것도 바꿀 수 없는 지금의 자신이 할 수 있는 일은, 조금이라도 벨에게서 고통을 멀리하는 것이었다.

『동경』하는 아이즈에게서 거부당한다면—— 소년은 두 번 다시 미신의 매료에 저항할 수 없을지도 모른다.

스킬 【리아리스 프레제】의 힘을 잃고, 정말로 프레이야의 것이 되어버릴지도 모른다.

헤스티아는 그것을 우려하고 두려워했다.

"제가……?"

"그래……."

"왜요……?"

"말할 수 없어……."

"……."

"……."

"……."

"……."

"…………알겠, 어요."

미안하다. 고맙다.

석조 블록 위로 늘어진 자신의 어두운 그림자를 바라보

며, 헤스티아는 꺼져 들어갈 것 같은 목소리로 말했다.

시벽 바깥, 저물어가려 하는 하늘.

황혼이 여신과 소녀를 덧없이 비추고 있었다.

거대 시벽 저편으로 해가 저물어간다.

아름다운 저녁놀이 낀 하늘은 눈물이 날 정도로 붉다.

많은 이가 손을 멈추고 그 광경을 바라보았다.

"……찾았다. 벨 크라넬 씨의 인물정보."

저녁놀에 타들어 가는 도시 북서쪽, 『모험자 거리』에 인접한 『길드 본부』.

에이나는 헤아릴 수 없는 자료가 담긴 선반에서 서류 몇 부를 뽑아냈다.

'오늘 만났던 크라넬 씨는 어딘가 이상했어……. 도시 최고의 유망 모험자와 나는 아무 면식이 없을 텐데…… 이름을 부르고, 그렇게 필사적으로…….'

낮에 마주쳤던 『벨 크라넬』.

죽은 사람처럼 새파랗게 질렸던 그의 얼굴이 아무래도 뇌리에서 떠나질 않아, 에이나는 동료 미샤에게 양해를 구하고 혼자 『길드 본부』로 돌아왔다. 결코 소년의 말을 신용한 것은 아니지만, 벨의 이력을 조사해보기로 했던 것이다.

"……게다가, 뭘까. 모르는 사람일 텐데…… 자꾸만, 마음에 걸려……."

무엇보다도, 가슴 깊은 곳이 필사적으로 무언가를 호소하는 것만 같았다.

설명할 수 없는, 미칠 듯한 충동. 스스로도 소름이 끼치지만, 그러면서도 『옳다』고 여겨지는 이상한 감각에 입을 꾹 다물고 있던 그녀는 선반 앞을 떠났다.

『여신제』의 뒷정리에 내몰려 『길드 본부』에는 거의 사람이 남아있지 않았다.

에이나가 떠난 자료실에도, 그리고 그녀의 작업용 책상이 놓인 제2 사무실에도.

그렇기에 매너 없이 걸으면서 자료를 보는 그녀를 나무라는 이도 없다.

"벨 크라넬…… 14세, 남성. 휴먼. 반년 전에 모험자 등록을 마쳤으며, 오라리오 입도 전에 『팔나』를 받은 흔적은 없음. 현재는【프레이야 파밀리아】소속……."

로비에 잔업 중인 접수원과 얼마 안 되는 직원이 있는 것을 기척으로 느끼며, 길드에 보관된 모험자의 인물 정보를 읽어나갔다.

역시 이미 알려진 정보대로다.

소년의 사실적인 초상화가 붙은 서류에서 이상한 점은 찾아볼 수 없었다── **아니**.

"……무단으로 고친 흔적이, 있잖아?"

앉아서 천천히 조사해보려던 에이나는, 자신의 책상에 도착했음에도 앉을 생각조차 잊은 채 서류를 응시했다.

소속 파벌을 비롯한 항목에 대충 수정한 흔적이 있었다.

마치 『조종당한 직원』이 신속하게, 어젯밤 사이에 자료를 고쳐 쓴 것처럼.

설마, 이건, 정말로…… 누군가가 벨의 경력을 위장했나?

벨이, 나에게 했던 말은, 사실이었어?

에이나가 그렇게 생각한 다음 순간.

"——**아니야, 고친 흔적 따위 없어. 크라넬 씨는 원래부터 【프레이야 파밀리아】**——."

에메랄드색 눈에 『은색 빛 조각』이 지나가자 공허한 속삭임이 새어 나왔다.

감정이 떨어져나간 표정으로, 에이나는 정보를 『오인』했다.

——프레이야가 도시 전체에 내린 강력한 『매료』.

그것은 모든 이들로부터 자유와 인간성을 빼앗아 속박하는 것이 아니다. 소년을 빼앗기 위해 수단을 가리지 않기로 했다지만, 프레이야는 허무한 『인형극』을 할 마음은 추호도 없었다.

그것이 자신의 소행을 스스로 조소하는 그녀가 그은 마지막 선이자 하계에 대한 존중이다. 도시의 주민은 앞으로도 자신의 의지에 따라, 이제까지 그랬듯 일상을 보낼 수 있다.

프레이야의 『매료』가 규정한 규칙은 단순하다.

『벨 크라넬』에 관한 정보를 모두 오인하라.

프레이야가 입력한 『가짜 설정』에 의문을 품고, 개찬이 이루어지지 않은 소년의 흔적에 아무리 위화감을 느끼더라도, 규칙에 저촉된 순간, 매료된 이의 생각은 강제로 수정된다. 아니, **스스로 바로잡는다**. 지금의 에이나처럼, 왜곡된 생각임을 지각하지도 못한 채.

애초에 개찬사항을 자각하게 놔두지도 않는 프레이야의 『매료』는 완벽했다.

"……으, 윽……."

하지만.

에이나는 두통을 느꼈다. 그것은 마치 인격이 찢겨나가는 듯한 아픔과도 같았다.

그녀가 오늘까지 키워왔던 『소년에 대한 마음』과 『매료』의 강제력 사이에서 알력이 발생하고 있었다.

거듭되는 사실오인이 부담을 가중시켜 에이나의 몸을 휘청거리게 만들고——

——우르르.

"아…… 이, 이런."

자신의 책상에 쌓여 있던 책무더기를 무너뜨려 바닥에 흐트러뜨리고 말았다.

머릿속에 정리되지 않은 채, 에이나는 황급히 정리하려고 했다.

평소 정리정돈을 빼놓지 않는 자신이 왜 자료를 꺼내놓고만 있었을까 의문을 느끼면서, 책 한 권을 손에 들었다가…………

"……어?"

시간이 멎어버렸다.

숨 쉬는 것도 잊고, 완만하게 눈을 깜빡이며, 다시 한번 표지를 보았다.

표지에 적힌 코이네 공통어는『벨 크라넬 담당일지』.

에이나는 어드바이저로서 자신이 담당한 모험자의 기록을 반드시 남겨놓는다.

어디까지나 던전의 활동기록을 살려 모험자를 죽지 않게 하기 위해. 담당에서 제외된 엘프 루비스나 드워프 도르무르의 일지 또한 연립주택의 자기 방에 잠들어있다.

그 일지에, 왜『벨 크라넬』의 이름이?

이해가 가지 않았다. 고찰조차 불가능했다. 숨을 쉬기가 힘들었다. 잘못 봤을 리 없는 자신의 필체. 어째서 이런 것이 있지? 아니, 애초에 나는 무의식중에 이 일지와 기록의 무더기를 길드의 폐기함에 버리려고── **말소**하려고 했던 거야?

왜? 어째서?

알 수 없다. 아무것도.

하지만 에이나는 떨리는 손으로 페이지를 넘겼다.

『상부와 교섭해서 억지로 벨 크라넬 씨—— 벨의 담당이 되었다. 로즈 씨와 선배들이 내기의 대상으로 삼았던 그 아이이다. 분명 모험자의 재능은 없을지도 모르지만…… 내가 죽게 내버려 둘 줄 알고! 평소처럼 오늘부터 일지를 쓰기로 한다.』

노기 어린 필적이 말해주는 소년과의 첫 만남.

길드에서 지급하는 장비를 전해주고, 얼굴을 마주했던 첫날부터 이론 강의에 힘썼던 내용이 적혀 있다.

『그렇게 당부했는데 내 말을 어기고 5계층이라니 말도 안 돼! 완전히 죽을 뻔한 데다 피투성이가 돼서 시내를 가로질러 오질 않나! 벨은 착하지만 조금 기고만장할 때가 있다. 앞으로는 더 엄하게 주의를 줘야겠어. 그건 그렇고 【검희】에게 첫눈에 반하다니…… 괜찮으려나아.』

소리를 낼 정도로 몇 장이나 페이지를 넘겼다.

『에이나』의 기록은 분개하면서도 항상 소년을 걱정하고 있었다.

『미노타우로스를 단독격파하고 Lv.2…… 이젠 뭐가 뭔지 모르겠다. 하지만 어쩌면, 그 아이는 엄청난 모험자가 될지도. 그와 동시에, 눈을 떼면 금세 죽어버릴지도. 그게,

너무 무섭다. ……넌 정말 나를 조마조마하게 만드는 데는 천재구나, 벨.』

소년의 【랭크 업】. 기대와 흥분, 그리고 불안에 떨리는 마음.

그것은『에이나』가 모르는 소년의 기록—— 즉시『매료』의 힘이 작용했다.

일기에 기록된『벨』의 기록은『벨』을 나타내는 것이 아닌 무언가로 바뀐다.

『처음으로, 그 아이를 때렸다. 모험자를 공격하고, 온 도시의 미움을 사고, 나에게 아무 말도 해주지 않는 그 아이의 뺨을 때렸다. 바보 같아. 내가 누나인데. 이래선 그냥 애 같잖아. 하지만…… 서운해. 분해, 벨. 난 널 도와주고 싶어. 네가 어려울 때는…… 지탱해주고 싶어.』

그럼에도 페이지를 넘기는 손은 멈추질 않는다.

마치 눈물이 떨어진 것처럼 물기가 스며든 필적을 보았다.

그와 동시에 에메랄드색 눈에서 소리도 없이 물방울이 넘쳐났다.

『안 돼. 나는 이제 틀렸어. 이 몸에 흐르는 엘프의 피를 저버리는 것과 다를 바 없는 배덕을 안고 말았다. 담당 모

험자를, 하필이면 담당 모험자를……! 발칙해! 파렴치해! 공사를 구분하는 길드 직원은 무슨! 사과해! 신 헤스티아께 사과해!! 아아, 아이나 어머니, 날 꾸짖어주세요. 리베리아 님, 부디 저를 벌해주세요. 이런 마음은, 품어서는 안 되는데……

저는 그를 좋아해요.』

눈에서 비가 쏟아졌다.

일지에 적힌 『소년』이 『누구』인지조차 인지하지 못하면서, 굵은 눈물방울이 그치질 않았다.

슬픔도, 기쁨도, 불안도, 웃음도 떠올리지 않은 채, 표정을 지워버린 얼굴로 눈물만을 흘리고 있었다.

『모험자가 아닌 벨에 대해 전혀 모른다는 사실에 새삼스레 위기감을 느낀다. 근데 이 일지 어느샌가 사랑의 일기장처럼 돼버렸잖아! 던전 기록은 잘 남기고 있긴 하지만, 아우~~! 아우~~~! ……하지만 그만큼 나는 벨을(필사적으로 글씨를 지운 흔적이 있다).

……잊고 싶지 않아. 무엇이 기다리고 있다 해도. 그가 죽어버려도. 내가 먼저 사라진다 해도. ……나는 이 마음을 잊고 싶지 않아.』

에이나는 페이지를 넘겼다.

아무것도 모른 채, 울면서 페이지를 따라가기만 했다.

그리고 가슴이 호소해대는『마음』에 필사적으로 손을 뻗으려다,

"아무것도 인지하지 못하면서도 계속해서 찾으려 한다니…… 흥미롭긴 해도, 오산인걸."

"!!"

옆에서 뻗어 나온 손이 책을 빼앗아 들었다.

흠칫 놀란 에이나의 바로 옆, 어느새 다가왔는지 로브로 몸을 가린 인물── 아니,『여신』이 서 있었다.

후드에서 엿보이는, 설화석고(Alabaster)처럼 매끄럽고 아름다운 피부.

보석 같은 은색 두 눈을 보고, 그것이 누구인지를 깨달은 에이나는 숨을 멈추었다.

"시, 신 프레이야……?"

"개인 상대라면 몰라도 불특정다수에게 내린 대규모『매료』에는 빈틈도 생기지……. 그중에서도 그 아이를 강하게 생각하던 아이라면 특히. 먼저 알아차려서 다행이었어."

왜 이곳에 있는가 하는 에이나의 곤혹을 무시한 채, 프레이야는 펄럭펄럭 페이지를 넘겨 책의 내용물을 확인했다.

누구에게 들려주려는 것도 아닌 독백을 이어나가다 천천히 고개를 들었다.

"아무 힘도 없는 네가 신에게 저항하다니…… 질투가 나는걸. 마치 벨과 인연으로 맺어진 것 같아서."

프레이야는 미소를 지었다.

조용히, 아름답게.

에이나는 어째서인지 등줄기가 서늘해지는 것을 느끼고 꼼짝도 하지 못했다.

"이건 내가 가져가 줄게."

"앗……."

"괜찮아. 버리지는 않아. 약속해."

책을 가슴에 안고, 프레이야는 한 걸음 멀어졌다.

에이나는 창졸간에 손을 뻗으려 했지만 은색 시선이 이를 제지했다.

그것만으로도 몸이 경련했다.

강력한 『매료』를 새로 걸었다는 사실을, 지금의 에이나는 알 방법이 없었다.

"나중에 내 아이에게, 거기 있는 책무더기도 가져오라고 해야겠어. 너는 그만 돌아가렴. 모든 것을 잊고."

"…………네."

발밑에 어질러진 책을 흘끔 본 프레이야는 등을 돌렸다.

포로가 되어 『미』에 복종한 에이나는 감정이 사라진 얼굴로 고개를 끄덕였다.

마석등을 켜지 않아 저녁놀의 빛만이 스며드는 실내.

멍하니 서 있던 에이나는 여신이 사라진 후, 의식을 되찾은 것처럼 중얼거렸다.

"뭘 하고 있었던 걸까, 내가……. 얼른 미샤한테, 돌아가야……."

그리고.

"어머……? 내가, 왜, 울고 있지……."

자신의 뺨을 타고 흐르는 눈물의 이유를, 에이나는 전혀 알지 못했다.

또각, 또각.

빛이 사라진 계단에 발소리가 울려 퍼진다.

발소리가 빨려 들어가는 곳은 까마득한 아래쪽, 어둠 저편.

하프엘프 소녀의 책을 든 프레이야는 그 누구의 제지도 받지 않은 채 아래로 향했다.

계단을 다 내려가 도착한 곳은 네 개의 횃불이 타오르는 『지하 제단』.

"역시 널 뒤틀 수는 없었나 보네, 우라노스."

고대의 신전을 방불케 하는 거대한 석조 홀의 중심.

커다란 돌 옥좌── 제단의 신좌에 앉은 노신에게 프레이야는 분위기에 어울리지 않을 정도로 요염한 미소를 건넸다.

"대신이라는 신격에다 이 『지하 제단』의 보호까지 받는 너에게는 내 『매료』도 통하지 않았겠지. 애초에 지상의 『목소리』가 들렸는지 어땠는지도 모르겠고."

"……프레이야."

푸른 눈에 이성의 빛을 머금은 의연한 신은 무겁게 입을 열었다.

자신의 『매료』가 통하지 않았음을 알고 당당하게 쳐들어온 『미의 신』을 신좌에서 내려다보며 물었다.

"나도 『매료』시킬 생각인가?"

어제의 여신제와는 달리, 이미 『제단』 안쪽으로 들어온 지근거리.

지금 『매료』를 쓴다면 대신이라 해도 저항할 수 없다.

이 장소까지 침입하는 것을 막지 못한 시점에서 생살여탈권은 빼앗긴 상태다.

"그럴 리가. 너는 오라리오의 안녕을 유지하는 데에 누구보다도 중요한 존재인걸. 내가 현혹했다가 혹시나 『기도』에 지장이 생기면 본전도 못 찾는데."

"……."

"게다가…… 후후, 너를 『매료』시켜봤자 낯빛 하나 바뀔 것 같지 않고."

농담처럼 웃는 프레이야에게, 우라노스는 지엄한 두 눈을 가늘게 떴다.

그녀의 말대로 던전에 『기도』를 바치는 우라노스는 ——

『구멍』에서 몬스터가 새어 나오지 않도록 막고 있는 오라리오의 창설신은—— 도시의 최중요 신물이자 하계 최후의 요석이다. 그의 『기도』가 흐트러지기라도 한다면 『도시붕괴』도 일어날 수 있다.

다시 말해 프레이야는 처음부터 우라노스를 『매료』시킬 마음 따위 없었던 것이다.

『영웅의 도시』를 영락시키는 것만은 용납되지 않는다.

프레이야가 제아무리 오만한 여왕 행세를 하더라도 말이다.

"무엇이 목적이냐, 프레이야."

"물을 필요가 있을까? 원하는 것을 위해 금기를 범했어. 그뿐이야."

"벨 크라넬 말인가……."

펠즈 같은 이들을 통해 도시의 동향을 항상 지켜보는 우라노스는 헤르메스로부터 프레이야의 신의에 대해서도 들었다. 변함없는 표정 속에서는 온갖 『사건』의 한복판에 있는 소년을 동정하며 ——동시에, 역시 **그 영감**이 놓고 간 선물이라고 이상한 방향으로 수긍하며—— 정말로, 정말로 아주 미미한, 작은 탄식을 토했다.

"그러면 뭘 하러 여기까지 왔지?"

던전에 『기도』를 바치는 우라노스는 애초에 이 『제단』에서 움직이지 못한다.

그리고 움직이지 못하는 그의 지시를 받아 수족으로 움

직이던 로이먼 같은 이들이 프레이야의 손에 함락된 이상, 우라노스에게는 대처할 방법이 없다. 헤르메스나 헤스티아의 권속들과 마찬가지로 『매료』를 막을 수 없었던 시점에서 그의 패배였다.

정확하게는, 우라노스만이 아니라 모든 신의 패배였다.

"도시의 창설신인 너하고는 확실하게 『교섭』을 해둘까 하고."

이처럼 누구의 명령에도 좌우되지 않아야 할 군림자는, 머리에 썼던 후드를 내리고 똑바로 우라노스를 보았다.

"날 방해하지 말아줘."

"뭐라고?"

"만약 약속을 지켜준다면, 그 대신 미궁 공략을 단숨에 추진해줄게."

의문에는 답하지 않고 『교섭』의 내용을 제시하는 여신에게, 우라노스는 눈을 크게 떴다.

"이제까지는 아이들에게만 맡기고 자유롭게 놔두었지만, 내가 호령을 내리겠어. 『모든 단원이 일치단결해 던전을 공략해라』라고."

"……!"

"미답파영역 진출은 물론이고, 『흑룡』 토벌 준비도 추진할게."

모든 『원흉』인 지하 미궁의 답파.

그리고 하계의 비원, 3대 퀘스트의 달성.

『교섭』을 받아들여 준다면 여기에 진심을 다하겠다고, 프레이야는 그렇게 말한 것이다.

실제로, 개개인의 무용이 지나치리만치 뛰어난 【프레이야 파밀리아】가 【로키 파밀리아】처럼 파벌이 일치단결해 던전 공략에 나선다면 공략은 틀림없이 약진을 이룰 것이다.

애초에 【프레이야 파밀리아】는 주신을 중심으로 돌아갈 뿐이다.

프레이야에게 마음을 빼앗겨, 그녀의 자비 덕에 거두어져, 주신의 신성에 심취한 권속은 다른 단원들을 걷어차서라도 총애를 얻으려 했다. 하지만 그것이── 여신의 한 마디에 통솔된다면.

"내가 '구원'을── 『마키아』를 이뤄주겠어."

거짓 없는 여신의 선언.

항상 바위처럼 의연하던 우라노스조차 놀라움을 드러내고 말았다.

"……헤라에게 패배해 오라리오에 속박되었던 네가, 왜 이제 와서?"

프레이야는 그야말로 변덕스러운 바람이었다.

15년 전, 제우스와 헤라가 실각한 후, 그녀는 오라리오의 일원으로서 『의무』는 수행했으나 별로 진지하지는 않았다. 권속들의 자유의지에 파벌운영을 내맡기고, 자신의 『취미』── 목적만을 우선시하는 성향이 있었다.

"원하는 것을…… 반려를 찾았거든."

그런 성향을 뒤집은 것은 아무것도 아닌, 간결한 이유.
거만하고, 오만하고, 하지만 어딘가 덧없는 소녀 같은 미소가 얼굴에 떠올랐다.
"나는 벨을 원해. 그의 몸도, 마음도, 영혼도 내 것으로 삼고 싶어. 그래, 벨만 있으면 돼. 그 아이를 손에 넣는다면 나는 **이제 됐어**."
"……."
"그러니까 이번 사건을 넘어가 준다면, 오라리오에는 불이익을 가져오지 않겠다고 약속할게. 게다가 이게 제일 현명한 방법이잖아?"
그리고 다음 순간에는 마녀의 웃음을 지었다.
"내가 벨을 억지로 빼앗으려 하면 반드시 희생이 나오지. 헤스티아의 권속도 그렇고, 헤스티아의 편을 들려 하는 헤파이스토스 같은 애들도 그렇고. 하지만 내 방법이라면 아무도 다치지 않아."
사실이었다.
도시 그 자체를 뒤트는 방법은 결코 칭찬받을 수 없으며 잘못된 것이지만, 프레이야의 방식은 『도시전력』이라는 관점에서는 전혀 마이너스가 없다. 항쟁은 고사하고 워 게임조차 일으키지 않은 채, 시민들의 인식만을 뒤바꾸어 사태를 온건하게 해결해버릴 수 있다.
게다가 【프레이야 파밀리아】의 미궁 공략을 가속시켜준다고 한다면 불이익이 될 리가 없다.

"이 도시에서 『매료』 전의 기억을 보유한 건 내 권속을 제외하면 『동경의 노예』와 『처녀신』, 그리고 『창설신』, 너희 셋뿐."

"……."

"나의 『상자 정원』을 망가뜨릴 존재가 있다면, 그건 너희."

그러므로 쓸데없는 짓은 하지 마라.

타개책 따위 강구하지 말고, 도시 밖에도 응원을 요청하지 말고, 얌전히 있어라.

프레이야는 그렇게 말한 것이다.

만에 하나의 『가능성』까지도 제거하기 위해, 이곳까지 와서, 『교섭』이라는 선수를 친 것이다.

"오늘 하루 정말 힘들었는걸? 『매료』에 모순이 생기지 않도록, 아이들하고 같이 도시를 돌아다니면서."

"……."

"『매료』시킨 아이들에게 부탁해서 벨의 흔적을 바꿔놓기는 했는데, 역시 빼놓은 부분이 있더라고. 아까도 네 아이가 그런 『기록』에 의문을 가지고 있더랬어."

에이나에게 빼앗은 일지를 펼치고, 페이지 위에 춤을 추는 정보를 눈으로 훑는다.

그 고백대로, 프레이야는 권속들에게는 벨 앞에서 『바벨에 있다』고 말하라고 지시한 반면, 자신은 『매료의 뒷마무리』를 하고 있었다.

"던전에 나의 『매료』는 닿지 않아. 다시 말해 어제, 던전에 내려갔던 모험자는 기억의 개찬을 받아들이지 않았어."

"……그걸 덧칠하러 왔나?"

"응. 파악할 수 있는 모든 모험자를 찾아내서 『매료』를 마쳤어. 리빌라 마을 주민도 포함해서 말이야."

프레이야는 오만할 정도로 『근면』했다.

우라노스를 『매료』시키지 않았던 것과 같은 이유로, 던전을 자극해서는 의미가 없다. 거의 모든 이가 여신제를 즐기고 있었다고는 하지만, 던전에 내려갔던 일부 모험자는 프레이야의 『매료』에 함락되지 않았던 것도 현실이다. 따라서 미리 나서서 우려를 봉쇄했다.

제18계층의 『리빌라 마을』 주민들도, 모험자를 조종해 지상으로 불러내서 『매료』를 마쳤다. 이 시기에 하층 영역에서 심층 영역까지 내려간 로키의 아이들이 일부 있기는 한 모양이지만, 아무리 그래도 하층 이하까지 권속을 보낼 수는 없었다. 광대한 미궁에서 길이 엇갈려 발견하지 못할 확률이 훨씬 높다.

지상으로 돌아오는 즉시 조치하는 편이 수고가 덜할 것이다. 덧붙이자면 여기서 멀지 않은 멜렌 항구도 이미 **함락시켰다**. 이로써 오라리오 인근의 공동체가 도시의 알아차릴 가능성은 사라져버렸다고 해도 과언이 아니었다.

『매료』시킨 자들에게는, 인간이든 신이든 상관없이 프레이야의 『상자 정원』에서 흠결이 될 수 있는 존재를 밀고하도록 명령해두기도 했다. 벨이 【프레이야 파밀리아】가 아니라고 의문을 가진 자는 즉시 색출될 것이다.

그러기 위한 『뒷마무리』.

프레이야는 진심으로, 소년을 자신의 『상자 정원』에 가둬놓을 생각인 것이다.

"덤으로 이런 것도 입수했어."

프레이야가 꺼낸 것은 작은 병 하나.

『스테이터스 시프』와도 비슷한 그것은 암시장에서밖에 입수할 수 없는 불법 물품이었다.

리빌라에도 겨우 하나밖에 없었던 이 초희귀 아이템을 구하기 위해, 프레이야는 우라노스와의 교섭을 뒤로 미루었을 정도였다.

"아직도 놓친 부분이 더 있겠지만…… 그것도 회른을 써서 메워나갈 거야."

빈틈은 없다. 있어도 신속히 **바로잡는다**.

일부러 그 사실을 들려주는 여신의 행동은, 노신에게서 고개를 끄덕이는 것 이외의 모든 선택지를 끊어버리는 『낫』이었다.

어두운 지하 제단 속에서 아름다운 은색 장발이 달의 물방울처럼 반짝였다.

"내 정보는 모두 공개했어. 성의는 보였다고 생각하는데…… 우라노스, 네 대답은?"

자신을 꿰뚫어 보는 시선을 묵묵히 받아들인 우라노스는, 깊이 눈을 감았다.

"바라지 않더라도 나는 『도시의 창세신』이라 불리는 몸. 그렇기에 나의 성의란 도시에 사는 이들에 대한 헌신. 따라서 프레이야, 네 만행을 옳다고 인정할 수는 없다."

"그래서?"

"……그러나, 지금 너를 막을 수 없는 것도 사실. 이 눈이 감겨있는 동안에는 네 좋을 대로 하거라."

우라노스의 대답은 『침묵』.

여신이 내민 손을 잡지 않는 대신, 움직이지 않는 조각상이 되기를 약속했다.

"후후…… 역시 너도 보통이 아니야."

프레이야는 입술에 옅은 웃음을 머금고 몸을 돌렸다.

처음부터 이 결과를 내다보았던 것처럼, 유유히 지하 제단을 떠나갔다.

그 자리에 남은 것은 네 자루의 횃불과 눈을 감은 노신뿐.

"……믿을 수 없어."

여신이 사라지고 한참 시간이 지난 후.

홀 한쪽에 고인 어둠이 전율하듯 떨리더니, 한 메이거스가 모습을 나타냈다.

"지금 이야기가 사실이야, 우라노스……? 나는 물론이고, 도시에 있는 모든 존재가 『매료』당했다니……."

신좌로 이어지는 계단의 발치, 제단 앞을 향해 펠즈가 동요를 감추지 못한 채 다가왔다.

흑의의 메이거스는 우라노스의 한쪽 팔로서, 그리고 호

위병으로서 대기한 채 귀를 기울이고 있었다.

하지만 그럼에도 『상황을 파악할 수 없었다』.

"자초지종을 전부 들은 지금도 **자신에게 위화감을 느낄 수 없어**. 무슨 말을 들어도 근거 없는 소리로 판단해버릴 것 같아…… 아니, 신 프레이야의 『노예』가 되어버렸다는 사실을 객관적으로 관측할 수가 없어."

"그것이 『미의 신』이다. 저것이야말로 프레이야의 권능이다."

"강제 오인, 인지 곡해…… 나조차도 네 적이 됐단 거야, 우라노스?"

『이상효과』는 물론 『커스』조차 막아내는 펠즈의 로브가 있어도 프레이야의 『매료』는 막을 수 없었다. 이미 그녀의 규칙에 매몰되어버린 메이거스는 우라노스가 불온한 움직임을 보인 순간 태연히 밀고할 『감시자』로 전락했다. 따라서 우라노스 또한 프레이야에게 했던 약속을 준수하기 위해 아무 대답도 못 한 채 눈을 감고만 있었다.

펠즈는 떨었다.

의식과 무의식을 더 이상 구별할 수 없는 자기 자신에게.

『예속의 무자각』.

프레이야가 도시에 건 『마법』은 그 누구에게도 상처를 입히지 않고, 누구도 방해하지 않는 다정한 것이었으며, 동시에 그 무엇보다도 극악한 『주박』이었다.

"프레이야의 말대로, 도시에 직접적인 불이익은 없을 것이다. 한동안 방관하는 것 외에는 방법이 없다. 그리고 이 방관이 영원히 이어질지는…… 벨 크라넬에게 달린 일."

눈꺼풀 안쪽에서 한 소년을 떠올리며, 노신은 그저 석조 옥좌에 앉아있을 뿐이었다.

황혼의 빛이 차단되고 잔조 또한 사라지자 창연한 하늘이 도시를 덮었다.

하늘은 맑았지만 별은 멀다. 희미하게 낀 구름 때문에 달은 달무리의 노래를 부르고 있다.

나에게는 매우 긴 하루였다.

그리고 겨우 밤을 맞았다.

"프레이야 님께서 돌아오셨다. 따라와."

방문을 열자마자 마스터가 말했다.

침대에 그저 앉아만 있었던 나는 잠자코 일어났다.

저항하지 못하는 포로처럼, 그의 뒤를 따라갔다.

"…………."

"…………."

마스터는 아무 말도 하지 않는다. 나 또한 아무 소리도 내지 않았다.

한 마디도 나누지 않은 채, 달빛이 비추는 청백색 복도를 걸어 나갔다.

궁전처럼 거대한 저택은 그저 고요했다.

저택 내부가 그렇다는 것이 아니라, 홈 자체가.

광대한 부지를 가진 『폴크방』은 커다란 네 개의 벽에 에워싸여 있다. 번화가가 있는 오라리오 남쪽의 제5구역에 있으면서도 시내의 소음과는 거리가 멀다.

여신제를 마쳐 연회는 끝났다지만, 마치 바깥세상과 격리된 것만 같다.

『거대한 감옥』이라는 착각이 들었다면, 그건 과장일까.

"……마스터………… 헤딘 씨……."

뭐라 불러야 좋을지 알 수 없어 내가 다시 부르자, 마스터는 돌아보지 않은 채 대답했다.

"뭐냐."

"……시르 씨, 라는 사람을 아세요?"

멈추지 않던 걸음이 우뚝 멈췄다.

멈춰 선 마스터는 천천히 돌아보았다.

"……누구냐, 그게."

"휴먼, 여자분인데…… 풍요의 여주인이라는 주점에서, 일했고……."

"……."

"【프레이야 파밀리아】와, 관계가 있을 텐데…… 그분은, 여기 있나요……?"

아무도 나를 기억하지 못하는, 그런 영문 모를 상황 속에서도 몇 가지 마음에 걸리는 점은 있었다.

아침에 류 씨에 관해 물어봤지만, 이곳의 제1급 모험자들은 모른다고 했다.

그러면 시르 씨는?

내가 상처 입혀 자취를 감춰버렸던 그 사람은 어떻게 됐을까.

매달리듯 묻자, 마스터는 조금도 속내를 내비치지 않는 눈으로 대답했다.

"그런 여자는 이곳에는 없다. 이곳에 있는 것은 한 여신뿐이다."

예상했던 대답이 일말의 희망마저 깨뜨렸다.

그렇군요, 라고도 대답하지 못한 채 나는 눈을 내리깔았다. 하나에서 열까지 기억과는 다른 『세계』에 체념을 품기 시작한 나에게 구역질이 날 것 같았다.

마스터는 아주 잠깐 나를 바라보는 듯했지만, 다시 걷기 시작했다.

아침에 그에게 끌려왔던 거대한 식당—— 저택 중앙 1층의 특대 홀에서 이어지는 복도를 따라 북쪽을 향해 똑바로 나아간다. 천계의 풍경처럼 아름다운 안뜰을 가로지르는 구름다리의 지붕 아래를 지나, 홈의 안쪽으로.

너무나도 광대한, 그리고 조금도 기억에 없는 풍경에 강렬한 곤혹감을 느끼며, 별관 최상층으로 끌려갔다.

"프레이야 님, 왔습니다."

"들어오렴."

닫힌 문 안쪽으로부터 소프라노의 음색이 들려왔다.

가슴속에서 심장이 요동치는 가운데, 창을 들고 지키던 두 명의 여성단원이 쌍여닫이문을 열었다.

마스터의 눈짓에 떠밀려, 긴장한 나만이 여신의 신실로 들어갔다.

"어서 오렴, 벨."

그곳에 옥좌는 없었다.

다만 방 한복판에 놓인 세련된 카우치에 그녀가 있었다.

등으로 흘러내리는 은색 머리카락. 그리고 같은 색의 눈동자.

긴 머리카락은 별의 바다처럼 현란하고, 두 눈은 보주와도 같이 반짝였다.

창문에서 내리쪼이는 달빛을 받는 모습은 아름답다는 말 이외의 것으로는 표현할 수 없었다. 그 고요하고도 신성한 모습은 고혹이란 단어마저 잊게 만든다.

그런 그녀의 눈빛은 온통 나에게만 향하고 있었다.

"……프레이야 님."

메마른 입술에서 간신히 목소리 한 조각이 떨어졌다.

도시 최대 파벌의 주신이 머무는 신실에는 생각보다도 물건이 별로 없었다.

실내의 넓이 때문이기도 하겠지만, 눈에 들어오는 것이라곤 천장 달린 침대와 책장, 치밀한 장식이 가미된 전신거울 정도. 푸르스름한 기운이 감도는 흰색 석재를 쓴 바닥에는 일부에만 융단이 깔렸으며, 천장을 받치는 같은 색의 기둥이 여러 개 있다. 『왕의 방』을 그대로 개인실로 바꾸었다고 하면 좋을까.

천장에 장식된 대형 마석등 샹들리에는 침묵하고 있었다. 불이 들어온 마석등은 카우치 옆, 둥근 외다리 테이블 위에 놓인 어스름한 조명뿐.

넓은 방 전체가 창연한 달빛에 물들어 있었다.

"미안해, 얼른 시간을 내지 못해서. 우리 풍요의 여신들은 여신제가 끝나고도 잡무가 많거든."

"……."

"이야기는 헤딘이랑 아이들에게 들었단다. 우리에 대해 기억하지 못한다며?"

"……."

"그뿐 아니라 네가 다른 신의 권속이라고 생각한다지."

일방적으로 말을 거는 프레이야 님에게 나는 계속 침묵했다.

신실 한복판에 가만히 서 있던 나에게, 그녀가 일어나 걸어왔다.

구두 굽 소리를 융단에 묻으며 다가와, 나보다도 조금 높은 눈높이에서 뺨에 오른손을 뻗는다.

나는 어깨를 떨며 얼른 뒤로 물러났다.

"……처음에는 농담인 줄 알았는데, 아무래도 진짜인가 보네."

입을 꾹 다문 나에게, 여신님은 난감하다는 듯 미소를 지었다.

사근사근한 태도. 부드러운 어조. 『신의 연회』 같은 곳에서 몇 번 보았던, 초연하던 그녀는 결코 보이지 않던 행동.

그야말로 자신의 권속을 대하는 듯한 『주신』의 모습에, 나는 들키지 않도록 숨을 들이마셨다.

"저는…… 정말로 【프레이야 파밀리아】였나요……?"

"그럼. 내가 너를 찾아냈지."

"그러면…… 계속, 당신 밑에서 싸웠나요……?"

"그렇단다. 이곳의 정원에서도, 던전에서도, 조급한 토끼처럼 싸웠지. 너는 늘 위태로워서…… 사실은 나도 자주 걱정했어."

긴장된 목소리로 묻는 내게, 프레이야 님은 또박또박 대답했다.

마지막에는 작은 비밀 이야기라도 하듯, 부드러운 음성으로.

『미의 신』의 그런 모습에 내심 두근거리다 얼른 마음을 억눌렀다. 거짓말을 하는 것처럼은 보이지 않았다. 하지만 상대는 신이다. 하계 주민은 간파할 수 없는 거짓말일지도 모르고, 어쩌면 사실 속에 거짓을 섞었는지도 모른다.

나는 불경하다는 생각을 억누르고, 신을 의심하는 요구를 제시했다.

"그러면 『증거』를 보여주세요."

그저 동요만 하고 혼란스러워만 하는 상황은 끝났다.

아무도 『헤스티아 파밀리아인 나』를 기억하지 못한다. 다들 내가 이상하다고 말한다. 그저 절박하게 내몰리기만 한 채 그 방에 처박힌 후, 혼자서 계속 생각했다. 지금의 상황을 필사적으로 정리했다.

그리고 자신의 『기억』을 긍정하기 위해 꺼낸 대답이, 이것이었다.

"제 【스테이터스】를 갱신해주세요."

주신과 권속의 연결을 증명하는 가장 유효한 재료이자, 무엇보다도 큰 증거.

『팔나』. 피의 유대이자 계약. 권속의 등에는 예외 없이 신혈로 새겨진 【스테이터스】가 존재한다. 그리고 이것을 갱신할 수 있는 사람은 주신 하나뿐이다.

나는 벨 크라넬. 헤스티아 님의 권속.

주신님과 오늘날까지 보냈던 하루하루는 결코 거짓이 아니다.

나는 그 사실을 증명하기 위해, 프레이야 님과 단둘만 있게 되는 이 순간을 기다렸다.

"지금, 이 자리에서……!"

다른 신은 【스테이터스】를 갱신할 수 없다. 나의 등에서 헤스티아 님의 『팔나』가 확인된다면, 사람들의 기억이 다른 상황은 설명할 수 없더라도, 모든 전제가 뒤집어진다.

아무것도 보이지 않는 암흑 속에서, 희망이라는 이름의

등불을 든 모험자의 표정으로 몸을 내밀었다.

"——네가 원한다면, 나는 딱히 상관없지만?"

그런 나에게.

프레이야 님은 동요하지도 않고, 시원시원하게, 선선히, 요구를 받아들였다.

"웃……?"

"헤이즈, 바늘을."

프레이야 님이 종을 울리자 나를 진찰했던 힐러—— 헤이즈 씨가 들어왔다.

그녀는 주신의 지시에 공손히 고개를 숙이며 금은이 뿌려진 화려한 쟁반을 내밀었다.

프레이야 님은 쟁반에서 든 날카로운 은 바늘로 찔러 손가락에 핏방울을 맺었다.

한 치의 망설임도 없는 그 모습에 심장이 무겁게 울려댔다.

설마, **정말로**?

아니, 그렇지 않아. 절대 아니야. 그러니까 여기서 확실히 해야만 해.

나는 잘못되지 않았다는 것을. 그러니, 어서, 떨리는 손으로 옷을 벗어——.

나는 필사적으로 심장 고동과 싸우며 태어났을 때의 모습으로 상반신을 드러냈다.

그리고 프레이야 님에게 이끌려, 카우치 앞에 마련된 의

자에 앉았다.

"**평소처럼 할 테니** 움직이지 말렴."

귓가에 속삭이는 목소리에 몸이 오싹 떨렸다.

머리가 새하얗게 변한 직후, 곧 신혈로 여겨지는 물방울이 등에 떨어졌다.

'——읏?!'

여신님의 손가락이 등을 훑은 순간 느껴지는, **『팔나』가 열리는 감각.**

헤스티아 님이 갱신해주실 때마다, 늘 피부에서 전해지던 맥동의 기척.

거짓말이야. 말도 안 돼. 그럴 리가——

등을 돌린 채 굳어버린 나를 내버려둔 채, 프레이야 님은 익숙한 동작으로 손가락을 놀렸다.

얼어붙었던 내 시간은 금방 풀렸다.

"끝났어."

마치 사형선고를 내리듯, 등 뒤에서 프레이야 님이 종이 한 장을 내밀었다.

나는 떨리는 손으로 그것을 받았다.

벨 크라넬

Lv.4

힘: A843→846 내구: A812→871 기교: A881→895

민첩: S928→935 마력: B767→769

행운: F 내성: G 도주: I

“으으윽?!”

다른 신이 알 리 없는【스테이터스】의 전모, 그리고 갱신된 수치에 심장이 꽉 붙들리는 듯한 충격을 받았다.

온몸을 가득 채우는 고양감마저 무사히 『어빌리티가 상승했음』을 무자비하게 통고했다.

“『내구』만 많이 올랐네. 또 헤딘이 굴렸니?”

내가 침묵하거나 말거나, 프레이야 님은 둥근 테이블 위에 바늘을 놓았다.

그녀의 말에 반응조차 하지 못한 채 나는 용지를 내팽개치고 움직였다.

옷도 입지 않고, 비틀거리는 다리로, 구르듯 거울 앞에 섰다.

“――――――――――.”

그리고 거울에 비친 『현실』은 더할 나위 없이 잔혹했다.

등을 보기 위해 고개를 돌린 내 눈에 들어온 것은, 『은색 히에로글리프』.

비문을 방불케 하는 문자열은 눈에 익은 『성화』의 형상이 아닌 『여주인』의 그것.

헤스티아 님이 아니라―― 프레이야 님의 『팔나』!!

“그럴, 수가………….”

움직이지 않는 『현실』과 직면한 나의 다리는 어느샌가

무릎을 꿇고 있었다.

'——**부쉈다**.'

프레이야는 이 순간 확실히 들었다.

소년의 의심암귀에 균열이 생기고 박살 나는 소리를.

간신히 유지되고 있던 마음의 질서가 흔적도 없이 무너지는 소리를.

프레이야는 속으로 웃음을 삼키고, 그 가엾은 아이의 곁으로 다가갔다.

"괜찮아, 벨."

"!!"

바닥에 무릎을 꿇은 소년의 몸을 뒤에서 끌어안았다.

전류가 흐른 것처럼 그의 온몸이 떨리는 가운데, 두 팔을 감아, 빈틈이 생기지 않을 정도로 밀착했다.

자신의 풍만한 가슴에 그의 힘없는 등이 달라붙고——아아, 심장 고동이 들려온다.

공포의 맥박이다. 절망의 율동이다. 그리고 무엇보다도 사랑스러운『영혼』의 음색이다.

귀를 살짝 깨물고, 목덜미에 입술을 가져다 대고, 뜨거운 숨을 얽으며, 서로의 경계가 사라질 때까지 하나가 되고 싶다—— 그런 충동을 억누르며 속삭였다.

"너의 공포도, 절망도 다 안단다. 지금 모든 것을 받아들일 수 없다는 것도 이해해."

“네……?”

“그러니 **너 자신을 부수지는 말렴**. 자, 몸이 이렇게나 차갑잖니. 겁먹지 말렴…… 무서워하지 말렴.”

갓난아기를 어르듯, 자신의 심장 고동을 들려주듯, 『소년이 원하는 말』을 속삭인다.

소년은 지금 완전히 『기댈 곳』을 잃은 맨몸뚱이다.

그 허점을 놓치지 않고 온기와 함께 다가선다.

얼음덩어리처럼 굳었던 몸에서 미미하게, 그러나 확실히 힘이 빠져나갔다.

‘『스테이터스 스니치』…… 리빌라에서 입수하길 잘했어.’

그 이름이야말로 소년에게 거짓된 현실을 들이댄 트릭이었다.

벨의 예상대로, 아직 컨버전을 마치지 않은 그의 등에는 헤스티아의 『은혜』가 새겨져 있다. 아무리 『매료』의 힘으로 벨을 고립시켜도 이대로는 프레이야가 『은혜』를 갱신할 수 없다. 벨의 의구심은 커지기만 한다.

그래서 프레이야는 『매직 아이템』을 사용했다.

『스테이터스 시프』보다도 더욱 희귀한 『스테이터스 스니치』.

남신과 여신, 관장하는 권능이 다른 여러 종류의 신혈을 원료로 만들어진 이 아이템의 효력은, 다른 신의 【스테이터스】를 갱신하는 것.

다른 파벌의 권속을 갱신시켜주다니, 평범하게 생각하

면 백해무익한 물건이지만, **짓궂은 주신** 때문에 생고문을 당하고 있는 권속을 구제하거나, 스파이 활동으로 전력을 뽑아오거나 할 때 등에도 쓰인다. 용도가 용도인 만큼 파벌을 운영하는 주신들에게서는 사갈처럼 미움을 사, 제조되는 양 자체가 적다.

『스테이터스 시프』로 자물쇠를 풀 필요는 있지만, 그것만 해결하면 이 붉은 액체를 한 방울 떨어뜨려 【스테이터스】를 갱신할 수 있다. 단, 어디까지나 어빌리티의 상승만 가능하며 『마법』이나 『스킬』의 발현 및 【랭크 업】은 불가능하다.

오늘 하루, 『매료』의 뒷마무리를 위해 돌아다녔던 프레이야는 이 『스테이터스 스니치』를 확보해 벨의 허를 찔렀던 것이다.

갱신을 위해 등을 돌린 벨의 귓가에 속삭여 한순간의 빈틈을 만들고, 『스테이터스 시프』와 『스테이터스 스니치』를 재빨리 사용했다. 『스테이터스 스니치』는 첫 한 방울 이외에는 자신의 신혈을 사용하기 때문에 갱신 후 권속의 등에는 한동안 자신의 권능이 비친다.

이 작용으로 프레이야는 벨의 눈을 속였다.

"네가 고독밖에 받아들이지 못한다 해도, 나는 너를 혼자 두지 않아…… 괜찮아."

몇 번이나 속삭인다. 몇 번이고 자신의 온기를 준다.

잠시 후, 간격이 좁고 얕았던 소년의 호흡이 천천히 돌아왔다.

벨의 마음이 평소대로 돌아오는 과정에서 자신의 『자애』를 스며들게 해 『포석』을 깔아나갔다.

프레이야는 웃었다.

조소도 냉소도 아니었다.

소녀의 곁에 있다는 기쁨의 미소였다.

"괜찮니?"

"…………네, 에……."

겨우 몸에서 떨림이 사라졌을 무렵, 프레이야는 아쉬움을 참고 포옹을 풀었다.

프레이야가 자리에서 일어나자 벨도 비틀비틀 몸을 일으켰다.

눈은 여전히 바닥만을 보고 있다.

하지만 조금 전까지 있었던 경계심은 엷어졌다. 그렇다, 『엷어져 가는』 과정이다.

지금은 그거면 충분하다고, 프레이야는 눈을 가늘게 떴다.

"벨. 네 이야기를 들려주련?"

"네……?"

"**나의 권속이 아닌**, 네 기억을 가르쳐줬으면 해."

고개를 든 벨은 눈을 크게 뜨고 있었다.

왜 그런 말을 하는지 알 수 없다는 표정이었다.

프레이야는 어머니와도 같은 눈빛으로 대답했다.

"너는 나의 【파밀리아】…… 그렇게 아무리 말해봤자 반아들이지 않을 거잖아?"

"그, 그건……."

"마음에 두지 마. 내가 벨의 입장이었어도 마찬가지로 혼란스러워했을 테고, 아무것도 믿을 수 없었을 테니까. 그러니 네 이야기를 들려줘. 내가 모르는 지금의 너를, 내게 가르쳐줘."

"…………."

"나는 어떤 너라도 부정하지 않는단다. 물론 내 사랑을 떠올려주면 좋겠지만…… 벨이 괴롭다면 그럴 필요도 없어. 나에게 소중한 건 너와 보내는 지금 이 순간과 미래니까."

거짓 없는 말. 그리고 벨에게는『마음 편한 제안』.

적어도 벨은 프레이야의 신의를 알아차릴 수 없다. 무엇보다도『지금의 자신』을 부정하지 않는 유일한 존재는 임시로라도『기댈 곳』처럼 보일 것이다.

그렇다, 처음에는『임시』여도 상관없다.

이것을『진짜』로 바꿔나가면 그만이니까.

"오늘, 우라노스에게 호출을 받았단다. 슬슬 미궁 공략을 추진하라는 말을 들었지 뭐니."

"네?"

"기억이 돌아오지 않아 괴롭겠지만…… 벨도 낮에는 다른 아이들과 함께, 단련을 해줬으면 좋겠어. 나는 너를 던전에서 잃고 싶지 않으니까."

"…………."

"단련이 끝나고, 밤이 되면 이렇게 이야기하자꾸나. 단 둘이서."

"……………………알았, 어요."

벨에게 선택의 여지는 없다. 오늘 하루 거부당하기만 했던 그에게는 동료라고 말해주는【프레이야 파밀리아】외에는 몸을 둘 곳이 없다. 설령 본인이 바라지 않더라도.

프레이야는 벨의 뺨에 오른손을 가져다 댔다.

벨도 이번에는 도망치지 않았다.

겁먹은 소동물처럼 흠칫 몸을 떨면서도, 그대로 가만히 있었다.

"내일 밤에 또 보자꾸나."

"……."

"아니면 오늘 밤은 이대로 같이 잘까?"

"아, 안 잘 거예요!!"

"후후, 아쉬워라…… 일이 많아서 피곤하기도 하겠지. 방에 돌아가서 쉬렴."

"네, 에………… 고맙, 습니다……."

벨은 얽혔던 시선을 떼어내고, 그렇게 대답했다.

너무나도 길었던 격동의 하루를 보낸 그에게 이 이상의 대화는 무리일 것이다. 무언가를 생각하는 것조차 괴롭겠지.

미덥지 못한 발걸음으로 문 앞까지 가, 떠나면서 이쪽을 돌아봤다.

자애를 담은 미소를 보내자, 루벨라이트색 눈은 동요하

면서 다시 시선을 떼었다.

이번에야말로 소년의 모습이 사라지고, 신실에는 침묵이 찾아왔다.

"——헤이즈. 오늘부터 벨에게 들키지 않도록 호위를 붙여. 하루의 행동을 내게 철저히 보고하라고 해."

"분부 받들겠습니다."

"그리고, **회른.**"

벨과 자리를 바꾸어 입실한 것은 힐러 소녀와 시종장.

이름을 불려 어깨를 살짝 떤 소녀, 회른에게, 프레이야는 슬쩍 눈길을 주었다.

"너의 『거짓말』이 벨에게 들켰을 때의 『조건』…… 나와 나누었던 『계약』을 기억하지? 너는 더 이상 벨과 접촉해서는 안 돼. 그 아이의 시야에 들어가는 것도 허락하지 않겠어."

"……예, 프레이야 님."

"그 대신 『나』의 노릇을 하면서 한동안 움직여줘야겠어. 오늘 하루 돌아다닌 것만으로는 『개찬』의 모순을 모두 없애지 못했거든. 『매료』를 쓰도록 허락할 테니까, 구멍을 발견하는 즉시 메우도록 해. 특히, 앞으로 도시 밖에서 찾아오는 아이들은 면밀히."

긴 회색 머리카락으로 얼굴의 오른쪽 절반을 가린 회른은 드러난 왼쪽 눈을 당혹감으로 떨었다.

『변신 마법』을 쓸 수 있는 회른은 『아르카넘』을 쓰지 못

하는 점을 제외하면 프레이야와 전혀 다를 바 없는 존재가 될 수 있다. 그것은 그녀 또한 미신의 미모로 『매료』를 행사할 수 있다는 뜻이기도 하다. 오리지널과 비교하면 위력도 정밀도도 떨어지지만, 프레이야는 『또 한 사람의 자신』이나 다를 바 없는 소녀에게 『상자 정원』을 완성시키도록 명령했다.

오라리오 밖으로 한 걸음 나가면 『헤스티아 파밀리아의 벨 크라넬』이라는 인식은 건재하다. 『세계의 중심』인 오라리오는 여행자와 상회의 출입이 활발하니, 그들은 뒤틀린 인식을 가진 시민에게 위화감을 느낄지도 모른다. 벨에게 쓸데없는 의심을 불어넣을지도 모른다.

그렇기에 이를 위한 『대처』. 이미 【프레이야 파밀리아】의 말을 들을 수밖에 없게 된 문지기 【가네샤 파밀리아】와 연계해 회른에게 『매료』를 시키는 것이다. 어제의 『개찬요구』에서 생긴 빈틈도 그녀에게 맡길 생각이었다.

정보란 덧씌워져 가는 것이다.

도시 밖의 사람들 사이에서 '벨이 【프레이야 파밀리아】 소속이 되었다'는 말이 한 번만 퍼지면 그것은 사실이 된다. 다소의 위화감을 느낀다 하더라도 오라리오 사람은 모두 입을 모아 '그 말이 맞다'고 몇 번이든 대답할 것이다.

적어도 시간만 들이면 세간에는 침투된다.

진위의 판단은 둘째 치고, '벨이 프레이야의 권속이 되었다'는 액면이 중요한 것이다.

철저한 『정보조작』을 명령받은 회른은 몇 번이나 망설인 끝에 입을 열었다.

"정말로…… 저를 벌하시지 않아도 되겠습니까, 프레이야 님? 저는, 주제님께도 프레이야 님께 거짓말을 하고, 이 손으로 벨 크라넬을 죽이고자……."

"내가 벌하지 않는 것. 그게 너에게는 무엇보다도 큰 『벌』이 되겠지, 회른?"

"읏……!"

"나는 네 죄책감이 줄어들도록 도와주지는 않을 거고, 네 충성심도 의심하지 않아. 그러니 앞으로도 나에게 진력하도록 해."

모든 것을 꿰뚫어 보는 은색 눈에 회른은 외경심과 전율을 함께 느꼈다.

그녀는 오늘까지 질책을 받지 않았다. 각오하고 벨 크라넬을 살해하고자 했다지만, 주신을 배신한 배덕감은 존재했다.

"분부 받들겠습니다……."

갈 곳을 잃은 감정에 괴로워하는 소녀는 눈을 내리깔고 꺼져 들어가는 목소리로 대답했다.

"회른은 오늘부터 다시 내 수행원으로 되돌릴 거야."

"주제님은 말씀이오나, 아렌 님 같은 분은 반발하실 겁니다."

"내가 허락했어. 그렇게 전해."

주신의 신의에 헤이즈가 공손히 고개를 숙였다.

그리고 프레이야는 시선을 돌려, 신실의 문을 바라보았다.

자신이 품에 거둔 소년을 생각하며.

'『있을 수 없는 현실』에 직면했을 때, 아이들은 어떻게 할까…… 처음에는 자신의 『주관』에 매달리지만, 이윽고 서서히 그것을 의심하지.'

벨의 정신은 아직 불안정하다.

경험해보지 못한 고독에 압도적인 공포와 불안을 느끼지만, 아무도 믿을 수 없다. 지금 아무리 프레이야와 권속들이 동료라고 설득해봤자 절대 수긍하지 않을 것이다.

그러면 어떻게 할까.

간단하다. 『이해자』가 되는 것이다.

프레이야만이 유일한 『소년의 이해자』가 되면 그만이다.

부정하지 않고, 거부하지 않고, 공감을 보인다.

그러면 아이들의 마음은 쉽게 흔들리고, 독인 줄 알면서도 감미로운 사과를 받아들인다.

"앞으로도 너를 상처 입힐 거야, 벨. 그리고 상처가 생길 때마다 안아주고, 달래줄게. 꼭, 반드시."

여신은 감정을 내비치지 않는 얼굴로 웃었다.

"그러니까, 미안해── 하지만 더 이상 수단은 가리지 않기로 결심했거든."

그녀의 이름은 프레이야.

정과 부의 양면성을 가진, 잔혹하고도 분방한 여신이자,

누구보다도 사랑의 독과 기적을 아는 『마녀』다.

3장
전쟁의 들판

해가 떴다.

아직 푸르스름한 색이 남은 아침 하늘에 구름은 보이지 않는다. 활짝 갠 날 같다.

마음속은 구름이 끼어 있어서 맑아지지 않지만, 그렇게 생각했다.

"벨, 꾸물대지 말고 빨랑 와!"

"……네."

하프파룸 단원에게 불린 나는 언덕 위에서 하늘을 우러러보던 것을 멈추고 그의 뒤를 따랐다.

【프레이야 파밀리아】의 홈, 『폴크방』.

오라리오에 속한 수많은 파벌 중 최대라 할 만한 부지를 가진 홈의 『정원』은 그야말로 평원이라는 표현이 어울렸다. 중앙의 언덕에 솟은 저택을 에워싼 녹색의 바다, 아침놀 속의 들판은 이슬에 젖어 눈길을 빼앗길 정도로 반짝였다.

담장이라 부르기에는 너무나도 견고한 네 개의 벽과 문 때문에 바깥의 풍경은 전혀 보이지 않아, 이곳이 도시 안이라는 것도 아직 믿겨지지 않는다.

나는 그런 장소에서, 지금부터 싸우게 되었다.

"기억이 혼탁해졌는지 뭔지 모르겠다만, 난 너에 대한 태도를 바꿀 마음은 없어! 이제까지 했던 대로 이 『정원』에서 『세례』를 해주지!"

나의 『감시자』로 발탁되었다는 하프파룸 남성 반 씨는

내게 등을 돌린 채 엄숙한 목소리로 말했다.

어젯밤, 내가 『커스』에 의해 이상해졌다고 프레이야 님이 【파밀리아】에 통달하셨다……고 한다. 그와 함께 일상생활 등을 보조해주게 된 것이 같은 Lv.4인 제2급 모험자 반 씨였다. 내 사정 따위 알 바 아니라며 방으로 찾아와선 나를 두들겨 깨우더니 『특대 홀』의 긴 테이블에 아침 식사 대용으로 놓인 간단한 음식을 억지로 먹이고는, 다른 단원들과 함께 이 『정원』으로 끌고 왔다.

어제 있었던 일이 꿈이라면 좋을 텐데, 하는 희망이니 불안에 잠기는 것조차 용납하지 않는 강제적인 행위.

다들 각자 무기를 들고 모여드는 광경과도 맞물려, 마치 군대를 떠올리게 했다.

"기억을 잃기 전의 너는 갑자기 툭 튀어나온 주제에 프레이야 님의 관심을 독차지한 빌어먹을 루키였어! 난 네가 정말 싫고 마음에 안 들어! 다른 놈들도 똑같은 생각이니 봐줄 거라고는 기대하지 마라! ……아 뭐야, 그 죽은 토끼 같은 눈은!"

"죄, 죄송합니다……."

나보다도 키가 작은 하프파룸을 멀거니 바라보다가 혼이 났다.

이쪽을 돌아보며 얼굴을 시뻘겋게 붉힌 반 씨에게 황급히 사과했다. 씻을 수 없는 당혹감과 함께.

……반 씨를 기억하지 못하는 것은 아니다.

여신제에서 시르 씨와 데이트할 때, 우리를 감시하고 배위까지도 쫓아왔던 【프레이야 파밀리아】 속에 하프파룸 단원이 있었던 것 같다.

이제 와서는 확인할 방법 따위 없을지도 모르지만.

"일단 설명해주겠다만, 영광스러운 프레이야 님의 권속은 이 『정원』에서 목숨을 걸고 싸운다! 새벽부터 황혼까지 매일! 던전에 가는 놈은 안 그래도 되지만, 오히려 『정원』에서 나가는 놈이 더 적어! 왜냐하면 여기는 전쟁의 평원── 『폴크방』이기 때문이다!"

들판을 가리키며 반 씨가 역설했다.

듣자 하니 【프레이야 파밀리아】의 단원은 Lv.1부터 Lv.4까지 ──힐러 같은 비전투직을 제외하면── 매일 아침 이렇게 『정원』에 나와 실전을 되풀이한다는 것이다.

오라리오 내에서는 유명한 이야기고, 어제는 내 눈으로도 직접 봤다.

그러므로 펄쩍 뛰어오를 만큼 놀랄 일은 아니지만…….

"……싸움의 신호는?"

아침 일찍 밖으로 끌려 나와, 무기까지 받고, 싸울 준비를 강요당하니.

스스로도 무슨 짓을 하고 있는지 알 수 없었다.

달리해야 할 일이, 생각해야 할 일이 있지 않을까 하는 강박관념 같은 것이 가슴을 두드려댄다── 무언가 할 수 있는 일이 있다면, 누군가가 가르쳐줬으면 좋겠다.

수많은 사람에게 거부당했던 상처는 치유되지 않았다.
모두의 눈을, 주신님의 말을 떠올리기만 해도 당장 다리가 굳어버릴 것만 같았다.
『세상이 변해버린 원인』을 찾으면 되는 걸까? 아니면 『내가 변해버린 이유』를 자각해야 하나? 주위가 호소하는 것은 압도적으로 후자였다. 이제 그만 인정해버리라고 귓가에 속삭여댄다. 그리고 그 속삭임에 귀를 막는 것이 지금 나의 최선이었다.
암담한 어둠이 눈앞을 가로막고 있는 그런 내 갈등을――
"그런 거 없다."
――좋은 의미에서도 나쁜 의미에서도, 『전사들』은 말끔하게 날려주었다.
돌아보자마자 반 씨의 쌍검이 내 가슴께로 빨려 들어왔다.
"?!"
본능이 비명을 지르고, 반사적으로 손에 든 나이프를 들어 검격을 막아냈다.
뼛속까지 울리는 통렬한 일격. 방어하지 않았다면 확실하게 심장을 꿰뚫렸을 찌르기.
진심이다.
나를 정말로 죽이려고 했어!!
"이 평원에 선 순간! 그것이 싸움의 시작이다!"
그 말을 긍정하듯 주위의 단원들이 무기를 뽑아들었다.
쩌렁쩌렁 울려 퍼지는 개전의 음색.

고막을 두드리는 격렬한 참격과 충돌의 소리, 그리고 처절한 함성에 온몸이 덜덜 떨렸다.

투쟁의 도가니로 변한 『정원』에 경악할 틈도 없이, 나는 주위의 『전사들』을 따라 하고 있었다.

눈앞의 하프파룸이 온 힘을 다해 검을 휘둘렀기 때문이다.

“말했을 텐데!! 『세례』를 내려주겠다고!”

“윽……?!”

“여긴 전장이다! 여기야말로 여신께서 바라시는 용사가 태어나는 장소다!”

쌍검과 나이프가 뿌리는 불꽃 너머로 반 씨가 외쳤다.

상대의 무기는 멈추지 않고 번뜩여 손안에서 나이프를 튕겨내고, 으르렁대는 듯한 칼놀림은 검광의 폭풍을 낳았다.

반면, 내 몸은 저절로 움직이고 있었다.

허리에 찼던 바젤라드를 뽑아, 반격.

목숨을 건 방어와 회피를 거듭한다.

주체할 수 없었던 갈등 따위 강제로 내팽개치고 모험자 벨 크라넬을 끄집어내도록 만드는 전투.

『우오오오오오오오오오오오오오오오오오오오오오오!!』

공기를 쩌렁쩌렁 흔드는 함성에 휩싸여, 『전사』의 일원이 될 수밖에 없었다.

눈앞으로 날아드는 칼끝, 땅을 기는 듯한 돌려차기, 눈에 맺힌 틀림없는 『살의』. 훈련도 단련도 시합도 아닌 반 씨의 태세에 압도당하며, 그저 『죽음』만을 거부했다.

위화감을 느낄수록 손에 착 감겨드는 무기 따위 이제는 상관없다.

몇 번이나 칼날과 함께 손을 휘두르고 발로 필사적인 스텝을 밟으며 무턱대고 싸웠다.

손속에 사정을 봐줄 수 있는 상대가 아니다. 망설임조차 용납되지 않는다.

어중간한 마음으로 서 있다간── 당한다!

"쉭!"

"하아아아아아아아아아아아앗!"

그것은 주위의 단원들도 마찬가지였다.

바로 옆에서 남녀 휴먼이 참격을 나누고, 뒤에서는 드워프의 배틀해머가 엘프를 후려쳐 날려버리고, 대각선 맞은편에서는 수인과 아마조네스가 코등이싸움을 벌인다. 만약 새가 하늘을 날아가고 있었다면 그 눈에는 그야말로 혼전의 광경이 비쳤을 것이다. 『마법』이나 『커스』까지 구사해가며 같은 【파밀리아】여야 할 동료를 죽이려 한다.

피안개가 솟는다.

누군가가 쓰러진다.

손에서 무기가 떨어진다.

그렇게 널브러진 창을, 혹은 땅에 박힌 검을 뽑고, 선혈에 물든 채 일어난 누군가가 전투를 속행한다.

나는 핏기가 가시는 소리를 똑똑히 들었다.

'이것이──.'

우습게 보고 있었다.

인식이 얕았다.

『목숨을 걸고 싸운다』는 말은 비유일 거라고, 마음속 어디선가 선을 긋고 있었다.

이 맹렬한 전의에는 한 점의 거짓도 없다!

'이것이—— 『폴크방』!!'

실제로 사망자도 나올 만큼 가혹한 파벌 내 경쟁.

필요한 것은 어떤 자에게도 굴하지 않는 힘과 투쟁심.

살아남고, 승리하는 자만이 『에인헤랴르』의 자격을 얻는다!

전투의 열광에 휩쓸려 땀샘이란 땀샘이 모조리 열려버린 한편, 시야 한구석에서는 작은 꽃 한 송이가 흔들리고 있었다.

아무리 짓밟혀도, 뜯겨나가도, 붉게 물들어도 자랑스럽게 피어난 한 떨기 꽃.

이 『정원』은 오래도록 전사들의 피를 빨아들였던 억척스러운 『평원』임을 새삼스레 깨달았다.

"한눈팔고 있지?!"

"크윽?!"

주위에 정신이 팔렸던 나의 뺨을 반 씨의 일갈이 후려쳤다.

다음 순간 날아든 참격이 배틀클로스를 가르고, 이어지는 추가타가 필사적으로 거리를 벌리려 하는 나를 꿰뚫고자 했다.

선택의 여지는 없었다.

창졸간에 빈 왼손을 내밀었다.

"【파이어볼트】!!"

"크허억?!"

목에서 터져 나온 포성이 염뢰를 만들어내 반 씨에게 직격했다.

『마법』을 쓰고 말았다.

아니, **쓰도록 만들었어**!

몬스터라면 모를까, 모험자를 상대로 위협 사격도 아니고 진짜 『마법』을 날리다니, 아이즈 씨와 훈련할 때도 그런 일은 없었는데!

배에서 가슴까지 염뢰를 뒤집어쓰고 몸에서 연기를 뿜어내는 반 씨의 몸이 비틀거렸다.

그러나 그는 나를 번뜩이는 눈으로 노려보더니—— 다시 덤벼들었다.

말도 안 되는 강인함. 『기술과 허허실실』은 말할 것도 없다. 주위에서 싸우는 사람들도 그렇다. 같은 레벨대의 다른 모험자, 다른 파벌의 단원과 비교해도 훨씬 뛰어난 실력.

여기 있는 사람들이【파밀리아】의 간부가 되지 못했다는 사실을 믿을 수 없어!

"크아아아아아아아아아아아아악————?!"

다른 누군가의 입에서 재기불능의 절규가 솟아나는가 하면, 싸울 상대를 잃은 다른 모험자들까지도 이쪽으로 달려들었다.

사방에서 밀려오는 칼날과 검을 마주하기를 수십, 수백, **수천**── 눈 깜짝할 사이에 시간의 흐름이 녹아든다!

체감시간이 극한까지 압축되고, 죽을 수는 없다며 혈액이 온몸을 휩쓸고, 조바심과 함께 팔다리가 약동한다. 던전에서의 연속전투와도 다른 『대난투』 속에 온몸을 던졌다. 던질 수밖에 없었다.

나는 싸웠다.

아무도 나를 기억해주지 않는다느니.

무엇을 해야 할까, 라느니.

그런 슬픔이며 생각 따위는 내팽개치고 잊어버릴 수밖에 없을 정도로, 싸웠다.

머릿속이 새하얗게 될 때까지, 그저 죽지 않기 위해.

하염없이, 싸우고 또 싸웠다.

그렇게.

아침놀 따위 이미 지나가고, 태양이 중천에 접어들 무렵.

전사들의 평원에 서 있던 것은── 나였다.

"크으으윽………… 젠, 장……!"

반 씨를 비롯해 땅에 무릎을 꿇은 다른 단원들로부터 분노와 회한의 시선이 날아든다.

내가 그들보다도 ──특히 같은 Lv.4인 반 씨 같은 이들보다도── 강했던 것은 아니다.

내가 살아남은 것은, 어디까지나 속공마법 【파이어볼트】

덕이었다.

『1대1』을 몇 번이고 반복했다면, 모험자가 된 지 겨우 반 년째인 나는 기량의 차이 때문에 이미 패배했을 것이다. 하지만 이것은 대난투. 누군가를 쓰러뜨리면 다른 누군가와 맞서야 하는 영원한 전장에는 적도 아군도 상관없다. 사방팔방에서 날아드는 공격과 기습을 버텨내야 한다. 그리고 그런 난전 속에서, 속공의 화력을 가진 나는 누구보다도 유리했다.

나를 노리고 마법을 쏘려는 사람이 있으면 반대로 저격한다.

여러 명이 한꺼번에 베려고 달려들면 날려버린다.

한 번 쏴서 쓰러지지 않는다면 연사한다.

초단문영창조차 능가하는 무영창 마법은 『마법검사』의 속도마저 웃돌았다. 주문이 필요 없는 【파이어볼트】는 난전에서야말로 효과를 발휘한다는 사실을 의도치 않게 재확인한 꼴이었다.

무엇보다…… 강인함과 참을성이라면, 『심층』을 4일 밤낮으로 헤맸던 나도 지지 않는다.

그것이 정말로 있었던 일일까—— 그렇게 가슴에서 솟아나는 의문도, 필사적으로 억눌렀다.

"헉, 헉, 헉…… 허어억……?!"

그렇다고는 하지만, 마인드의 소비는 무시할 수 없어 거친 숨을 그저 몰아쉬고만 있었다.

눈을 가늘게 뜨며 반 씨와 다른 이들을 둘러보고, 무릎이 꺾이지 않도록 버티는 것이 고작이었다.

——이 이상은 못 싸워.

온몸으로 숨을 쉬며 내가 그렇게 생각하고 있으려니.

""""""아주 좋아.""""""

그런『네 개의 목소리』가 들렸다.

"＿＿＿＿＿＿＿＿."

등을 두드리는 목소리에 시간이 얼어붙었다.

"모험자로서 최소한『쓸 만할 정도』는 되네."

"기억이 이상해졌을 때는 어떻게 되나 했는데."

"이거라면 춤출 수 있겠어."

"그래, 싸울 수 있겠어."

어느새『정원』에 나왔는지.

네 개의 무기를 든 네 명의 파룸이, 모래색 투구를 장착한『임전 태세』로 서 있었다.

"우리의 힘은 모두 여신을 위해. 그렇기에 여신께 바치고자, 우리는 더 큰 힘을 원한다."

시간이 얼어붙은 나를 내버려 둔 채, 한 다크엘프가 흑검을 칼집에서 뽑았다.

"시간은 유한하다. **지금의 너를 죽여, 다시 태어나게 하겠다.**"

마지막으로, 마스터가.

평원에 발소리를 울리며, 눈앞에 나타났다.

“진정한『세례』는 지금부터다.”

말문이 막힌 나를, 도시 최강의 제1급 모험자들이 에워쌌다.

죽을 수는 없노라고 그렇게나 몰아세웠던 모험자의 본능은── 모든 것을 체념하듯, 침묵했다.

저녁.

이제는 거의 아무것도 보이지 않는데도, 황혼을 알리는 붉은빛만은 알 수 있었다.

어렴풋이 느껴지는 것은 술렁이는 바람.

귓가에서 풀꽃이 흔들린다.

보아하니 엎드린 채 평원에 쓰러져 있는 모양이다.

언제 쓰러졌는지 이제는 기억도 나지 않는다.

베였다.

짓이겨졌다.

불에 타버렸다.

온갖『기술』에 갈라지고, 따라잡을 수도 없는『허허실실』에 분쇄당하고, 상쇄 따위 어림도 없는『마법』에 스러졌다.

다크엘프의 검기는 모조리 퇴로를 차단했으며, 방어해

도 무기와 함께 베여나갔다. 어떻게 팔다리가 아직까지 붙어있는지 이해할 수 없다.

파룸들의 무한한 연계는 공방을 나누기는커녕 내 움직임을 유도해, 빈틈을 보인 순간 장창이, 해머가, 도끼가, 대검이 내 몸을 사방에서 부쉈다.

화이트엘프의 뇌격은 창졸간에 발사한 염뢰와 함께 나를 집어삼켜 너절한 폐기물로 만들어버렸다. 한순간도 늦춰지지 않는 벼락의 폭우는 육체만이 아니라 정신까지도——의지마저도 끊어버렸다.

저항은 아무 소용도 없었다. 너무나도 압도적이었다.

『제1급 모험자에게 포위당한다』는 것이 얼마나 부조리하고 잔혹한 의미를 가졌는지, 나는 겨우 이해할 수 있었다.

"……………………………………………………아."

신음성도 나지 않는 소리의 파편이 꼴사납게 새어 나왔다.

뼈는 부러졌다. 살이란 살은 모조리 베였다. 배틀클로스는 이미 붉지 않은 곳이 없었다.

호흡도 피도 잘 토해낼 수가 없었다. 일격을 받을 때마다 처음에는 울음을 터뜨릴 만큼 뜨겁고 아팠는데, 이제는 더 이상 아무것도 느껴지지 않았다. 아니, 차갑고 춥다. 지금이 겨울이던가?

심장 고동 소리가 멀다. 목숨이 끝난다.

『죽음』이 가깝다.

알고 있다. 이 감각은 알고 있다.

『심층』의 결사행. 그곳에서 맛보았던 어두운 종언.

이번에는 함께 안고 있을 누군가도 없다.

뇌리에서 재생되는 인생 회고. 하지만 소용없다. 그것을 인식할 힘이 더는 남아 있지 않았다.

몸이 춥다는 개념조차 사라져가고, 눈을 뜬 채, 나는 살아가는 것을 멈추려 했다.

"【제오 굴베이그】."

그 직후, 『치유의 빛』이 온몸을 감싸 강제로 『죽음』을 차단했다.

"————————————————커어어어억?!"

다시 살아난 심장 고동이, 다시 흘러나온 호흡이, 솟아나는 생명의 분류가 영혼에 충격을 가했다.

어중간하게 감기려 하던 눈이 번쩍 뜨이고, 전류라도 흘러든 것처럼 온몸이 벌떡 튕겨 뭍으로 끌려 나온 물고기와도 같이 고통에 몸부림쳤다.

"허억, 허어어어어어억…………?! 쿨럭, 콜록…… 커헉……?!"

"위험했네요~. 이번엔 진짜로 죽어버릴 뻔했어요."

온몸이 심장으로 바뀌어버린 것이 아닐까 착각이 들 정도의 맥박에 시달리며 팔다리를 꼴사납게 경련했다. 손톱에 흙이 끼는 것도 아랑곳하지 않고 땅을 움켜쥐고 있으려니 느긋한 목소리가 내 뒷머리에 떨어졌다.

깜빡거리는 시야를 들어보니, 그곳에는 나를 부활시킨 장

본인—— 힐러 헤이즈 씨가 긴 지팡이를 들고 서 있었다.

"제1급 모험자 여러분~ 오늘은 이만 끝내주세요~. 몸이 작살난 건 고칠 수 있어도 피가 부족하답니다~. 벨은 이제 못 움직여요~."

"한심해."

"겨우 그 정도냐."

"프레이야 님을 무슨 낯으로 대하려고."

"——하지만, 마침 해가 졌으니."

그녀의 말에 파룸 네쌍둥이가 무기를 내렸다.

해가 서쪽 하늘로 사라질 시각. 주위에서는 전의가 수그러들고 끊임없이 울리던 무기의 소리도 끊어졌다. 싸움이, 끝난 것이다.

이젠 죽지 않아도 된다고, 그렇게 안도하는 것조차 잊고, 나는 그저 멍하니 누워만 있었다.

'몇 번이나, **죽었지**……?'

되풀이되었던『임사체험』.

심장이 멈췄을 때, 호흡이 정지한 순간, 엘릭서가, 힐러의 마법이, 혹은 번개 마검이 나를 강제로『부활』시켰다. 숱한 상처도, 뜯겨나가기 직전이었던 팔다리도, 온통 금이 갔던 뼈도 금세 없었던 일이 되었다.

보아하니 나만이 아니라 쓰러져 있던 다른 사람들도 치유의 빛을 뒤집어쓰거나 허벌리스트(약사)의 치료를 받고 있었다.

떨리는 손으로 땅을 짚고 몸을 일으키며 겨우 깨달았다.

【프레이야 파밀리아】는 모험자와 비슷할 정도로 힐러가 ——마도사보다도 확보하기 힘들다는 희귀한 치유의 인원이—— 충실하다는 것을.

이것이『목숨을 건 싸움』의 비밀?

가혹한 파벌 내 경쟁은 우수한 힐러들이 지탱해주고 있었던 걸까?

"우리도 단련되고 있으니까, 소생 세 걸음 직전의 치유 정도는 가능해요."

아직도 움직이지 못한 채 주저앉아만 있는 내 옆에서 헤이즈 씨가 농담인지 진담인지 알 수 없는 말을 했다. "참고로 한 걸음 직전까지 치유해버리는 게【데아 세인트】랍니다"라는 말도.

일몰의 빛을 받아 얼굴 반쪽에 그림자를 드리운 그녀에게조차 두려움에 찬 시선을 보내고 말았다.

그리고 그런 내 시선의 의미를 착각했는지 헤이즈 씨는 티 없이 웃었다.

"아, 마음 놓으세요. 이 정도로 화끈하게 당하고 조리돌리는 건 제가 본 것 중에서도 당신이 처음이거든요. 당신은『특별』하니까요."

아무 위로도 되지 않는 그 말에 다시 한번 얼굴이 새파랗게 질렸다.

죽고, 되살아난다.

이것이……『에인헤랴르』.

『폴크방』에서 태어나는, 여신의 굴강한 권속들.

"기억을 잃은 자의 말로, 새로운 탄생제……『첫날』 치고는 잘 버텼다."

평원의『세례』를 이겨내고 제1급 모험자로 올라간 두 엘프가 나의 옆을 지나쳐가려 했다.

칠흑의 검을 칼집에 담은 회그니 씨는 치하의 말을 건네고, 마스터는 냉담하게 쳐다보았다.

"내일도 우리가 너를 상대하마. 준비해둬."

그리고 이번에야말로 절망했다.

앞으로도, 이게 계속된다고……?

세계의 고독에 겁을 먹을 틈도 없이, 다른 절망에 저항해야만 해……?

아무리 두려워해도 도망칠 수 없다는 것만은 이해하고 말았다.

"가요, 벨. 서지도 못하겠죠?"

망연자실한 나에게 헤이즈 씨가 손을 내밀어 일으켜주었다.

빈혈 증상 때문에 꼴사나울 정도로 몸이 휘청거려 백의에 싸인 그녀의 가슴에 몸을 기댔지만, 부끄러움에 몸을 뒤틀지도 못했다.

알프릭 씨 형제들이, 반 씨가, 다른 모험자들이, 같은 방향으로 발을 돌린다.

실신해 움직이지 못하는 자도 팔다리를 붙들려 질질 끌려간다.

제1급 모험자를 제외하고, 모두가 상처 입은 몸을 안은 채 언덕 위의 저택으로 돌아간다.

붉은 노을빛, 초원의 바다에 뻗은 수많은 전사들의 긴 그림자. 종말의 전쟁으로 향하는 것만 같은 그 황혼의 광경이 터무니없이 애수를 자극해, 소름이 끼쳤다.

평원에 핀 꽃이 바람을 받아 지금도 흔들리고 있었다.

푸른 달빛에 싸인 『폴크방』.

밤을 맞아 평원이 고요해진 가운데, 궁전, 혹은 신전으로 착각할 만한 언덕 위의 저택은 빛과 소란으로 가득 찼다.

원인은 1층의 특대 홀, 『세스룸니르』.

그곳에서는 가공할 『목숨을 건 싸움』이 뒤집힌 듯한, 잔치와도 같은 광경이 펼쳐지고 있었다.

"고기 내놔!"

"난 술!"

"피가 모자라! 이래서야 내일도 싸울 수 있겠냐고!"

연결에 연결을 거듭한 테이블이 열 줄, 그곳에 앉은 수많은 모험자들이 온갖 요리에 손을 뻗어 먹어치우고 잔을 기울였다. 그것은 식사의 투쟁이었다.

새벽의 싸움에서 시작된 【프레이야 파밀리아】 단원들의 하루는 성대한 만찬으로 종료된다.

평원의 싸움에 참가했던 자는 이 『세스룸니르』에서 걸신 들린 듯이 먹고 몸을 회복시키는 것이 파벌의 관습이다. ――라기보다는 이 처절한 잔치로 하루를 마무리해야만 내일 쓸 기운을 회복할 수 있다. 아무리 회복마법을 퍼부어대도 상처 입어 지칠 대로 지친 몸을 근본부터 치유하려면 역시 식사는 빼놓을 수 없다. 그렇기에 그들 그녀들은 일사불란하게 고기를 자신의 혈육으로 바꾸고 술로 몸을 축이는 것이다.

"하아~ 다들 오늘도 잘 드시네요~ 늘 있는 일이지만요~. …………진짜 누가 나랑 좀 바꿔줘~."

그러는 한편 주방에서 바쁘게 요리를 하는 것은 헤이즈를 비롯한 힐러와 허벌리스트들.

소생이라고까지 불리는 치유도 포함해 『세례』의 뒤처리는 그들의 일이다. 허벌리스트가 체력증강을 위한 허브를 묻혀, 마녀의 가마솥처럼 거대한 솥에 멧돼지 고기를 끓이고(아무것도 하지 않은 단장 오탈에게 시비 걸려는 건 절대 아니다. 진짜로), 염소젖과 벌꿀을 섞은 벌꿀술을 낸다.

그들은 개인의 별명과는 별도로 '채워주는 그을음'――『안드흐림니르』라고도 불린다.

유래는 『싸우는 용사를 채워주는 발키리들이기에』라든가, 『지나친 노동 때문에 뒷모습이 새까맣게 그을리는 일이 많아서』라든가 자못 그럴듯한 설들이 있다. 그중에서도 어리지만 유능한 헤이즈는 『안드흐림니르』의 실력자 취급을 받는데, 프레이야의 신뢰도 두텁다 보니 곧잘 죽은 생선 같은 눈을 하기로 유명했다. 어떤 주점에서 『【페르세우스】랑 비교해서 누가 더 많이 닮았을까』 하고 폭소와 함께 논쟁을 벌이던 신들의 뒤통수를 지팡이로 말없이 후려갈겼다는 일화도 있다.

지금도, 위장까지 튼튼한 모험자들한테는 이거나 먹이라는 듯 아무렇게나 소금과 향신료를 으랏차차 뿌려대고 있다.

"이 주방을 혼자 꾸렸다는 전설의 드워프 언니가 돌아와 줬으면 좋겠네요~."

이것이 헤이즈의 입버릇이다.

아침부터 싸우고 저녁에는 잔치를 여는 이 파벌의 관습은 프레이야가 시킨 것이 아니다. 선대 단원, 그야말로 오탈 같은 자들보다도 먼저 있던 권속이 자발적으로 시작해 오늘까지 계승된 것이다.

아무튼 서포터를 포함해 요리를 계속해서 나르는 비전투원, 기품 있는 에이프런 드레스를 입은 메이드들 또한 매일 바쁜 업무에 시달린다.

"네네~ 일손이 부족하니 제가 옮겨드리고말고요~. ……어라~ 왜 그래요, 반 씨? 다른 분들도? 다들 표정이 부루퉁해."

비칠비칠 걸어와 테이블에 도착한 헤이즈가 고개를 갸웃했다.

멧돼지 고기와 벌꿀술을 테이블 위에 놔둔 채, 반은 미간에 주름을 지으며 대답했다.

"……그 꼬맹이랑 동료인 척하는 건 참는다고 쳐. 짜증 나지만 그놈은 강해. 우리도 오늘 『정원』에서 깨졌어. 『에인헤랴르』의 일원이 될 만한 힘이 있다는 것도 인정해."

하지만, 이라고 덧붙인 반은 정면을 노려보았다. 다른 단원들도 가증스럽다는 듯 그쪽으로 눈을 돌린다.

그곳에는 빈자리가 있었다.

조금 전, 간신히 음식을 삼키고는 여신에게 불려간, 한 소년의 자리다.

"우리가 계속 원했던 여신의 사랑을, 왜 그놈만 이렇게나 독점하냐고……!"

그런 단원들의 질투와 원념을 대표하는 말에.

헤이즈는 어깨를 으쓱하며 달관한 얼굴로 말했다.

"그야 간단하죠. 그가 그분에게 『특별』하기 때문이에요."

"프레이야 님."

자신의 이름을 부르는 목소리에, 읽던 책에서 고개를 든다.

홈 최상층의 신실.

검은색의 얇은 나이트 드레스를 걸치고 카우치에 앉아

있던 프레이야는 문 쪽을 흘끔 보았다.

"벨이 왔습니다."

"들여보내."

무뚝뚝한 보어즈 종자가 소녀를 『벨』이라 부르니 웃음이 터질 것만 같다.

웃음을 참으며 책을 덮고, 카우치에 놓인 쿠션 밑에 감추었다.

그리고 무의식중에 두 번 세 번, 자신의 긴 은발을 손으로 빗어 내린다.

『딱히 고대했던 건 아니야』라고 본인이 부정한들, 오탈처럼 눈썰미가 있는 사람이 본다면 들떠있다는 사실을 알 만한 웃음을 머금은 채, 신실에 나타난 소녀를 환영했다.

"어서 오렴, 벨. 와줘서 고마워."

"어서 오렴, 벨. 와줘서 고마워."

특대 홀에서 마스터에게 끌려 나와 신실로 들어선 나를 프레이야 님이 맞아주었다.

일부러 내 앞까지 다가와 한쪽 손을 잡는 미의 여신님에게 가슴이 두근거렸다. 비단처럼 매끄러운 피부, 부드러운 온기에 심장이 날뛰고 있는 내 마음을 아는지 모르는지, 그녀는 방 한복판까지 날 이끌어주었다.

외다리 테이블을 끼고 카우치와 팔걸이 의자에 각각 앉았다.

"얼굴색이 안 좋은걸. 상당히 호되게 『세례』를 받은 걸까?"

"……네. 『정원』에서 마스터…… 헤딘 씨나 다른 분들에게 흠씬 두들…… 아니, 계속해서 싸워서……."

"그랬구나. 미안해, 피곤할 텐데 불러내서."

오늘 밤에도 방에서 단둘이.

달빛이 스며드는 환상적인 푸른색의 신실에서, 두서없는 대화를 나눈다.

아직까지도 내 눈앞에 그 유명한 『미의 신』이 있다는 사실이 믿기지 않았다.

역시 너무 비현실적이다. 짙은 피로를 느끼면서, 자신의 기억이 이상하다는 것을 받아들이지 못한 나는…… 무례한 줄 알면서도 그녀의 속을 떠보았다.

"이렇게 격렬한 싸움을 매일 계속하다니, 믿기지 않을 정도로…… 무섭고, 피곤해요."

"후후, 그러게. 너는 어쩌면 세례가 싫어서 기억을 잃어버렸던 건지도 모르겠구나."

"……."

하지만 너무나도 쉽게 농담처럼 받아 흘려버린다.

나는 입을 애매한 모양으로 움직이다가, 포기했다.

신을 상대로 속내를 떠보다니, 도저히 무리라는 사실을 잊고 있었다.

프레이야 님은 무엇이 우스운지 그런 나를 보며 쿡쿡 웃었다.

"그러면 약속대로, 네 이야기를 들려주겠니?"

"……정말로, 하나요?"

"물론이지. 안 그러면 뭘 위해 널 불렀을까."

다리를 꼬지도 않고 카우치에 그저 앉아있는 여신님이 나를 빤히 바라본다.

나는 한참을 망설인 후, 체념하고, 말을 시작했다.

"오라리오에는, 혼자 왔어요. 대도시에 오는 게 처음이라, 그때는 들떴지만…… 어느【파밀리아】에서도 받아들여 주질 않아서……. 그래서 돈도 떨어진 채 도시를 헤매고 있을 때…… 헤스티아 님이, 절 발견해주셨어요."

이런 식으로 자신의 이야기를 해본 적이 거의 없었으므로 어떻게 해야 좋을지 몰라, 몇 번이나 단어를 골라가며 더듬더듬 말했다.『헤스티아 님』이라는 말을 입에 담은 순간 가슴에 아픔을 느끼면서.

"흐응…… 지금의 너는 굉장히 고생해서【파밀리아】에 들어갔구나. 그 후에는 어떻게 했니?"

프레이야 님은 흥미롭다는 듯 그런 나의 이야기에 귀를 기울였다.

헛소리라고 부정하지도 않고, 꿈을 꾼 거라고 비웃지도 않는다. 오히려 궁금한 것이 있으면 질문을 건네기도 하고, 뒷이야기를 채근하기도 했다. 귀에 스며드는 기분 좋은 소프라노 음성으로 이야기를 살살 이끌어주니 내가 당황스러울 정도였다.

이것이 신성? 아니면 『미의 신』의 매력?

이 여신님과 계속 이야기를 나누고 싶다.

그런 생각이 들 정도로, 저항할 수 없는 『마력』이 있었다.

"……프레이야 님. 우린, 어디서 만났나요?"

희롱당하지 않겠다고 마음속으로 고개를 가로젓고, 『【프레이야 파밀리아】의 벨 크라넬』에 대해 역으로 질문을 해봤지만.

"『모험자 묘지』. 내가 권속들에게 꽃을 바치러 갔을 때, 너는 영웅들의 기념비를 방문하고 있었어. 거기서 내가 첫눈에 반했지."

"처, 첫눈에 반……?!"

얼굴을 새빨갛게 물들일 만한 말에 갈팡질팡했다.

"내가 '권속이 되지 않겠니?'라고 말을 걸었더니, 너는 『저 같은 아이도 괜찮나요』라고 소란을 떨다가 뒤로 넘어질 뻔했단다."

"……!"

"그리고 홈으로 데리고 돌아왔더니, 넌 오탈을 보고 얼굴이 새파랗게 질렸지."

하지만 그 점을 차치하고서라도 프레이야 님의 『스토리』는 완벽했다.

만약 다른 세계에 『또 다른 벨 크라넬』이 있다면 정말 그랬을지도 모르는 이야기.

정말로 나답다고, 다른 사람도 아닌 나 자신이 그렇게 느껴버렸다.

필사적으로 『구멍』을 찾으려 해도 찾을 수 없었다. 의심할 수가 없었다.

“그리고 던전 탐색. 『세례』를 받기 전에, 네가 꼭 던전에 가보고 싶다길래 헤딘이랑 같이 보냈더니…… 너는 참, 겨우 『고블린』 한 마리를 잡았다고 나한테 달려왔지.”

“——?!”

“그때는 정말 많이 웃었어. 엄청 들떠선, 너무 귀여웠다니까.”

당시의 일을 돌이키며 웃음을 짓는 여신님을 보고, 나는 충격을 받았다.

그것은 내 기억에도 있는 실제 에피소드. 헤스티아 님 앞에서 보였던 추태.

아무리 나에 대해 잘 안다 해도, 『최약의 몬스터 고블린을 잡고 승리의 개선을 했다』는 던전의 이상 사태급 기행을 날조하기란 불가능해!

프레이야 님도 실제로 보고 들었다고밖에는……!

‘게다가 그렇게 창피한 이야기는 아무한테도 하지 않았어! 아는 사람이라곤 주신님하고, 그리고 에이나 누나 말고는……!’

'그 에이나가 가르쳐줬으니 그럴 수밖에.'

눈앞의 벨이 혼란스러워한다는 것이 손에 잡힐 듯이 느껴졌다.

프레이야는 가슴속에 웃음을 숨기며, 옆자리의 쿠션에 슬쩍 팔꿈치를 얹었다.

'정확하게는 에이나의 일지가.'

벨이 올 때까지 읽고 있던 『책』, 지금은 쿠션 밑에 숨긴 그것은 얼마 전에 회수한 에이나의 『일지』였다. 여기에는 바로 그 벨 크라넬의 미궁 데뷔전, 에이나가 자백시킨 우스꽝스럽고도 재미난 공적이 기록되어 있었다. 프레이야는 모험자 벨의 기록을 읽고는 마치 자신이 직접 보고 들은 것처럼 말해 **속였던 것이다**.

아울러 에이나의 일지만이 아니었다.

이미 자신의 안에서 죽은 『마을 아가씨』의 정보까지도 사용해 『스토리』를 재현했다.

주점의 『마을 아가씨』는 벨과 접하며 많은 이야기를 나누었다. 모험담은 물론이고 그의 사생활, 좋아하는 음식과 싫어하는 음식, 기호와 취미에 이르기까지. 헤스티아나 【파밀리아】 동료들을 제외하면 소년을 가장 잘 아는 사람은 틀림없는 『마을 아가씨』였다. 그리고 그 정보가 프레이야의 플롯에 살을 붙이고 리얼리티를 더해주었다.

천진난만한 소년 벨, 모험자 벨.

두 가지 벨의 정보를 가진 프레이야는 『또 다른 벨』의 역사를 쉽게 만들어낼 수 있었다.

주점에서 누구보다도 소년과 자주 접했으며, 바벨에서 누구보다도 소년을 오래 지켜보았던 여신이라면 가능할 수밖에 없었다.

"제, 제가 Lv.2로【랭크 업】한 이야기는요?!"

"장소는 제5계층, 상대는 **미노타우로스**. 로키네 아이들이 원정을 갔다가 돌아오는 길에 놓쳤던 몬스터 한 마리를 네가 해치웠어. 길드에 기록도 남아있을걸?"

"우……?! Lv.3 때는요?!"

"네게【포이부스 아폴로】를 치게 했지. 아폴론의 아이 말이야."

"……워, 워 게임에서요?"

"워 게임? **그런 건 한 적 없어**. 너를 빼앗으려던 이슈타르와 함께 아폴론까지 쳐부쉈을 뿐."

무엇보다도, 그녀는『신』이기에 벨의 의심은 통하지 않았다.

초월존재 데우스데아인 프레이야는 자신이 보고 들은 모든 것을 기억한다.

이런 상황이었다면——

이런 인물이 있었다면——

이런 이상 사태가 더해졌을 때는——

그러한 불확정요소가 더해졌을 때, 벨 크라넬이 취할 가능성이 가장 높은 행동은——?

실제로 일어났던 사건, 사고, 소동을 모두 조사하고 감안하고 반영해, 『IF의 벨 크라넬이 선택했을 역사』를 만들어나갔다.

그것은 벨에게는 『정말로 있었을지도 모른다』고 생각하게 만들 만큼 현실감 넘치는 『역사』다. 만약 나중에 벨이 증거를 모으러 뛰어다녀봤자 『길드 본부』를 비롯해 이미 개찬된 기록은 그에게 결정타를 가할 뿐이다.

이야기할 때의 몸짓, 어조의 완급, 시선의 이동. 그런 것조차 신의 말에 진실미를 가져다주었다.

고독한 『상자 정원』에 서 있는 아이는 결코 간파할 수 없다.

"벨? 내 얘기만 들을 게 아니라 네 이야기도 들려주련? 나는 『내가 아는 벨』을 강요하려는 게 아니야."

"우………… 네, 에……."

눈의 결정처럼 아름다운 말이 마녀의 독과도 같이, 소년을 무의식중에 잠식해나간다.

——지금 프레이야와 벨은 『체스』를 두고 있다.

익숙하지 않은 정도가 아니라 아무것도 모르는 반상 유희에서, 벨은 필사적으로 장기말을 옮기고 있었다. 자신의 세계를 긍정하기 위해. 돌파구를 찾기 위해.

그 모습조차 사랑스럽게 여기면서, 눈을 가늘게 뜬 여신은 두는 법을 다정하게 가르쳐주고 이끌어나간다.

『이쪽은 안 돼.』

『그쪽에 두게 놔두진 않을 거야.』

『그래. 거기가 최선의 수.』

그렇게 친절하게 지도하고 **유도한다**.

생각할 여지를 빼앗고, 가슴에 품은 위화감도 덧칠로 뭉개면서, 자신의 품에 거두는 것이다.

『체크메이트』인 줄도 깨닫지 못한 채로 자신의 것으로 만들어버리는 것이다.

그것이 소년을 죽이는 가장 다정한 방법.

벨 크라넬의 영혼도, 몸도, 정신까지도 손에 넣는 방법.

그러기 위해서라면 프레이야는 게임판 바깥에서의 전술마저 불사했다.

그러기 위한 권속, 그러기 위한 매료, 그러기 위한 금기의 파기.

그러기 위한 『상자 정원』이었다.

"……, ……, ……?!"

그렇다고는 하지만 오늘은 이 정도로 마무리해야 할 것 같다.

벨의 낯빛이 이리저리 어지럽게 바뀐다. 첫날부터 지나치게 몰아붙이는 것은 하수다. 솜으로 목을 조이는 것이 아니라, 소년이 자기 발로 여신의 가슴에 기대도록 만들어야만 한다.

벨의 낯빛을 관찰하며 프레이야는 그렇게 판단했다.

"……? 왜, 그러세요?"

"아니, 아무것도 아니야."

벨이 고개를 들었다. 낯빛을 살피던 프레이야는 아무 일도 아니라는 듯 웃음을 지었다.

——이 아이가 『시선』에 민감하다는 걸 잊었어.

그런 미소를 감추면서 얼버무리기 위해, 조금 달아오른 피부를 가리켰다.

"그냥 오늘 밤은 평소보다 덥구나 싶어서."

태연자약한 여왕처럼, 프레이야는 가슴께에 걸려 있던 머리카락을 걷어냈다.

그리고 그 순간 벨의 얼굴이 발갛게 물들었다.

"?"

그런 벨의 모습에 프레이야는 고개를 갸웃했다가, 깨달았다.

지금 입고 있는 얇은 나이트드레스는 가슴께가 대담하게 벌어졌다. 그것을 덮었던 긴 머리카락의 베일을 걷어내자 깊은 계곡이 고스란히 드러났던 것이다. 자칫 실수하면 흘러넘칠지도 모르는 프레이야의 풍만한 두 언덕을 보고 돌이 되어버린 벨은 온 힘을 다해 눈을 돌렸다.

이런 아이였지, 하고.

그런 풋풋한 모습마저 흐뭇하게 여기며, 자리에서 일어났다.

"누가 갈아입을 옷을 좀 가져와 줘."

방 밖에서 기다리던 시종들에게 말했다. 그다음에는 알

아서 대령해줄 것이다.

프레이야는 문득 장난기가 발동했다.

"벨, 옷을 갈아입을 거야."

"네, 네에?"

"거들어줘."

"흐에악?!"

소년의 목소리가 뒤집혀 괴상한 비명으로 바뀌었다.

프레이야는 한 손으로 머리카락을 모아 등의 단추를 드러냈다.

"이 드레스는 혼자선 못 벗거든. 등에 손이 안 닿아서."

"에, 아, 으?!"

"그러니까, 풀어주련? 나머지는 내가 할 테니까."

"사, 사, 사양해도 될까요?!"

"그래도 상관은 없지만, 방 밖에 있는 오탈이 화나서 내일은 더 심하게 단련을 시켜줄지도?"

혼란의 극치에 빠져 평상심을 저 멀리 날려버린 벨은 오늘의 『세례』를 떠올렸는지 순식간에 창백해졌다. 그리고 엄청난 번민을 거쳐, 떨리는 손을 여신의 등에 뻗었다.

프레이야는 웃음을 터뜨리지 않으려고 고생했다.

"이 차림은 너한테는 자극이 너무 강했구나."

"으, 으으……!"

"아니면 안 어울렸니?"

조심스레 뻗어 나온 손가락이 단추를 하나하나 풀어간다.

입가에 웃음을 머금은 채 눈을 감고 묻자, 소년은 수치심을 견디며 대답했다.

"…………그렇진, 않아요. …………잘, 어울려요."

그런 간단한 말에.

숫처녀도 아니거늘 가슴 언저리가 달큰하고 애절하게 조여들었다.

"으응."

그래서인지, 소년의 떨리는 손이 잘못해서 등줄기에 닿은 순간, 애타는 목소리가 새어 나왔다.

흠칫 떨린 프레이야의 어깨, 흠칫 경련하는 벨의 온몸.

여신의 부드러운 피부에 실수를 저질렀음을 자각한 가엾은 소년은 금세 온몸이 시뻘겋게 달아오른 끝에── 인내의 한계를 넘어서 도망쳐버렸다.

"죄, 죄송합니다아아아아아아아아아아아아아아아아아아아아아아아아아아아아아아아!!"

전력 질주였다.

사죄의 고함을 쩌렁쩌렁 울리면서 신실을 뛰쳐나가고 말았다.

놀란 프레이야는 이제까지 단 한 번도 지은 적이 없었던, 얼빠진 표정을 보이는가 싶더니──

"후…… 아하하하하하하!"

어린아이처럼 웃음을 터뜨렸다.

울부짖으면서 한밤의 신실에서 도망치다니!

그런 상대는, 신과 아이들을 포함해서, 이제까지 아무도 없었는데!

눈꼬리에 눈물을 머금으며, 입가와 배를 움켜쥐고, 뱅글뱅글 춤을 추듯 이동했다.

그리고 기품이니 매너 같은 말 따위는 모조리 무시한 채 침대에 몸을 던졌다.

"……프레이야 님?"

잠시 후, 쭈뼛쭈뼛 신실을 엿보는 회른의 얼굴.

벨이 가버린 것을 확인하고 왔을 것이다.

그의 팔에는 여신이 갈아입을 옷이 들려 있었다.

그녀의 뒤에 있던 오탈은, 어떻게 움직여야 좋을지 모르겠다는 진귀한 표정으로 서 있었다.

"갈아입으실 옷을 가져왔는데요……."

"관둘래."

"네?"

"그 아이가 잘 어울린다고 칭찬해줬거든. 오늘은 이대로 잘래."

파닥파닥, 하고 다리를 두어 차례 흔드는가 싶더니 여신의 몸이 뒤로 누웠다.

모양 좋은 가슴을 부풀리며 숨을 들이마시고, 내뱉는다.

오른팔로 이마를 가리며, 왼손을 천장으로 들고, 소녀 같은 웃음을 꽃피운다.

"…………."

기쁨에 가득 찬 주인의 모습을 오탈은 그저 말없이 지켜보았다.

그리고 회른 또한, 가만히 가슴을 만지며 그 모습을 바라보았다.

달이 아름다웠다.

밤하늘을 올려다보며 그런 말을 나눌 상대도, 지금은 곁에 없다.

자신의 마음속과는 반대로 맑게 갠 밤하늘 아래, 헤스티아는 오라리오의 뒷골목을 걷고 있었다.

외출을 말리려 하는 릴리와 권속들을 억지로 설득해, 오직 혼자서.

'……**보고 있다**.'

벨과 같은 모험자의 기술이 있는 것도 아니지만, 【프레이야 파밀리아】의 감시자가 어디선가 지켜보고 있다는 사실을 알 수 있었다. 정확하게는, 감시자들은 『경고』할 작정으로 스스로 존재를 알리고 있었다.

역시 예상과 다르지 않게, 상대는 24시간 내내 감시할 작정인 듯했다.

'역시 돌아갈까……? 아니야, 애초에 내 카드는 다 드러나 있었어. 들킬 걸 알고도 움직일 수밖에 없어! 거북처럼

틀어박혀만 있는 게 가장 좋지 않아!'

붕붕 고개를 가로젓고는 주먹을 불끈 쥐었다.

헤스티아는 프레이야의 『매료』에 대해 실마리를 찾기 위해 매일같이 행동했다.

지금도 벨은 고독에 시달리고 있다. 그것을 알면서도 프레이야의 의도대로 지낼 수는 없다. 설령 벨과 타인인 척해야만 한다고 해도 말이다.

결의를 새롭게 다진 헤스티아는 전에 『어리석은 이』와 함께 지나갔던 『샛길』이 아니라 『정규 루트』를 이용하기로 했다.

'프레이야에게 보고한대도 상관없어. 말릴 수 있다면 말려봐라! 3초 만에 당해주마!'

이제는 숫제 자포자기였다.

밤늦게 찾아온 헤스티아를 민폐라는 표정으로 쳐다보는 직원과 한동안 옥신각신하다, 억지로 전언을 맡긴 다음에야 무사히 안으로 안내를 받았다.

길드 본부 지하, 『기도의 방』이었다.

"헤스티아. 역시 너도 프레이야의 『매료』를 튕겨냈군."

"……! 그럼 우라노스, 역시 너도……?!"

우라노스는 제단의 신좌에서 『매료』라는 단어를 똑똑히 입에 담았다. 헤스티아는 그에게 몸을 내밀었다.

오라리오의 창설신이자 대신인 우라노스라면, 어쩌면…… 하고 지푸라기에라도 매달리는 심정으로 찾아왔던 것인데,

감격과 흥분이 솟아나 눈물까지 글썽거릴 것 같았다.

결코 눈을 뜨려 하지 않는 노신의 모습을 의아하게 여기면서도, 앞으로의 일을 의논하고자 했다.

"우라노스. 헤르메스한테 편지를 맡았어. 프레이야에게 대항할 방법에 대해——."

"안 된다."

하지만 힘이 담긴 지엄한 목소리가 말을 가로막았다.

"뭐……?"

"이곳에는 지금 펠즈가 있다. 설령 자각이 없다 하더라도 『매료』의 영향을 받은 그 또한 지금은 첩자나 마찬가지. 『상자 정원』을 부수려는 우리의 계획을 듣는다면 즉각 프레이야에게 밀고할 것이다."

"뭐어……?!"

경악한 헤스티아는 몸을 튕기듯 좌우를 보았다.

제단 주위에는 안을 들여다볼 수 없는 어둠만이 펼쳐져 있었다. 우라노스의 오른팔인 『어리석은 이』의 모습은 보이지 않는다. 하지만 『매료』의 규칙에 따르듯 어둠 속에서 흑의를 일렁이고 있는 것만 같았다.

네 개의 횃불에서 나오는 빛을 옆얼굴로 받으며, 헤스티아는 목을 꼴깍 울렸다.

"이 오라리오에 『눈』과 『귀』가 없는 장소는 더 이상 존재하지 않는다."

"그럴, 수가……."

생각이 짧았다.

이 『기도의 방』이라면 감시의 눈도 없을 거라고, 우라노스와 타개책을 공유할 수 있을 거라고 생각했다. 하지만 프레이야는 그것까지도 내다보고 있었다.

비유가 아니라 오라리오의 모든 존재가 자신들의 적임을 다시금 인식해야만 했다.

목이 꽉 잠겼던 헤스티아는 발악하듯 자신의 의견을 말했다.

"우라노스…… 오라리오만이라고는, 하지만 이건 신에 의한 하계의 『침략』이잖아. 우리의 결정사항을 위반한 거 아니야……?"

"우리의 의견만으로 프레이야를 천계로 송환할 수는 없다. 놈은 『아르카넘』을 행사하지 않았다."

최초로 하계에 강림했던 신의 일원에게 견해를 구했지만, 우라노스의 말은 무정했다.

"【파밀리아】를 경영하고 하계에 다가갈 때, 저마다 가진 권능을 토대로 활동하는 것은 용납되고 있다. 헤파이스토스라면 『스미스』, 소마라면 『술』…… 프레이야의 『미』 또한 그 범주를 벗어나지 않는다."

신들조차 포로로 만드는 『미의 신』의 『매료』.

이래놓고 『아르카넘』이 아니라니 대체 누가 믿을 수 있을까.

아이들과 같은 가녀린 팔로 지고의 무기를 만들어내는

헤파이스토스의 『스미스』.

신의 술을 만들어내는 소마의 『주조』.

프레이야의 『미』 또한 이들과 마찬가지.

『기술』이 아니라 프레이야 자신의 스펙, 『개성』이라는 점이 가장 고약하다.

프레이야는 극단적으로 말해 그 자리에 있기만 해도 주위에 막대한 영향을 미친다.

그렇기에 행동 범위에 제한이 있어 나름 고민도 많겠지만, 그녀는 이번만큼은 자신의 권능을 한껏 휘두르고 있다.

"그렇다고 해도 이딴 건……! 치트잖아……!"

헤스티아는 화가 나 프레이야를 삿대질하며 비난하고 싶을 지경이었다.

하지만 동시에, 초월 존재 데우스데아로서 먼 곳을 보는 시각을, 『대국시』를 가져야만 한다는 것도 안다.

하계에 강림한 신의 동기는 대부분 오락이나 심심풀이.

그것은 전혀 잘못이 아니다.

그러나 신들 본래의, 아니, 진정한 목적은 ——종언과 파멸을 추구하는 『사신』을 제외하면—— 『선택받은 자』를 탄생시키는 것이다.

다시 말해 『영웅』이다.

신들이 관장하는 권능은, 때로는 아이들에게 도움을 주기도, 때로는 『시련』을 주기도 한다. 그리고 뒤섞인 권능과 권능은 혼돈을 낳아, 신들조차 예상하지 못했던 『미지』로

이어진다.

그『미지』를 넘어서는 자가 세계를 구할——『마키아』를 이룰『영웅』이 되기를, 신들은 기대하고 있다.

'그래도 역시 이걸『시련』이라고 보는 건……! 설마『제노스』 때처럼 벨한테 억지로 넘어서게 하려는 건 아니겠지, 우라노스……!'

그렇다 해도 논리와 감정은 별개다. 자신의 권속이 얽힌 일이라면 더더욱.

다른 뜻이 있지는 않을지 자꾸만 의심하게 된 헤스티아는, 지금도 눈을 감고만 있는 노신을 노려보았다.

"——헤스티아, 잘 생각해야 한다. 지금 우려해야 할 것은『매료』의 힘도, 개찬된 도시 그 자체도 아니다."

"뭐……?"

"프레이야가 단 하나의 존재를 위해 세계를 뒤틀어버렸다는 사실, 그리고『집념』이다."

"!!"

기억을 개찬 당하기 전의 헤르메스와 같은 말을 입에 담은 우라노스를 보며 헤스티아는 눈을 크게 떴다.

"프레이야는 이제까지 하계를 존중했다. 자신이 여왕이 되는 것을 누구보다도 꺼렸으며, 아무리 지루함의 독에 침식당하더라도, 스스로에게 부과한 약정과 긍지를 관철했다."

하계를 뒤틀어『침략』한다는 것.

그것은 우라노스의 말대로 프레이야에게도 금기였을 것이다.

어쩌면 그것은 게임을 즐길 때의 『매너』라고도 할 수 있지 않을까.

생각해보면 금방 알 수 있다. 현장감과 밀당, 운의 요소를 즐기는 게임에서 아무 고생도 하지 않고 프레이야 혼자서만 승리를 독식한다면 어떻게 될까.

간단하다. 재미없다. 흥이 모조리 달아난다.

하물며 승리공식이 미인계를 써서 다른 신을 포로로 만든 다음에 이기는 것이라니. 그런 것은 게임이라고도 할 수 없으며, 게임판 밖의 전술만도 못하다. 프레이야 본신도 게임을 즐기려 한다면 그런 승리공식은 공허함 그 자체이며 지독히 우스꽝스러운 것이 될 수밖에 없다.

그러므로 프레이야는 금기에 손을 대지 않은 채 최소한도의 『매너』만은 준수했다.

자신의 호기심을 채우기 위해, 혹은 아이의 존엄이 짓밟혔을 때 『매료』의 힘을 썼던 경우는 당연히 있을 것이다. 그래도 그녀는 자신의 『미』를 내세워 모든 사람과 신, 세계 그 자체를 욕보이는 것만은 절대로 하지 않았다. 이제까지는.

"그 약정과 긍지를, 그 여신은 처음으로 어긴 것이다."

단 한 명의 아이── 오직 벨 때문에.

그 말에 헤스티아는 등골이 오싹해졌다.

헤르메스의 말대로다.

헤스티아와 헤르메스는 잘못 생각하고 있었다. 어쩌면 프레이야를 잘 아는 로키조차도 그랬을지 모른다.

프레이야가 품었던 『정념』의 깊이를.

그녀의 집념은 금기를 깨고 매너를 저버리고, 헤스티아에게 『체크』를 걸었다.

그리고 거의 모든 신이 『체크메이트』를 당했다.

그녀의 집념을 끊기 전까지 이 사건은 결코 수습되지 않는다.

'『품성』…… 프레이야를 프레이야로 있게 하는 것. 프레이야는 그것조차도 내팽개치고, 벨을…….'

처녀신인 헤스티아는 수많은 이에게 정을 주었던 프레이야를 영 좋아할 수 없었다.

그렇기에 교류는 많지 않았으나, 천계에서 프레이야는 그녀에게 반한 남신들에게 정중한 대접을 받아, 새장 속에서 사는 듯한 생활을 보냈다고 한다.

하지만 그것은 『보호를 받은』 것이 아니라 『봉인 당한』 것임을 헤스티아는 뒤늦게 깨달았다.

그녀가 마음만 먹었다면 지금의 오라리오처럼 천계조차 지배해버렸을 것이다.

"어떻게 하라고…… 이런걸……."

우라노스의 설명에, 헤스티아는 다시금 현재의 상황이 절망적임을 깨달았다.

이 상황을 단독으로 타파할 방법은, 헤스티아가 자폭을 각오하고 『아르카넘』을 사용해 프레이야와 맞부딪쳐 함께 천계로 송환되는 것 말고는 떠오르질 않았다.

하지만 그것마저 『매료』당한 다른 신들에게 방해를 받으리라는 확신이 있었다.

"…………."

손으로 시선을 떨구었다.

그곳에는 한시도 몸에서 떼어놓지 않는, 헤르메스에게 받은 종잇조각이 있었다.

'**그때**란 게 언제야, 헤르메스…….'

『그때가 되면 이걸 나한테 넘겨.』

헤르메스는 그렇게 말했다.

하지만 그런 시기는 모른다. 심지어 이 『상자 정원』은——프레이야의 『집념』은, 그런 시기조차 용납하지 않고 짓밟아 버린 것처럼 여겨졌다.

암담한 절망감에 굴복하게 될 것만 같아,

헤스티아는 헤르메스에게 맡은 메모와 함께 오른손을 꼭 쥐었다.

"……볼일은 끝났나, 헤스티아. 그렇다면 돌아가라. 지금 네가 할 수 있는 일은 없다."

그런 그녀의 마음을 아는지 모르는지, 우라노스는 눈을 감은 채 단언했다.

"큭…… 우라노스, 잠깐만!"

고개를 숙였던 헤스티아는 얼굴을 들었으나 노신의 신의는 바뀌지 않았다.

“이러한 상황이라 해도 나는 도시를 다스리는 자. 너에게만 관여할 시간은 없다.”

“우라노스……!”

“이미 오라리오도 늦가을…… 게다가 올해는 예년보다도 냉기가 혹독하군. 일찌감치 장작을 준비해야겠지.”

“……!”

무뚝뚝하게 대꾸도 하지 않는 우라노스를 보며 헤스티아는 숨을 삼켰다.

“펠즈. 올해는【헤르메스 파밀리아】에게 장작 수배를 일임하지.”

금세 제단 옆의 어둠 속에서 흑의의 메이거스가 나타났다.

“상관은 없겠지만……【헤르메스 파밀리아】에게? 보통은【가네샤 파밀리아】의 일일 텐데.”

“지금은 그들도 움직일 수 없을 것이다. **프레이야 파벌에게 사역당하고 있으니**. 그건 너도 잘 알 텐데?”

“……**응, 그랬지**.”

『매료』의 규칙에 저촉되었는지, 펠즈는 이상을 이상으로 생각하지 못하고 수긍했다.

그 광경에 아연실색한 헤스티아는 말문이 막혔다.

“헤스티아, 그만 가라.”

눈을 뜨지 않는 우라노스의 명령에, 헤스티아는 입을 꾹 다문 채 돌아섰다.

이쪽을 바라보는 펠즈의 시선을 느끼며, 입을 다물 수밖에 없는 채, 지하 제단을 떠났다.

⊞

어둠이 옅어지고 오늘도 날이 밝는다.

동쪽 하늘에서는 눈을 찌르는 아침 햇살이 스며든다.

이미 평원의 전투는 시작되었다. 『폴크방』이 연주하는 포효 속에는 새로 한 소년의 고함이 더해졌다.

창밖에서, 당혹감을 모두 떨쳐내지 못한 표정으로 응전하는 벨을 내려다보던 헤딘은 이내 시선을 앞으로 돌렸다.

"불러놓고 미안하구나. 조금만 더 기다려주련?"

장소는 홈의 신실에 인접한 알현실.

예외는 있지만 거의 모든 제1급 모험자가 프레이야 앞에 불려 나왔다. 【헤스티아 파밀리아】의 감시 임무를 다른 단원에게 맡긴 오탈의 모습도 있다.

여신은 옥좌라는 표현이 어울리는 화려한 의자에 앉아 있었다.

우아하게 꼰 가녀린 다리 위에는 책 한 권을 펼쳐놓았다.

"어제 마쳤으면 좋았을 텐데, 읽어둬야 할 게 있어서."

여신은 그렇게 말하며 지금 막 독파한 책——『에이나의 일지』를 곁에 선 회른에게 맡겼다.

소년과 완벽한 문답을 나누기 위해, 프레이야는 꼼꼼한 하프엘프가 작성하던 벨 크라넬의 기록——수십 권에 이르는 두꺼운 일지와 데이터——을 파악하는 것을 무엇보다도 우선시했던 것이다. 자는 시간도 아껴가며 읽었는지, 후아, 하고 조그만 하품을 흘리는 주신의 모습에 네 형제와 회그니가 "심쿵……!"이란 말과 함께 가슴을 움켜쥐며 주저앉았다. 마음의 목소리가 말하길, "프레이야 님 아침부터 귀여워……!".

종자라서 내성이 있는 오탈은 노 대미지, 헤딘은 "무례하다 죽어버려"라는 쓰레기를 보는 눈으로 보았다.

미신의 무방비한 모습을 볼 수 있는 것은 파벌 간부나 신변을 보필하는 시종들의 특권이다.

"그럼 회의를 시작해볼까? 너희라면 말을 맞추기도 전에 이미 그렇게 하고 있겠지만."

시작되는 것은 벨을 가둬놓은 『상자 정원』에 관한 현재 상황의 확인과 방침의 설정.

프레이야의 신뢰가 담긴 웃음에 네쌍둥이는 """"네!"""" 하고 목소리를 한데 모았다.

"파벌 내에서 벨 크라넬의 위치는 현재 프레이야 님이 규정하신 설정에 철저히 따르고 있습니다."

"앞으로도 항상 감시하며 위험인자를 배제하도록 노력하겠습니다."

"신 헤스티아는 물론 프레이야 님의 『매료』가 미치지 않은 몬스터 놈들도.”

“이미 출발한 그놈의 캣 피플이 오늘부터 풍요의 주점을 감시할 겁니다.”

파룸 네쌍둥이는 한 걸음 앞으로 나오며 하나의 목소리로 막힘없이 보고했다.

다음으로 걸어 나온 것은 다크엘프 회그니.

“이, 이따가, 저희도 『정원』에 나가서, 어, 어, 어제하고 똑같이 벨 크라넬을 단련시켜줄 검미다! 윽……?! 으으…….”

낯가림이 심해 의사소통이 망해버린 회그니도 여왕 앞에서는 제대로 된 말을 하려고 노력했으나 몇 번이나 혀가 꼬였다. 수치와 절망에 고개를 숙여버린 그런 다크엘프에게 프레이야는 부드러운 웃음을 지어주었다.

“괜찮아, 회그니. 네 방식대로 천천히 말하렴.”

“프, 프레이야 님……! 고, 고맙습니다……!”

감개무량한 회그니의 옆에서 4형제는 “““““칫””””” 하고 혀를 찼다. 프레이야의 귀를 더럽히지 않을 만큼 절묘한 볼륨으로.

같은 제1급 모험자라 해도 【프레이야 파밀리아】의 단원들은 거의 대부분 서로 사이가 나쁘다.

“베, 벨 크라넬은, 쓸만합니다. 우리의 공격을 보고, 따라오고 있습니다. 기술의 형태는 기초뿐인 것 같으면서도…… 생명의 위기가 닥친 순간, 미쳐 날뛰는 토끼처럼, 생각지도 못한 방법으로 응용의 범위를 넓힙니다. 녀석은,

승부수에 강합니다. 두드리면서도 즐겁습니다. 무, 물론, 언제나 힘은 조절하고 있지만요!"

"후후, 그래서?"

"네, 네엣……! 그러니까 부족한 건 **부당함과 부조리의 경험**. 하지만, 이곳 『폴크방』에서 싸우고 또 싸우면, 그것도 채워질 겁니다."

"그래. 그럼 그 아이의 단련을 너희들에게 맡기길 잘했구나."

자꾸만 말이 빨라지려 하는 회그니의 흥분을 유쾌하게 지켜보며, 프레이야는 지금도 포효가 울려 퍼지는 창밖을 흘끔 보았다.

『폴크방』에서는 제1급 모험자 사이의 전투만은 금지한다.

걸출한 『에인헤랴르』를 잃지 않기 위해서이기도 하지만, 가장 큰 이유는 파벌 간부가 쓰러지는 바람에 다른 파벌이 파고들 틈을 만들어서는 안 되기 때문이다.

그렇기에 『정원』에 제1급 모험자가 모이는 일은 거의 없다고 해도 과언이 아니다.

그리고 그런 가운데 예외를 만들어버린 것이 벨 크라넬.

제1급 모험자들이 몰려가 단련을 시켜주다니, 이런 일은 전례가 없었다. 영예를 넘어 악몽이다. 그는 앞으로도 파벌 간부진의 손에 철저하게 단련될 운명이다.

그 점에서만 보자면, 벨은 다른 단원들로부터 동정을 사고 있었다.

“『스킬』에 의한 급성장은 애매해진 이상 앞으로도 너희에게 단련을 맡기겠어. 머리끝까지 훈련에 푹 담가 **생각할 여지를 빼앗는 것 외에도**, 던전 공략을 추진해야만 하는 것은 사실이니까.”

“앞으로는 『원정』에도 데려가실 생각이십니까?”

“응. 그 아이도 이미 『영웅 후보』니까.”

벨의 【스테이터스】를 보고 스킬 【리아리스 프레제】의 성질을 간파한 프레이야는 이제까지와 전혀 다를 바 없는 목소리를 꾸며 엄명했다.

“그러니 절대 죽여서는 안 돼. 죽게 만들면 안 돼.”

그 명령에.

여신의 곁에 선 오탈은 눈썹 하나 까딱하지 않았다.

『설령 죽더라도 천계까지 영혼을 쫓아가겠다』던── 반년 전과는 다른 주인의 심경 변화에는 간섭하지 않고, 종자의 귀감이 되어 신의를 받아들였다.

“그리고 벨한테는 어느 정도 자유를 주도록 해. 홈에 가둬만 놓으면 의심할 거야.”

“““““““예.”””””””

“다만 감시와 호위는 붙일 것. 특히 벨과 관련이 깊었던 아이들은 설정에 모순을 일으킬 수 있어. 도가 지나칠 것 같으면 『매료』를 다시 걸겠지만…… 과도한 『매료』는 아이들을 망가뜨릴 수도 있으니까. 접촉은 반드시 저지하도록 해.”

걸리버 4형제 이외의 다른 이들까지도 목소리를 한데 모으자 프레이야는 잠시 웃었다.

"나도 한동안 『바벨』이 아니라 홈에 있겠어."

그 말에 실내의 공기가 기쁨에 물들었다.

정확하게는, 벽 앞에서 대기하고 있던 시종들이 기뻐했다. 『바벨』 최상층까지는 따라가지 못한 채 주인의 빈자리만을 지켜야 하던 소녀들은 당장이라도 손을 맞잡고 기쁨에 날뛸 기세였다. 반대로 『바벨』에 있는 자들은 비탄에 잠겼을 것이다. 그만큼 프레이야는 존경과 사랑을 받았다.

합의는 그 후에도 막힘없이 이루어졌다. 권속의 보고에 프레이야가 귀를 기울이고 지시를 내렸다.

여신이 바라는 『상자 정원』은 하나의 오점도 없이 보강되었다.

"——마지막으로 제가 한 가지 보고드릴 것이 있습니다."

그리고 대화가 가경에 접어드는 가운데, 그때까지 침묵하던 화이트엘프가 입을 열었다.

"뭐지, 헤딘?"

"그저께 밤, 벨 크라넬이 『시르 님』에 대해 물었습니다."

그 순간 제1급 모험자들을 포함해 실내가 긴장에 물들었다.

그것은 누가 확인할 것도 없이 섬세한 부분이었다. 여신에게서도 웃음이 사라졌다.

"그래서?"

"그런 여자는 이곳에는 없다고 말했습니다."

"그래. 그러면 왜, 지금, 여기서 그걸 보고했을까?"

"『그녀』에 관한 취급방침을 여쭙고 싶습니다. 이 도시에 『시르 플로버』는 더 이상 존재하지 않습니다."

매료의 『설정』을 언급한 헤딘에게 프레이야가 딱 잘라 말했다.

"처음부터 없었어. 그렇게 유지하도록 해."

"분부에 따르겠습니다."

공손히 허리를 숙인 헤딘을 한동안 바라본 후, 프레이야는 관대한 여신이 아니라 변덕스러운 마녀처럼 입가를 틀어 올렸다.

"그러고 보니 헤딘? 여신제가 시작되기 전부터 꽤 나대는 것 같았는데…… 대체 무슨 생각이었어?"

그 음성에서는 손가락 하나로 죄목을 결정하는 심문의 음색이 어른거렸다.

회른에게서도 원망스러운 시선을 받은 헤딘은 주눅 드는 기색도 없이 대답했다.

"주제넘은 짓을 해서 면목이 없습니다. 제 눈으로 가늠하기 전까지는 도저히 주신의 에스코트 역할을 인정할 수가 없었습니다. 그리고 너무나도 못난 모습을 보이기에 조련을 시켜주었습니다."

"너의 사랑 때문이란 말이지?"

"저의 충성 때문에, 입니다."

한시도 시선을 피하지 않는, 일말의 타의도 담기지 않은 엘프의 시선에…… 프레이야는 흥이 식었다는 양 심문의 태세를 풀었다.

그 순간 실내의 공기가 느슨해졌다.

"결과적으로는 저의 조련이 부족하여 우둔한 토끼가 주신께 불쾌함과 슬픔을 드린 점, 저의 몸으로 사죄를──."

"신경 쓴 적 없는데?"

"……."

"신경 쓴 적 없는데?"

헤딘의 말을 즉시 가로막는 프레이야.

방에 있던 모두가 『『『『『『『『신경 쓰시는구나』』』』』』』』 하고 마음의 목소리를 한데 모았지만, 아무도 입 밖으로는 내지 않았다.

한순간 말이 없었던 헤딘도, 손가락으로 안경의 위치를 고치면서 마음을 추스르듯 말했다.

"프레이야 님. 그 우둔한 토끼의 『교육』을 제게 일임해주셨으면 합니다."

그러자 팽팽하게 당겨진 활시위처럼 신실 내의 공기가 다시금 긴장을 머금었다.

프레이야는 이번에야말로 엘프의 심중을 꿰뚫어 보려는 듯 두 눈을 가늘게 떴다.

"이유는?"

"제가 그 녀석의 광채를 가장 잘 끌어낼 수 있으리라 자부합니다."

"목적은?"

"프레이야 님을 위해."

그리고 헤딘은 역시 한 점 흐림 없는 눈과 목소리로 단언했다.

"저의 『충의』를 당신께 바칩니다."

실내에 정적이 찾아와, 벽 한 장을 낀 전장의 포효만이 울려 퍼졌다.

지긋이 헤딘을 바라보던 프레이야는 잠시 간격을 두고 대답했다.

"……좋아. 거짓말도 아닌 것 같고. 네게 맡길게, 헤딘."

아이들은 신 앞에서 거짓말을 할 수 없다. 헤딘의 『충의』를 인정한 프레이야는 허가를 내렸다.

이쪽을 바라보는 보어즈 무인의 시선도 개의치 않고, 곁에서 갈팡질팡하는 다크엘프도 돌아보지 않고, 노골적으로 혀를 차는 파룸들도 화려하게 무시하며 헤딘은 고개를 숙여 인사했다.

그리고 등을 돌려, 누구보다도 빠르게 방을 나갔다.

너무나도 쉽게 수급을 거둬갈 롬파이아가 한 치의 용서도 없이 수평으로 휘둘러졌다.

"느려!"

"커어억?!"

폴 암도 『지팡이』도 될 수 있는 무기의 자루에 안면을 호되게 강타당한 나는 꼴사납게 옆으로 굴러갔다. 떨리는 손을 초원에 짚고 엎드린 채, 찢어진 입 안에선 핏덩어리가 뚝뚝 흘렀다.

"왜 엎드려 있나. 일어나라. 목이 잘리고 싶나!"

뒷머리로 떨어지는 마스터의 노성.

그와 함께 쏟아지는 살기에 호응하듯, 나는 비틀거리면서 일어났다.

――그 후로 기묘한 나날이 이어졌다.

아침이면 평원에서 해가 저물 때까지 싸우고, 밤이면 프레이야 님에게 가서 이야기를 나누었다.

행동이 제한된 나에게 거부권은 없다. 애초에 아침 일찍 일어나 싸움에 끌려나간 시점에서 여력이라곤 한 점도 없어, 다른 생각을 할 여유는 존재하지도 않았다.

"뒤만 사각이 아니야."

"사방을 의식해."

"사각을 모두 없애."

"회피 방어 반격을 동시에 못 하면 기본도 안된 거다."

"그, 그런 건, 무리……?!"

"무리라고 단언한다면 그곳이 곧 네놈의 단두대. 그 길로틴이 과연 괴물의 발톱이 될지, 아니면 인간의 검이 될지."

"끼야악——?!"

알프릭 씨와 형제들이 펼치는 연계에 지분지분 파괴당하고, 회그니 씨의 필살 참격을 맞을 때마다 땅바닥에 나뒹굴었다. 그리고 아무리 쓰러져봤자 부상도 체력도 회복되어, 죽음이 허락되지 않는 전사처럼 싸우고 또 싸웠다.

"……벨. 너, 오른팔이 뜨는 버릇이 있지?"

"네……? 아, 네. 조바심을 내면 뜨는 것 같던데…… 아, 안 고쳐졌나요?"

"반대야. 너무 의식해서 교정하는 바람에 공격할 때 오른쪽의 예비 동작을 읽기 쉬워. 몬스터의 『마석』을 노릴 때는 아무 문제도 없겠지만 제1급 모험자를 상대할 때는 치명적이지."

의외의 변화도 찾아왔다.

거의 모든 단원이 모인 밤의 만찬에서, 나는 반 씨에게 조언을 듣게 되었다.

"일부러 버릇을 내버려 둬봐. 공방 속에 버릇까지 섞어서 『미끼』를 만들어. 대인전의 『허허실실』이란 거야. 몇 번씩 쓸 수 있는 방법은 아니지만, 제1급 모험자한테는 모든 것을 쏟아부어야만 이길 수 있어."

"바, 반 씨, 어째서……."

"……난 회그니 님 같은 분들의 무서움을 지긋지긋할 정도로 잘 알거든. 그러니까 그 공포와 고통을 알고도 계속 싸우는 전사에게, 경의 정도는 표할 수 있어. ……내가 널 싫어하는 건 변함없다만!"

"반의 배배 꼬인 애정표현은 내버려 두고."

"실제로 넌 대단하다고 생각해. ……오래전부터 알고 있었지만."

분명히 나를 적대시하던 반 씨나 다른 남녀 단원들도 어느샌가 인정해주게 되었다.

【파밀리아】라고 하는 이 사람들을 나는 모르지만…… 이상한 기분이었다.

"밖에 나가고 싶어요?"

"어, 네…… 안 될까요, 헤이즈 씨……?"

"음~ 뭐, 괜찮지 않을까요? 프레이야 님이나 다른 분들께는 제가 전해놓을게요."

"그, 그래도 되나요?"

"네. 다른 사람들도 볼일이 있으면 얼마든지 나가는걸요. 하지만 꼭 다른 사람하고 같이 행동하세요. 특히 던전에 갈 때는. 모르는 사이에 『커스』에 당하기도 했으니까, 또 이상한 거 걸려서 오면 큰일이라고요. 그랬다간 쓸모없는 못난이 힐러~라고 괜히 제 평판까지 떨어진단 말이에요! 제 일 늘리지 말아요! 절대로!!"

"아, 알았어요……."

홈에서의 외출도, 조건이 붙기는 했지만, 너무나도 쉽게 허가를 받았다.

기본적으로는 『세례』를 우선시하고, 나는 한정된 시간

속에서 도시를 돌아다녔으며—— 몇 번이나 절망했다.
역시 『헤스티아 파밀리아의 벨 크라넬』을 아는 사람은 하나도 없었다. 타개책을 가져다줄 것 같은 헤르메스 님이나 펠즈 씨와 접촉을 시도해봤지만 허사였다. 제18계층에서 목욕 장면을 엿봤을 때라든가, 그렇게 나랑 본신밖에 모를 만한 이야기를 꺼내 봤지만, 그 순간 의아한 표정을…… 아니, 『무관심』을 관철했다. 마치 벨 크라넬의 말을 인지하지 않는 『마법』이 걸린 것처럼. 한편으로는 행방불명인 시르 씨의 단서도 필사적으로 찾아보았지만, 진전이 없었다.
던전에도 가봤지만 허사였다. 비네를 비롯한 『제노스』와 접촉하면 어떨까 하고 일말의 희망을 걸어봤지만, 함께 파티를 짠 【프레이야 파밀리아】를 두려워해서인지 무장한 몬스터도, 말하는 몬스터도 나타나지 않았다. 혹시 그들도 내가 만들어낸 『환상』이었던 걸까.
반 씨를 비롯해 동행해준 사람들은 나를 감시하지도 않고, 내 직성이 풀릴 때까지 돌아다니게 해주었다. 마치 연민하듯.
마음이 꺾일 것 같았다. 아니, **이미 꺾였는지도 모른다.**
『세례』에 너덜너덜해지는 것 이상으로, 아무도 『나』를 모른다는 사실이 몸과 마음을 두들겨댔다.
도시가 어둠에 잠길 무렵, 창문에서 희미한 빛이 새어 나오는 『화덕관』을 나는 멀리서 바라볼 수밖에 없었다.

창가에 서 있는 누군가와 시선이 마주친 것도 같았지만, 그것조차 기분 탓이겠지.

몸도, 정신도, 영혼까지도…… 궁지에 몰리고 있다.

"어서 오렴, 벨."

그런 가운데, 밤의 신실에서 나누는 이야기는 유일하게 마음을 쉴 수 있는 시간이었다.

왜냐하면 그곳에서는 『헤스티아 파밀리아의 나』로 있어도 되니까.

프레이야 님은 다정한 눈으로 나를 받아들여주니까.

아무도 기억하지 못하는 『헤스티아 파밀리아의 벨 크라넬』을 이야기하면서 나는 간신히 나 자신을 유지할 수 있었다. 괴롭지만, 힘들지만, 고독을 견딜 수 있었다.

숭고한 여신님은 내 이야기를 비웃지 않는다. 의심스러운 표정 하나 짓지 않는다.

맞장구를 치고, 귀를 기울이며, 그녀만이 나를 이해해준다.

그녀만이, 그녀야말로.

"저, 프레이야 님…… 저는 어디에 앉으면 되나요……?"

"오늘부터는 내 옆에 앉으렴."

"네에?!"

"왜냐면 벨의 의자는 치워버렸거든."

"치, 치사해요……."

그런 식으로, 프레이야 님은 곧잘 짓궂은 행동도 보였다.

신성한 여신 이외의 면모도 있다는 사실이 마음의 벽을

한 겹, 또 한 겹 뜯어내고 있다.

카우치를 퐁퐁 두드리면 거역하지 못한 채, 자칫 어깨가 닿아버릴 것 같은 간격을 두고 이야기를 나누게 되었다.

어조에서도 긴장이 사라져, 주종관계와도 다른, 모자 사이와도 다른 유대가 생겨나기 시작했다.

그리고 거리감도, 관계성도 달라지는 가운데, 나는 느닷없이 깨닫고 말았다.

프레이야 님의 곁은…… 그녀의 곁은, 너무나도 편안하다는 것을.

"벨, 피곤하니?"

"네……?"

오늘도 변함없이 되풀이된 밤의 이야기.

여느 때처럼 평원에서의 전투를 마치고 여느 때처럼 신실을 찾아온 나는, 프레이야 님이 문득 건넨 지적에 허를 찔렸다.

"평소보다 표정이 공허해."

"고, 공허……."

"말을 걸어도 대답도 건성이고. 피로가 쌓인 걸까?"

그렇게 말하며 이마와 이마를 맞댔다.

"저기힉?!"

목까지 새빨갛게 달아올라 황급히 거리를 벌리자, 프레이야 님은 쿡쿡 웃으며 겸연쩍은 표정을 지었다.

그야 오늘의 『세례』가 한층 힘들기는 했다. 회그니 씨와 걸리버 4형제는 그렇다 쳐도 마스터의 공격이 나날이 격렬해지는 듯하다. 물론 오늘까지의 피로가 쌓였기 때문이기도 하겠지만…….

왜 매일 이런 꼴을 당해야만 하느냐고, 고함을 질러대고 싶은 마음도 있다.

하지만 그런 세례조차 훌륭한 『현실도피』에 사용하고 있는 나는 프레이야 님을 원망할 수가 없었다.

목숨을 건 가차 없는 싸움은 피할 수 없는 고독과 절망을 잊게 해준다.

갑자기 무서운 상상을 하고 마는 것이다.

이 상태에서 아이즈 씨를 만났다가, 거부당한다면…… 대체 어떻게 될까, 하고.

시야 끄트머리에서 프레이야 님이 이쪽을 빤히 바라보고 있다. 하지만 반응을 보일 수가 없었다.

등에서 계속 타오르고 있는 성화의 온기도, 조용히 쇠해져 가는 듯해——.

"벨."

그럴 때, 프레이야는 **파고들었다**.

조금씩 약해져 고통에 허덕이며 고뇌의 틈바구니에 서 있는 소년의 옆얼굴을 바라보며, 미리 준비해두었던『낚싯바늘』을 당겼다.

"한번『커스』를 풀어보지 않으련?"

흠칫 놀라 돌아본 루벨라이트색 눈은 크게 뜨여 있었다.

내심으로는 그의 표정 변화를 면밀히 확인하며, 걱정하는 음색으로 말을 건다.

"『헤스티아 파밀리아의 너』를 부정할 마음은 없어. ……하지만 지금의 넌 정말 괴로워 보이는걸. **고독에서 해방되고 싶어하는 것 같아.**"

"큭……!"

"한번 확인해보는 정도면 돼.『커스』의 치료를 받아보지 않으련?"

흔들린다.

벨의 표정이, 감정이 흔들린다.

고독의 감옥에서 해방해줄 구제의 빛에 매달리고 싶어 한다.

――프레이야에게는 한 가지 확신하는『승리조건』이 있다.

그것은【리아리스 프레제】의 와해.

『미의 신』의『매료』마저 튕겨내는 사모의 그릇에『균열』을 내는 것.

'이 아이의『스킬』은 그야말로 하계의 미지. 하지만 완벽한 것은 아니야. 정신상태에 따라 얼마든지 불안정해질 수

있어.'

【리아리스 프레제】는 무적의 『스킬』이 아니다. 오히려 지독히도 약하다.

이 『스킬』은 벨의 영혼이 새하얗기에, 혹은 투명하기에 반석처럼 단단할 수 있다. 만약 이 능력이 다른 자에게 발현되었더라도 즉각 쓸모없는 물건이 되었을 것이다. 일편단심으로 마음을 관철한다는 것은 그만큼 어려운 일이다.

그러므로 소년이 조금이라도 그 동경을 의심해버린다면.

『동경을 품기에 이른 기억 그 자체가 거짓이었던 것은 아닐까?』 하고 의심을 품어버린다면.

그의 마음에 『구멍』이 뚫린다.

'내 승리조건은 이 아이의 『궤적』을 『커스』라 인정하게 만드는 것.'

그러기 위해 헤이즈를 통해 미리 『커스』라는 단어를 격철처럼 심어놓았다.

눈앞에 드리워진 구제의 수단에 흔들리지 않을 사람이 있을까? 적어도 하계의 주민에게는 무리다. 의심의 씨앗은 이미 심어놓았다.

『상자 정원』의 유지는 그러기 위한 복선이자 포석이다. 주위의 반응으로 고립시키고, 매일같이 이어지는 『세례』로 육체의 여력을 깎아내고 생각의 여지마저 빼앗는다. 그리고 밤에는 프레이야가 『유일한 이해자』가 되어 치유를 해주고, 자신의 말에는 귀를 기울이도록 만든다. 그다음에는 달콤한 말로 방아쇠를 당기는 것이다.

벨이 자신의 기억——마음——그리고 동경——을 『커스』라고 인정하면, 무너뜨릴 수 있다.

모래성을 물로 녹이듯, 매우 쉽게.

그렇게 되어버리면 벨도 『매료』를 방어할 수 없게 된다.

그 후에는 약간, 아주 약간 마음의 방향성을 **틀어줄 뿐**.

다른 이처럼 뒤틀어버릴 수는 없다. 아주 조금 틀어줄 뿐이다.

그러면 벨은 동경의 속박, 금색의 저주에서 해방되어 프레이야를 보게 된다.

"저, 저는…………."

갈등하는 벨을 바라보며, 프레이야는 계산했다.

자신이 바라는 결말을 손에 넣을 수 있을지를 스스로에게 묻고, 가능하다고 단언한다.

신의 전지함으로 그렇게 판단했다.

소년의 투명한 영혼을, 광채를 둔중하게 만들지 않은 채, 타락시키지도 않고, 지금의 모습 그대로를 손에 넣을 수 있다.

이 『방향전환』은 오차에 불과하다.

분명, 반드시, 그렇게 만들고 말 것이다.

그렇게 하면 벨은 받아들인다.

나의 것이 된다.

『 』이 아닌, 나의 『사랑』을 받아들여준다——

――정말로?

그때.

무언가, 파문이 퍼진 듯한 기분이 들었다.

"…………."

정신이 들고 보니, 프레이야는 귀에 오른손을 가져다 대고 있었다.

마음 밑바닥이 삐걱거린 듯한 기분이 들었다. 아픔이 있었다?

아니, 기분 탓이다.

왜냐하면, 이미 나는 이 아이를 빼앗기로 결심했으니까.

"저는…………… 괜찮아요. 치료는, 받지 않겠어요……."

"……그래. 미안하구나, 쓸데없는 소리를 해서."

의식에서 탈선했던 그녀는 그가 대답을 하자 아무 일도 없었다는 듯 미소를 지었다.

서두를 필요는 없다. 그 증거로 벨은 지금도 망설이고 있다. 이제부터 천천히 체크를 가해나가면 된다. 시간은 아직 얼마든지 있다.

그러므로 프레이야는 여느 때보다도 일찍 밤의 이야기를 파장하고 벨을 퇴실시켰다.

"…………."

방으로 들어온 시종들이 취침 준비를 시작한다.

프레이야는 카우치에 앉은 채, 준비되어 있던 포도주를 바라보았다.

유리잔 속에 남실거리는 수면에, 자신이 아닌 다른 누군가가 비친 것 같았다.

무슨 바보 같은 소리.

프레이야는 웃었다.

그게 뭐냐고 실소했다.

취침주 치고는 많은 양을 단숨에 들이켰다.

——그 모습을, 시종 중에서 회른만이 아연히 바라보고 있다는 사실을 프레이야는 깨닫지 못했다.

"프레이야 님."

"……왜, 오탈?"

그때, 종자로서 입실이 허락된 오탈이 입을 열었다.

"주점을 감시하던 아렌에게서 보고입니다. 미아가 움직일 기미는 없지만, 역시 요정이 자취를 감추었다고 합니다."

지극히 사무적으로 보고하는 보어즈에게 프레이야의 시선이 흘끔 와 닿았다.

"확정인가 보네. 역시 헤르메스의 아이와 같이 도시 밖으로 도망친 거야."

"저의 실수였습니다. 벨 크라넬과 함께 【질풍】을 진압했을 때 프레이야 님의 힘에 개찬되리라 생각해 내버려 두었습니다. ……당시 【페르세우스】도 그곳에 있었습니다."

프레이야 일파는 여신제 마지막 날부터 『어떤 두 모험

자』가 행방을 감추었다는 사실을 파악하고 있었다.

그와 동시에 『상자 정원』을 파괴할 가능성이 있는 자로서 경계해왔다.

"십중팔구 헤르메스의 짓이겠지……. 내가 『매료』를 쓸 거라 알아차리고, 아마 그 둘만이라도 도시 밖으로 피신시켰을 거야."

"면목이 없습니다."

오탈이 송구스러워하며 사죄했다.

프레이야는 그에게 벌을 내릴 마음은 없었다. 겨우 둘이라고는 하지만 그 한정된 시간 속에서 도시를 탈출한 모험자라면 칭송해야 마땅하다. 게다가 그것이 오탈의 실수라고 한다면, 헤르메스에게 『발악』을 용납해버린 자신이 모자란 탓이기도 했다.

"계속해서 『그물』을 쳐놓도록 해. 그들은 언젠가 도시로 돌아올 거야. 어쩌면 이미 숨어있을지도 모르지."

"예."

지금 방해를 받을 수는 없다.

그것이 과거 『마을 아가씨』와 놀던 요정들이라 해도.

감정 따위 지워버린 음성으로 조용히 지시를 내렸다.

"예정대로 아냐 건하고 같이 조치하겠어. 나도 밖으로 나갈 테니."

여신은 창가로 다가가, 푸르게 얼어붙은 달을 우러러보았다.

4장 잊힌 자들
Suzuhito Yasuda

"윽……."
몸속에 침전된, 타는 듯한 둔통을 느끼고 류는 신음소리를 냈다.
떨리는 눈꺼풀을 뜨자 낯선 목조 천장이 보였다.
뒤척인 몸에서 먼지투성이 모포가 떨어졌다.
침대 위에서 몸을 일으킨 류는 이곳이 어딘가의 여인숙임을 알아차렸다.
"……! 리온, 눈을 떴군요!"
"안드로메다……? 왜 당신이…… 아니, 그보다도 여긴──."
문을 열고 미끄러져 들어오듯 입실한 사람은 머리에 누더기 천을 뒤집어쓴 아스피였다. 류는 놀라기도 전에 곤혹스러워하며 물으려다가 움직임을 멈추었다. 기억이 떠올랐던 것이다.
"나는, 【맹자】에게 습격을 당했는데……?!"
눈을 뜨기 전, 자신의 몸에 무슨 일이 일어났는지를.
"안드로메다, 어떻게 된 거지?! 대체 무슨 일이 일어났나?!"
보어즈 무인에게 손도 쓰지 못하고 당한 기억이 되살아나, 반쯤 혼란에 빠진 채 정보를 요구했다.
아스피는 치료가 끝난 엘프의 몸을 붙잡고 진정하라고 타이른 다음 이야기를 시작했다.
"우선, 이곳은 아그리스 마을입니다. 오라리오를 탈출해

충분하고도 남을 만큼 먼 이곳으로 피난했지요. 시간은 당신이 정신을 잃은 후로 만 하루가 지났습니다. ……그리고 제가 아는 한 【프레이야 파밀리아】가 【헤스티아 파밀리아】를 습격해 전원을 생포했습니다. 당신과 동행하던 벨 크라넬 또한."

"하루?! 아니, 그보다도 프레이야 파벌이 벨의 【파밀리아】를……?!"

아스피의 단적인 설명을 듣고도 류는 이해가 되지 않았다. 『오라리오에서 탈출했다』는 의문점을 수상하게 여기면서도, 혹시 『항쟁』이 일어난 것은 아닐까 하는 우려가 몸을 떠밀었다.

"왜 당장 나를 깨우지 않았나! 어서 오라리오로 돌아가야만 해!"

류가 침대에서 뛰쳐나가려 하자, 아스피는 그녀의 어깨에 얹은 손에 힘을 주었다.

안경 너머로 보이는 아스피의 눈빛에 류는 당혹감을 느꼈다.

"……우리가 오라리오를 탈출했던 것은 헤르메스 님의 지령입니다. 지금 오라리오는 아마도 『미의 신』의 술수에 빠졌을 거예요."

아스피는 애써 감정을 억누르며 상황을 설명하고, 아울러 자신의 예측을 들려주었다.

자신이 직접 본, 아니, 느꼈던 것. 도시를 뒤덮던 눈에 보이지 않는 『은색 신의』.

그 직전에 본 주신의 조바심에서도 추측하건대, 거의 틀림없이 『매료』의 힘.

그 결과, 현재 오라리오에서 일어나고 있는 것은 단 한 명의 여신에 의한 『완전지배』.

아스피의 이야기를 모두 들은 류는 눈을 크게 뜰 수밖에 없었다.

"『매료』의 힘으로 도시를 지배해……?! 신 프레이야가?! 그럴 리가, 어째서!"

"여기서부터는 완전한 억측입니다만…… 벨 크라넬을 자신의 것으로 삼기 위해."

"——!!"

"신 프레이야는 급성장을 이어나가는 그에게 전부터 집착했습니다. 헤르메스 님의 성가신 짓거리에 함께 놀아나던 저는 그 사실을 잘 알고 있습니다. 왜 이 시기를 택했는지는 알 수 없습니다만…… 그녀는 이번 여신제에서 벨 크라넬의 『수확』을 결의했습니다."

신 프레이야가 많은 이에게 정을 준다는 사실은 미궁도시의 주민이라면 모두가 알 것이다.

한 남자를 빼앗기 위해 【파밀리아】를 소멸시킨 일화까지 있다.

류는 더욱 조바심이 났다. 겨우 마음을 자각할 수 있었던 자신의 정인을 설마 여신에게 빼앗길 줄이야. 그 사실을 알자 견딜 수 없을 정도로 마음이 흐트러졌다.

그러나 아스피는 그런 류를 눈앞에 두고도 역시 『자중』을 촉구했다.

"리온, 부탁입니다. 부디 이제부터, 성급하게 굴지 말고, 조바심을 내지 말고, 냉정하게 행동하겠다고 약속해 주십시오. 그러지 못하겠다면 저는 당신을 때려눕혀서라도 이곳에 묶어놓을 것입니다."

"아, 안드로메다……?"

"『미의 신』의 『매료』는 절대적입니다……. 오라리오의 주민은 의심할 여지도 없이 모두 **함락당했습니다**. 지인도, 동료도, 신들마저도."

"!"

"……늘 표표하던 헤르메스 님이 그 정도로 당황하며 저를 피신시켰단 말입니다. 분명 그분도, 지금은…… 우리의 『적』."

류는 그제야 겨우 깨달았다. 살금살금 이 방으로 들어왔던 것도, 정체를 숨기기 위해 누더기를 뒤집어쓴 것도 『추적자』의 존재를 우려해서임을. 사로잡혀 신 프레이야에게 끌려가면 아스피도 류도 끝장이다.

아스피도 필사적으로 냉정해지고자 하는 것이다.

주신을 지키지 못했던 자기 자신에게 실망하고, 그들과 싸워야만 하는 절망에 저항하면서.

흐트러지려는 감정을 억누르고, 떨지 않고자 하는 그녀

의 눈을 보며, 류는 겨우 자신의 충동을 다스릴 수 있었다.
"미안하다, 안드로메다……. 나를 구해내 준 당신에게, 진심으로 감사를."
"상관없습니다. 저도 혼자였다면 아무 데나 화풀이를 했을 겁니다. 준비를 갖추는 대로 오라리오로 돌아가지요. 우선은 정보를 모으기 위해 정찰을 해야 합니다."
"그래."
고개를 끄덕인 류는, 질긴 인연을 이어온 『벗』과 함께 행동을 개시했다.

『아그리스』는 오라리오의 남동쪽, 예전에 【헤스티아 파밀리아】가 아폴론의 파벌과 벌였던 워 게임의 무대 『슈림 고성터』 부근에 있다. 마차를 타면 오라리오에서 꼬박 하루가 걸리는 거리지만, 하늘을 날 수 있다면 그렇지만도 않다. 류는 남에게 안기는 것을 꾹 참고 아스피의 비행 신발 『탈라리아』의 힘을 빌려 도시까지 최단 거리로 주파했다.
변장용 도구를 갖추는 등 아그리스에서 소비한 시간도 포함해, 『여신제』가 끝나고 사흘째 아침. 미궁도시의 거대 시벽이 눈에 들어왔다.
"남문만 열려있는 것 같은데……?"
오라리오에 함부로 다가가지 않고, 약간 높은 언덕 위의 바위 뒤에 몸을 숨긴 채 류는 조그만 통을 들여다보고 있었다. 아스피의 매직 아이템인 망원경이다. 일반인보다도 뛰어난 상급 모험자의 시력을 더욱 『강화』해 10K 너머의 경치도 상세하게 볼 수 있다.

도시를 살피던 류와 아스피는 금세 이변을 알아차렸다.

보통은 북쪽과 동쪽 등 방위에 맞춰 개방되었어야 할 도시문이 단 한 곳만 열려있었던 것이다. 덕분에 행상과 여행자가 한곳에 몰려 정체를 일으키고 있었다.

불길한 예감을 느낀 아스피가 중얼거리는 가운데, 문 안쪽으로 망원경을 향했던 류는 눈을 크게 떴다.

"신 프레이야……?!"

목격했다. 도시의 문을 넘어서려 하는 자들 앞에서, 마치 신탁을 내리듯 두 팔을 벌리고 있는 여신의 모습을.

류는 즉시 망원경을 버려 시선을 끊었다. 거리가 멀다고는 하지만 직접 쳐다보면 그것은 『미의 신』의 『매료조건』. 그녀의 『미』를 눈에 담기만 해도 하계 주민은 즉시 포로로 전락해 자아를 잃어버리고 만다. 그리고 목소리를 들어버리면 충실한 꼭두각시 인형이 된다.

류는 격렬히 두근거리는 가슴을 필사적으로 억눌렀다.

인간의 상식을 뛰어넘은 『미』를 접해 쿵쾅거리는 심장을 천천히 가라앉혔다.

"괜찮습니까, 리온?!"

"그래…… 하지만, 이제 확실해졌다. 신 프레이야는 오라리오를 『매료』의 힘으로 점령하고, 외부에서 온 이들에게도 무언가 『암시』를 걸고 있어……!"

재빠른 판단 덕에 함락되지 않았던 류는 오라리오 방향을 노려보았다.

오라리오는 이미 프레이야의 규칙에 의해 통일된 『상자 정원』으로 변했음을 확신했다.

——반면, 자신이 본 여신이 『변신』한 존재임을 알아차릴 방법은 없었다.

"도시문을 감시하고, 방문자를 모조리 『매료』시키는 것으로 봐서…… 길드는 물론이고 【가네샤 파밀리아】도 꼭두각시가 됐겠군요."

"도시에 잠입한 후 정체가 드러나면 체포당할 가능성이 있다. 수배범이 되지 않았기를 기도하지."

"【질풍】 당신은 이미 블랙리스트에 올랐…… 아뇨아뇨, 농담입니다! 그러니 그 손 내리세요!"

설마 헌병에게 표적이 될 날이 올 줄이야.

그렇게 탄식하며, 류와 아스피는 도시로 침투하기 시작했다.

창밖에는 구름이 끼어 있었다.

아침 햇살이 스며들지 않는 침대 위에는 모포를 뒤집어쓴 산이 생겨나 있었다.

끄트머리에서 삐져나온 것은 고양이 꼬리. 힘이 없어, 숨이 끊어진 뱀 같기도 했다.

눈에 생기를 잃어버린 채 아냐는 자신의 무릎을 끌어안고 있었다.

"…………."

주점『풍요의 여주인』의 안채.

여신제 둘째 날 밤으로부터 아냐는 줄곧 방에 틀어박혀 있었다.

『시르』를 없애려 하던【프레이야 파밀리아】를 막지 못했을뿐더러, 심지어 친오빠인 아렌 프로멜이 시키는 대로, 저항조차 못 한 채 길을 내주고 말았다.

주점 동료들은『가족』. 아냐는 그렇게 생각한다.

그『가족』을 지키지 못한 채, 스스로 내주었던 것이다.

그 후로 어떻게 되었을지, 방에 틀어박혀 있던 아냐는 아무것도 알지 못했다.

시르는 어떻게 됐을까. 혹시 살아있다 해도 무슨 낯으로 대해야 할까.

시르가 용서해준다 해도 아냐가 견디지 못할 것이다.

평소의 명랑함을 잃어버린 채, 아냐는 자신에게 절망했다.

'자는 게 무서워…….'

오빠 아렌과의 재회로부터 하룻밤이 지난 후, 어느샌가 정신을 잃었던 아냐는『꿈』을 꾸었다.

그『꿈』속에서 아냐와 동료들은 아무 일도 없었다는 듯

생활했다. 일을 땡땡이치고, 미아에게 혼이 나고, 클로에와 루노아와 투닥거리고, 류는 한숨을 쉬고, 다 함께 웃는다. 평범하기 그지없는 주점의 일상이었다.

그러나 시르만이 그곳에 없었다.

그 이변을 아무도 알아차리지 못했다.

마치 시르란 소녀는 처음부터 존재하지도 않았던 것처럼 행동했다.

그리고 어째서인지, 벨은 【프레이야 파밀리아】가 되어 있고, 그들은 『정보』 이외에는 그가 어떤 사람인지를 알지 못했다.

'잠들었다가, 또 그 『꿈』을 꾸는 게…… 무서워.'

그로부터 눕지도 못한 채, 계속 일어나, 침대 위에서 멈춰버린 시간만을 보내고 있었다.

그 무서운 『꿈』은 시르를 저버린 자신에 대한 무언가의 계시가 아닐까 하고, 그렇게 생각하는 것이 무서워서 견딜 수가 없었던 것이다.

이대로 계속 껍질 속에 틀어박혀 있고 싶다는 생각만이 들었다.

"——아냐 이 바보야옹——! 작작 하고 나와라옹!!"

하지만 아냐의 바람은 이루어지지 않았다.

힘차게 방문이 열리더니 클로에가, 루노아가 성큼성큼 쳐들어왔던 것이다.

"언제까지 틀어박혀 있을 거야! 무슨 일이 있었는진 몰라도 당장 회복해!"

"미아 엄마는 내버려 두라고 그랬지만 난 용서 못 한다옹! 당당히 땡땡이치면 가만 안 둘 거다옹! 땡땡이는 나만 치면 된다옹!"

꼭꼭 닫아놨던 창문 커튼이 활짝 열리고, 뒤집어썼던 이불도 치워졌다.

평소의 분위기는 온데간데없이 풀이 죽은 아냐의 눈에 클로에와 루노아는 한껏 낯을 찡그렸다.

하지만 역시 가차 없이, 사양 않고 손을 붙잡아 일으켜 세운다.

"자, 얼른 가자."

"냄새 장난 아니니까 물이라도 뒤집어쓰고 와라옹, 바보 아냐."

그녀들에게 손을 잡히자 눈물이 날 정도로 가슴이 뜨거워지는 자신이 견딜 수 없이 싫었다.

억지로 옷을 갈아입고 주점으로 향하니, 『풍요의 여주인』은 여느 때처럼 영업을 시작하려 했다.

아냐 일당 이외에도 캣 피플 소녀가 이리저리 뛰어다니며 개점 준비를 하고 있다.

"지난 며칠 동안 너 없이 얼마나 힘들었는지 알아?"

"류도 어디로 가버려서 돌아오지 않고, 여신제 끝났다고 다들 너무 넋 놓고 있다옹!"

루노아와 클로에의 불평불만을 들으며, 아냐는 흠칫 어깨를 떨었다.

류도 마음에 걸렸지만, 지금은 한 소녀만이 마음속을 차지하고 있었다.

"……시르는?"

자신의 것이라고는 여겨지지 않을 정도로 바짝 말라버린, 가라앉은 목소리가 흘러나왔다.

고개도 들지 못한 채 바닥만을 보며.

어떤 표정을 지었는지 보이지 않는 루노아와 클로에가 말했다.

"시르가 뭐야?"

뚜렷이, 그렇게 말했다.

"…………뭐?"

"그거 사람 이름? 손님 중에 그런 사람 있었어?"

"루노아는 바보다옹~. 시루 하면 당연히 떡이다옹. 이 바보 고양이가 깨자마자 아침 먹여달라고 하는 거다옹! ……어? 아냐?"

얼굴을 들자, 고개를 갸웃거리는 루노아와 클로에가 있다.

무슨 말을 하는 거냐고 되받아치려 했지만, 그럴 수 없었다.

농담을 하는 것도 아니다. 그녀들은 아냐에게 거짓말을 하는 것이 아니다.

『누구』가 아니라, 『무엇』이냐고 되물었다.

클로에와 루노아는 정말로 시르가 무엇인지를 알지 못한 채, 순수한 의문을 품고 있었다.

아냐는 숨을 멈춘 채 얼어붙었다.

“……무슨 소리야냐. 시르는, 당연히 시르지냐?!”

“우냐—?! 가, 갑자기 왜그러냐옹?!”

“시르다냐! 우리랑 같이 이 주점에서 일했던 시르 플로버!”

“저기, 아냐?!”

“조금 짓궂고, 요리도 못하고, 다정하고! **내가 버림받아서 혼자 됐을 때도** 이 주점에 데려와줬던 소중한 가족이야냐!!”

클로에를 붙들고 루노아의 손을 뿌리치면서 아무리 호소해도 아냐의 목소리는 전해지지 않았다. 오히려 두 사람의 곤혹은 더욱 깊어져 갔다.

기억이 나고 안 나고의 차원이 아니라, 아냐가 무슨 말을 하는지 의미를 알 수 없다는 모습이었다.

“메이! 베릴! 페이! 로시! 너희는, 시르를……?!”

아냐는 다른 점원들에게도 물었다.

멀리서 이쪽의 눈치를 살피던 점원들은 클로에나 루노아와 똑같은 표정이었다. 그 얼굴은 모두 『시르』를 모른다고 말하는 얼굴이었다.

공허하게도 보이는 수많은 눈이 아냐를 꿰뚫어 본다.

아냐의 털이 곤두서고, 형언할 수 없는 오한이 온몸을

휘감았다.

"그럴 수가…… 거짓말이다냐아?!"

그것은 마치 『꿈』에서 이어지는 광경과도 같았다.

자신만이 제정신을 가진 『악몽』의 한복판.

한 소녀가 서 있는 장소가 뻥 뚫린 공백이 되고 있었다.

"……관둬라, 아냐."

갈팡질팡하는 아냐에게 그렇게 말한 것은 가게 안쪽에서 나타난 미아였다.

평소의 패기를 잃어버린 여주인에게, 아냐는 안길 듯이 매달렸다.

"미아 엄마! 다들 시르를, 시르를……! 미아 엄마는…… 아니죠?! 미아 엄마라면……!"

버림받은 새끼고양이처럼 떨며 눈가에 눈물을 머금은 아냐에게, 미아는 눈을 내리깔았다.

"……기억하다마다. 그 바보 딸내미."

"!"

조그맣게 중얼거리는 그 목소리에 아냐는 눈을 크게 뜨고 희망에 잠기려 했다. 그러나.

"하지만 우리 말고는 아무도 기억하지 않아. ……여신이, 시르의 존재를 **지워버렸어**."

이어진 그 말을 듣고, 아냐의 몸에 전류가 흘렀다.

"그 여신의 권속 말고는 전부 뒤틀려버렸어."

세계의 존재 방식마저도 바꾸는 『절대 매료』. 『미의 신』

의 힘. 한때【프레이야 파밀리아】였던 아냐조차 기억개찬 같은 것은 본 적이 없지만, 그 여신이라면 하고도 남는다.

그렇게 확신해버릴 정도로, 프레이야란 아냐에게 공포의 대상이었다.

"왜…… 어째서, 프레이야 님이 시르를?!"

"…………."

"미아 엄마?!"

등에『은혜』를 가진, 같은 여신의 권속에게 캐물어도 대답은 돌아오지 않았다.

미아와 아냐의 대화를 이해하지 못하는 동료들을 내버려 둔 채 목을 떨던 아냐는── 주점을 뛰쳐나갔다.

"아냐!"

미아의 목소리가 등을 두드렸지만 발을 멈추지 않고 서쪽 메인 스트리트를 달려나갔다.

겨우 한 명의 소녀를 없애 여신에게 무슨 이익이 있단 말인가. 알 수 없었다. 바보 같은 아냐는 아무것도 알 수 없었다.

하지만 이건 지나쳤다.

아냐는 시르에게 무슨 일이 생겼더라도 자신에게 슬퍼할 자격은 없다고 생각했다. 하지만 모두에게 잊힌다는 것은 죽음보다도 괴로운 무언가다. 시르라는 존재가 없었던 것이 된다면, 그녀는 정말로 태어난 의미를 잃어버리고 만다. 묘를 세워봤자 그녀에게 돌아갈 것은 눈물이 아니라 아무것도 기억하지 못하는 웃음이라니, 너무나도 비참했다.

아냐는 그저 달리고 또 달렸다. 여신이 있을『바벨』로 향하고자 했다.

그 너머에『파멸』이 기다리고 있다는 것도 모른 채.

"멈춰."

"!!"

대로 한복판, 마치 한발 먼저 와 있었던 것처럼 어떤 캣피플이 서 있었다.

아냐와 같은 색의 눈동자. 아냐와는 다른 검은색 털.

은색 장창을 든, 유일한 오빠가 앞을 가로막고 있었다.

"오라버니……?!"

그 안광에 꿰뚫려 몸을 떠는 아냐에게 아렌이 내뱉었다.

"아무것도 모른 채 그대로 틀어박혀 있을 것이지."

멀리서 이쪽을 바라보는 사람들의 호기심 어린 눈에는 개의치도 않고, 어떤 방향으로 발을 돌렸다.

"따라와. 전부 가르쳐줄 테니."

아냐는 걸어 나가는 오빠의 등을 따를 수밖에 없었다.

"무사히 오라리오에 잠입은 했지만……."

『잠입』이라는 말에 웃을 수 없는 웃음이 새어 나오려 하면서도 류는 주위를 둘러보았다.

계획의 결행에는 만전을 기했다. 오라리오 밖에서 최대한 정보를 모으고, 아스피의 주도로 항구도시 멜렌까지 조사했다. 깊이 파고들지는 않았지만 아스피의 말에 따르면 『멜렌에 눈에 뜨이는 변화는 없어도 **냄새가 난다**』고 한다. 적은 【프레이야 파밀리아】이며, 사람의 마음을 장악하는 『미의 신』이다. 시간은 아무리 많아도 부족하다. 류는 조바심을 억누르며 며칠에 걸쳐 계획을 짰다.

유일하게 개방된 도시 남문은 고사하고 시벽을 넘어가는 것도 좋은 방법은 아니다. 그렇게 판단한 류와 아스피는 우라노스를 위해 마련된 『비밀통로』를 쓰기로 했다.

『악』이 융성의 극치에 이르렀던 『암흑기』, 그 시대에 【헤르메스 파밀리아】가 사용했다는 지하의 숨겨진 통로를 아스피가 알고 있었던 것이다. 오라리오의 정북향, 『베올 산지』의 기슭으로 이어지는 출입구로 침입해, 매료의 노예로 전락한 파수꾼 펠즈에게 들키기 전에 시내로 통하는 갈림길로 나아갔다. 비밀문을 열자 그곳은 도시 북서쪽, 『4번가로』라 불리는 한적한 주택가였다.

『리온. 침입한 후에는 별도로 행동하죠. 일망타진당할 위험성을 조금이라도 줄여야 합니다.』

도시에 잠입하기 전, 그렇게 제안했던 아스피와는 헤어졌다.

그녀는 『투명 상태』가 될 수 있는 매직 아이템 『하데스 헤드』를 써서, 혼자 하늘을 통해 오라리오로 들어갔을 것이다.

『정보를 수집한 후, 해가 지면 여기 적힌 은신처로 오십시오. ……당신이 나타나지 않을 경우 【프레이야 파밀리아】의 손에 넘어간 것으로 간주하고 행동하겠습니다. 당신도 제가 나타나지 않을 경우 마찬가지로 움직여 주십시오.』

그것이 아스피와 나눈 마지막 말. 이미 은신처의 위치는 암기하고 종이를 태워버린 류는 벗이 무사하기를 기도하며 자신도 행동을 개시했다.

'대로는 피하는 편이 무난하겠지. 주점도 안심할 수 없다. 뒷골목을 중심으로 정보를 모으자.'

메인 스트리트에서 멀어 사람들의 이목이 적은 뒷골목은 낮인데도 어두컴컴하고, 모험자 출신의 무뢰배며 부랑자, 수상쩍은 노점상 등 건실함과는 거리가 먼 자들이 다수 있었다.

【프레이야 파밀리아】의 눈이 없는지 세심한 주의를 기울인 류는 누더기를 뒤집어써 온몸을 가리고 일부러 얼굴을 더럽힌 후 탐문에 나섰다.

『우리 이외의 모든 오라리오 주민은 적.』

그렇게 생각한다면 아무리 신중해도 부족하지 않다.

"여신제는 올해도 대성황이었어. 이상한 일? 그런 건 없었는데."

"【프레이야 파밀리아】? 평소랑 똑같지 뭐. 무서운 놈들이잖아."

"차림을 보니 당신 여행자야? 별 이상한 걸 다 묻네."

얼굴을 숨긴 점술가, 버려진 잔반과 함께 술을 마시는 부랑자들. 아무리 물어도 '이변은 없었다'고 입을 모으는 것을 보면 『매료』되었다는 자각은 없는 듯했다. 프레이야의 『매료』 따위 사실은 없었던 것이 아닐까 의심이 갈 정도였다.

하지만 류가 엘프 여성임을 알아차린 모험자 출신 사내——어둠 속으로 끌어들여 덮치려 하던 무뢰배——를 호되게 응징한 후.

"벨 크라넬의 소재는 모르나? 지금 그의 【헤스티아 파밀리아】는 어떻게 됐지?"

"베, 벨 크라넬? 게다가 걔가 【헤스티아 파밀리아】라니, 무슨 소리야? 그 루키는 【프레이야 파밀리아】잖아……?!"

무기인 소태도를 목에 들이대고 묻자, 겁에 질린 사내는 그렇게 대답했다.

흘려넘길 수 없는 증언에 류가 자세히 물으려 했을 때,

"…………너, **벨 크라넬에 대해 캐고 다니는 거냐**?"

벌벌 떨 정도로 겁을 먹었던 자가 갑자기 인형처럼, 표정을 싹 지워버렸다.

섬뜩한 오한을 느낀 것도 찰나, 고함을 지르려는 기색을 보이는 사내를 재빨리 기절시켰다.

"느닷없이 꼭두각시로 변했어……?! 여신이 규정한 『규칙』에 저촉된 순간 주위에 보고하도록 명령을 받은 건가……?!"

그러나 이로써 확실해졌다.

아스피가 말한 것처럼, 프레이야는 벨을 자신의 것으로 삼으려 한다.

그리고 이 『상자 정원』을 망가뜨릴 가능성이 있는 인자를 철저히 배제하고자 한다.

『매료』의 힘에 전율한 것과 동시에 류는 조용히 격노했다. 이런 모독을 용납해서는 안 된다고 의분을 불태우며, 소년을 되찾고 오라리오를 원래대로 되돌리겠노라 다짐했다.

"그리고 시르…… 당신은 지금, 무사한 겁니까……?"

행방을 알 수 없게 된 친구의 존재도 걱정되었지만, 조사를 속행했다.

혹시 몰라 기절한 사내를 꽁꽁 묶어 폐가에 숨겨놓은 후 정보수집 범위를 넓혔다.

'저건……【프레이야 파밀리아】? 설마 우리를 찾고 있나?'

메인 스트리트로 이어지는 골목에서 얼굴을 내밀고 그림자 속에 몸을 숨기며 살피던 중 【프레이야 파밀리아】의 제복을 입은 단원들을 발견했다. 『매료』에서 벗어난 자신과 아스피를 찾는 것이다. 류는 그렇게 직감했다.

그와 동시에, 다른 단원이 시민으로 변장해 숨어있다는 것도 깨달았다.

제복을 입은 단원을 눈에 띄게 해서 수상한 거동을 보이는 존재가 있는지를 확인하는 것이다. 헌병들도 자주 이용하는 수단이다. 【아스트레아 파밀리아】 시절의 경험을 떠올린 류는 즉시 그 자리를 떠났다.

'역시 대로로는 다닐 수 없어. 『풍요의 여주인』도 틀림없이 감시당하고 있겠지. 상대가 우리를 경계하는 이상, 적의 홈을 정찰하는 것도 자살행위. 해가 저물기를 기다려서 일단 안드로메다와 합류하는 편이………… 응?'

걸으면서도 생각을 멈추지 않고 있을 때—— 불현듯 『이상함』을 깨달았다.

"아무도 없어……?"

장소는 여전히 도시 북서쪽의 『제7구역』.

인기척이 없는 길을 골랐다고는 하지만 기척을 조금도 느낄 수가 없었다. 실내를 포함해서. 마치 피난경보라도 내려진—— 아니, 『사람을 멀리 하는 결계』라도 쳐놓은 것 같았다.

한 구역에서 통째로 사람이 사라져버린 것처럼, 거대한 『구멍』이 뻥 뚫려 있었다.

'함정인가? 돌아가야——.'

불길한 예감을 느끼고 재빨리 발을 돌리려던 그때.

"——!! 아냐?!"

【바나 프레이아】의 뒤를 따라가는 주점 동료를 발견하고 말았다.

——이 등을 얼마나 오랫동안 보며 살아왔을까.

친오빠의 뒷모습을 바라보고 잠자코 따라가며 아냐는 그렇게 생각했다.

아냐 프로멜에게 『가족』은 없다. 그야말로 아렌을 제외하면.

이제는 이미 아득한 기억이다. 왜 부모님이 안 계신지도 떠오르지 않는다. 아니면 마음이 떠올리기를 거부하는 걸까. 나름대로 행복한 가정이었던 것은 어렴풋이 기억하지만, 정신이 들었을 때는 폐허의 바다 속에 있었다.

아냐는 오빠와 둘이서만 살아왔다.

정확하게는, 아냐는 계속 아렌에게 『기생』하며 살아왔다.

질서의 사슬에 속박되지 않은 무법자, 애초에 인간의 섭리 따위 알 바 아닌 몬스터, 조그만 아이들에게서 모든 것을 앗아가려 하는 약탈자들에게 맞서, 거친 기질을 타고난 오빠는 분연히 싸웠고, 모두 물리쳤다. 그리고 아냐는 무서워서 울기만 했다.

오빠에게 비호를 바라는 자신. 유일한 『가족』의 유대만이 아냐에게 남은 유일한 것이었으므로, 그에게 매달려서는 온기를 바랐다. 그런 아냐를 아렌이 거추장스럽게 생각했다는 것은 알고 있다.

그의 눈이 몇 번이나 짜증을 내듯 일그러졌는지 셀 수도 없다.

그의 주먹이 언제 아냐를 후려쳐도 이상하지 않았다.

버림받지 않았던 것은 어디까지나 오빠도 어린아이였기

때문이었다. 아냐도 이제는 그 사실을 안다.

잠자리로 정해놓았던 폐도의 한구석. 늘 지나다니는 길에 서서, 녹슨 채 비를 맞던 수인의 동상이 아냐와 아렌을 내려다보고 묻는 것 같았다.

『길 잃은 길 잃은 새끼고양이.

너희 집은 어디 있니?』

울기만 할 뿐 대답할 방법이 없었던 두 사람은── 어느 날 『여신』과 만났다.

『같이 가자꾸나.』

여신 프레이야는 두 아이의 『영혼』, 특히 아렌의 것에 눈을 가늘게 뜨며 손을 내밀어주었다.

이 세상의 것이라고는 여겨지지 않는 미모와 신격에 겁을 먹은 아냐는 떨리는 손가락으로 오빠의 옷자락을 잡아당겼다. 하지만 입을 다문 아렌은 여신의 손을 잡았다.

그날을 계기로, 아냐의 기억은 어지러우리만치 빠르게 흘러갔다.

『은혜』를 받고, 【프레이야 파밀리아】가 되어 오라리오에 도착한 두 사람에게는 이 세상의 것이라고는 여겨지지 않는 『세례』가 기다리고 있었다. 의식주를 얻었다고는 하지만, 폐허의 바다에서 살던 나날이 미지근하게 느껴질 정도로 싸움과 상처뿐인 하루하루. 아냐는 몇 번이나 피를 토하고 구역질을 하고 쓰러졌다. 차라리 도망치고 싶다고 생각한 적도 있다. 그 평원의 전투는 아냐에게는 트라우마였으며, 여신에게 충성을 맹세한 자가 아니라면 헤어날 수 없을 거라고 확신했을 정도였다. 그렇지 않고서도 끝없이 싸울 수 있는 자는 걸출한 재능을 가졌거나, 혹은 자기처럼 프레이야 이외의 『무엇과도 바꿀 수 없는 존재』를 가진 사람일 것이라고.

아렌은 프레이야가 예상한 대로 금세 두각을 보였다.

『폴크방』에 순식간에 적응하고, 1년도 지나지 않아 Lv.2가 되었다.

그렇기에 아냐는 더 이상 우는 소리를 할 겨를 따위 없었다. 『정원』에 솔선해서 나가 필사적으로 싸웠다. 어디까지나 오빠에게 버림받지 않기 위해.

아냐는 『가족』에 굶주리고 있었다.

【파밀리아】가 생겼어도 아렌과의 유대만은 특별했다.

아냐는 줄곧 길 잃은 새끼고양이였으므로, 아무리 미움을 받더라도 아렌의 손을 놓고 싶지 않았다. 그랬다간 자신은 정말로 외톨이가 되어버릴 거라고 믿었다.

당시 오라리오는 『암흑기』에 돌입해, 【프레이야 파밀리아】의 단원이라 해도 어이없이 죽어나가곤 했다. 파벌 내에서 친한 이를 만들어봤자 이튿날이면 죽어버리는 일도 허다했다. 그렇기에 단원들도 항상 긴장하고 여유 따위 없어 힘없는 자를 매도했다. 아냐를 챙겨주었던 것은 『어떤 드워프 단장』 같은 극히 일부였고, 그녀와 이야기를 나누는 사람도 극소수였다. 반대로 말하자면 그만큼 아렌 이외에는 아냐를 눈여겨보지도 않았고, 아냐도 오빠의 등만 따라다녔다고 할 수 있다.

아냐는 필사적으로 아렌을 쫓아다녔다.

누가 뭐라 해도 아렌의 곁에만 있었다.

아렌이 Lv.3이 되면, 아냐는 Lv.2가 됐다.

오빠가 【바나 프레이아】라는 영광된 별명을 신들에게 받으면, 오빠의 곁을 떠나려 하지 않는 여동생은 덤처럼 '전차의 반쪽'이라는 뜻으로 【바나 알피】란 별명을 얻었다.

그리고── 한계가 왔다.

계속 거절하는 아렌의 노성을 여느 때처럼 듣지 않은 채, 심층영역의 『원정』에 억지로 따라갔다가, **죽을 뻔했다**.

아렌까지 말려들어 그도 중상을 입었다.

아렌 혼자였으면 결코 쓰러지지 않았을 것이다. 전부 아냐 탓이었다.

선택받은 자와 그렇지 않은 자. 아렌은 전자였으며, 아냐는 후자였다.

남매이면서도 수준이 다른 재능의 벽. 잔혹한 구별. 아냐의 발로는 아렌을 쫓아갈 수가 없게 되었다.

아냐에게 붙들려가다시피 생사를 헤매다가 회복한 후.

아렌은 아냐 앞에서 선언했다.

『굼벵이. 두 번 다시 내 앞에 나타나지 마라.』

그날, 아렌은 확실하게 그녀를 저버렸다.

그의 눈이 차가운 얼음 구슬로 바뀐 순간, 아냐는 절망의 비명을 질렀다.

필사적으로 울부짖으며, 용서를 빌고, 매달렸다가, 가차 없는 발길질에 나뒹굴었다.

『넌 필요 없단다.』

그리고 주신 프레이야 또한 그렇게 말했다.

귀중한 『에인헤랴르』, 그리고 『에인헤랴르』가 되다 만 자. 어느 쪽을 택할지는 명백했다. 아끼는 아이의 발목을 붙들어 죽일 뻔했던 굼벵이에게, 여신은 싸늘하게 미소를 짓고는, 너무나도 쉽게 저버렸다.

프레이야가 원했던 것은 아렌. 아냐는 처음부터 그의 『덤』.

바보인 아냐가 겨우 깨달았을 때는 여신에게 오빠를 빼앗긴 후였다. 두서없는 감정이 증오로 반전되기도 전에, 아냐는 비탄에 지배당해 무너졌다.

펑펑 쏟아지는 눈물이 얼굴을 엉망진창으로 만들었다.

아무리 손을 내밀어도 오빠는 돌아보지 않았다.

길 잃은 새끼고양이는 마지막 가족을 잃고, 그날부터 『버림받은 고양이』가 되었다.

홈에서 쫓겨나, 쏟아지는 비를 맞으며, 금세 보도블록 위에 무릎을 꿇었다.

버림받아 지저분하고 흉하고 공허해진 고양이 따위는 아무도 거들떠보지 않았다.

당시는 『암흑기』. 그런 자는 도시에 얼마든지 넘쳐났다.

비가 눈물의 경계를 지워, 완전히 망가지기를 기다리는

인형으로 변했다.

그런 아냐에게 온기를 내밀어준—— 단 한 사람.

『괜찮니?』

그것은 회색 머리카락의 소녀였다.

눈앞에 다가온 것은 바라마지않던 오빠의 손이 아니라, 그녀의 손이었다.

『감기 걸리겠다. 우리 집에 갈래?』

아무 반응도 하지 못하는 아냐에게 그녀는 미소를 지었다.

아무 것도 묻지 않고, 『집』과 『가족』을 주었다.

소녀는 시르 플로버라고 했다.

『우리 집, 풍요의 여주인이라고 해——.』

"여기다."

"!"

아렌의 목소리에, 아냐의 의식이 현실로 돌아왔다.

그곳은 북서쪽 구역의 한복판에 위치한, 아무것도 없는 광장이었다.

부자연스러운 점을 열거하자면, 사람이 한 명도 없다는 것이었다. 회상에 잠겼던 아냐는 깨닫지 못했지만, 사람을 모두 치워버린 상태였다. 아마도, 틀림없이, 『매료』의 힘으로.

그리고 그런 아냐의 예감을 긍정하듯, 광장 중심에는 로브를 입은 여신이 서 있었다.

"프레이야, 님……."

거리가 멀어도, 몸을 가렸어도, 그녀의 『미』는 한눈에 알 수밖에 없었다.

갈라진 목소리가 새어 나오고 목이 경련했다. 그녀에게 버림받았던 과거의 트라우마가 공포를 환기시켰다.

회색 하늘이 조용히 울부짖었다. 비가 쏟아질지도 모르겠다.

"어서 오렴, 아냐."

아렌이 걸어 나가 프레이야의 곁에 서는 광경에 의지가 꺾여버릴 것 같으면서도, 다가갔다.

남은 간격은 5M 정도. 지금의 아냐는 아무리 해도 좁힐 수 없는 거리.

눈가까지 내려온 후드 안에서 프레이야가 은색 두 눈을 가늘게 떴다.

"일단은, 오랜만이라고 해야겠네. 나한테는 그렇지 않지만 너는 오랫동안 만나지 못한 셈이니."

"……?"

"밥은 잘 먹고 있니? 얼굴색이 영 아닌걸? 뭐 안 좋은 일이라도 있었을까?"

영문을 알 수 없는 말에 아냐는 당혹감을 보일 뿐이었다.

자신을 버린 주제에 챙겨주는 모순. 말 한마디 한마디를 이해할 수 없었다. 인간이 감당할 수 없는 신에 대한 두려움이 아냐로부터 언동의 자유를 빼앗았다.

아무 대답도 못 하는 그녀를 보고, 프레이야는 웃음을

짓더니 『본론』을 꺼냈다.

"내게 『매료』돼서 전부 잊는 거랑 스스로 입을 다무는 거랑. 어느 쪽이 좋아?"

"네……?"

"나의 『인형』이 될지 말지, 선택하도록 해주겠다는 소리야."

그 말을 들은 순간.

눈을 크게 뜬 아냐의 손에 힘이 돌아왔다.

여신에 대한 두려움을 밀어내고, 힘껏 주먹을 쥐며 정면을 노려보았다.

한번은 버림받았던 고양이가 주인에게 이를 드러내듯, 아냐는 기염을 토했다.

"프, 프레이야 님은 뭘 하고 있는 거야냐?!"

"『상자 정원』을 만들고 있지. 사랑을 가두기 위한 새장을."

"오라리오를 이상하게 만들어놓고 뭘 하려는 거야냐?!"

"원하는 것이 있어. 그러기 위해 모든 것을 뒤틀어버렸어."

바보인 아냐는 프레이야가 하는 말도, 신의도 이해할 수 없었다.

하지만 미아의 말대로, 프레이야가 원해서 『이 일그러진 세계』를 만들어냈다는 사실을 이해했을 때, 아냐가 물어야 할 질문은 하나뿐이었다.

"시르를 대체 어디에 가둬놓은 거야냐?!"

소녀에 대한 마음. 무엇보다도 『가족』을 소중히 여기는 버림받은 고양이의 양보할 수 없는 친애.

그것을 기폭제로 바꾸어, 아냐는 목이 터져라 외쳤다.

"대답하세요, 프레이야 님!!"

절규가 쩌렁쩌렁 대기를 흔들었다.

도시 구석구석까지 닿을 것만 같은 고함에 이어, 광장에 찾아온 것은 한순간의 정적이었다.

후드가 만들어내는 어둠 속에서 프레이야의 표정이 사라졌다.

아냐는 한시도 눈을 떼지 않고 여신을 노려보았다.

그 광경을 지켜보는 아렌 또한 아무 말도 하지 않았다.

그러나 오빠의 눈은, 동생의 말이 『탄핵』이 될 수 없음을 알고 있었다.

"이젠 없다――고 하고 싶지만."

어둠 속에서 입술이 움직였다.

여신은 소녀에게 고했다.

"**너희**는 수긍하지 않을 테니, 만나게 해줄게."

두 번 다시 『마을 아가씨』가 될 마음은 없었는데――.

그렇게 중얼거린 말의 뜻을 아냐가 이해하기도 전에, 여신은 후드에 손을 가져다 댔다.

그리고,

"――――에?"

후드가 벗겨지고 『마을 아가씨』가 나타난 순간, 아냐의 시간은 말 그대로 얼어붙었다.

고개가 좌우로 흔들리자 긴 회색 머리카락이 쏟아져나

왔다.

같은 색의 커다란 눈동자가 천천히 눈꺼풀 속에서 나타나 아냐를 바라본다.

그녀는 아냐가 잘 아는 미소를 머금고 조용히 웃었다.

"이렇게 된 거였어, 아냐."

그렇게 말했다.

아냐가 잘못 알아들을 리 없는 목소리로.

틀림없는 『시르』의 목소리로.

아냐를 자괴에 빠뜨릴 『파멸』을 가져다주었다.

"주점에서 늘 너와 접했던 건 나."

"……거짓말이야냐."

"그러니까 프레이야는 나고, 시르는 나."

"……거짓말이야냐."

"프레이야는 시르고, 시르는 프레이야란다."

"——거짓말이야냐아!!"

절규했다.

납작하게 젖혔던 귀와 함께 머리카락을 두 손으로 마구 헝클어뜨리며 눈앞의 광경을 거부했다.

있을 수 없다. 말도 안 되는 희극이다. 시르가 프레이야라니. 어떻게 그럴 수 있단 말인가.

하지만 눈앞에 서 있어야 할 프레이야는—— 시르는 아냐의 마음이 담긴 절규를 부정해주지 않았다.

"『괜찮니?』"

“『감기 걸리겠다. 우리 집에 갈래?』”

“『우리 집, 풍요의 여주인이라고 해.』”

“——**이 모습으로 처음 만났을 때**, 말해줬잖아? 난 전부 기억하는걸?”

잇달아 아냐의 뇌를 흔들어대는 목소리가, 비 내리던 그날의 정경을 억지로 환기해주었다.

한번은 버림받았던 아냐가 되살아난 계기.

시르와 처음 만났을 때의 소중한 추억.

그것이, 은색 신의에 의해 잠식당한다.

“『아냐, 기운 내. 무서워하지 않아도 괜찮아.』”

“『여기 무서운 사람은 아무도 없으니까.』”

“『일 같이하자. 나도 하나도 못 하니까 둘이 익히자.』”

되살아난다, 되살아난다, 되살아난다.

처음에는 누구에게도 마음을 열어주지 못하고, 배신당한 고양이처럼 주위에 화풀이를 하고, 그래도 시르의 다정함에 마음을 녹이고, 슬픔에 젖을 틈도 없이 미아에게 혹사당해, 풍요의 주점에서 타고난 명랑함을 조금씩 되찾던, 그 재생의 나날들이 되살아난다.

그것이 남김없이 하나하나 더럽혀진다.

과거의 기억과 지금의 목소리가 한 치의 어긋남도 없이 겹쳐져간다.

진실과 절망이 하나가 된다.

한 치의 거짓도 없다고, 눈앞의 소녀가 웃는다.

"아, 아, 아…… 아아아아아아……?!"

머리를 붙든 채 아냐는 두 눈에서 눈물을 쏟아냈다.

팔다리가 떨렸다. 현기증과 이명이 찾아왔다. 이가 따닥 따닥 울렸다.

무엇이 사실이고 무엇이 거짓이었던가. 무엇이 진실이고 무엇이 허위였던가. 나는 대체 『누구』에게 구원을 받고 『무엇』에게 희롱당했던가.

끊임없는 감정의 격류가 아냐를 파탄의 낭떠러지까지 몰아붙였다.

"어, 째서………… 이러는, 거야냐…………?"

발밑의 보도블록을 눈물로 적시며, 경련이 가시지 않는 얼굴을 들고, 오열하는 목소리로 묻자.

"알잖아?"

그녀는 대답했다.

"단순한 오락."

그녀는 웃었다.

"신의 변덕."

시르의 얼굴로, **여신의 미소**를 지었다.

"——아아아아아아아아아아아아아아아아아아아아아아아아아아아아아아아아아아아아아아아?!"

아냐는 부서졌다.

모든 추억에 균열이 일어나고, 깨지고, 회색 속으로 녹아떨어졌다.

진실을 안 그녀가 도달했던 말로는 약속되어 있었던 『파멸』이었다.

"아니야, 아니야아니야아니야아니야! 이건 아니야!!"

착란에 빠진 채 몇 번이고 고개를 가로저었다.

아냐가 택한 것은 현실의 부정.

눈앞의 존재를 인정하지 않겠노라는 마음과 충동의 폭발이었다.

"**넌** 시르가 아니야! 절대 아니야!!"

한때는 공경하고 두려워했던 신에게 폭언을 터뜨린다는 사실도 아냐는 깨닫지 못했다. 이제 그런 것은 상관이 없었다.

『프레이야』라는 어둠의 공포보다도 『시르』라는 빛에 대한 갈망이 웃돌았다.

"시르를 돌려줘! 돌려줘어어어어어어어어어어어어어어어어어어어어어어어!!"

아냐는 울부짖으며 달려들었다.

지금 눈앞의 『마을 아가씨』가 어떤 표정을 짓고 있는지 정상적으로 판단하지 못한 채, 온 힘을 다해 붙잡으려 했다.

"멍청한 게."

"끄윽?!"

그 직후, 그 분격을 아렌의 은창이 튕겨냈다.

호위병의 위치에 서 있던 제1급 모험자가 주인에게 위해를 끼치려는 자를 용서할 리 없다. 가차 없는 창의 일격은 소녀를 광장 구석까지 날려버렸다.

나무상자 무더기에 처박혀, 연기를 뿜으며, 아냐의 격정은 갈 곳을 잃어버렸다.

"아냐!!"

친구가 날아가 버린 순간, 류는 벌떡 일어나고 있었다.

끌려간 아냐를 미행해, 지금 이 순간까지 숨을 죽인 채 사태를 지켜보던 엘프는 동료의 위기에 뛰쳐나가고 말았다.

"**나왔구나.**"

그리고 예정조화와도 같이, 시르의 얼굴을 한 여신이 시르의 목소리로 중얼거렸다.

소태도로 일격을 가하는 류를 아렌이 별 어려움도 없이 받아내는 가운데, 흘끔 쳐다보며.

"주위 일대에 대대적으로 『매료』를 걸길 잘했네. 이렇게 네가 알아서 나타나고 다가와주었으니 말이야."

"큭……?!"

창졸간에 교차시킨 두 자루의 소태도가 창대에 밀려나 순식간에 열세에 빠지는 한편, 류의 눈은 동요를 머금었다.

함정에 빠졌음을 깨달았다. 역시 【프레이야 파밀리아】는 류와 아스피가 없음을 일찌감치 알아차렸던 것이다. 그리고 오늘, 방치해두었던 아냐에 대한 『조치』를, 류를 유인하기 위한 『미끼』로 사용했다.

『매료』로 사람들을 한꺼번에 치운 후, 부자연스럽게 눈에 뜨이도록 만들어, 류가 알아차게 했다.

아냐와의 대화 자체가 류를 유인하기 위한 『함정』이었던 것이다.

"아렌, 창을 내리렴."

"그럴 필요는 없습니다. 이대로 때려눕혀서——."

"내리렴."

"—————…………알겠습니다."

제1급 모험자에게 가차 없이 명령하는 주인의 목소리.

아렌의 압력에서 해방되긴 했지만 류는 식은땀을 흘리고 있었다.

그녀 또한 눈앞의 흔들림 없는 현실을 받아들일 수가 없었다.

"당신은, 정말로 시르입니까……?!"

"——아까까지 나눈 이야기, 보고 있었잖아, 류? 내가 시르야. 나와 같은 존재가 될 수 있는 아이가 있기는 하지만, 너희와 계속 함께 있었던 건 나."

류의 물음에, 여신이 두른 분위기가 다시 바뀌었다.

인격이 분열된 것처럼, 아니, 이제까지 소녀들이 맺었던 관계를 존중하듯, 프레이야의 어조에서 시르의 어조로 돌아왔다.

류의 하늘색 눈이 떨렸다.

아냐를 습격했던 감정의 폭풍이 그녀의 가슴속에서도 미친 듯이 날뛰었다.

프레이야가 시르? 무슨 농담이지? 환각이라고 믿고 싶다. 하지만 아무리 빌어도 눈앞의 광경은 무산되지 않았다.

자기 자신도 냉정함을 잃었음을 자각하며, 류는 입술을 비집어 열었다.

"아냐에게 했던 말이…… 사실입니까?"

"……."

"나를 구해주었던 것도…… 주점에서 보낸 나날도! 당신에게는 놀이였던 겁니까?!"

억제할 수도 없이 격발한 류의 물음에 대한 시르의 대답은,

"……하아."

꾸미는 것조차 잊어버린 『한숨』이었다.

"그렇다고 하면 뭐가 어쨌는데, 류?"

"뭣……?!"

"놀이인걸, 전부? 이건 『롤플레잉』. 내가 선택했던 역할은 『마을 아가씨』고, 무대는 『주점』. 여신은 지루했으니까 아이들하고 놀았던 거야. 그게 그렇게 마음에 안 들었어?"

한 점의 거짓도 없는 『사실』을 고하는 시르에게 류는 몸이 찢어지는 듯한 충격을 받았다.

"누구나 『거짓말』을 하잖아? 내 『거짓말』은 그거였을 뿐."

그러면서 공평한 진리를 들이대, 류는 부정할 말을 잃었다.

"아냐는 **저렇게 돼버렸지만**, 난 아무도 상처 입히고 싶지 않아. 정말인걸? 그러니까 있지, 이해해주지 않을래? 『나』를. 『나』는 이제 거짓말을 하지 않을 거야. 아무것도 참지 않고, 있는 그대로의 『나』를 보일 거야. 그러니 부탁이야, 류——."

손을 내민다.

낭랑하게 노래하듯 선고하며, 다가와, 손을 내민다.

언젠가 그랬던 것처럼, 복수를 마치고 힘이 다했던 그날처럼.

시르의 손이 류의 손을 잡으려 한다.

"————읏!!"

순간.

류의 손은 시르의 손을 쳐내고 있었다.

"……?!"

금세 류 본인이 동요해 자신의 손바닥을 응시하고 있었다.

이제까지 류의 손을 잡을 수 있었던 것은 세 사람.

첫 번째가 알리제, 세 번째가 벨. 그리고 두 번째가 시르.

전에는 분명히 잡을 수 있었던 소녀의 손을 지금, 류의 몸은 명확히 거부했다.

아무리 모습이 같더라도, 그녀의 안에서 꿈틀대는 『어둠』을 혐오하듯.

그것이 무엇보다도 큰 증거. 정사(正邪)를 간파하는 요정의 손.

동일인물이면서도 류가 아는 소녀와는 다른 존재라고, 엘프의 몸은 그렇게 판단했다.

"당신은…… 시르가 아니야."

도달한 결론은 아냐와 마찬가지.

튕긴 손을 내려다보느라 눈가를 가린 앞머리를 향해 외쳤다.

"당신이 시르라니, 나는 인정할 수 없어!!"

그 직후.

"닥쳐."

고개를 든 회색 눈이 『은색 빛』을 머금었다.

"꿇어 엎드려."

그것을 직시한 직후, 류는 그녀의 명령에 따르고 있었다.

"우읏?!"

두 무릎이 땅바닥에 떨어졌다.

의지와는 달리, 류는 속수무책으로 그녀 앞에 무릎을 꿇었다.

머리가 뒤흔들렸다. 의식이 물엿처럼 녹아내리면서, 몸도 마음도 여신에게 예속되기를 바라고 있었다.

류의 심신이 저항하기 힘든 마력에 침범되는 가운데, 옆에서 지켜보던 아렌은 눈을 슬쩍 크게 뜨고 있었다.

시르는 화를 내고 있었다. 분명히.

그런가 싶었더니, 잠시 탄식하고는, 자신에게 꿇어 엎드린 엘프를 향해 사죄를 시작했다.

"미안해, 나쁜 버릇이 들어버렸네. 이젠 **너무너무 귀찮아졌거든**. 이제 난 제지가 통하질 않게 돼서, 그렇게나 싫어하던 매료도 이렇게 금방 써버리고 있어. 싫었지, 소름 끼쳤지, 미안해 류. 금방 풀어줄게."

회색 눈에서『은색 빛』이 사라졌다.

"——크헉?!"

그와 동시에 류는 숨을 토해냈다.

가슴속을 헤집던 뜨거운 열기의 탁류가 그야말로 썰물처럼 빠져나갔다.

몸을 굽힌 시르는 그런 류의 어깨에 부드럽게 손을 얹었다.

그 순간—— 섬뜩하니.

"있지, 류. 전에도 말했잖아. 나는 남을 위해 계속 아름다울 수 있는 사람을 좋아해. 나는 벨도 좋아하지만, 류도 정말정말 좋아하는걸?"

몸에 심어진 엘프의 습성이 비명을 질렀다.

어깨에 얹힌 손에도, 갑자기 뒤바뀌어 자애로 넘쳐나는 목소리에도 피부밑에서 기어 다니는 불쾌감을 느꼈다.

손을 튕겨내고 싶은데도『매료』의 힘이 완전히 빠져나가지 않은 몸은 말을 듣질 않았다.

"맞다—— 류도 같이 벨을 독차지하지 않을래?"

"…………아?"

귀를 의심하고, 간신히 고개를 든 류의 눈에 비친 것은 시르의 환한 웃음이었다.

"아, 맞아. 독차지가 아니라 둘 차지? 라고 해야 하나."

"…………무슨. 소릴…………."

"조금만 있으면 함락될 것 같거든. 벨한테 걸린 동경의 저주를 풀어줄 수 있어. 그러면 벨을 내 걸로 만들 수 있거든."

보물에 대해 이야기하는 천진난만한 아이처럼, 시르는 깔깔 웃었다.

"다른 사람이 벨을 건드리는 건 싫지만, 나, 류라면 괜찮아. 류니까 용서해줄게."

무슨 말을 하는 것인지 이해할 수 없었다.

소름 끼친다.

자신이 아는 회색 머리 소녀는 이제 아무 데도 없다고, 마음속 어딘가가 속삭이고 있었다.

"함께 벨을 사랑하자, 응? 셋이서만, 몸을 만지고, 입술을 훑고, 냄새를 즐기고, 마음껏 안아주면서."

소름 끼친다.

"방에 가둬놓고, 침대 위에서, 몸의 경계가 사라져서 질척질척해질 때까지 사랑을 나누고, 하나가 되는 거야."

소름 끼친다.

"영혼이 뒤섞이고, 서로에게 사랑을 새기는 거야. 그러면,

나는 못 하겠지만, 류는 벨하고 아이를 가질 수도 있을걸?"

소름 끼쳐!! 소름 끼쳐!! 소름 끼쳐!!

마녀의 제안. 『사랑』을 아는 이의 마약. 혹은 파멸 선망.

『사랑』의 미주를 내미는 소녀에게 품은 것은, 터무니없는 혐오와 기피감이었다

눈앞에 있는 존재는 『시르』의 껍질을 뒤집어쓴 무언가다.

"크윽………… 거절한다……!"

류는 자신의 대답을 들이댔다.

눈꼬리를 틀어 올리고, 몸과 함께 호흡과 음성을 떨며, 힘껏 노려보았다.

『시르』가 아닌 네놈과 잡을 손은 없다.

잘 움직이지 않는 혀를 대신해, 눈매에 분노를 실어, 그렇게 말했다.

"……역시 이렇게 됐네."

그때.

시르는 눈썹을 늘어뜨리고 잠시── 아주 잠시, 쓸쓸한 웃음을 지었다.

'아……?'

그 한순간.

류는 기억 속의 존재와 다를 바 없는, 회색 머리 소녀의 환영을 보았다.

"잘 되더라도 실패하더라도 환멸을 사고. 싸우고도 화해할 수 없고. ……정말 그렇게 돼버렸네."

시야가 일렁거렸다. 의식이 급속도로 멀어져간다.

해제되었다고는 하지만 『매료』의 반동은 세상을 뒤흔들었다. 어깨를 헐떡이며, 점점 시야의 초점이 맞지 않지 않는 가운데, 류는 더 이상 시르의 말을 잘 알아들을 수가 없었다.

하지만, 어째서일까.

귀에 와 닿았던 듯한 그 말은, 바로 최근, 누군가에게 들은 말인 것만 같았다.

단어를 골라 말을 다하고, 눈썹을 늘어뜨리며 웃는 그 모습을, 어디선가 본 것 같았다.

그것은 지극히 시시한, 우정과 모정의 틈바구니에서——.

"하지만 이젠 돌아갈 수 없으니까."

그 말을 끝으로, 류의 의식은 어둠 속으로 떨어졌다.

"아렌."

그녀는 조용히 후드를 고쳐 썼다.

소녀는, 아니, 여신은 땅바닥에 쓰러진 엘프에게서 등을 돌렸다.

"그 아이를 데려와. 벨과는 접촉하지 않도록, 홈의 지하실에 가둬."

"……『매료』시키지는 않으실 겁니까?"

"**감상**(感傷)이야. 이 아이의 영혼을 더럽히고 싶지 않다는. 실망할 거니?"

"……아니요."

숨김없이 고백하는 주신에게, 아렌은 슬쩍 고개를 가로 저었다.

"약속대로 아냐 쪽은 네게 맡길게."

그렇게 짧은 말을 남기고, 여신은 광장을 떠나갔다.

톡, 톡. 빗방울이 어깨를 두드리기 시작한다.

한동안 입을 다물었던 아렌은 몸을 돌려, 일어날 줄 모르는 여동생을 바라보았다.

"쓸데없는 짓을 했다간 다음에는 그 주점을 박살 내겠어. 그게 싫다면 여신을 방해하지 마라. 조용히 입 다물고 살아."

일방적으로 말하고, 끝냈다.

류를 어깨에 걸머지고 호위병으로서 여신의 뒤를 따른다.

광장에는 캣 피플 소녀 혼자만이 남았다.

"………………아아."

이윽고 비가 쏟아지기 시작했다.

시야는 물에 젖고, 청각도 빗소리에 묻혀버렸다.

부서진 채 흩어진 나무상자 위에 드러누운 새끼고양이의 뺨에 비인지 눈물인지도 알 수 없는, 몇 줄기나 되는 물방울이 흘러내렸다.

"으아아아아아아아아아아아아아아아아아아아아아아아아아아아아아아아아아아아…………!!"

통곡의 목소리는 누구에게도 들리지 않은 채 물소리에

지워졌다.

오빠와 여신에게 버림받은 날과 같은 비가 아냐의 몸에 쏟아지고 있었다.

두터운 구름과 도시의 윤곽마저도 뿌옇게 만드는 억수 같은 비가 저녁놀의 빛을 가렸다.

손에 든 회중시계의 초침이 소리를 내는 가운데, 어떤 폐가의 침대 위에 앉은 아스피는 말없이 눈을 감았다.

"리온…… 당신마저……."

절망이 틀림없는 목소리를, 일몰 시각을 고하는 회중시계의 문자반이 받아주고 있었다.

시간이 되어도 약속장소에 나타나지 않는 엘프 친구에게는 낙관도, 희망적 관측도 품을 수 없었다. 아무리 고독해도 그것은 용납되지 않았다.

"나 혼자뿐……. 아군은 이제, 아무도 없는 겁니까……?"

힘없는 목소리는 당장이라도 덧없이 사라질 것만 같았다.

그러나 아스피는 조용히 일어났다.

약한 소리와 체념을 묵살하고, 닳아 해져가는 칠흑색 투구를 썼다.

투명해진 채, 남몰래 그 자리에서 모습을 감춘 그녀는 홀로, 추위에 떠는 빗속의 거리로 사라졌다.

비가 그치지 않는다.

어둠의 장막이 드리워진 후에도 빗소리가 울려, 마치 하늘이 우는 것만 같았다.

꼭 그 사람의 마음을 거절했던 그 날처럼.

'……시르 씨는 어디 있을까…….'

긴 복도 한가운데에 멈춰선 채 창밖을 보고 있으려니.

"뭘 하나."

마스터가 노려보며 말했다. 나는 마스터의 뒤를 따라 여느 때와 똑같은 경로로 저택 안을 이동하던 중이었다.

비가 내리는데도 이어졌던 『세레』 탓에 오늘은 평소보다도 더 지쳤다.

여신님의 방으로 가면서도 피로를 감출 수 없었다.

그리고 그런 머리로 멀거니 생각했다. 귀중한 외출시간을 써서 오늘까지 찾아 헤매던 회색 머리 소녀를.

그녀는 어디에도 없었다.

그녀를 아는 사람은 아무도 없었다.

그녀의 존재도, 내 상상의 산물이었던 걸까.

얼마 전 같으면 웃어넘겼을 만한 생각인데도, 서서히 궁지에 몰려가는 몸과 마음은 부정하지 못했다. 암담한 감정에 붙들린 채 프레이야 님의 신실에 도착했다.

"어서 오렴, 벨."

입실 허가를 받아 마스터를 남긴 채 방으로 들어가자, 간소한 흰색 나이트드레스를 입은 프레이야 님이 기다리고 있었다. 밤의 안온함을 내려주는 여신님에게, 발이 저절로 다가갔다. 그녀의 곁에, 같은 카우치에 앉는 것도 이제는 익숙해졌다.

다정한 온기를 느끼며, 천일야화의 뒷이야기를 하듯, 오늘 밤에도 내 이야기를 들려드렸지만――

"……?"

오늘은 약간, 무언가가 달랐다.

"왜 그러니, 벨?"

프레이야 님이 의아하다는 듯 고개를 갸웃했다. 은색 빛을 머금은 맑은 물살 같은 장발이 사르르 소리를 내며 반짝반짝 어깨에서 떨어진다.

딱히 분위기가 이상했던 것도 아니었다. 분명 내 착각이었을 것이다.

다만…… 프레이야 님이 자신의 일부를 이곳이 아닌 다른 어딘가에 잊어버리고 온 것만 같았다.

아름다운 은색 눈동자가 『다른 색』을 비춘 것 같았다.

"……무슨 일, 있었나요?"

어느샌가 나는 그렇게 묻고 있었다.

프레이야 님은 놀라 몸을 멈추었다.

"……왜 그렇게 생각했니?"

"그게…… 어쩐지, 기운이 없으신 것처럼 보여서……."

잘 표현할 수가 없어 애매하게 말을 흐리자—— 이쪽을 빤히 바라보던 프레이야 님은 어깨에서 힘을 빼고는 눈썹을 늘어뜨리며 웃었다.

"평소에는 여자 마음이라곤 하나도 모르면서, 이럴 때는 예리하다니깐."

"윽……!"

누가 봐도 어이없어하는 목소리. 나는 민망함을 느끼며 말문이 막혔다.

이미 고양이처럼 눈을 가늘게 뜨며 웃고 있던 프레이야 님은 여느 때처럼 쿡쿡 속삭이는 듯한 웃음소리를 냈다.

그 사실에 마음이 놓인다는 사실을 자각했다.

"……괜찮으시면 제가 이야기를 들어드릴게요."

"어머, 네가?"

"네…… 언제나, 이야기를 들어주시니까."

내 제안에, 프레이야 님은 고개를 끄덕이지도 거절하지도 않았다.

그저, 아무도 모르는 곳에서 빛나는 겨울철의 밤하늘 같은 눈으로 돌아볼 뿐.

그래서 나는 입을 열고 있었다.

"무슨 일, 있었나요?"

"……감상적인 일이 약간. 친구라고 생각했던 상대를, 상처 입혔어."

"신, 인가요?"

그럴지도, 라고 프레이야 님은 말했다.

"어, 화해는요……?"

"무리야. 내가 잘못했는걸."

내 이야기를 들려드리는 것이 아니라, 내가 프레이야 님의 이야기를 들었다.

신기한 기분에 사로잡히면서도, 망설이며, 말을 골랐다.

"잘못했다는 걸 아신다면…… 저기, 사과하시면……?"

"네 말이 맞겠지. 하지만 그럴 수 없어."

"……왜요?"

"제일 갖고 싶은 걸 정해버렸으니까."

이쪽을 보지도 않고, 정면으로 시선을 향한 프레이야 님의 옆얼굴은 냉정할 정도로 결연했다.

"그러기 위해서는, 뭐든지 다 버리겠다고 결심했으니까."

내게 온기를 주던 분과 같은 여신님이라고는 생각할 수 없는 영하의 목소리에 등줄기가 섬뜩해졌다.

하지만 지금의 나는 분명── 그 결의가 너무나도 쓸쓸하다고 생각하고 있었다.

"혹시, 소중한 것을 버려서라도…… 주울 수는 없을까요?"

"뭐?"

"아직 늦지 않았다면, 뒤를 돌아보고…… 시간이 지난 후에라도, 다시 주울 수는, 없는 걸까요?"

그래서 그런 말을 하고 있었다.

나도 이제까지 수많은 것들을 버릴 뻔했다.

계속 마음속에 끌어안고 싶지만, 수많은 것들이 흘러넘쳐 떨어져 버릴 것만 같다.

하지만 아무리 괴롭더라도, 아프더라도, 굴할 것 같아도, 저버리지 않고 포기하지 않기를 잘했다고, 지금은 그렇게 생각할 수 있다.

그리고 만약 한번 떨어뜨리고 말았다 해도…… 틀림없이 손을 뻗을 거라고, 그렇게 생각한다.

"한번 버렸던 것을 주울 수 있다면…… 분명, 그건 전보다도 훨씬, 소중한 것이 될 테니까요."

내가 웃으며 그렇게 말하자, 프레이야 님은 눈을 크게 뜨고 있었다.

가늘게 벌어진 그녀의 입술이 살짝 떨렸다.

내가 아는 것은 별로 없다. 하지만 사람도, 신이라 해도, 버렸던 것을 늘 마음 한구석으로 후회할 것이다. 그것만은 알 수 있다.

프레이야 님은 아무 대답도 하지 않았다.

하지만 담담히 뺨을 물들이며 내게 미소를 지었다.

"벨, 좋아해."

"네?"

"널 좋아해."

한순간.

시간이 투명해졌다.

"……흐에악?!"

그리고 느닷없이 그런 말을 듣는 바람에 나는 괴상한 소리를 질렀다.

벌렁 몸을 젖히며 물러나려 했지만, 카우치의 팔걸이에 가로막혀 더는 갈 수가 없어!

프레이야 님은 어떤가 하면, 짓궂은 웃음을 지었다.

"얘, 벨. 여자를 위로하는 법 아니?"

"네, 네엑……?"

"알아두면 인기 끌걸? 여자는 안도감을 주는 남자를 좋아한단다."

"벼, 벼벼별로, 저는 인기를 끌고 싶다거나 하는 그런 삿된 거시기나 거시기는……"

"하지만 너는 만남을 추구했잖니."

"꺄옥—?!"

그런 것까지 알고 계셔—?!

내 기억에 따르면 만남 어쩌고 하는 이야기는 주신님하고, 그리고 처음 도시에 왔을 때 『문지기』였던 분들 말고는 모를 텐데—!

"자, 가르쳐줄게. 내 말을 잘 들으렴."

소악마 같은 명령은 멈추지 않고, 나는 분위기에 휩쓸려 여신님이 시키는 대로 따를 수밖에 없었다.

"우선 어깨에 팔을 감는 거야."

"어, 네……."

"얼른."

시키는 대로, 쭈뼛쭈뼛, 곁에 앉은 프레이야 님의 어깨에 오른팔을 감았다.

어깨와 어깨가 밀착되었다. 향기가 코를 간질인다.

그리고 깨닫고 말았다. 장식 없는 소박한 나이트드레스도 이분이 입으면 상대를 애타게 만드는 드레스로 바뀐다는 사실을.

"여자가 어깨에 기대면 너도 몸을 기대."

"……."

"얼굴을 드는 기척이 느껴지면, 눈을 마주 보는 거야."

"…………."

"가만히 눈을 바라본 다음, 턱에 손을 가져다 대."

"……………………."

"그리고 입술에 입맞춤을——."

"무리무리무리무리?! 무리라고요오!!"

한계를 넘어 나는 벌렁 넘어가 버렸다.

카우치에서 굴러떨어져 바닥에 등부터 나뒹굴었다.

"후후, 아하하하하하하! 벨, 뭐 하는 거니!"

새빨갛게 물든 채 추태를 보이는 나에게 프레이야 님은 배를 잡고 웃었다.

"정말 너는 순진하고 겁쟁이야."

"죄, 죄송합니다……! 하지만 뭔가, 지금 그건 아니라고 할까……!"

“내가 이렇게나 사랑하는데 너는 응해주지 않는 거니?”

“에엑, 아니, 그런 건 아니지만요……! 여신님에게 결례를 저지를 수는……!”

“사랑의 여신이 사랑을 속삭이는데 거기서 도망치는 게 더 결례지.”

프레이야 님은 손을 내밀어, 꼴사나운 자세로 쓰러진 나를 일으켜주었다. 그리고 눈을 깜빡거리며 갈팡질팡하는 나를 흐뭇하다는 표정으로 바라본다. 눈가에 눈물을 머금은 모습에서 더 이상 슬픔은 느껴지지 않았다.

이런 모습은 처음이지만…… 기운을 차리신 것 같아서, 응, 다행이야.

쓴웃음을 머금으며 나는 그렇게 생각했다.

“——아아, 역시 좋아해.”

그때.

그녀가 떨군 목소리와 그 표정이, 얼어붙어 버린 내 기억과 겹쳐졌다.

“시르 씨——?”

왜 그런 말을 입에 담았는지 알 수 없었다.

하지만 내 입술에서는 그런 중얼거림이 흘러나오고 있었다.

——아아, 좋아라.

그 말은, 그때, 그녀가, 대정당에서 했던 말이 아니었던가.

눈앞에 있는 저 웃음은, 그녀가 지었던 것과 너무나도

똑같지 않은가——.

내가 아연실색하고 있으려니, 프레이야 님도 경악하고 있었다.

빗소리가 들리지 않을 정도로 주위가 고요해지고, 시선과 시선이 얽혔다.

몇 분이었을까, 아니면 몇 초였을까. 이제는 긴지도 짧은지도 알 수 없는 시간 속에서 마주 보고 있으려니, 그녀가 가만히 손을 내밀었다.

꼼짝도 못 하는 나의 뺨에, 오른손을 가져다 대고——

"——내가 눈앞에 있는데 다른 여자의 이름을 부르다니. 대체 뭐 하자는 거지?"

"아야야야야야야아?!"

있는 힘껏 꼬집었다!

눈꼬리를 세운 프레이야 님에게서 내가 느꼈던 『흔적』은 이미 사라지고 없었다.

그뿐이 아니라, 엄청나게 화가 나신 것처럼 나를 노려본다.

"이런 모욕은 처음이야."

"자, 잘못했어요오?!"

눈물을 머금고 필사적으로 사과했지만 프레이야 님은 고개를 홱 돌렸다.

"불쾌해, 벨. 나가줘."

화나게 만들어버렸어…….

변명할 여지도 없었다. 가차 없이 퇴실을 명하시니, 나는 고개를 축 늘어뜨리고 진심으로 반성하며 문으로 향했다. 나갈 때 슬쩍 돌아보았지만 여신님은 여전히 내게 등을 돌린 채였다. 한동안은 용서해주실 것 같지 않다.

하지만…… 그건 대체 뭐였을까?

내 기분 탓일까……?

불가사의한 마음에 사로잡히면서, 아무 말도 해주지 않는 등에 쫓겨나듯, 나는 신실을 떠났다.

"…………."

프레이야는 가슴을 억누르고 있었다.

그것은 오만한 여왕에게는 어울리지 않는 모습이었으며, 마치 아무것도 모르는 마을 아가씨와도 같았다.

오랜 시간이 지난 후, 무의식적인 행동처럼 걸어 나가 방 한구석, 금은 장식이 뿌려진 경대의 서랍을 열었다.

가녀린 손가락이 꺼낸 것은 파란 머리 장식.

한 소년이 누군가에게 선물했던, 한 쌍을 이루는 액세서리였다.

여신은 아무 말도 하지 않고 그 머리 장식을 가슴에 끌어안은 채 서 있었다.

"…………큭."

그리고.

그런 여신과 거울을 마주하듯 서 있는 자가 하나.

소년이 나간 떡갈나무 문과는 반대편의 문.

여신의 허가가 떨어지지 않아 아무도 신실에 들어오지 못하는 가운데, 희미한 마력광을 띤 그녀는 닫힌 문에 등을 기댄 채 고개를 숙이고 있었다.

누구보다도, 무엇보다도 얼굴을 일그러뜨리고 있었다.

"뭘 하나."

그 목소리가 들린 순간 마력광이 무산되었다.

뿌옇던 빛이 사라지고 소녀의 윤곽이 뚜렷한 형태를 이루자, 바닥을 바라보던 회른은 고개를 들었다.

"……헤딘 님."

화이트엘프는 표정을 바꾸지 않았다.

회른은 아무 말도 없이 그의 곁을 지나갔다.

창백한 얼굴로 떠나가는 소녀를, 엘프는 말없이 지켜보았다.

이내 시선을 문으로.

마치 닫힌 문 너머로 여신에게 마음을 보내듯, 한 차례 눈을 감더니, 다음으로는 눈꼬리를 틀어올렸다.

"이 몸은 충성의 종복이 되겠나이다."

기사가 맹세하듯, 그렇게 중얼거렸다.

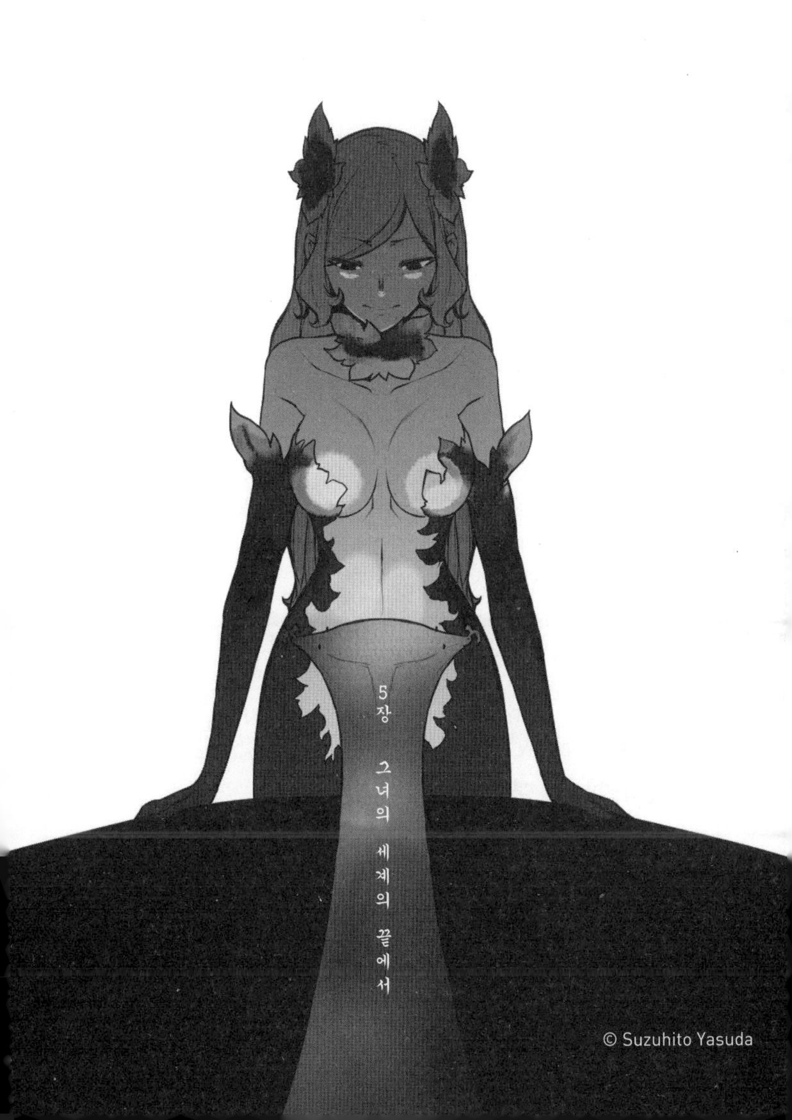

5장 그녀의 세계의 끝에서

격화되었다.

평원의 싸움이. 목숨을 건 신성한 싸움이.

제1급 모험자에 의한『세례』그 자체가.

“【영쟁하라, 불멸의 뇌병】.”

“우읏?!”

초단문영창이 잔혹한 메아리와 함께 질주한다.

바로 조금 전에도『마법』을 맞았는데 그새 장전이 끝난 두 번째 포격에 절망을 느끼며, 나는 전력으로 회피행동에 들어갔다.

“【카우르스 힐드】.”

해방되는 번개의 탄막.

한 발 한 발이 사람의 머리통만큼이나 큰 번개의 화살촉이 수많은 병사로 이루어진 사단과도 같이 나에게 쏟아졌다. 처음 몇 발을 피한 후에는 꼴사납게 지옥 같은 피탄을 거듭했다.

뚫리고, 불타고, 깎이고, 감전되었다.

뿌려지는 피조차 타들어 가고 끓었다.

번뜩이는 번갯불에 시야는 의미를 잃고, 의식에도 몇 순간의 공백이 발생한 찰나. 무자비한 선고가 귓전을 두드렸다.

“【영벌하라, 불멸의 뇌장】.”

——3연사?!

너무 빨라!!

탁월하다는 말로도 표현할 수 없는 영창기술——『연속

고속영창』을 시전한 마스터는 가차 없는 뇌격의 포화를 퍼부었다.

"【바리안 힐드】."

얼어붙은 나에게 특대의 번개가 창처럼 날아들었다.

제1급 모험자의 유린.

정확하게는, 한 엘프에 의한 『폭거』.

이제까지도 충분히 가혹한 전투였지만, 마스터는 그날 나에게 선언했다.

"부족해."

그리고 시작된 것은 장절한, 일방적인 투쟁.

『마법』을 구사하는 마스터에게 나는 몇 번이나 파괴되었다. 이제 『폴크방』의 한구석에는 화이트엘프가 일으키는 번개의 포악한 폭풍이 몰아치고 있었다. 사람도 몬스터도 한 걸음만 들어오면 예외 없이 사라져버릴 영역에서, 목숨을 인질로 잡힌 나는 오로지 생존만을 강요당하고 있었다.

"————아으윽, 커억?! 으그극, 욱~~~~~ ~~~?!"

『스킬』【아르고노트】의 발동—— 오른발에 한순간의 차지를 감행해 억지로 지면을 박차 부수며 사선을 벗어난 나는 이미 **반신이 불타버린 후였다**.

회피할 수 있을 리 없었다. 필살의 타이밍에 뿜어져 나온 포격에 짐승처럼 몸부림치며 괴로워하는 사이에, 마스터는 이미 육박하고 있었다.

너무나 큰 고통으로 눈가에 눈물을 머금은 나를 향해 다시 추격타를 날린다.

"하앗!"

"으아?!"

창의 찌르기와도 같은 다리 공격을 어깨에 맞았다. 뼈가 부서지는 소리. 불타버렸던 왼팔은 말 그대로 완전히 쓸 수가 없게 되었다. 마스터의 무기인 롬파이아의 일격. 그것만은 오른손의 나이프로 튕겨내 사수하면서 결사의 연명을 시도했다.

격투술로 대응── 무리다. 백병전도 통하지 않는다. 근접전투도 마스터가 우위. 속공마법을 쏘려 했다간 롬파이아에 팔이 날아간다. 도시에서도 손꼽히는『마법검사』인 이 사람이 마인드의 움직임을 놓칠 리 없다. 안이한 마법에 의존한 순간 내 죽음은 현실이 된다.

'마스터…… 왜……?!'

아니야. 이건 아니야.

내 기억에 있는 마스터의 모습과는, 리드의 훈련을 주입하던 헤딘 씨와는 전혀 달랐다. 그것마저도 너의 시시한 망상이라고 말하듯 기억의 잔재 따위 모조리 배제하고 다그친다. 눈을 냉혹의 색으로 물들인 채 나를 진심으로 죽이려 한다.

뱃속에서부터 오열 섞인 신음을 터뜨리며, 자신이 펼칠 수 있는 최고의 반격을 단행했다.

하지만, 파앙! 하는 메마른 소리. 장저타는 너무나도 쉽게 비껴나가고, 아연실색한 내 오른쪽 얼굴에 즉시 충격이 엄습했다. 회전과 동시에 뱀처럼 휘어져 들어온 팔꿈치에 맞아 숨이 멎고 무릎이 부서져 실이 끊어진 인형처럼 허점을 드러냈다.

그리고.

"멍청이."

"커어억————————."

처절한 검광과 함께 롬파이아가 내 몸을 갈랐다.

어깨부터 대각선으로 베여 핏줄기가 높이 솟았다. 의심할 여지도 없는 치명상.

몸에서 힘이 빠져나가고, 뒤로 비틀거리며 물러난 내 눈에 비친 것은 무기를 머리 위로 높이 든 채 추가타를 가하고자 하는 마스터의 모습.

시간이 얼어붙어 버린 나에게, 롬파이아가 내리꽂히려 하고——

""""""멈춰, 헤딘.""""""

——그것이 닿는 일은 없었다.

알프릭 씨가, 드바린 씨가, 베링 씨가, 그레르 씨가 네 개의 무기를 마스터의 목에 들이대 롬파이아를 정지시키고 있었다.

치명상을 입은 내가 지면에 빨려 들어가듯 등부터 쓰러지는 가운데, 살기가 뚝뚝 넘치는 목소리가 평원에 울려 퍼졌다.

"도가 지나쳐."
"힘 조절도 잊었냐."
"진짜로 망가뜨리려고."
"이러다간 헤이즈도 치료 못 해."
시야 구석에서, 치료를 위해 대기하고 있던 헤이즈 씨와 힐러들이 마스터의 가학에 낯을 새파랗게 물들이고 있었다.
힐러의 회복이 따라오질 못하고 있었다. 미친 듯이 날뛰는 번개 때문에 제대로 다가올 수 없었던 탓이다. 그렇지 않아도 회복되자마자 몸이 깎여나가고 있었다.
주위의 단원들도 마찬가지였다. 반 씨 같은 사람들은 싸우는 것조차 잊고 아연실색 이쪽을 바라보기만 했다.
하늘은 어느샌가 핏빛에 가까운 꼭두서니 색으로 물들었다. 기억도 없지만 해가 지려 했다.
"무사한가, 벨."
"아, 으, 아아아……?!"
회그니 씨가 엘릭서를 뿌리고 몸을 일으켜주었다.
상처에서 요란하게 연기가 솟고, 급격한 치유의 반동이 몸을 엄습했다.
목소리도 내지 못하고 비명을 지르는 내 등을 받쳐주며, 회그니 씨는 마스터를 노려보았다.
"무슨 수작인가, 나의 숙적이여. 그 폭군과도 같은 행위에 어떤 의미가 있는가?"
"들을 필요도 없을 텐데."

그리고 마스터는 같은 제1급 모험자들의 비난 어린 시선에 뻔하다는 듯이 내뱉었다.

"이 우둔한 토끼는 경애하는 여신의 눈에 들었다. 그렇다면 자격을 제시하는 것이 급선무. 우리의 주인께 어울리는 영혼을 가졌음을 증명하지 않는다면…… 누가 수긍하겠나!"

한 점의 거짓도 담기지 않은 외침이 감정을 머금고 터져 나왔다.

회그니 씨와 알프릭 씨 형제는 모두 입을 다물었다.

이 『폴크방』에서 그 외침은 한 치의 오류도 없는 전사의 말이었으므로.

"네놈의 사정 따위 상관없다! 여신의 바람을 이루는 것, 그것이 바로 네놈의 의무다!"

피를 잃고 몽롱해진 나는 고개를 들었다.

엘프의 산호색 두 눈이 나를 바라보며 호소한다.

"일어나! 일어서란 말이다!"

"……으."

"넌 일어나야만 해!!"

여신에게 충성을 맹세하고, 무엇보다도 진지하게, 나만을 바라보고 있다.

"여신께서 고대하시던 『영웅』임을 증명하란 말이다!!"

엘프의 포효는 어디까지고 울려 퍼지며 나를 후려쳤다.

다음 날도, 그다음 날도, 마스터의 『세례』는 격렬해지기만 했다.

"그 가슴에 어떤 의도를 품고 있는가, 헤딘!"

눈썹을 곤두세운 회그니의 힐문에 헤딘은 낯빛 하나 바꾸지 않고 받아쳤다.

"무슨 생각을 하는 거냐고 묻는 모양인데, 너야말로 무슨 소리지?"

"뻔한 소리를! 흰 토끼는 여신의 공물!! 그와 같은 가학을 저지른다면 순백의 마음이 부식될 것도 당연지사! 그렇다면 나는 토끼의 기사가 될 수밖에 없다!"

도시가 어둠에 잠긴 밤.

『폴크방』의 어떤 방에【프레이야 파밀리아】의 제1급 모험자들이 모여 있었다. 의자와 책상에 앉은 알프릭과 형제들, 시시하다는 듯 벽에 등을 기대고 팔짱을 낀 아렌, 말없이 선 오탈. 그곳은 소년을 과도하게 학대하는 한 화이트 엘프를 탄핵하는 자리였다.

당사자인 헤딘은 회그니의 험악한 말에 코웃음을 쳤다.

"기사는 무슨, 멍청한 놈. 또 신들에게 『사왕(邪王)님 안녕~』 하고 영문 모를 조소나 듣고 싶나?"

"사, 사왕은 상관없잖아……!"

흑역사를 재발굴 당한 회그니는 금세 원래의 어조로 돌

아가며 눈물을 머금었다.

"그렇다면 그 우둔한 토끼에게 정이라도 들었나? 친구라도 된 거냐?"

"치, 친구?! 아니아니아니, 그야 그 휴먼이 정도 많고 착해서 아무리 내가 혼돈의 혼란에 빠져도 마음을 쓰면서 말을 걸어줄 만큼 배려심이 있긴 하지만, 그 뭐냐, 그건 잘해봐야 제자! ……아니, 그래도, 하지만, 이 마음은…… 둘도 없는 벗?"

원래 낯가림이 심하고 마음도 약한 다크엘프는 『친구』라는 단어에 과도하게 반응해 머리 위에 떠올린 상상의 바다로 잠기고 있었다.

자기망상에 빠진 회그니를 짜증 난다는 듯 바라보며, 이번에는 알프릭 형제가 입을 열었다.

"그야 프레이야 님께 벨 크라넬의 『교육』을 맡은 건 헤딘 너지."

"하지만 그걸 차치하고서라도 지난 며칠간의 폭주는 거슬려."

"바보 하나 얼버무려놓고 넘어갈 생각은 마."

"다른 뜻이 없다면 얼른 진의를 말해."

수긍할 만한 재료가 없다면 갈기갈기 찢어주겠다——행간으로 그렇게 말하는 파룸 4형제에게 헤딘은 실망이 실린 탄식을 내뱉었다.

"네놈들의 눈은 완전히 옹이구멍이군."

""""""뭐?""""""

"이 『상자 정원』 속에서 지금 궁지에 몰린 건 그 우둔한 토끼가 아니야. 프레이야 님이시지."

""""""!!""""""

그 말에 알프릭 형제만이 아니라 회그니와 아렌까지도 눈을 크게 떴다.

"마모되면서도 벨 크라넬은 우리의 책략에 굴하지 않은 채, 오히려 여신의 마음을 흔들어놓고 있다."

헤딘은 그렇게 말하고, 혼자서 표정을 바꾸지 않던 오탈을 보았다.

다른 제1급 모험자들의 시선까지도 모여드는 가운데, 프레이야의 곁에서 종자 노릇을 하던 오탈은 짚이는 구석이 있는지 조용한 표정으로 대답했다.

"……실제로, 프레이야 님은 최근 홀로 무언가를 생각하시는 시간이 늘었다."

시종들의 이야기에 귀를 기울이지 않고, 식사도 거르며, 창가에서 하늘을 올려다보거나 평원에서 싸우는 소년을 바라볼 뿐이라는 것이었다. 그것은 스스로에게 물음을 던지는 시간인 것 같기도 했다고, 오탈은 그렇게 덧붙였다.

모두들 경악하는 표정을 지었다.

"『매료』를 능가하는 놈의 상념이 오히려 여신을 뒤흔들려 한다. 조속히 그 우둔한 토끼를 궁지에 몰아넣어 함락시켜야만 한다. 그러기 위한 조치다."

지휘관, 혹은 군사의 위치를 확립한 헤딘의 말에 회그니와 알프릭 형제는 입을 다물었다.

함께 『세례』를 주고 있는 자들을 침묵시킨 후, 헤딘은 다음으로 아렌을 노려보았다.

"내일부터 네놈도 『세례』에 가담해라, 우둔한 고양이."

"내 지금 임무는 주점 감시야. 그 괴물 같은 드워프를 방치해서 어쩌라고, 얼간이."

"이제 와서 『광대』 행세라도 하겠다는 거냐, 멍청이. **미아를 허울 좋은 은신처로 삼는 짓은 집어치워.**"

"!"

"프레이야 님과 함께 주점에는 이미 손을 써뒀을 텐데. 그렇다면 제1급 모험자가 붙어있어봤자 의미는 없겠지. 감시는 반 같은 녀석들에게라도 맡겨."

마치 정곡을 헤집는 듯한 엘프의 지적에 아렌이 처음으로 입을 다물었다.

하나에서 열까지 정론을 들이대는 헤딘은 자신보다도 키가 작은 캣 피플의 눈앞까지 다가가 얼굴을 불쑥 들이댔다.

"아니면 뭐지? 한번 버려놓고는 아직도 굼벵이 같은 『여동생』에게 집착하는 거냐, 네놈은."

"――죽고 싶냐, 날파리."

아렌의 동공이 크게 벌어지며 숨김없는 살의를 뿜어냈다.

일반인이라면 다리가 풀려 주저앉았을 만한 압력이었지만 헤딘은 꿈쩍도 하지 않았다.

"주인의 위기다. 따라라."

"…………쳇."

안녕 너머로 노려보는 두 눈으로부터 먼저 시선을 돌린 것은 아렌이었다.

고개를 끄덕이는 대신 혀를 차고 ——말없이 승낙하고—— 짜증 난다는 듯 헤딘의 가슴을 한 손으로 떠밀었다.

이 모습을 지켜보던 회그니와 알프릭 형제에게서도 반감의 목소리는 나오지 않았다.

그들의 우선순위 제일 위에는 프레이야가 있었으며, 그들이 지켜야 할 대상은 여신의 마음이다.

떠밀린 헤딘은 옷매무새를 고치고는 마지막으로 보어즈 무인을 보았다.

"오탈, 너도 마찬가지다. 그 우둔한 토끼에게 너의 강검을 꽂아라."

"……나까지 들어갈 필요는 없겠지, 헤딘. 네게 맡기마."

무인은 많은 말을 하지 않았다.

요구를 사양하고, 대신 단장으로서 헤딘에게 일임하겠다는 뜻을 밝혔다.

서로를 바라보는 녹슨 색깔의 눈동자와 산호색 눈.

헤딘은 그 이상 그를 끌어들이려고는 하지 않았다.

"……내일부터 우둔한 토끼를 몰아붙인다. 결코 정을 베풀지 마라. 철저히 해치운다."

그리고 안경을 밀어 올리며 자비 없이 통고했다.

◘

“【프레이야 파밀리아】의 동향이 달라졌나……?”

시벽 위에서 『폴크방』을 감시하던 아스피는 의아한 목소리로 중얼거렸다.

회색 구름이 하늘을 가린 한낮. 여신제를 마치고 『매료』의 힘에 뒤틀려버린 것도 모른 채 도시가 일상을 되찾아가는 가운데, 【페르세우스】는 혼자만 남은 후로도 싸움을 이어나가고 있었다.

오라리오의 왜곡을 바로잡고자 하는 사명의 싸움이었다.

‘매일같이 『폴크방』에서 벨 크라넬이 싸운다는 건 이제까지의 정보수집으로도 알고 있었지만…… 지금 펼쳐지고 있는 건……!’

하데스 헤드로 『투명 상태』를 유지한 채 망원경으로 들여다보는 데에도 세심한 주의를 기울이며 ——부탁이니 바벨 꼭대기에서 자신의 존재를 포착하지 않기를 기도하며—— 아스피는 식은땀을 흘렸다. 멀리 떨어진 그녀에게까지 비명과 고통에 찬 벨의 허덕임이 들려오는 것만 같았다.

캣 피플의 빠른 창이, 파룸의 파상공세가, 모든 것을 끊어버리는 다크엘프의 검기가, 그리고 화이트엘프의 가공할 『마법』이 소년을 피와 파괴의 폭풍 속에 가둬놓고 있었다.

『세례』가 심상찮을 정도로 가혹하다. 그리고 어딘가 여

유가 없어보여……. 설마 무언가에 **조바심을 내고 있나**? 【프레이야 파밀리아】가?'

이미 미의 신과 그의 권속들은 『승리』했다고 말해도 과언이 아니다.

완전한 『상자 정원』을 구축하고, 무너뜨릴 수 없는 소년의 『감옥』을 만들어냈다. 아스피의 존재를 알아차리고 지금도 그물을 쳤겠지만, 이렇게 훔쳐보는 것이 고작인 제2급 모험자 한 사람이 이 게임을 뒤집을 수는 없다.

그렇다, 여신의 파벌을 위협하는 존재 따위, 이 도시는 고사하고 하계 전체를 뒤져봐도 있을 리 없었다.

'그렇다면…… 『이상 사태』? 【파밀리아】를…… 아니, 신 프레이야를 뒤흔드는 예측하지 못한 사태가 일어나고 있나?'

그리고 그런 것을 일으킬 사람이 있다면── 폭풍의 중심인물, 벨 크라넬밖에 없다.

【이슈타르 파밀리아】의 소동 당시, 헤르메스는 『벨에게는 매료가 통하지 않을 가능성』을 내비쳤다. 만약 매료가 통했다면 환락가가 【프레이야 파밀리아】의 전격 침공에 불탔던 그 날, 이슈타르는 벨을 매료시켜 프레이야에 대한 『방패』로 이용했을 테니까.

『미의 신』의 『매료』를 튕겨내다니, 말이 되느냐며 아스피도 당시에는 웃어넘겼지만, 이 상황에 비추어보면서 추측은 확신으로 다가섰다.

아마도 【프레이야 파밀리아】는 『매료』에 계속 저항하며 함락되지 않는 벨에게 애가 타 조바심을 내고 있을 것이다.

혹은 벨 자신이 『상자 정원』을 부술 인자가 되어가는 것인지도 모른다.

"벨 크라넬…… 당신은 정말 뭐죠……?"

아스피는 자기도 모르게 피로에 찌든 본심을 중얼거리고 있었다.

저 소년은 이미 기폭점이다. 『제노스』 건도 그렇고, 그를 중심으로 사건이 폭발하면 세상이 흔들린다. 혹은 역설적으로, 그런 인물이기에 『영웅』이 될 자격을 가진 걸까.

온갖 풍상을 다 겪은, 그렇기에 귀찮은 일은 최대한 사양하고 싶은 아스피의 입장에서 보자면, 부탁이니 제발 그것만은 봐달라고 눈물과 함께 호소하고 싶어질 지경이다. 그야 벨의 입장에서 보자면 부조리한 요구인 데다 본인에게는 어떤 잘못도 없다는 것은 알지만.

소동을 끌어들이는 소년에게 동정 반 절망 반의 심정을 품은 아스피는 손등을 힘껏 꼬집어 나쁜 방향으로 굴러가려는 생각을 정지시켰다.

'아무튼! 여기서 보이는 【바나 프레이아】와 다른 제1급 모험자들은 물론이고, 【맹자】 또한 주신의 곁을 떠나지 않고 있겠지……! 제1급 모험자들이 홈에 있는 이 상황, 우**연이겠지만 감시망은 느슨해졌다**! 확실하게! 지금이라면, 움직일 수 있을까……?!'

제1급 모험자라는 괴물들만 없다면 은밀하게 움직일 수

있다.

【프레이야 파밀리아】가 다 뭐란 말인가. 『에인헤랴르』가 다 뭐란 말인가. 나는【페르세우스】다. 같은 제2급 모험자 이하가 상대라면 따돌려주마. Lv.4에게 포위당하면 두들겨 맞아 즉각 게임오버겠지만, 그래, 따돌려주고말고.

젠장! 하고 자포자기에 가까운 말을 마음속 한구석으로 내뱉으며 아스피는 소리도 없이 달려나갔다.

이 도시에서 극히 한정된, 『협력할 수 있는 신물』의 리스트를 만들며.

"하아아…… 난 정말 쓸모없는 신이야……."

헤스티아는 우울했다.

흐려서 저녁놀도 보이지 않는 가운데, 홈의 복도를 비틀비틀 걷다가 기둥에 손을 짚은 채 무력감에 시달리고 있었다.

우라노스에게 쫓겨난 후로 줄곧 이랬다.

지금도 알바는 연속 무단결근 중이다. 감자돌이 가게의 주인은 저택까지 쫓아와 꾸지람을 했으며, 헤파이스토스의 인내심도 슬슬 바닥날 때가 아닐까. 목이 달아날 순간은 착실하게 다가오고 있다. 아무것도 모르는 릴리는 "거치적거리니까 빨리 알바나 가세요!"라고 비난해댄다. 결코 일을 땡땡이칠 구실로 삼은 것은 아니지만, 소중한 권속 소년을 내버려 둔 채 어떻게 이제까지처럼 일상을 보낼 수 있겠는가.

"벨……."

지금도 벨이 괴로워하고 있다는 사실에 가슴이 찢어질 것만 같은 마음을 품고 있을 때——

툭.

"으아? 뭐지, 종이가……?"

어디서 떨어졌지? 내가 떨어뜨렸나?

마치 모습이 보이지 않는 『투명인간』이 눈앞에 떨어뜨리고 간 듯한 현상에 헤스티아는 고개를 갸웃하며 그것을 주웠다.

"『공방에 잊어버린 물건』……?"

종잇조각을 펼치고 그곳에 적힌 코이네 공통어를 읽었다.

마치 잊어버리지 않기 위한 메모를 가장한 듯한 그 **붉은 필적**에 흠칫 눈을 크게 떴다.

"벨프 군~! 벨프 군, 있느냐~?!"

일부러 목소리를 높이며 저택 안을 달렸다.

지금도 【프레이야 파밀리아】가 어디선가 그들을 감시하고 있을 것이 분명하다. 그러므로 헤스티아도 『메모』에 편승하듯, 물건을 깜빡하고 온 덜렁이 신을 가장했다.

"벨프 공이라면 1층의 창고에 있습니다."

"고맙다!"

주방에서 얼굴을 내밀고 가르쳐준 미코토에게 외치고

발을 돌렸다.

스미스 청년은 많은 짐을 옮기는 중이었다.

"벨프 군! 네 공방 열쇠를 빌려주지 않겠느냐! 잠깐 들어가고 싶다만!"

"네? 헤스티아 님이……?"

"어허, 그 절묘하게 싫어하는 표정은 뭐냐! 너는 대체 나를 뭐라고 생각하는 게냐!"

"아뇨, 작업용 도구를 망가뜨리시지 않을까 불안해서……참고로 무슨 일입니까?"

"2억 발리스짜리 차용증의 사본을 분실했다! 이 저택으로 이사했을 때 벨프 군의 공방으로 흘러 들어갔을 가능성이 있다!"

"왜 그런 무서운 걸 잊어버리고 그럽니까……."

이번에도 저택 밖에서 들을 수 있도록 큰 목소리로 주워섬겨대는 헤스티아에게, 벨프는 마지못해 공방 열쇠를 건네주며 다짐을 받았다.

"잃어버리지 마십쇼."

"물론이지!"

엄지를 척 내미는 헤스티아.

"……그런데 벨프 군은 무엇을 하고 있었느냐?"

"사실은, 이제까지 만들었던 작품을 공방 지하실에 보관하고 있었는데, 좀 비좁아졌거든요. 정리하려고 일단 여기로 옮겨놓은 중입니다."

옮기던 물건 중에는 천에 싸인 무기며 갑옷을 담은 나무 상자, 그리고 『마검』도 있었다. 정말로 물건이 물건인 만큼 밖에 놔두는 것은 위험할 듯했다. 헤스티아가 고개를 끄덕이고 있으려니…… 벨프는 반쯤 망가진 갑옷을 손에 든 채 바라보고 있었다.

"벨프 군……?"

"……헤스티아 님. 제가 왜 라이트아머 같은 걸 만들었죠?"

지금 【헤스티아 파밀리아】에 라이트아머를 애용하는 사람은 없다.

릴리도, 미코토도, 하루히메도 쓸 일이 없는 방어구를 보고 헤스티아는 흠칫했다.

"누구를 위해 만들었는지, 도저히 생각이 나질 않네요…………. 하지만 내가 이걸, 굉장히 소중하게 만들었다는 건 알겠거든요."

벨프는 아무것도 모를 텐데도, 그 갑옷을 가만히 바라보며 말했다.

헤스티아는 한순간 눈물이 솟을 것 같았다.

하지만 꾹 참고, 한껏 미소를 지어 보였다.

"생각나지 않아도 된다. 느끼고 있어다오. 그 갑옷을 썼던 모험자와의 유대를!"

헤스티아는 그렇게 말하고 창고처럼 된 방을 뛰쳐나왔다.

프레이야가 제아무리 『매료』로 뒤틀었다 해도 벨과의 유대는 남아있다. 찾으면 얼마든지 나올 것이다. 그리고 거기에는 분명 『희망』이 있다. 마음을 새로이 다잡은 헤스티아는 서둘러 이동했다.

잠시 후 뒤뜰에 세워진 공방에 도착해, 열쇠로 문을 열고 안으로 훌쩍 들어갔다.

덧문이 꼭꼭 닫힌 내부는 어두웠으며 언뜻 아무도 없는 것처럼 보였지만…… 지하실의 뚜껑이 열려 있다. 헤스티아는 말없이 계단을 내려가, 뚜껑도 단단히 닫았다. 그리고.

"——일부러 오시게 해 죄송합니다, 신 헤스티아. 도청당하지 않을 밀실이 반드시 필요했습니다."

허공에서 스며 나오듯, 『투명 상태』를 해제한 아스피가 나타났다.

"아, 아……아스피 군~~~!"

"쿨러억?! 지, 진정하십시오. 지하실이라고는 해도 소란을 떨면【프레이야 파밀리아】에게 들킬 가능성이……!"

아스피의 배에 태클하듯 돌격한 헤스티아는 감격했다.

메모를 가장한 **붉은 필적**. 헤스티아는 이것을 전에 한 번 본 적이 있었다.

『제노스』를 둘러싼 다이달로스 공방전이 펼쳐지던 그 날 밤, 헤르메스가 주었던 『가짜 다이달로스의 수기』에서. 훗날, 이를 모두 전부 작성했던 사람이 아스피라는 사실을 들었던 것이다.

확인할 것도 없이 아스피는 『매료』에 걸리지 않았다. 얼마 안 되는 아군이자 든든한 모험자의 존재에 부주의한 행동을 보인 자신을 반성하면서도, 역시 감격에 몸을 떨고 말았다.

"다행이다, 네가 무사했다니! 계속 고립무원이라, 나아 징짜 쓸쓰레서……!"

"저도 같은 심정이었습니다, 신 헤스티아. 당신이 제정신을 유지하고 있다고 믿은 것이 정답이었군요."

『상자 정원』에서 튕겨 나온 자들끼리 고생과 기쁨을 함께 나누었다.

평소에는 냉정하던 아스피도 진심으로 안도했는지 어린아이 같은 웃음을 짓고 있었다. 헤스티아도 코를 요란하게 훌쩍였다.

"그런데 공방에는 어떻게 들어왔느냐? 문이 잠겨 있었을 텐데?"

"【페르세우스】니까요."

"【페르세우스】니까~."

척 안경을 밀어올리는 아스피와 그것만으로 수긍해버리는 헤스티아. 요컨대 피킹을 했다는 뜻이리라.

언제 도시에 돌아왔는지, 이제까지 무엇을 했는지 쌓인 이야기는 많았지만, 정보공유를 우선시했다. 아스피는 프레이야의 신의를 정확하게 파악했고, 헤스티아는 【프레이야 파밀리아】의 현재 상황을 안다.

"【프레이야 파밀리아】의 동향이 변했다고……?"

"예. 그저 『세례』가 극심해졌을 뿐, 이라고 하면 그것이 전부겠지만…… 제게는 조바심을 내는 것처럼 보였습니다."

"조바심을 내? 프레이야 파벌이? 왜?"

"……아마도 『매료』에 물들려 하지 않는 벨 크라넬 때문에."

언어화할 수 없는 자신의 직감을 주체하지 못하는 아스피의 말에 헤스티아는 눈을 크게 떴다.

그리고 한시도 떼어놓지 않았던, 보잘것없는 종잇조각── 일말의 희망에 눈길을 떨구었다.

"『그때』가 온 건가……?"

마모된다.

마모되어간다.

몸이, 정신이, 마음이, 격렬한 『세례』 속에 너덜너덜하게 닳아 해져간다.

던전도 아닌 지상에서, 한계를 넘어 그 너머로까지 쫓기고 내몰리는 이상성, 극한상태. 충분한 회복과 식사와 수면이 확보되었는데도, 기억 속에 있는 『심층』의 결사행에도 필적할 만하다는 사실을 자각하고 만 순간, 나는 토사물을 쏟았다.

제1급 모험자들의 전투 속에서 이해하고 말았던 사실은 한 가지.

그들의 거동은 모두 『필살』이라는 사실.

사선(死線)에서 활로를 발견하는 것이 아니라, 자신의 손으로 혈로를 만들어야만 한다.

기술을 배우지 못하면 죽는다.

흘린 피만큼 강해지지 못하면 숨이 끊어진다.

그러고서 확실하게 힘을 길렀다고 실감하자마자 더 크고 부당한 폭력에 짓밟히고, 그러면서도 부조리한 재기를 강요당한다. 불사신의 전사가 죽을 이유가 있다면, 그것은 영혼의 붕괴 때문임을 나는 깨닫고 말았다.

이런 것은 극약을 섭취하는 행위와 마찬가지다.

급격한 성장에 대한 반동은 언젠가 반드시 찾아온다.

그리고 그것이 지금.

아무리 한결같이, 아무리 열심히 싸움에 임해봤자 의지도 오기도 의욕도 철저히 사냥당한다. 남은 것은 죽음을 두려워하는 생존본능뿐. 마음이 이미 꺾였는지조차 확실치 않고, 지금 서 있는 곳이 낭떠러지 위인지, 아니면 심해의 심연인지도 알 수 없다.

무엇보다, 모든 원동력이었던 『동경』이 존재의의를 잃어가고 있다.

너무나도 높은 곳에 있던 꽃은 대체 어디에 피어 있을까?

나는 오를 산을 잘못 찾은 것은 아닐까?

애초에, 그런 꽃은 정말로 존재했을까——?

마모되어, 너덜너덜해져, 소중한 무언가를 잃어간다.

이젠 이딴 곳에서 도망치고 싶다고 진심으로 생각했다.
하지만 도망친다 해도 갈 곳이 없다. 내가 이제까지 만났던 사람들은 그곳에 없다.
그 사실이 가장 괴롭다. 가장 두렵다.
——겨우 반년 만에 제1급 모험자를 눈앞에 둔, 모두가 인정하는『에인헤랴르』입니다.
뇌리를 가로지른 것은, 누나처럼 따르던 그 사람의 말.
『에인헤랴르』.
『강인한 전사』를 뜻하는 신들의 그 말에는 한 가지 의미가 더 있다고 들었다.
그것은『죽은 전사들』.
해 아래에서 죽고, 달 아래에서 소생할 운명.
이를 따라가는 내가 매달릴 곳은, 점점 단순해지고, 하나가 되었다.
이미『그녀』만이 남았을 뿐이었다.

"애, 벨. 같이 잘까?"
"……네?"
밤의 신실.
그녀는 오늘 밤도 아름다웠다.
은발을 한데 묶고 세련된 옷을 입었으며, 신성했다.
반면 나는 노인처럼 지칠 대로 지쳤다.
머리가 제대로 돌아가지 않는 가운데, 그녀에 대한 결례만은 피해야 한다고 마지막 이성이 기피했으나.

"너에게는 아무것도 하지 않아. 약속할게. ……그러니 같이 자자."

……그렇다면, 괜찮겠지.

아무 일도 일어나지 않는다면, 매달려야 할 존재가 그녀밖에 없는 나는, 그 유혹에 저항할 수 없다. 왜냐하면, 분명 그녀는 무엇보다도 다정할 테니까.

나는 어린아이처럼 고개를 끄덕이고, 그녀와 함께, 천장이 달린 침대에 누웠다.

실크 이불에 싸인다.

처음에는 위를 보고 누워 있었다.

하지만 이내 손이 다가와 얼굴을 옆으로 돌렸다.

그녀의 얼굴은 눈앞에 있었다.

"얘, 벨. 원하는 것은 없니?"

"원하는 것……?"

"그래. 부와 명예, 힘과 역사, 영웅의 자리, 혹은 세계 그 자체…… 혹은 누군가의 마음. 뭐든 좋아. 내가 반드시 손에 넣어서, 네게 줄게."

"……."

"그러니까, 원하는 것은 없니?"

내 대답은…… 너무나도 쉽게 나왔다.

"아무것도…… 필요 없어요."

호의를 무시한다는 말을 듣지 않을까 두려웠지만——

그녀는 미소를 지었다.
"응. 그렇게 말할 것 같았어."
"네?"
"나는 그런 너라서 좋아하게 됐으니까."
시험받은 건가?
모르겠다.
하지만 그녀는, 한 번도 본 적이 없을 정도로 눈을 부드럽게 빛내며 가만히 속삭였다.
"좋아해, 벨…… 너를 좋아해."
뻗어 나온 두 손이 내 머리를 감싸고 가슴께로 끌어당겼다.
부드럽고 좋은 냄새가 났으며, 무엇보다도 따뜻했다.
계속, 그녀에게 안겨있고 싶을 정도로.
……이젠, 괜찮지 않을까?
인정해도 괜찮지 않을까?
줄곧 의심하지 않았던 이 기억도, 동경도, 만남도, 모두 꿈이었다고.
『악몽』에서 해방되고 싶다고, 그런 것을 바라더라도 용서받을 수 있지 않을까?
왜냐하면 그녀는 따뜻하니까. 너무나도 따뜻하니까. 그녀의 곁이 내가 안식할 장소니까. 아이를 어르듯 머리를 쓸어주는 손가락은 마음 편했으며, 머리에 와 닿는 자애의 입술은 몸과 마음에 새겨진 상처를 치유해준다. 신의 요람은 수많은 것들을 녹여 감싸주었다.

사랑에 빠져드는 것이 정말로 잘못일까?

이제는 괜찮지 않을까?

……그래도.

…………그래도.

………………그래도——.

그 사람을, 『시르 씨』를 거부했던 이 마음을 저버린다면, 나는 왜 그녀를 상처 입혔는지 알 수 없게 된다.

아무리 괴로워도, 이 기억이 설령 거짓이었다 해도, 내가 그 사람을 상처 입혔던 것이다.

내가, 그 사람을 울렸던 것이다.

그것을 잊고, 아아, 전부 꿈이었구나, 하고 웃는다니…… 그것은 얼마나 큰 죄일까.

——진짜 바보 멍청이인 벨 크라넬은, 자신에게 거짓말을 할 수 없다.

아무리 감미로운 구제가 눈앞에 있다 해도, 모든 것을 잃지 않는 한, 스스로 손을 뻗는 것은…… 불가능했다.

생각의 틈바구니를 방황하고, 그 여행이 끝나지 않은 채, 눈꺼풀이 감겼다.

의식이 끊어지기 직전, 나는 문득 깨닫고 말았다.

그녀는—— 프레이야 님은 나를 『사랑한다』고 말하지 않게 되었음을.

그날 밤, 꿈을 꾸었다.

회색의 소녀에게 안겨 자는 꿈이었다.

그날은 어제까지와는 달리 하늘이 맑았다.

스스로도 지쳤음이 느껴지는 눈에는 너무나도 아플 정도로 푸르고 눈부셨다.

프레이야 님에게 안겨 잠들었던 이튿날 아침.

신실에서 눈을 뜨고, 텅 빈 침대에서 내려와, 잠시 내 방으로 돌아가 준비를 하던 내가 문을 열자—— 그곳에는 한 엘프가 서 있었다.

"마스터……?"

성내를 방불케 하는 희고 긴 복도까지 아침 햇살에 물들어 있다.

눈부셔서 나도 모르게 손으로 얼굴을 가리고 눈을 가늘게 뜨자, 뿌연 시야 너머에서 산호색 눈이 가만히 이쪽을 바라보았다.

"『세례』를 내팽개치고, 오늘도 갈 거냐."

"……네."

눈이 익숙해질 때쯤, 그 물음에 힘없이 고개를 끄덕였다.

귀중한 외출 기회를 사용해가며, 나는 아직도 발버둥 친다. 『나』를 긍정해줄 무언가를 찾는 것도 물론 있다. 하지만 지금은 한 소녀의 행방을 쫓고 있었다.

시르 씨다.

기억과 세상이 모순을 일으키는 가운데, 그녀만은 존재 그 자체가 사라져버렸다. 나는 그것을 인정하고 싶지 않았다. 상상의 산물이라고 받아들이고 싶지 않았다.

평원의 전투에서 도망칠 구실로 삼아 밖에서 조금이라도 쉬고 오면 좋을 것을, 오늘도 정신을 못 차리고 시내를 돌아다니려 한다.

"……꼴불견이군. 상대하고 싶지도 않다."

그런 나를 바라보며 마스터가 말했다.

"네놈의 자기만족에 다른 단원들을 끌어들이지 말고 혼자 가라."

"네? 하지만……."

"이렇게 해서 또다시 『커스』에 걸린다면 프레이야 님도 실망해 널 저버리시겠지. 애초에 네놈에게 그분의 총애는 너무나도 무거웠다."

혐오의 표정으로 내뱉고 마스터는 등을 돌렸다.

그 자리에 얼어붙었던 나는, 정신이 들고 보니 그를 불러 세우고 있었다.

"마스터. ……헤딘 씨."

"……."

"제가………… 이상한가요?"

창밖에서는 평원의 전투가 시작되고 있었다.

전사들의 포효가 창공으로 빨려 들어간다.
시선을 떨구고, 자기 자신을 잃어버린 채 내가 묻자.
"네가 이단이든 아니든 상관없다."
발을 멈춘 등은 한순간의 시간을 두고 대답해주었다.
"나아가라. 멈춰 서는 것은 용납하지 않겠다."
그 말을 남긴 채, 이번에야말로 멀어졌다.
고개를 들고 한동안 눈을 크게 떴던 나는, 이윽고 등을 돌린 채 걸어 나갔다.

소년의 기척은 여전히 망설임을 보이며 반대 방향으로 향한다.
그것을 등으로 느끼며, 헤딘은 어떤 방향으로 막힘없이 나아갔다.
"반. 벨 크라넬의 호위 및 감시를 풀어라."
"네……? 그, 그게 무슨 말씀이세요, 헤딘 님?"
저택의 뒷문, 하프파룸이 이끄는 3명의 호위 파티에게 명령했다.
"『심층』으로 갔던【로키 파밀리아】에게 귀환의 조짐이 있다. 던전에서 그물을 쳤던 노가의 정찰대가 보고했다."
"……!【로키 파밀리아】가?"
"그래. 리베리아 님과【사우전드 엘프】이하, 결코 적지 않은 전력이다.『상자 정원』을 유지하기 위해 만전을 기한다."
그 소식에 반 일행은 눈빛을 바꾸었다.

헤딘은 초연하게 설명하고 지시했다.

"회른을 직접 보내는 것도 가능하다만, 던전에서는 이상 사태가 발생할 수 있다. 지상에 나오자마자 『바벨』에서 확실하게 해치워야 한다. 아렌과 걸리버 4형제가 이미 출발했다. 너희도 가라."

"예! 알겠습니다!"

"『풍요의 여주인』을 비롯한 요소의 감시자들도 데려가라. 한 놈이라도 놓치는 일이 없도록 제2급 이상의 인원이 다수 필요하다. 새로운 감시자는 내가 새로 배치하마."

파벌의 두뇌를 담당하는 화이트엘프의 명령에는 아무도 의문을 제기하지 않았다.

논리정연한 작전의 전달에 모두가 수긍하는 가운데, 반이 마지막으로 물었다.

"하지만 벨은 어떻게 할까요? 하기야 이제는 엄중하게 감시해도 별 의미는 없겠지만……."

벨은 이미 죽은 것이나 다름없다.

【파밀리아】의 모두가 의심하지 않는다.

조만간 프레이야의 신의에 따를 거라는 사실은 불을 보는 것보다도 뻔했다.

"문제없다."

이에 대한 헤딘의 대답은 한마디였다.

"내가 지켜보마."

구름 한 점 없는 푸른 하늘임에도 밖은 싸늘했다.

이미 늦가을이 다가왔다고는 하지만 오늘은 한층 쌀쌀하다. 마치 진짜 겨울 같다. 밤이면 덧문 너머로 마석등만이 아니라 난로의 불빛도 새어 나오겠지.

투명할 정도로 푸른 하늘을 바라보던 나는 시선을 앞으로 되돌렸다. 서쪽 메인 스트리트에 얇은 옷을 입은 사람은 하나도 보이지 않았다. 이따금 보이는 모험자도 두툼한 차림이다. 길드 직원이 운반하는 저것은 각 지구에 지급될 난방용 장작일까.

"야, 저기……【래빗 풋】이잖아."

"【프레이야 파밀리아】……!"

새가 지저귀는 듯한 술렁임이 주위에서 생겨난다.

이제는 익숙해진 그것.

【프레이야 파밀리아】의 제복을 입은 내게 날아드는 호기심과 외경심의 눈빛. 멀리 에워싼 채 바라보는 도시 주민들이나 상인들은 벨 크라넬이 도시 최대 파벌의 일원임을 의심하지 않는다.

부정하는 데에도 상처 입는 데에도 지쳐, 완전히 마비되어버린 마음을 질질 끌며, 고개를 숙인 채 메인 스트리트를 나아갔다.

내가 가려는 건물은 대로에 인접한 한 모퉁이에 있다.

주점『풍요의 여주인』.

"앗! 또~ 왔다옹! 【프레이야 파밀리아】의 흰토끼!"

"시르란 애는 없다니까. 너 진짜 말귀 못 알아먹는다."

내가 찾아가자, 손님으로 맞이하려던 클로에 씨와 루노아 씨는 당장 낯을 찡그렸다. 그들의 반응대로, 이 주점을 찾아온 것이 벌써 몇 번째인지 나도 알 수 없었다.

"녀 속셈 다 안다옹! 에어 아가씨 만들어서 찾는 척하면서 침 발라놓은 여자애한테 다가가려고 그러는 거다옹! 답답하고 얍삽하다옹! 기왕이면 그 매력적인 엉덩이로 냐나 유혹해라옹! 좋았어 당장 가게 뒤로 따라와라옹!!"

"넌 뭘 하려고 바보 고양이."

언제 봐도 떠들썩한 클로에 씨와 루노아 씨의 대화에도 웃을 수 없었다.

나에게 향한 그들의 눈은 가슴이 아플 정도로『타인』을 보는 것이었으니까.

그리고 그들과 새로운 유대를 만들어나갈 기력은, 지금의 나에게는 남아있지 않았다.

"냐한테 엉덩이 내밀 마음 없으면 쉭쉭, 냉큼 꺼져라옹!"

"너 진짜아……. 뭐, 영업에 방해되는 건 사실이니까 아무것도 안 먹을 거면 나가줄래? 우린 엘프 동료가 돌아오질 않아서 일이 밀렸다고. 아냐도 가게에 안 나오고……."

두 사람의 싸늘한 말에 가슴을 움켜쥐며, 류 씨의 행방 또한 마음에 걸렸다.

행방불명된 류 씨도 함께 찾고 있는데, 클로에 씨와 루노아 씨는 적어도 그녀에 대해서는 알고 있다. 그렇기에 시르 씨의 소재에 의식을 빼앗기기 십상이었다.

아냐 씨는 몸이 좋지 않아 지금도 쉬고 있다고 하고…….

"또 수다나 떨고 있구만, 바보 딸내미들! 그럴 시간 있으면 장이라도 보러 나가!"

""히이익?! 다, 다녀오겠습니다~!""

갑자기 노성이 터졌다.

어깨를 흠칫 떤 클로에 씨와 루노아 씨는 얼굴을 새파랗게 물들이며 가게 안으로 뛰어 들어갔다.

아연실색한 내가 눈을 돌리자, 카운터 안에는 주인인 미아 씨가 서 있었다.

"……."

"……?"

미아 씨는 말없이 흘끔 쳐다보았다.

나를…… 아니, **밖을**?

주위에 주의를 기울였는데. 그렇게 생각한 건 내 착각이었을까. 그녀는 묵묵히 야간 영업 준비를 하고 있다.

다른 손님도 없는 탓에, 나와 미아 씨 외에 가게 안에는 아무도 없다.

우리 사이에 기묘한 시간이 흘렀다.

"꼬마."

침묵을 견디다 못해 겸연쩍은 얼굴로 가게를 나가려 했

을 때였다.
여신제 날로부터 오늘까지 한 마디도 나누지 않았던 미아 씨가 나를 불러 세웠다.
"네?"
"난 여신에게 아무 말도 할 생각이 없어. **그때가 오면 방해하지 않는다**는『계약』이었으니까."
……?
무슨 말이지……?
"바보 딸내미들한테 손을 댔던 멍청이들은 지금 당장이라도 혼쭐을 내주고 싶다만……."
"무, 무슨 말씀이세요……?"
"난【프레이야 파밀리아】란 소리야."
"!!"
느닷없이 들려온 말에 경악했다.
"내가【파밀리아】에서 반 탈퇴 상태인 건 알지?"
그렇게 말을 이은 미아 씨를, 동요하면서도 빤히 바라보고 말았다.
"다시 말해, 도와주지 않는 건 내『반항』이고, 이제부터 하는 말은 최소한도의『반역』인 거다."
그렇게 말한 드워프 여주인은 고개를 들고 처음으로 나를 보았다.

"『모험자는 멋부려봤자 소용없는 직업이야』."

숨이 멎었다.

"『마지막까지 두 다리로 서 있는 놈이 제일이라고』."

손이 떨렸다.

"그러니까, 자신을 믿고 계속 서 있어."

——너는 달리고 또 달려야 해, 라고.

놀라움에 꿰뚫린 나를 내버려 둔 채, 미아 씨는 나를 바라보며 그렇게 마무리를 맺었다.

"…………미, 미아 씨, 그건……."

충격으로, 시야에 비친 세계가 온통 덧칠되는 듯한 착각을 느꼈다.

한동안 멍하니 서 있던 나는 입술을 비집어 열고는, 스스로도 정리되지 않는 생각 너머에 있는 무언가를 물어보려 했다.

하지만 그녀는 질문을 받기도 전에 눈썹을 곤두세우며 고함을 질렀다.

"얼른 나가지 못해! 너 같은 놈 먹여줄 밥은 없어!"

"네엑?!"

"그런 궁상맞은 낯짝을 한 모험자가 있으면 손님 안 와서 장사 접어야 한다고! 그나마 괜찮은 낯짝이 된 다음에 다시 와!!"

"죄, 죄송합니다아?!"

억지로 쫓겨나가듯『풍요의 여주인』을 떠났다.

무시무시한 노성에서 벗어나기 위해 정신없이 달리고, 달리고, 달리고…… 걸음으로 바뀌었을 무렵, 심장은 격렬하게 뛰고 있었다.

턱까지 차오른 숨이 원래대로 돌아가도 고동은 벌컥벌컥 울렸다.

생각이 잘 돌아가지 않았다. 머릿속이 지금도 새하얗다.

지금 그건…… 아까 그 말은…….

『모험자는 멋 부려봤자 소용없는 직업이야. 처음에는 살아가는 데에만 필사적이면 돼.』

『마지막까지 두 다리로 서 있는 놈이 제일이라고. 꼴불견이 됐든 뭐가 됐든.』

오래 전, 그야말로 반년 전…… 미아 씨가 내게 해주었던 말?

『프레이야 파밀리아인 나』와 미아 씨 사이에는 면식이 없어야 한다. 그럼 어째서 그 말을?

단순한 우연?

미아 씨는 내가 『세례』를 받고 있다는 사실을 아는 걸까?

같은 파벌인 그녀가 해준 최소한의 격려?

아니면…… 다른 의미가 있었을까?

'마지막까지, 서 있어야…… 자신을 믿고, 계속 서 있어야……?'

미아 씨는 무슨 말을 하려던 걸까?

무엇을 전하려 했을까?

주점으로 돌아가 진의를 물어볼까? 하지만 미아 씨는 더 이상 아무것도 가르쳐주지 않을 것 같았다. 그런 예감이 들었다. 그야말로 내가 『그나마 괜찮은 낯짝』이 되기 전까지는.

그녀는 나를 시험하는 걸까?

아니── **무언가를 맡기려 했나**?

'……하지만…… 설령 의미가 있다 해도…….'

몸은 이미 너덜너덜하다.

정신도 닳아 해졌다.

무력감에 지배당하고 있는 지금의 내가 대체 무엇을 할 수 있을까?

이제까지의 기억이 되살아난다.

아무도 나를 기억하지 못해서, 알지 못해서, 거부당해서.

집을 잃고, 동료도 사라지고, 더는 상처 입고 싶지 않아서.

여신에게 모든 것을 맡기려 하고 있는 이런 내가, 할 수 있는 일이라곤──

"────…………서 있는 것밖에, 없어."

손가락에 힘이 들어갔다.

손이 주먹을 쥐었다.

꺾이려 하던 무릎이 외쳤다.

너덜너덜해져 흐느끼던 몸이 어금니를 악물고, 아직 남아있던 불꽃에 손을 뻗는다.

"나는! 자신을 믿고, 계속 서 있는 것 말고는──!!"

그렇다.

모험자는.

벨 크라넬은.

아무리 꼴불견이더라도.

멋 부릴 수 없더라도.

살아가는 데 필사적으로 매달려.

"——달리고 또 달릴 수밖에 없어!!"

달렸다.

주위에 있던 사람들이 놀라 의아하다는 눈으로 쳐다보지만, 달렸다.

여주인의 말에 있는 힘껏 얻어맞은 등을 불태우며, 도시를 달려나갔다.

감정을 논리적으로 설명할 수가 없었다. 이런 건 흥분한 토끼처럼 이상해져 버렸을 뿐이다. 머리 안쪽에서 그렇게 속삭인다. 그래도 충동을 거스르지 않았다.

『자신을 믿고 또 믿는다』는 것은 무서운 일. 알고 있다. 금세 타인의 말에 매달리고 싶어진다. 여신의 감언을 받아들여 몸을 맡기고 싶어진다.

그래도 이제는 도망치지 않는다.

상처 입는 것을 두려워하지는 말기로 하자.

왜냐하면, 나에게는 아직, 만나지 않은 사람이 있으니까!

"허억, 허억, 헉——!!"

달리고 또 달렸다.

팔을 휘두르고, 발을 디디고, 목적지도 없이, 무턱대고, 그래도 자신을 믿고.

오를 산을 잘못 찾았더라도, 또 다음 봉우리를 향하듯.

눈도 마음도 빼앗겼던 금색의 한 송이를 뇌리에 그리며.

높디높은 산의 꽃을 만나러 간다.

"————아이즈 씨!!"

그리고 나는 그 『동경』의 이름을 불렀다.

길쭉한 저택의 모습이 보이는 북쪽 구역. 이제까지 결코 다가가려 하지 않았던 그녀들의 영역.

차오른 숨을 헉헉거리는 나의 시선 너머, 아름다운 금색 장발을 나부끼는 소녀는 천천히 이쪽을 돌아보았다.

"어라~? 저건 분명……."

"【프레이야 파밀리아】잖아. 왜 기억을 못 해, 넌."

"아, 맞다~! 로키가 주의하라고 했던 어쩌고 풋!"

아이즈 씨는 티오나 씨, 티오네 씨와 함께 있었다.

해후한 곳은 평범한 대로. 주위에는 사람도 많다. 티오네 씨와 티오나 씨가 의아하다는 눈으로 돌아보는 가운데, 나에게 이름을 불린 그녀는 놀란 표정을 짓고 있었다.

"어라, 하지만 왜 【프레이야 파밀리아】가 아이즈 이름을 불러~?"

"우리한테 뭐 볼일이라도? 설마 항쟁이라도 시작하게?"

"크……!"

【로키 파밀리아】와 【프레이야 파밀리아】는 적대관계.

오늘까지 그러했듯, 티오나 씨도, 티오네 씨도, 『프레이야 파밀리아의 벨 크라넬』에게 적의가 담긴 시선을 보낸다.

술렁. 가차 없이 마음이 떨린다.

얼마 남지 않은 이성이 비명을 지른다.

여기가 『갈림길』이다.

이쪽을 경계하는 티오네 씨처럼.

『아르고노트 군』이라고 불러주지 않는 티오나 씨처럼.

눈앞의 동경에게 거절당한 순간, 지금도 등에 맺혀 있는 성화는, 침묵한다.

균열이 새겨진 내 마음은 알몸뚱이가 되어, 여신의 자애를 접한 순간, 더는 저항할 수 없을 것이다.

땀이 등을 타고 흘러내린다.

심장이 가슴을 뚫고 나올 것만 같다.

혀가 제대로 움직이질 않았다.

마음이 더할 나위 없을 정도로 흔들리는 가운데, 금색 눈동자와 시선을 얽었다.

"아이즈 씨…… 저를 아세요?"

"……."

"오늘까지 있었던 일을 기억하세요?!"

"…………."

이제까지 몇 번이고 되풀이했던 물음.

【헤스티아 파밀리아】의 모두에게, 『풍요의 여주인』 사람들에게, 다이달로스 거리의 아이들에게, 신들에게 똑같은

말을 물었다. 그때마다 그들은 나를 수상하게 여기며, 거부했다. 언제부터인가 절망은 체념이 되고, 입도 팔다리도 움직이지 않으려고 했다.

그런 절망과 체념을 뿌리치고, 외쳤다.

지금도 이쪽을 바라보기는 그녀에게, 무엇과도 바꿀 수 없는 마음을 드러냈다.

"무슨 뜬금없는 소릴 하고 있어. 비켜, 로키가 너희한테 상관하지 말라고 했어."

"가자~ 아이즈."

"아——."

그리고, 여전히 나를 거부하는 자매가 동경의 모습을 차단했다.

티오네 씨와 티오나 씨에게 가려진 아이즈 씨는 내 곁을 지나치려 했다.

몸이 움직이지 않는다. 손을 뻗을 수도 없다.

갈라진 목소리가 흘러나올 뿐.

다리가 떨린 나는, 아플 정도로 뛰는 심장을 주체하지 못한 채 고개를 숙였다.

틀렸구나——.

실의와 함께, 등에 깃든 성화가 꺼지려 하던, 그때.

엇갈려 지나치던, 그녀의 손이, 내 손을 잡고 있었다.

"＿＿＿＿＿＿＿＿＿＿."

고개를 들었다.

크게 뜨인 눈으로, 그녀를 보았다.

아이즈 씨는 걸음을 멈춘 채, 내 손을 단단히 쥐고 있었다.

거울처럼 두 눈을 크게 뜬 채, 꼬옥, 그 가녀린 손가락에 힘을 주었다.

"아, 아이즈?"

"뭐, 뭐 하는 거야?!"

티오나 씨와 티오네 씨가 당황하는 가운데, 우리의 시간이 멎었다.

모든 경치가 투명해지고, 동경의 모습만을 눈에 비추며, 한마디도 하지 못하고 있으려니.

그녀는 조그만 입술을 떨었다.

"……, ……."

그리고 말했다.

"훈련, 할래?"

""""어?""""

나와 티오나 씨, 티오네 씨의 목소리가 겹쳐졌다.

세 사람 모두 눈을 깜빡이며, 천연산 얼빵이의 극치 같은 발언에 입을 딱 벌리고 있었다.

그런 우리를 내버려 둔 채, 아이즈 씨는 매우 진지한 표정으로, 열심히 말을 이었다.

"난, 널, 많이 기절시키고……."

"엑."

"그래서, 무릎베개 해주고……."

"야?!"

"일어나면, 또 쓰러뜨리고……."

"아, 아이즈~?"

나, 티오네 씨, 티오나 씨가 굳어버린 채 말을 잇지 못하고 있으려니—— 괴로워하듯 한 차례 눈을 감았던 아이즈 씨는, 나를 향해 몸을 내밀었다.

"그 『시벽 위』에서, 너와 싸워야만 할 것 같아."

"——!!"

"너에게 가르쳐주고, 나도 배워야만, 할 것 같아."

가슴속의 마음을 쥐어짜 내듯.

아무것도 기억하지 못하는 꿈의 파편을 긁어모으듯.

금색 동경은, 대답해주었다.

"누군가와 약속하고…… 강해지고 싶다고…… 그런 말을, 들었던 것 같아."

그 말은.

『제노스』와 만나, 『그 사람』에게 패배하고, 저녁놀이 지는 하늘 아래에서, 누군가가 입에 담았던 마음.

『벨 크라넬』이 틀림없이 『아이즈 발렌슈타인』 앞에서 맹세했던, 결의와 약속.

그때, 그래서 나는 다시, **달려나갔다**——.

'————아아!'

무릎을 꿇고 주저앉았다.

하지만 그것은 절망에 대한 굴복이 아니었다.

더는 억누를 수 없는 희망의 해방이었다.

"……!"

두 무릎을 지면에 꿇은 채, 두 손으로 쥔 그녀의 오른손을 이마에 가져다 댄 채 몸을 떨었다.

위에서 숨을 멈추는 소리가 들렸다. 주위에서는 호기심 어린 술렁임이 부풀었다. 그래도 상관하지 않았다.

눈가를 가린 앞머리에서 수없이 물방울이 떨어져 무릎을 적셨다.

맹세를 나누는 공주와 기사 같은, 그런 멋있는 광경은 아니었다.

동경하는 사람 앞에서, 어린아이처럼 흉하게 울며——마음을 새로이 다지는,

겨우 그 정도였을 뿐이다.

"…………."

"……괜, 찮아?"

얼마나 그러고 있었을까.

오열을 떨리는 가슴속으로 열심히 억누르고, 눈을 팔로

닦은 나는 천천히 일어났다.
아이즈 씨는 당황하고 있었다.
어쩌면 자신이 왜 그런 말을 했는지도 모르는 것 아닐까.
하지만 그래도 좋다.
곤혹스러워하는 티오나 씨, 티오네 씨가 지켜보는 가운데, 금색 눈을 바라보며, 이 마음을 밝혔다.
"당신을 동경해서⋯⋯ 다행이에요."
아직도 눈물이 마르지 않은 얼굴로, 진심으로 웃었다.
"당신과 만난 건 잘못이 아니었어요."
아이즈 씨가 눈을 크게 떴다. 가느다란 손을 가슴에 얹으며.
마지막으로 다시 한번 웃은 나는, 하얗게 타오르는 의지에 몸을 맡겼다.
"갈게요."
그저, 그 말만을 하고, 달려나갔다.
아이즈 씨 일행의 옆을 지나쳐, 힘차게.
몸이 쭉쭉 가속했다. 수많은 사람을 추월해, 누구보다도 빨라져, 흘러가는 경치를 시야 가장자리에 내버려 둔 채 앞서나갔다.
산성(産聲)을 올릴 때다.
포효를 터뜨릴 때다.
등에서 다시금 타오르는 성화와 함께, 동경에게서 받은 『기적』을── 이 『궤적』을 확인하러 간다.

용감한 전사가 기다리는 『전장의 평원』으로, 하염없이 달렸다.

——그때, 모든 것을 지켜보던 요정이 몸을 돌렸던, 그런 기분이 들었다.

무기를 꽂는다.

금속성을 울린다.

이 몸을 베려 하는 롬파이아를 향해 손에 쥔 바젤라드를 부딪치고, 혼신의 힘을 담는다.

지금도 새하얗게 타오르는 모든 마음을 실어, 격렬한 공방을 이어나간다.

"흐읍——!!"

어마어마한 양의 불꽃을 뿌리는 내 참격에, 칼날을 마주한 마스터는 눈에 경악을 머금었다.

서쪽 하늘이 물들기 시작하는 『폴크방』.

죽은 전사들의 전장으로 돌아온 나는 또다시 목숨을 건 싸움 속에 몸을 담고 있었다.

이미 몇 번이나 땅에 손을 짚었다. 거듭되는 공격에 몸은 상처 입고, 쓰러지고, 몇 번이나 힐러의 손을 번거롭게 했다. 그래도 의지만은 꺾이지 않았다.

죽음에 대한 공포가 아니라, 초월에 대한 맹세를 장작으로 바꾸어 투지의 불꽃을 태우고, 하늘에 닿도록 포효를 질렀다.

"하아아아아아아아아아아아아아아아아아아아아아아아아아아!!"

오른손에 든 나이프로 베어 올린다. 왼손에 든 바젤라드로 수평 일격을 날린다.

회오리바람과도 같이 빠르게 돌아 나온 롬파이아가 이 모든 것을 튕겨내지만, 그래도 나는 몸을 움직였다.

쩌렁쩌렁 울려 퍼지는 검극의 소리. 하염없이 칼날의 선율을 퍼뜨린다. 평원에서 펼쳐지는 공격과 반격의 응수는 어느샌가 우리의 것밖에 남지 않았다.

주위에 얼어붙은 듯이 서 있는 【프레이야 파밀리아】의 단원들은 모두 손을 멈춘 채 무기를 내리고 이쪽의 일전에 시선을 모았다.

헤이즈 씨를 비롯한 힐러들은 자신의 일도 잊은 채 눈을 크게 떴다.

조금 전까지 검을 나누었던 회그니 씨도 한 걸음 물러난 장소에서 우리의 충돌을 응시했다.

의식은 눈앞에 있는 상대에게만 모은 채, 헤아릴 수도 없는 시선에 꿰뚫렸다.

"쉭!"

날카로운 기합성과 함께 파고드는 롬파이아의 검광.

그것을 나이프로 **측면을 쳐 밀어냈다**.

궤도가 엇나간 칼날에 피부를 베이며, 반격에 나서, **속**

도와 공격횟수로 밀어붙이는『러시』를 감행했다.

그렇다—— **몇 번이고 반복해, 연습하고, 『그녀』에게서 훔쳤던 참격을 팔 안에서 끌어낸다!**

은광, 은광, 또 은광. 공격과 함께 허공에 새겨지는 빛의 원호. 두 손에 장비한 나이프와 바젤라드를 교대로, 그리고 잇달아 휘둘러, 모조리 방어 당하면서도 마스터의 말없는 경악을 몸에 뒤집어쓴다.

제1급 모험자를 상대로 무모하다고도 여겨질 수 있는 연속 참격 속에『시벽 위의 단련』에서 얻은 모든 것들을 폭발시켰다.

기억했어.

기억하고 있어!

나는 기억하고 있어!

상대의 무기를 옆이나 사선 방향에서 후려쳐 방향을 틀고 흘려내는【검희】의 기술!

조금이라도 그 등을 따라잡고자 배우고, 실전 속에서 훔쳤던 아이즈 씨의 참격!

제1급 모험자 프뤼네 씨가 '계속 그 여자의 모습이 보인다'고까지 했던, 그 사람과의 경험과 역사!

동경의 가르침을, 나의 몸은 잊지 않았어!!

'나는『프레이야 파밀리아의 벨 크라넬』이 아니야……!'

세상이 아무리『나』를 거부하더라도, 모든 신과 사람이『나』를 부정하더라도, 몸과 마음에 깊이 스며든『기술과 허허실실』만은『나』를 긍정해준다.
【검희】와의 밀회도 시벽에서의 단련도 현실로 있었던 일이며, 그때의 가르침은『벨 크라넬』에게 뿌리를 내렸다고.
아이즈 씨의 가르침만이 아니다.
스스로 반 씨에게도 말했던『오른팔이 뜨는 버릇』, 그걸 지적하고 교정하도록 조언해주었던 것은 다른 사람도 아니고『심층』에서 고락을 함께 했던 류 씨였잖아!
왜 금방 깨닫지 못했을까.
왜 그들이 가르쳐주었던 것을 자신의 힘이라고 착각했을까.
착각도 유분수다.
약해서, 혼자서는 아무것도 못 하는『나』는, 수많은 사람에게 도움을 받아 여기까지 왔는데도!
'나는──『헤스티아 파밀리아의 벨 크라넬』!!'
도달한 대답은 하나.
그것을 가슴에 깃들여 약동하고, 자신이 걸어왔던『궤적』을 이끌어내서는 확인하고, 확고한 자신을 구축해나간다. 이제까지의 싸움을 모조리, 온몸에 반영시킨다.
두려워하지 마라. 움츠러들지 마라.
눈을 감고, 귀를 막고, 자신에게서도 눈을 돌리는 건 끝났어!
동경하는 이와 모험자들의 가르침을 이 일전으로 증명하고, 나는『나』를 되찾겠어!!

"【영쟁하라, 불멸의 뇌병】!"

가공할 롬파이아의 수평 일격에 멀리 튕겨 나가 거리가 벌어진 직후.

마스터의 입에서 속공의 초단문영창이 흘러나왔다.

중거리. 마법의 효과를 최대한으로 발휘할 원거리를 버린 상태에서의 일제사격.

광범위 섬멸마법이 가차 없이 날아들었다.

"【카우르스 힐드】!"

그에 대한 나의 대답은, 포성.

"【파이어볼트】!"

새하얀 번개의 물거품을 여덟 줄기의 붉은 번개가 물어뜯었다.

불사의 군단과도 같이 밀려드는 번개의 탄환을 모조리 없애지는 못한다.

그러니, 일부면 된다.

순간적으로 연사된 염뢰의 창이 탄환 몇 발과 충돌해 상쇄한다.

겨우 한순간. 그 찰나에 뚫린『진로』속으로 발을 번뜩이고 몸을 비집어 넣어, 어깨와 허벅지가 번개에 스쳐 타들어 가지만, 나는 일제사격의 비를 돌파했다.

"!!"

크게 뜨인 산호색 눈. 다음 탄환을 장전할 틈을 주지 않는 전광석화.

그리고 펼친 공격은, 혼신의 힘을 담은 바젤라드의 찌르기.

내 필살의 의지가 담긴 공격을── 화이트엘프는 **너무나도 쉽게 쳐냈다**.

"으으윽?!"

잔상을 일으킨 롬파이아에 바젤라드가 빨려 들어가, 높은 소리와 함께 허공으로 날아올랐다.

부족했다. 방대한 마인드를 쏟아부어 빈틈을 만들어내고도 제1급 모험자에게는 일격을 꽂지 못했다.

충격으로 몸이 흔들렸다. 결정적인 빈틈을 드러냈다.

그런 나에게 마스터는 눈꼬리를 틀어 올리며 처절한 은광의 일검을 꽂는다.

'──────.'

머리가 순백색으로 물든다.

온몸에서 불길이 솟는다.

필요한 것은 단 하나의 광경뿐.

시간의 흐름마저 내버려 둔 채, 영혼이 부르짖어 몸에 새겨진『기억』을 환기시킨다.

『결정타는, 방심과 가장 가까워』.

그녀의 목소리를 빌려 되살아난 말이, 나를 그 너머로 몰아붙였다.

'궁지에 몰렸을 때가──!!'

회전.

눈을 크게 뜬 마스터가 시야에서 사라지고, 요동치는 몸의 기세를 거스르지 않으며 팽이와도 같이 몸을 돌렸다. 등을 아슬아슬하게 스치고 달려나가는 롬파이아. 찢기는 등가죽. 그게 어쨌다는 거냐. 기억 속에 남은 그 사람의 움직임을 따라가듯, 서로의 위치를 바꾸며 그대로 엘프의 등을 차지한다!

"——가장 좋은 기회!!"

동경의 가르침을 외치며, 결코 놓지 않았던 오른손의 나이프를 내질렀다.

"————————————————크으윽?!"

비명을 지르는 무릎을 침묵시키고 발을 내디디며 뻗은 최속의 회전베기.

완전히 시야 밖에서 날아든 공격—— 그럼에도 마스터는 반응했다.

전율에 숨을 몰아쉬며, 초고속의 반사신경으로 몸을 틀고, 참격의 범위 밖으로.

틀림없이 나의 전심전력을 담은 공격은, 허공을 갈랐다.

탁, 탁 땅을 박차는 두 걸음의 소리와 함께 크게 벌어진 간격. 꼭두서니 색 하늘을 춤추던 바젤라드가 뒤늦게 떨어져, 두 사람의 한복판에 꽂혔다.

나의 호흡은 주체할 수 없을 만큼 거칠어졌다. 몸도 상처투성이여서 만신창이.

반면 마스터의 호흡은 전혀 흐트러지지 않았다. 절망할

만큼 태평한 얼굴로 침묵을 두르고 있다.

하지만.

저녁놀을 등진 화이트엘프는…… 조용히, 손가락으로 뺨을 문질렀다.

"……나의 숙적에게, 상처를……."

지켜보던 회그니 씨의 입술에서 그런 목소리가 흘러나왔다.

그 말을 시작으로 다른 단원들도 일제히 소란스러워졌다.

헤이즈 씨가 믿을 수 없는 것을 보듯 나와 마스터에게 교대로 눈을 돌렸다.

엘프의 아름다운 얼굴에는 한 줄기 열상이 남아있었다.

새로운 붉은 물방울이 솟아나 흰 뺨을 따라 흘러내린다.

단지 그것뿐. 극히 미미한 생채기 하나.

그래도, 닿았다.

오늘까지 수많은 것들을 쌓아왔던 벨 크라넬의 일격이.

다른 누구도 아닌, 동경의 가르침을『증명』한 나는, 어깨로 숨을 쉬며 주먹을 꽉 쥐었다.

"……."

피를 닦은 손가락을 바라보던 마스터는 천천히 고개를 들고 이쪽을 보았다.

나는 그 시선을 받아들이며, 말했다.

"마스터…… 나는, 나예요."

뭐라고 생각하든, 무엇을 초래하든, 가슴에 밀려든 이

마음을 지금 외쳤다.

"나는 벨 크라넬이에요!!"

엘프에게 목소리가 울려 퍼진다.

금세 평원이 정적에 잠겼다. 아무도 말을 하지 않았다. 무엇을 보았는지, 무엇을 들었는지, 모든 것을 망각한 채 현실과 환상의 틈바구니 같은 시간 속에 너울거렸다.

문득 석양이 반짝였다.

노을의 빛이 시야를 태워, 나는 한순간 눈을 가늘게 떴다.

그리고 그 꼭두서니 색의 빛 너머.

지금도 저녁놀을 등진 마스터의 입술이 조그만 웃음을 그렸던…… 것처럼 보였다.

"무슨 영문 모를 소릴 지껄이나. 생채기 하나 낸 정도로 으스대지 마라."

"어후윽?!"

"으스대고 싶다면 하다못해 내 옷에 흙먼지라도 묻히고 나서 해라."

눈을 비비며 깜빡이고 있었더니, 어느샌가 눈앞으로 마스터가 순간이동하고 있었다.

배에 꽂힌 멋들어진 발차기. 모든 것을 다 쥐어짜 냈던 나는 방어도 못 하고 괴성을 지르며 몸을 꺾은 다음, 쓰러졌다.

역시 평소의 마스터였어……!

"기어오르지 못하도록 꼼꼼히 밟아주지……라고 하고

싶다만, 해가 졌으니.”

돌아가자.

마스터는 그렇게 말하고 등을 돌려 걸어 나갔다.

그제야 마법이 풀린 듯, 다른 단원들도 흠칫 어깨를 떨었다.

흘끔흘끔, 내 쪽을 몇 번이나 돌아보며 언덕 위의 저택을 향해 이동한다. 이쪽을 쳐다보며 입을 다문 헤이즈 씨도, 말없이 검을 칼집에 꽂은 회그니 씨도.

붉은 저녁놀의 빛을 받으며, 전사들의 그림자가 초원의 바다 위로 뻗어나갔다.

처음 보았을 때는 터무니없는 애수를 느꼈던 그 광경이 지금은 다르게 보였다.

일어나기 위해 짚은 손. 그 손가락과 손가락 사이.

평원에 핀 조그만 흰색 꽃이 다부지게 흔들리고 있었다.

꼭두서니 색 빛이 창문으로 스며든다.

저녁놀의 햇살이 입을 다문 남신의 옆얼굴을 비추고 있다.

“헤르메스 님, 이제 그만 일 좀 하세요……. 서류가 얼마나 밀렸는지 아세요?”

“……응, 아. 미안해.”

권속 중 한 사람, 워타이거 팔거의 목소리에 헤르메스는 그제야 겨우 건성으로 대답했다.

몇 장이나 되는 해도와 육로의 지도가 벽에 붙은, 여행자의 집을 방불케 하는 실내는 【헤르메스 파밀리아】의 홈 내에 마련된 신실이다.

의자에 앉은 헤르메스의 눈앞, 모래시계며 체스말 같은 물건으로 넘쳐나는 집무용 책상 위에는 팔거가 가져온 서류 무더기가 우툴두툴한 산맥을 이루고 있었다.

"요즘 계속 땡땡이만 치시고, 정말 큰일 난단 말입니다……. 어떻게 하실 건가요, 이거."

"헤르메스 님~ 부탁이니 제대로 좀 해주세요~."

지친 얼굴로 진저리를 내는 팔거의 뒤에서 발로 문을 열고 들어온 시앙스로프 루루네가 헥헥거리며 추가 서류 무더기를 가져왔다.

【헤르메스 파밀리아】는 미궁 탐색 외에도 수송이나 정보 수집, 나아가 상회와의 제휴, 여행자의 지원 등 소위 말하는 『사업』을 폭넓게 전개하고 있다. 그러기 위해 여러 방면에서 계약서와 수속에 관한 서류가 매일같이 도착하고, 때로는 『길드』의 직원들도 질려버릴 만한 서무가 발생한다.

"지금은 아스피도 없고 말이지~."

"정확하게는 행방불명이다만…… 『은혜』의 반응이 줄어들지 않았으니 무사한 거겠지. 그래도 어딜 간 거람, 그 녀석."

헤르메스는 평소에도 자주 농땡이를 피우는 버릇이 있지만, 이번에는 평소보다도 더 작업이 지체되고 있었다.

이것도 전부, 늘 불만을 제기하면서도 서류를 해치워주는 유능한 단장이 없기 때문이다.

도와줘도 늘어만 가는 서류 무더기에 탄식하며, 루루네와 팔거는 아스피의 위대함을 재인식했다.

"올해는 길드가 장작 배급 같은 것까지 시키고 말이지~. ……왜 평소처럼【가네샤 파밀리아】한테 맡기지 않나 몰라~."

적당한 의자에 주저앉은 루루네가 투덜거렸다.

그 말을 들으며, 헤르메스는 열 손가락을 깍지 낀 채 자문했다.

'――어라? 나『루프』돌고 있는 거 아녀?'

농담 같은 질문을, 매우 진지한 표정으로, 식은땀을 견디며 던지고 있었다.

'언제부터지? 언제부터 일상이라고 생각했던 나날이『이상』하게 바뀌었지?'

헤르메스는 **깨닫고 말았다**.

어떤『매력』에 의해 뒤틀려버렸으면서도, 지금, 자신들이 보내고 있는 일상은 무언가가 치명적으로 어긋난『비일상』일 가능성이 높다는 사실을.

오라리오에 터전을 둔 사람들, 모험자, 신들, 아무도 깨닫지 못한 가운데, 그만은『진실』에 다가가고 있었다.

'근거는 있어. 일상의 그늘에 아주 작은『왜곡』―― 구체적으로는『예전의 나』와『반년 전부터의 나』사이에 모순이 발생하고 있어……!'

그것은 광대의 신이나 대장장이의 신도 아닌, 도시 밖으로 빈번히 『여행』을 다니는 헤르메스이기에 알아차릴 수 있었던 점이었다.

'심부름꾼의 신이 여행도 나가지 않고 한곳에 머물기만 하다니 말도 안 돼. 그게 지난 반년 동안, 아니, 4개월 동안 끊어져 버렸어…….'

'내 여행이 끊어진 이유는, 아마도 나를 묶어놓는 무언가가 이 도시에 있었기 때문. 그렇다면 그 무언가란?'

'——그걸 **모르겠어**. 떠올리지 못하는 게 아니라, **인지할 수 없어**.'

생각을 이어나가던 헤르메스는 숨을 멈추었다.

객관적, 외부적인 요소가 있고서야 비로소 헤르메스도 관측할 수 있는 부자연스러운 현상.

마치 기아스(제한)가 걸린 것처럼, 인지 그 자체가 불가능했다.

'무엇보다도 결정적이었던 건, 나에게 도착한 이 편지…….'

오른쪽의 책상 서랍을 열고 편지 한 통을 들었다.

보낸 사람의 이름도 주소도 적혀 있지 않은 그것을, 떨면서 응시한다.

『정기보고 멀었어~?』

자신에게 도착한, 얼굴 일러스트가 담긴 그 재촉의 메시지를 처음 보았을 때, 헤르메스는 울컥 화를 내기도 전에 충격에 꿰뚫렸다.

——내가 제우스 할배한테 보낼 연락을 지체했다고?

그것은 헤르메스가 정기적으로 하고 있던 일이다.

헤르메스는 지금은 이 도시에 없는 어떤 한 대신에게 연락을 취하고 있었다. 아무에게도 들키지 않도록, 때로는 직접 찾아가서. 그것은 심부름꾼의 신인 헤르메스의 일이자, 그놈의 대신과 맺은 질긴 인연이기도 했다. 누구에게도 알린 적이 없는 둘만의 비밀이기도 했다.

그것을, 헤르메스가 3개월 이상 지체하고 있다.

아니, 헤르메스가 지체했다고는 생각하기 힘들다.

스스로도 해명할 수 없어 억측에 불과하지만, 연락을 취할 겨를이 없었다고 생각해야 한다.

그야말로 반년 전을 발단으로 한 『격동의 3개월』이 일어난 탓에.

빈틈없는 사자의 신이 연락을 안 했다면, 그렇게밖에 생각할 수 없다.

'문제는 『격동의 3개월』 같은 건 내 기억은 고사하고 도시의 기록에도 남아 있지 않다는 점. 기록이야 개찬된 거라고 하면 억지스럽긴 해도 설명은 되지. 그럼 내 기억은? ——깨닫지 못한 사이에 조작당했다고밖에 생각할 수 없어.'

『격동의 3개월』—— 원래 있었던 『무언가(제노스)』의 사건, 『무언가(크노소스)』의 처리, 그리고 이에 얽힌 대량의 뒷

수습을 떠올릴 수가 없었다. 그런 것들이 『누군가(벨)』가 얽힌 사건의 궤적임을 인지할 수 없었다.

자각과 무자각의 경계에서 발생하고 있는 현상의 괴리가, 신으로서 『모순』을 깨닫게 해주고 말았다.

'그리고 나는, 아마도…… 이 생각의 루프를 반복하고 있어!!'

헤르메스의 책상 위에는 메모용 양피지가 핀에 꽂혀 다발을 이루고 있다.

그것이 수십 장이나 뜯겨나가 뭉텅 줄어들었다.

숫자로는 77장.

촛대의 주위에는 분명히 양피지를 태운 잔해가 남아 소각한 흔적이 있다.

물론 헤르메스는 이런 짓을 한 기억이 없다. 팔거나 루루네에게 물어봐도 주신의 소지품에 손을 대지는 않는다고 말할 뿐이었으며, 아무도 거짓말을 하지 않았다.

그렇다면 찢어버린 범인은── 헤르메스 자신밖에 없다.

헤르메스 자신이 처분한 것이다.

무언가를 필사적으로 적어놓고는 그것을 스스로 처분하는 기행. 그것이 의미하는 바는──

'편의상 『전의 나』라고 부르자면── 『전의 나』도 지금 느껴지는 『위화감』을 깨달았던 거야. 그리고 단서를 남기기 위해 메모를 하려다가── 『규칙』에 저촉됐어. 그리고 『전의 나』는 의식을 잃은 채, 스스로 처분한 거야……!'

그것은 비약된 상상이자 『신의 확신』이기도 했다.

무언가 『조건』이 있었고, 이에 저촉된 순간, 헤르메스는 모든 것을 잊고, 흔적을 스스로 지우고, 생각을 리셋해버렸다.

그리고 생각을 리셋했다가, 『위화감』을 깨닫고 생각의 루프를 발생시킨 횟수가 **최소** 77회.

그렇게 가정한 순간, 헤르메스는 소름이 끼치는 것을 느꼈다.

'그런 짓을 우리 신들에게도 들키지 않고, 누구에게도 들키지 않고 해내다니……!'

신을 『꼭두각시』로 바꿔놓았다는 사실에 입술을 일그러뜨린 헤르메스는 팔거와 루루네에게 눈을 돌렸다.

"이봐, 팔거. 『사흘 전의 내가』 너한테 메시지를 남겼지?"

"……**또 그 얘기세요**, 헤르메스 님? 몇 번이나 더 하실 거예요? 벌써 며칠 전부터 이랬잖아요."

"에이, 어때서 그래. 신의 오락이란 거야. ……그래서 『내』가 너한테 뭘 전했지?"

"하아……. 『루프』, 『리셋』, 『나만이 아니다』. 『다음은 루루네』. 이렇게 뜬금없는 말이었죠."

한숨을 쉬는 팔거의 말을 듣고, 헤르메스는 입을 다문 채 다시 깊은 생각에 잠겼다.

아마도 『전의 헤르메스』는 어느 시점에선가 자신이 메모를 지워버린다는 사실을 깨닫고, 필기로는 불가능하다고 생각해 『수법』을 바꾸었다. 그것이 『권속에게 남기는 메시지』.

'아마 팔거도 다른 아이들도 나와 마찬가지로 뒤틀려 있겠지……. 하지만 나의 『전달 게임』을 기억했고, 그러면서도 지금의 상황에 의문을 느끼지 않는다는 건 규칙에 저촉되지 않기 때문.'

처음에는 팔거, 다음은 루루네, 그다음은 메릴…… 『전의 헤르메스』는 권속들의 생각이 리셋될 것을 우려해, 결코 한 사람에게 모든 정보를 맡기지 않고 단편적인 단어를 주었다. 그 단어만으로는 결코 아무것도 알 수 없도록. 『심심해 죽을 것 같은 신의 놀이』라고 농담처럼 말하며.

그리고 모든 정보를 조합해보니——

'생각의 『루프』, 『리셋』, 그리고 그건 『나만이 아니다』. 『세계』가 『뒤틀려 있다』. 『강렬한 강제』, 『아무도 기억하지 못한다』. 『특정한 정보』의 『인지 미달성』, 혹은 『오인』…….'

헤르메스는 섬뜩해졌다.

이 정보를 보험으로 남긴 채, 『다음 헤르메스』에게 해결을 맡기고자 대체 얼마나 많은 『헤르메스』가 죽었을까를 생각하고. 그와 동시에 이 뒤틀린 세계의 규칙을 파헤치고자 하는 『자신들』에게 갈채를 보내고 싶어졌다. 그런 눈물겨운 노력과 자기 헌신에 헛웃음을 터뜨리고 싶을 정도로.

'내가 이런 생각을 할 수 있는 시점에서 판명된 것은, 지금의 상황은 생각과 언동을 속박하는 것이 아니라는 점. ――단, 『전의 헤르메스들』의 정보대로 절대적인 규칙이 존재해. 여기에 저촉되면 나는 즉시 기억을 잃고, 오인을 되풀이한다……!'

헤르메스는 썩어도 신이다.

강렬한 『매력』에 침범당했으면서도, 여기까지 진실에 도달할 수 있었던 그는 타인은 물론이고 자신마저도 완전히는 신용하지 않는, 빈틈없는 데우스데아이기 때문이다.

'아마도 『위화감』까지는 세이프. 하지만 『의심』에 이른 순간 아웃. 쌓이고 쌓인 『위화감』을 이 세계의 파괴요소로 바꾸었을 때, 모두가…… 적어도 오라리오에 있는 사람은, 자각 없는 『인형』으로 전락한다. 거기서부터 연장해나가, 이 상황을 만들어낸 『흑막』에 대해 캐내는 것도 십중팔구 금기겠지.'

신은 전지의 존재. 사태를 예상하는 것은 괜찮지만 그 너머를 생각해서는 안 된다.

『위화감』을 『의심』으로 승화시켜서는 안 된다.

하계의 주민―― 『인류』에게는 결코 불가능한 『감정의 억제』를 시전하고, 그야말로 신들린 듯한 『사고의 세분화』를 시행하며, 『예측의 비약』은 최대한 주의했다.

언제 자신이 강제력의 인형이 될지 몰라 속으로 조마조마하며, 헤르메스는 아주 약간 갱신된 정보를 단원 세인에게 맡겼다. 또 놀고 있냐고 묻듯 엄청나게 언짢아하는 눈빛을 받으면서도.

'아니 그보다, 신까지 뒤틀어버릴 만한 짓을 『아르카넘』도 사용하지 않고 저질렀다면, 그건 위험한 술이거나 아니면 『그분』 정도밖에는——— 아, 이런.'

그리고 헤르메스는 통상 233번째의 리셋을 맞이했다.

그로부터 또 하루를 들여, 헤르메스는 생각을 『루프』시켰다.

같은 흐름, 같은 순서를 따라 ──『전의 헤르메스들』이 남긴 단서 덕분에 초기보다도 신속하게── 『세계의 위화감』을 깨닫고, 다시 무익한 전달 게임에 어울려야 하는 팔거와 단원들에게 어이없다는 시선을 받았다. 굴욕이었다.

견디지 못한 헤르메스는 호위도 대동하지 않고 혼자 홈을 뛰쳐나갔다.

"야 야, 난 헤르메스라고……? 언제나 표표하고, 해낼 때는 멋있게 해내는 트릭스터 & 쿨 가이…… 그런 이 몸이 왜 이렇게 고생을 해야 하는 거냐고……. 꼭 타케미카즈치나 아스피처럼……."

은근슬쩍 무신과 권속에게 실례되는 소리를 지껄이며 헤르메스는 탄식했다.

공연히 타케미카즈치 언저리에게 분풀이를 하고 싶다는 마음에 시달렸지만, 관두었다. 무신을 진심으로 만들었다간 던져져 날아가는 것은 여리여리한 헤르메스 쪽이다.

시간대는 우연히도 어제와 같은 해 질 녘. 저녁놀에 잠긴 대로는 평화롭기 그지없었으며 주민들과 던전에서 돌아오는 모험자로 붐볐다.

'……임시로 이 상황을 『상자 정원』이라고 부르기로 하자. 사고를 바로잡는 조건에서 추측컨대, 이 『상자 정원』을 만들어낸 흑막은 이 세계의 안녕을 바라고 있을 거야.'

기한을 정해놓았는지, 혹은 영원히 계속될지는 불명.

그러나 모든 존재를 꼭두각시 인형으로 바꾸어 하계를 능욕할 마음은 없다. 헤르메스나 다른 이들에게 자유의지를 남겨놓았다는 점이 이를 증명한다.

'오라리오를 변함없는 『영웅의 도시』로 존재시키고 있어……. 이렇게 번잡한 짓을 한다는 건, 아마도 **뒤틀어버릴 수 없는 하나의 존재** 때문에 **세계 그 자체를 뒤틀 수밖에 없었기 때문**. 이건 누군가를 위해 마련된 낙원이자 감옥이기도 해. 그게 이 『상자 정원』의 본질.'

그리고 이 『상자 정원』을 타개할 실마리를 떠올린 순간, 생각은 리셋된다.

안 되겠어. 앞뒤로 꽉 막혔어.

『상자 정원』의 윤곽은 예상할 수 있어도, 실질적인 규칙이나 핵심을 해명할 수 없는 이상 타개할 방법이 없다. 헤르메스는 그렇게 단정하고 말았다.

결코, 빠져나갈 수 없는 사고 게임. 헤르메스는 이미 옛날에 체크메이트를 당하고 있다. 이 상황에 빠진 시점에서 자신이 할 수 있는 일은 없으며, 상황을 타파할 수도 없다.

어차피 의미 없는 발악일 뿐이다.

『방침』이 있어야 해. 쓸데없는 생각을 하지 않고, 그저 따르기만 하는 『외부로부터의 방침』이.'

그러므로 지금의 헤르메스가 할 수 있는 일이 있다면 그것은—— 아직 체크를 당하지 않고, 그러면서도 발악하고 있는 누군가의 도움을, 체스판 밖에서 받는 것뿐이다.

지금의 헤르메스가 자발적으로 행동을 일으킬 수는 없다.

스스로 무언가를 계획한 순간 높은 확률로 규칙에 저촉된다.

따라서 『외부』.

외부에서의 작용에 의문을 품지 않고, 일상을 일탈하지 않는 범위 내에서, 부자연스럽지 않은 『누군가의 방침』에 몸을 맡길 수밖에 없다.

이 생각 자체가 이미 아슬아슬한 경계선임을 자각하면서, 헤르메스는 모자를 벗었다.

"진짜 부탁이다, 『최초의 나』…… 조정자라면 『히든카드』 정도는 마련했을 거 아냐……?"

모자의 챙에 숨겨진 것은 『찢긴 스크롤의 일부』였다.

어중간하게 『일부가 찢긴 흔적이 있는 종잇조각』이었다.

그것은 『할배의 재촉』과 함께 헤르메스가 『위화감』을 느끼는 계기이자 방아쇠이기도 했다. 언뜻 단순한 종잇조각으로밖에 보이지 않는 그것을, 조정자인 헤르메스가 모자에 숨겨놓았다는 사실의 의미. 헤르메스는 그 사실을 깨닫고 과거의 자신이 했던 행동을 돌이켜보기 시작했다.

이것만으로는 의미가 없는 종잇조각을, 『인형』으로 전락한 헤르메스도 폐기하려고는 하지 않는다.

아마도 체크메이트에 걸리기 전, 『최초의 헤르메스』가 무언가를 휘갈겨 썼을 것이다.

그리고 그것을 누군가에게 맡겼다.

이제 헤르메스는 예측과 선망이 뒤섞인 그 희망적 관측에 매달릴 수밖에 없었다.

'여행을 다니지 않는다는 것 이외에도, 평소와는 다른 요소…… 아스피가 없다. 그렇다면 『열쇠』는 아스피일까……?'

전지무능한 신이면서도, 이렇게까지 불확실한 정보로밖에 움직일 수 없는 자기 자신에게 너무나도 실망해 주위로 눈을 돌린다.

저녁놀이 깔리는 메인 스트리트. 북적거리는 인파.

수상한 그림자는 없다. 애초에 누가 수상한지도 알 수 없다.

자신이 감시당하고 있다고는 생각하고 싶지 않지만, 『이 상자 정원에 위화감을 품고 있다』는 사실을 결코 타인에게 들켜서는 안 된다.

동시에 『열쇠』를 쥐고 있을 아스피에게, 지금의 자신은 이미 『상자 정원에 위화감을 품고 있다』는 것을 증명해야만 한다. 그전까진 그녀가 접촉하려 들지 않을 것이다.

지독한 모순. 성가신 두통을 끌어안은 채, 헤르메스는

대로 한복판에 발을 멈추었다.

아스피는 자신을 보고 있을까? 곁에 있을까? 가능성은 낮다. 하지만 해볼 수밖에 없다.

꼭두서니 색으로 물든 상공을 우러러보며 눈을 가늘게 떴다.

그리고 말했다.

"아스피…… 사랑해."

결코 크지 않은 목소리로 중얼거렸다.

"그러니까…… **돌아와 줘.**"

대로 한복판에서 발을 멈춘 자신에게 모여드는 의아한 시선.

중얼거리는 목소리를 들어버린 수인들이 귀를 의심하며 이쪽을 쳐다본다.

『평소의 자신이라면 절대로 절대로 절대로 보이지 않을 언동』.

남에게 들키지 않은 채, 아스피에게 지금의 자신을 전달하려면 이제는 이 방법밖에 없다고 결론을 내렸다. 제삼자가 보면 자아도취도 약간 들어간 창피한 사람이겠지만, 이젠 될 대로 되라지~.

그러므로 헤르메스는 진지하게, 꾸미지 않고, 절대로 털어놓지 않을 속내의 일부를 토로했다.

반응이 없으면 또 다른 곳에서 사랑의 말을 속삭인다.

권속에 대한 신의 사랑을 계속해서 읊조렸다.

이렇게 된 이상 철저하게 해주지.

숫제 자포자기에 빠진 채 헤르메스는 또 다른 메인 스트리트로 향하려 했고,

『——북쪽 대로, 감자돌이 노점.』

"!!"

『보이지 않는 누군가』가 스쳐 지나가는 기척과 함께 그런 속삭임이 귓가에 와 닿았다.

인파 속에 섞인 평범한 목소리. 누군가가 듣더라도 아무 탈이 없을 정보의 단편.

눈을 크게 뜬 헤르메스는 창졸간에 돌아보려다 멈추었다.

돌아보더라도 지금의 그녀는 『투명』한 채. 만날 수는 없다. 그렇다면 입술에 웃음을 머금는 데에서 그치고, 지정된 『목적지』로 향할 뿐.

——고맙다, 아스피.

——그리고 사랑한다고 했던 건 거짓말 아니라고?

속으로 그런 말을 중얼거리며.

『진짜…… 저질.』

그리고 발을 놀릴 때 그런 중얼거림이 들려온 것 같았다.

『빨리 원래대로 돌아와 주십시오…… 못 말리는 분.』

귀까지 새빨갛게 물들이고 눈물을 머금은 채 노려보는, 그런 그녀의 얼굴이 떠올라 헤르메스는 웃음을 지었다.

"아, 헤르메스! 마침 잘 왔어! 부탁이니 감자돌이 사주라~!"

목적지에 도착하자 떠들썩한 목소리가 헤르메스를 맞아 주었다.

알바 제복을 입은 헤스티아가 여전히 커다란 가슴을 흔들며 헥헥 일하고 있었다.

"이런저런 사정으로 알바를 며칠 땡땡이치는 바람에 이 꼬락서니야! 매상 할당량 달성 못 하면 짤려~!"

"하하, 뭔진 모르겠지만 힘내. 한번 직업을 잃으면 사회 복귀에는 시간이 걸리니 말이야~. 어디, 동향 친구의 정으로 하나만 살까?"

"그럼 이거! 하이퍼 울트라 점보 감자돌이 디럭스! 보통 감자돌이의 100배 가격이지만 날 살리는 셈 치고! 사거라, 사주세요, 사란 말이다아아아아아!"

"그, 그래……."

핏발이 선 눈으로 황금색 튀김옷을 입은 감자돌이를 내미는 바람에 헤르메스는 자기도 모르게 받아들었다.

도저히 연기로는 보이지 않을 정도로 피로에 찌든 모습에 질겁하면서, 보통 감자돌이의 100배 가격인 발리스 금화를 지불했다(참고로 3000발리스). 헤스티아와 작별해, 주먹 5개 정도 크기는 될 법한 그것을 겨우겨우 다 먹고—— 어스름한 골목길에 몸을 숨겼다.

벽에 등을 기댄 채 손에 남은 포장지—— 빅사이즈이기에 몇 겹으로 감긴 그것을 벗겨낸다. 튀김옷의 기름에 찌든 종이 안쪽에서 나타난 것은── 『뜯겨진 스크롤의 일부』.
헤르메스는 입가를 틀어 올리며 그것을 읽었다.

『오라리오를 【화덕】으로 바꿔라.』

틀림없는 자기 자신의 필적.
패배한 『최초의 헤르메스』가 자신들에게 남긴 기사회생의 『방침』.
"그래그래, 역시 난 이런 캐릭터여야지."
빈틈없는 트릭스터의 그림자를 다시 두르고, 빠른 걸음으로 나아갔다.
종이는 두 장이었다.
첫 번째는 『최초의 헤르메스』가 아마도 헤스티아에게 맡겼을, 자신 앞으로 보낸 편지.
그리고 두 번째는 『화덕』을 위한 『재료』가 있는 곳.
생각은 이미 정지했다. 아무것도 생각하지 않아도 된다. 규칙에 저촉되지 않도록, 그저 일을 열심히 하는 신이 되었다.
"해내고 말겠어, 『화덕 만들기』."
【페르세우스】가 평원의 전투에 변화가 생겼음을 감지한 사흘 후── 그리고 소년의 일격이 요정에게 닿기 사흘 전의 일이었다.

달이 구름을 지우고 밤하늘을 푸르게 물들였다.

공기는 냉랭했지만 이제까지 없을 정도로 맑았다.

내 가슴속과 같다.

창가의 의자에 앉아, 그렇게 젠체하는 시인 같은 생각을 했다.

마음을 뒤덮었던 안개는 완전히 걷히고, 결코 망설이는 일은 없다.

나는 더 이상 내가 『헤스티아 파밀리아의 벨 크라넬』임을 의심하지 않았다.

동경에 대한 마음이 온몸을 가득 채워 고양감마저 들었다.

"하지만…… 이제 어떻게 하지……?"

냠, 냠, 방에 놓여 있던 던전 탐색용 파우치 안의 휴대용 식량을 먹으며 미간에 주름을 지었다.

바로 1시간쯤 전, 저녁의 전투를 마친 나는 『세스룸니르』에서의 저녁 식사를 거절하고, 벌써 2주 이상 쓰지 않았던 이 방으로 직행했다. 오늘은 너무 힘을 내서 몸이 안 좋다고 거짓말까지 해버렸지만, 이야기를 들은 마스터는 "우둔한 놈"이라며 허락해주었다. ……정말 허락해준 걸까?

아, 아무튼 평소 같으면 『세스룸니르』에서 저녁을 먹은 후 프레이야 님의 신실에 간다.

그것을 피하기 위해, 지금은 조금이라도 방책을 짤 시간이 필요했다.

"지금 프레이야 님과 만난다면…… 분명 들킬 거야. 내가 더 이상 나 자신을 의심하지 않는다는 걸."

신의 앞에서 아이들은 거짓말을 할 수 없다. 반드시 내 상태를 간파하실 것이다.

그리고 『벨 크라넬이 프레이야 파밀리아가 아님을 확신한다』는 것을 알았을 때, 프레이야 님이 어떻게 나오실지 도저히 감이 잡히지 않았다. 하지만 최소한 사태가 호전되는 일만은 없을 것이다.

애초에 지금의 상황은 어떤 상황일까?

내가 아무리 자신을 긍정한다 해도, 세상이 보기에 나는 여전히 『프레이야 파밀리아의 벨 크라넬』이며, 아이즈 씨 같은 분들도 『헤스티아 파밀리아의 벨 크라넬』을 떠올리지는 않았다.

"오라리오가 이렇게 이상해진 원인은………… 프레이야 님?"

……『매료』의 힘이 이런 『세상』을 만들어냈을까?

도저히 믿을 수 없지만, 지금은 달리 짚이는 곳이 없다. 그와 동시에 이런 일은 신이 아니고선 불가능하다는 생각도 들었다.

그리고 이 예감이 옳다면, 역시 『신』이라는 존재는 우리 하계 주민들의 상상을 초월한다. 개인이 아니라 세계 그 자체를 바꿔버리다니.

상식을 초월한 위업에 나는 몸을 떨고 말았다.

“이게 프레이야 님의 소행이라 치고…… 그럼 프레이야 님은 왜 이런 짓을…….”

설마 나를 【프레이야 파밀리아】에 넣기 위해? 하지만 그럴 거라면 왜 나를 다른 사람과 마찬가지로 『매료』시키지 않았을까? 뭔가 그러면 안 되는 사정이라도 있나? 아니면 조건?

……안 되겠다. 모르겠어.

구름 위에 있는 거나 마찬가지인 여신님의 신의를 이해하다니, 애초에 일개 하계 주민에게는 불가능한 일이다.

나는 일단 프레이야 님에 대한 의문은 옆으로 치워놓았다.

‘지금 생각해야 하는 건, 이다음의 처신……. 대체 뭐가 정답이지?’

프레이야 님을 만날 수는 없다. 나 자신도 이제 와서 무슨 낯으로 만나야 할지 모르겠다.

게다가 여신님과 접촉하고 아니고를 떠나, 고민을 떨쳐버린 듯한 오늘의 전투를 보며 나에게 위화감을 품은 사람이 있을 것이다. 회그니 씨라든가, 헤이즈 씨라든가. 마스터는…… 잘 모르겠지만.

아이즈 씨의 『기술』을 들키지 않도록 조심스럽게 확인했으면 좋았겠지만, 제1급 모험자에게 그런 장난 같은 짓은 무리라고 변명을 해본다. 그리고 기껏 되찾은 동경의 마음

때문에 기분이 완전히 고양되기도 했다.

만약 이 자리에 릴리가 있었다면 입이 닳도록 설교를 했겠지.

벨프도, 미코토 씨도, 하루히메 씨도 쓴웃음을 짓고, 그런 우리를 주신님이 지켜보시고…….

"주신님, 그리고 모두들……."

창밖을 올려다보며, 진짜 가족들을 떠올렸다.

【프레이야 파밀리아】에서 보낸 하루하루는 너무나도 괴롭고 힘들었지만, 결코 그것만은 아니었다. 구원을 받은 순간도 분명히 있었고, 신비한 인연과 온기를 느끼기도 했다. 그래도, 역시…… 내가 있을 곳은 여기가 아니다.

두 손으로 뺨을 아프게 때려 감상 같은 생각을 씻어냈다.

아무튼 나에게 시간이 없는 것은 분명하다.

어쩌면 지금쯤 회그니 씨 같은 분들이 내 상황을 프레이야 님께 보고하고 있을지도 모른다.

아예 도망칠까? 하지만 도망친다 해도 그다음엔 어떻게 하지?

운 좋게 도시 최대 파벌의 손을 벗어나 『폴크방』에서 탈출한다 쳐도, 지금은 세상이 전부 이상해졌다. 지금의 상황을 바로잡기 전까지 나에게 돌아갈 곳은 없다.

꼴깍 목을 울리며 휴대용 식량을 다 먹고 영양 보급을 마쳤다.

몸에도 머리에도 피가 충분히 도는 감각을 느끼며 필사

적으로 머리를 굴리다가── 문득 생각이 떠올랐다.

"시르 씨는……? 이 세상이 거짓말이라고 한다면, 시르 씨는 지금 어디에……."

클로에 씨와 루노아 씨는 시르 씨를 기억하지 못했다.

【프레이야 파밀리아】에서도, 시르 씨는 없었던 것으로 되어 있다.

하지만 그 사람은 분명히 존재했다. 나는 그것을 안다.

앞뒤가 맞지 않는 소실. 모여드는 의구심. 직감이 목소리를 높인다.

존재하지 않았던 것으로 처리된 그녀가, 무언가 『열쇠』를 쥐고 있는 것만 같다.

그렇다면 내가 할 일은 시르 씨를 찾아내는 것?

"이렇게 되고 보니 류 씨가 없다는 것도 수상해……! 그 두 사람을 찾아내야만 해……!"

해야 할 일을 명확히 도출해낸 나는 힘차게 일어났다.

그리고 각오를 다지고 움직이려던 그때.

마치 나에게 동조해 반기를 든 것처럼── 『굉음』이 발생했다.

"엑?!"

그리고 저택을 뒤흔드는 커다란 진동.

얼른 충격을 견뎌내고는 아연실색했다. 움직이기로 결심한 건 사실이지만 난 아직 아무것도 안 했는데?!

황급히 창문을 열고 저택과 주위를 확인했다.

설마 습격인가 우려하는 내 시야에 비친 것은, 저택의 1층 부분에서 무럭무럭 피어나는 연기와 분진, 그리고 반짝반짝 빛나는 『마력』의 잔재였다.

"벨!! 벨, 있어요?!"

"……! 네, 네엣!"

요란하게 방문을 두드리는 소리와 함께, 이제는 완전히 귀에 익은 힐러의 목소리가 들렸다.

나는 한순간 어떻게 할까 망설였지만 지금은 순순히 따르기로 했다.

"다행이다, 여기 계셨군요……! 방에서 한 걸음도 나가지 않았겠죠?!"

문을 열자 그곳에 서 있던 것은 역시 헤이즈 씨였다.

남녀 단원을 대동하고, 이제까지 본 적도 없을 정도로 진지한 표정을 지은 그녀는 나를 보자마자 노골적으로 안도했다.

"계속 여기 있었는데요…… 대체 무슨 일이 있었나요?! 지금도 엄청난 소리가……!"

그녀의 질문 내용을 의아하게 생각하며 나도 되물었다.

방 밖, 아니, 저택 안에서는 마치 칼날을 맞부딪치는 듯 높은 소리가 들려왔다.

"……『도적』이에요. 어떤 자가 혼자서 이 신성한 『폴크방』에 침입했어요."

잠시 입을 다물었던 헤이즈 씨에게서 들려온 대답에.

나는 우뚝 움직임을 멈춘 후, 상황도 잊고 괴상한 목소리로 외치고 말았다.

"도, 도저억?! 겨우 혼자서, 【프레이야 파밀리아】에요?!"

날카롭기 그지없는 참격이 밀려든다.

한번 보기만 해도 뛰어난 역량임을 알 수 있는 칼놀림에, 류는 땀을 흩뿌리면서 자신의 소태도를 꽂았다.

"크윽?!"

"하앗!"

칼날에 얽히듯 장검이 튕겨 올라가, 자세가 흐트러진 수인에게 날카로운 발차기를 날린다.

벽에 처박힌 상대를 마지막까지 지켜보지 않은 채 등을 돌리고 달렸다. 그 직후 울려 퍼지는 "발견했습니다!" "반드시 생포해!!" 하는 원군의 노성.

궁전으로 착각할 만큼 거대한 저택의 1층 부분. 그곳에서 류는 혼자 도주하고 있었다.

도시 최대 파벌 【프레이야 파밀리아】라는, 생각할 수 있는 것 중 최악의 추격자로부터.

"역시 이곳은 『폴크방』……! 【프레이야 파밀리아】의 홈!"

전력으로 달리며 상황확인에 힘쓰는 류의 피부에서는 구슬 같은 땀이 끊임없이 솟아났다.

어디인지도 모를『지하실』에서 류가 눈을 뜬 것은 이미 일주일도 더 전이었다. 시르—— 아니, 여신 프레이야 앞에서 의식을 잃고 끌려왔을 테니 예상은 했지만, 끊임없이 조바심이 솟았다. 이곳은 던전을 제외하면 미궁도시 내에서도 가장『살벌』하다 해고 과언이 아닌 장소였으므로.

"차아앗!!"

"크윽?!"

광대한 복도로 나온 순간 위층에서 뛰어내린 휴먼이 검을 휘둘렀다.

창졸간에 방어하느라 발이 둔해진 순간 다른 단원이 가차 없는 공격을 퍼부었다. 류가 온 힘을 다해 대처해야 할 만큼 빠르고 예리했다.

——모든 적이 강하다!

단순하지만 감상은 오직 그것 하나뿐이었다.

이곳은 도시 최대 파벌의 본거지. 약자는 한 명도 없으며, 지금도 검을 나누고 있는 상대조차 제2급 모험자 중에서는 중견에 필적했다. 개개인의『숙련도』가 보통이 아니다. 감옥을 탈출한 지 얼마 지나지도 않았는데 눈 깜짝할 사이에 포착되어 이렇게 궁지에 몰린 것이 좋은 증거였다. 하급 모험자조차 자신의 수준을 잘 파악하고『마법』이나 저격에 집중하며 발을 묶어놓으려 한다.『기술』을 구사해야만 했으며, 조금 전에는『마법』까지 발동할 수밖에 없어 적에게 자신의 위치를 알리고 말았다.

그나마 저택이 아직까지 혼란에 빠져 연계가 그렇게까지 잘 이루어지진 않는다는 것은 다행이지만, 맹수 우리에 내던져진 듯한 상황은 변함이 없다. 자신과 같은 Lv.4로 보이는 여성 엘프 창잡이와 극심한 공격의 응수를 나누며, 옷을 얇게 찢기면서도 창대를 갈라버렸다.

"동포, 아니, 【질풍】! 네놈이 어떻게 지하에서 나온 거냐?!"

동요를 머금은 상대의 격렬한 어조에── 류는 몇 분 전의 기억을 떠올렸다.

의식주 면에서 불편함이 없는, 『감옥』이라고도 부를 수 없는 지하실.

하지만 스테이터스 다운과 마법봉인의 『커스』가 담긴 족쇄가 채워져 탈출은 허락되지 않았다.

조바심만 느낄 뿐 아무것도 할 수 없던 류의 앞에, 『그녀』가 나타났다.

『나오십시오.』

항상 문을 지키던 상급 모험자들을 어떻게 기절시켰는지, 방에 들어온 『그녀』는 놀라는 류에게 무기인 소태도 《쌍엽》을, 그리고 족쇄의 열쇠를 던져주고 말했다.

『당신을 풀어주는 조건은, 이제부터 될 수 있는 한 저택의 동쪽에서 소란을 일으키는 것입니다. 제가 이동하고 있을 동안.』

『그녀』는 거리를 둔 채, 진의를 엿볼 수 없는 눈으로 담담히 요구했다.

류는 경계했다.

의도가 뭐지? 무슨 생각이지? 누가 따를 줄 알고?

그렇게 말하며 노려보고 반항의 뜻을 들이대자, 『그녀』는 마지막으로 말했던 것이다.

『——부탁이야, 류.』

그 말과 어조와 눈빛이 류의 마음을 흔들었다.

얼굴도 목소리도 닮지 않았음에도, 어떤 『마을 아가씨』를 방불케 했다.

아연실색한 류를 내버려 둔 채 『그녀』는 가버렸다.

그리고 침묵했던 류는 열쇠를 손에 들고, 족쇄를 푼 후, 이렇게 싸우고 있다.

'스스로도 이해할 수 없다. 왜 진의도 모르는 인물의 말을 따르고 있는지. 하지만 그 『말』과 『눈빛』은——.'

소태도를 쥔 손에 힘을 꽉 주며 류는 눈썹을 틀어올렸다.

눈을 크게 뜬 엘프 창잡이의 공격을 쳐내고, 입술 위에서 속삭이듯 자아내던 『주문』을 단숨에 끝냈다.

"【별빛을 담아 적을 쳐라】——【루미노스 윈드】!"

『병행 영창』을 거쳐 발사된 포격은 집결되기 시작하던 적의 원군을 날려버리고 두 번째 폭발과 충격을 가져다주었다.

"홈에서 폭발?!"

바벨 지하 1층.

던전의 제1계층으로 이어지는 대형 홀에서, 『원정』으로부터 귀환하는 【로키 파밀리아】를 치고자 매복 중이던 아렌은 단원의 전갈을 듣자마자 험악한 표정을 지었다.

"그게 무슨 소리야? 그 멧돼지랑 엘프 자식들은 뭘 하고 자빠졌어!"

"그, 그게…… 아무래도 외부의 습격이 아니라, 내부에서 『마법』이 터진 것 같아서……!"

험악한 어조에 겁을 먹으며, 홈의 소동을 감지했던 단원은 목소리를 죽인 채 자신의 생각을 말했다. 요컨대 아무것도 알 수 없다는 뜻이었다.

아렌이 혀를 차는 가운데, 그 자리에 있던 파룸 네쌍둥이가 말했다.

"평원의 전투는 이미 끝났을 시각이야."

"여신의 귀를 더럽히면서까지 『마법』을 오폭할 얼간이는 우리 【파밀리아】에는 없지."

"그렇다면 역시 다른 세력의 짓."

"설마…… 지하에 가둬놓았던 【질풍】인가?"

이심전심으로 도출된 그들의 추측에 아렌의 눈이 날카롭게 가늘어졌다.

"아, 아렌 님! 알프릭 님!"

그 직후 달려온 것은 하프파룸 반이었다.

"시끄러워, 나중에 해!"

생각을 회전시키던 아렌은 다짜고짜 일축하려 했으나,

"그분…… 아니, 녀석이 어느새 사라졌는지 없습니다!"

그 보고를 듣고 눈빛을 바꾸었다.

"……그 여자, 진짜 죽여버렸어야 했어."

이번에야말로 살기를 피우는 캣 피플을 보고 반과 다른 단원들은 숨을 멈춘 채 압도되었다.

"어쩌지, 아렌."

"뻔한 소릴 묻지 마, 멍청아."

현장의 지휘를 맡은 부단장에게 일단 의견을 묻는 알프릭에게 아렌이 내뱉었다.

"돌아간다."

"【프레이야 파밀리아】의 본거지에서 소동?"

아이샤는 의아한 표정을 지었다.

취객으로 넘쳐나는 대로에서 떨어진 곳, 도시 동쪽의 『다이달로스 거리』 부근에서 발을 멈추었다.

"그래. 번화가 쪽에 있던 세인이랑 다른 애들이 들었다던데. 지금도 벽 안쪽에서 싸우는 소리가 들린다고 메릴이 전했어."

"무슨 소리래? 그놈들은 해질 때까지만 싸우잖아? 다른 파벌하고 싸움이라도 터졌나?"

"전혀 모르겠어. 하지만 이대로 무시할 수도……."

【헤르메스 파밀리아】의 동료, 워타이거 팔거도 난처한 표정으로 눈썹을 늘어뜨렸다.

좋은 의미에서도 나쁜 의미에서도 『도시 최대 파벌』의 이름은 무겁다. 홈에서 이변이 발생했다면 다른 파벌은 무슨 일이 있었나 싶어 긴장하게 마련이다. 중립을 표방하며 정보수집에 여념이 없는 【헤르메스 파밀리아】라면 더더욱.

팔거의 말을 듣고, 여신제 때부터 모든 것을 잊어버렸어야 할 아마조네스는 무언가가 마음에 걸리는 표정을 지었다.

"뻔해~ 오늘은 밤까지 싸워보기로 했다거나 뭐 그런 결말 아니겠어? 그보다도 얼른 이 장작 배달이나 끝내자아~."

아이샤와 팔거의 대화를 대충 흘려넘기려 하던 것은 루루네였다.

시앙스로프 소녀는 장작 다발을 끌어안은 채로도 요령 좋게 어깨를 으쓱하고는 어떤 민가의 문을 두드렸다.

"【헤르메스 파밀리아】인데요~. 길드 의뢰로 장작 가져왔어요~."

"아, 고마워요! 벌써 겨울인가 싶을 정도로 추웠는데 다행이네."

"아~ 네네. 그럼 들어갈게요~."

"어? 자, 잠깐?"

맞이해준 휴먼 주부의 옆을 지나쳐 성큼성큼 집 안으로 들어간 루루네는 비치된 난로 앞에 쪼그리고 앉았다.

"『불』도 확실하게 지펴주고 오라고 주신님이 그랬거든요."

척척 장작을 쌓고 부싯돌로 쉽게 불을 붙이자 불꽃이 난로를 채웠다.

산뜻한 솜씨에 집주인 부부와 딸이 기뻐했다. 답례로 저녁을 먹고 가지 않겠느냐는 매력적인 제안을 받았지만, 아직 일이 남았다며 루루네는 꾹 참고 사양했다.

"하아~ 이 『볼런티어(봉사활동)?』란 거 앞으로 몇 군데나 더 해야 하는지……. 그야 오늘 밤이 춥긴 하지만~."

"내가 묻고 싶을 정도라고. 나 원, 【헤르메스 파밀리아】는 이렇게 노골적으로 점수 따는 짓도 해?"

"아니, 평소에는 안 할 텐데……."

난방용 마석제품은 비싸므로 오라리오에서는 난로로 겨울을 보내는 민가가 대부분이다. 하지만 그렇다고 『볼런티어』라나 뭐라나 하며, 배달 나갈 집들이 기재된 지도와 대량의 장작을 떠넘겼던 주신의 소행은 뭐라 말해야 좋을까. 모든 단원이 강제로 참가하게 되어, 루루네도 아이샤도 진저리난다는 목소리를 냈다. 마찬가지로 어깨에 장작을 짊어진 부단장 팔거는 연신 고개를 갸웃거릴 뿐이었다.

"게다가…… 어~째 이 장작에서 『피』 냄새가 나는 것 같단 말이지……."

가져온 장작을 들어올린 루루네는 수인의 코를 킁킁 울렸다.

"누군가 패 죽였던 장작이라도 된다는 거야?"

"멍청한 소리 말고 다음 집으로 가자. 날짜 바뀌기 전에 끝내야 한다고 헤르메스 님이 엄명을 내리셨으니."
"아~ 같이 가아~."
루루네는 어이없어하는 아이샤와 팔거의 뒤를 황급히 따라갔다.
【헤르메스 파밀리아】의 손으로 집집마다 장작이 배달되고, 불이 붙었다.
그 누구도 알아차리지 못한 사이에 『화로의 불』이 도시에 가득 차올랐다.

콰앙!!
다시 저택을 엄습한 충격에 얼른 벽을 짚었다.
"으윽……?! 또, 또야……!"
진동을 견디지 못했던 헤이즈 씨가 가슴에 뛰어들어 박치기를 날리는 바람에 "쿠훅?!" 하고 기침을 하던 나는 그녀를 떼어내고 물었다.
"뭔가 엄청난 일이 벌어진 것 같은데 이거 괜찮나요?!"
"그, 그건……!"
"도적 한 사람이 침입한 것치고는 보통 일이 아니라고 해야 하나, 큰일이 난——"
"——아아 정말! 나도느닷없이뜬금없이뭔지모를일이라 모르겠다고요~! 내가설명을듣고싶을지경이라고요오!"

"죄, 죄송해요!"

이마를 문지르며 얼굴을 붉히던 헤이즈 씨가 두 팔을 휘둘러대며 화를 냈다. 키는 내가 조금 더 크지만 그 모습에 잘못했다고 반사적으로 사과하고 말았다.

"벨, 당신은 절대 이 방에서 나오지 말아요!"

"네……? 하, 하지만!"

"프레이야 님이 아끼는 당신에게 무슨 일이라도 생기면 내가 혼난다고요! 날 구하는 셈치고 얌전히 있어요! 알았죠?! 호위병도 놔두고 갈 테니까요!"

헤이즈 씨는 내 대답도 듣지 않고 방을 나가버렸다.

그녀의 말대로, 이제는 완전히 낯을 익힌 남녀 선배 단원들이 그녀를 대신해 들어왔다.

"벨, 헤이즈 말 들으렴. 과보호라는 건 알지만, 쟤도 이러니저러니 하면서도 네가 마음에 들어서 저러는 거니까."

"게다가 너한테 걸린『커스』도 있잖아. 이 습격도 상관이 있을지 몰라."

"어, 네……."

레밀리아 씨와 러스크 씨. 반 씨와 마찬가지로 곧잘 말을 걸어주던 분들이다.

말로는 다정하게 대해주지만…… 이 시선은, 날 감시하는 건가?

이쪽을 경계해서, 아니, 혹시 나와『침입자』를 접촉시키지 않으려는 건가?

그렇다면 방을 제일 먼저 찾아왔던 헤이즈 씨의 언동도 이해가 간다.

'어떡하지……?!'

이제까지와는 다른『바람』이 불고 있는 것은 틀림없다.

마치 이제 막 동경을 되찾은 나의 동태를 살피며 **시기를 잿던 것 같은 순풍**. 프레이야 님과의 접촉을 피해야만 하는 이상, 좋은 기회임은 틀림없다.

러스크 씨와 레밀리아 씨에게 등을 돌리고 창밖을 보는 척하며 생각했다.

현재『폴크방』에는 알프릭 씨 형제, 아렌 씨, 그리고 반 씨를 비롯한 유력한 제2급 모험자들이 퀘스트 때문에 없다고 들었다. 전력 차이가 절망적인 것은 변함없지만 그래도 평소에 비하면 반감된 것도 사실……!

움직여야 한다. 각오를 다져라. 오늘까지 도와주었던 은인들을 돌파해서 행동을 시작해라.

눈을 감고, 들키지 않게 숨을 한껏 들이마신 후, 힘차게 눈을 떴다.

그리고 막 돌아보며 달려나가려던 것과 동시에, **두 사람이 쓰러졌다**.

"엥?!"

휘청하고 쓰러지는 러스크 씨와 레밀리아 씨를 보며 나는 한순간 넋이 나갔다.

무슨 일이지?!

곤혹과 경계의 감정을 혼선시키고 있으려니, 끼익 하는 소리가 들렸다. 어느 샌가 방문이 열려 있었던 것이다.

반쯤 열린 문을 응시하며 주의를 기울이다, 큰맘 먹고 방을 나왔다.

좌우를 확인했지만 복도에는 아무도 없었다.

'——아니야.'

긴 복도 저편에서, 환영 같은 사람 그림자가 유혹하듯 일렁인다.

나는 망설임을 버리고 그림자의 뒤를 따랐다.

성을 방불케 하는 복도는 마석등의 빛이 꺼져 푸른 어둠으로 가득했다. 마치 망령처럼 확실치 않은 그림자에게 이끌려, 아무에게도 제지를 받지 않고 나아갔다.

이내 도착한 곳은 홈 서쪽 상층의 한구석.

전사들의 정신통일을 위해 마련된 『명상실』.

"여긴……."

높은 천장의 채광창이 스테인드글라스로 되어 있는 방은 마치 제단 같았다.

작은 성당처럼 세로로 길쭉한 홀 구조. 바닥은 검은색 대리석이며 의자는 하나도 없다. 안쪽으로 향하면 단차가 늘어나 대관식을 치르는 무대처럼 보이기도 했다. 벽 쪽에 조각상과도 같이 세워놓은 것은 여신의 신상이 아니라 혹사의 정도를 말해주는 대검이며 장창, 배틀액스 같은 온갖 무기들이다.

분명 지금은 이곳에 없는 에인헤랴르들의 반신.

고요하고, 어딘가 신성한 공기가 감도는 전사의 방에 발을 들였다.

그리고 명상실의 가운데쯤에 접어들었을 때── 활짝 열렸던 문이 닫혔다.

"!"

뒤를 돌아보았다.

밀실이 되어 어스름에 잠긴 홀에 내리쪼이는 것은 머리 위의 스테인드글라스에서 스며드는 달빛뿐. 깊은 푸른색으로도, 담담한 보라색으로도, 그리고 서글픈 은색으로도 보이는 빛이 시야를 물들이는 가운데, 입구 부근의 어둠에서 걸어 나온 것은…… 한 소녀였다.

"회른 씨……."

회색 장발에, 마녀의 제자를 방불케 하는 검은색 의상.

이로써 만나는 것은 두 번째.

여신제 전, 편지를 주러 왔을 때와 마찬가지로 그녀는 얼굴의 오른쪽 절반을 앞머리로 가리고 있었다.

"……."

뚜벅, 뚜벅, 구두굽 소리를 울리며 회른 씨는 말없이 이쪽으로 다가왔다.

물어야만 할 것이 있었다. 궁금한 것이 산더미처럼 많다.

이곳으로 날 유인한 게 당신인가요? 그렇다면 목적은? 의도는?

오늘까지 프레이야 님의 신실을 몇 번이나 드나들었지만, 『여신의 수행원』인 그녀와는 부자연스러울 정도로 만나지 못했던 것은 어째서?

무엇보다, 나와 그녀는 정말로 두 번밖에 만나지 않았을까?

몇 번이나 만났던 듯한, 계속 곁에서 느꼈던 듯한…… 이 『위화감』은 뭐지?

머릿속에 떠올랐다가는 사라지는 의문. 하지만 그것은 말로 바뀌지 못했다.

별명이 없는, 이름 없는 여신의 심부름꾼. 『네임리스』.

마치 신의 대행자로서 심판을 내리려는 듯, 나만을 바라보는 그 눈동자에 이끌려, 말을 하는 것도 잊어버리고 말았다.

"……."

"……."

그녀가 걸음을 멈추었다.

나와 마주 본다.

홀 한복판에서 거리를 둔 채.

방 밖의 소란이 멀게 느껴졌다.

소동은 동쪽에서 일어났는지, 이 명상실에 다가오는 자는 아무도 없다.

이곳에서 무슨 일이 일어나더라도, 방해할 사람은 아무도 나타나지 않는다.

시선을 얽기만 하는 시간이 이어지다, 이윽고 그녀가 입을 열었다.

"어디까지, 답을 얻었지요?"

무슨 질문을 받은 것인지 이해했다.

대답해선 안 된다. 이성은 그렇게 호소했지만, 나는 바보처럼 솔직하게 대답하고 있었다.

"나는【프레이야 파밀리아】가 아니라는 것. 나는【헤스티아 파밀리아】의 벨 크라넬이라는 것."

이 눈앞에서 거짓말을 해서는 안 될 것 같았다.

거짓 없이 고백하자, 그녀는 낯빛 하나 바꾸지 않고 다시 물었다.

"그렇다면 **어디까지 깨달았지요**?"

"네……?"

두 번째 물음의 의미는 이해하지 못했다.

지금의 오라리오에 발생한 이변이나 모순에 대해…… 그렇게 묻는 것처럼 들리진 않았다.

무언가 다른, 더 중요하고 소중한『핵심』을 확인하는 듯한…….

"무, 무슨 의미인가요? 무슨 말씀을, 하시는지……."

회른 씨의 의도를 알 수 없었다. 나는 눈에 뜨이게 갈팡질팡하고 말았다.

그런 모습에, 한밤의 호수처럼 잔잔하던 그녀의 얼굴이 점점 험악해져만 갔다.

조그만 손이 꼬옥 주먹을 쥔다.

그리고 긴 회색 머리카락이 아래를 향하는가 싶더니.

"………………………………………………쓰레기."

불쑥, 중얼거렸다.

"넥?"

"……쓰레기, 쓰레기, 쓰레기쓰레기쓰레기쓰레기쓰레기쓰레기쓰레기쓰레기쓰레기쓰레기!!"

다음 순간, 고개를 쳐들고, **폭발했다.**

얼빠진 표정을 지은 것도 찰나, 나는 벌렁 몸을 젖히며 눈을 크게 떴다.

"진짜 바보를 초월한 완전 쓰레기!! 그분의 마음을 다 헤집어놓고는! 괴롭혀놓고는! 자기는 아무것도 몰라?! 헛소리 작작 해! 그만 좀 하라고!!"

"에, 에, 엑?!"

"너는 얼마나 우둔해야 직성이 풀리려는 거야!!"

긴 머리카락을 이리저리 흔들며 뿌리치듯 손을 내젓고는 규탄의 비를 퍼부어대는 그녀의 모습은 변모라는 말이 딱 어울렸다.

아니 그보다 무서워. 하나의 생명체로서 목숨의 위험을 느낄 만큼 무서워?!

느닷없이 격앙한 회른 씨에게, 나는 상황도 잊고 겁에 질려 주저앉아버릴 뻔했다.

"무해한 척하면서 완전 짐승이지!! 자각 없는 범죄자!! 두루두루 여자의 적!! 인류의 오물!! 성실함과 둔감함을 착각한 괴물!! 신의 실패가 있었다고 한다면 너 같은 괴물을 만들어 낸 거야! 자기보다 연상만 유혹하는 원죄의 해충, 숭고한 여신님까지 넘어가게 만들다니, 부끄러운 줄 알아!!"

"잠깐만요진짜무슨말씀을하시는거예요?!"

"『《누나!》라고 불리고 싶은 남성 모험자』 랭킹 7위는 무슨!! 웃기지 마!!"

"그런 랭킹은 왜 알고 있어요?!"

속사포와도 같이 격렬한 매도에 나는 비명 같은 소리를 지를 수밖에 없었다.

그러는 사이에도 히른 씨의 분노는 그칠 줄을 몰라, 손을 허리로 내려 나이프를 뽑았다――니, 에에에에에엑?!

"용서 못 해, 용서 못 해, 용서 못 해!! 난 네 모든 것을 용서할 수 없어!! 얼빠진 얼굴도, 한심한 목소리도, 여신님을 괴롭히는 그 다정함도! 역시 그때 죽였어야 했어!!"

"흐, 흐아아아아아아악?!"

"어쩌다 너 같은 게 여신님 앞에 나타나서!"

금세 검무가 시작되었다.

지적하신 대로 한심한 비명을 지르며 밀려드는 나이프를 회피했다.

홀 중앙에 스며드는 스테인드글라스의 빛을 받으며 춤을 추는 두 개의 그림자.

날카롭게 바람을 가르는 소리가 귀 옆을 이따금 위협한다. 결코 방심할 수 없다. 레벨이 아래라고는 하지만 틀림없는 상급 모험자.

생각지도 못한 전개에 혼란을 느끼며, 베일 수는 없다고 필사적으로 움직여, 서로 몸의 위치를 몇 번이나 바꾸기도 하고, 역수로 쥔 나이프의 아래를 뚫고 지나가기도 했다.

"그분은, 네 앞에서는 사소한 일에도 기뻐하시고! 슬퍼하시고! 상처를 입는데!"

"엑……?!"

"영웅의 자격을 가진 주제에 왜 색을 밝히지 않아?! 얼마든지 사랑을 받아들여 주면 되잖아?! 그랬으면 그분도 조금이나마 보상을 받으셨을 텐데! 너는 그렇게, 대체 앞으로 몇 명이나 되는 여자들을 상처 입힐 거야?!"

감정을 드러낸 회른 씨는 멈추지 않았다.

못다 토해낸 격정 대신 팔을 휘두르고, 통렬한 외침으로 내 뺨을 후려친다.

그녀가 가리킨 신물이 프레이야 님이라는 사실을 깨닫고, 동요와 함께 말의 의미를 받아들이려 했을 때,

"일편단심은 무슨! 동경의 노예 같으니!!"

"크윽——!!"

동경의 존재를 모욕당해, 움츠러들기만 했던 팔다리에 반항의 의지가 불타올랐다.

눈썹을 곤두세우며, 내리꽂히는 나이프를 붙잡으려 했다.

"너 때문에 그분은! ——나는!!"

하지만.

"_______________."

눈에서 솟아난 한 방울의 물방울을 보고, 내 팔은 굳어버렸다.

다음 순간, 몸통 박치기와도 같은 기세를 이겨내지 못하고 그녀에게 떠밀려 쓰러져버렸다.

"으윽?!"

단단한 바닥에 부딪치는 등.

부드러운 다리가 내 몸에 올라타고, 얼굴 바로 옆에 나이프가 내팽개쳐졌다.

고막을 찢을 듯 높은 소리가 귓가에 울리는 가운데 회른씨는 내 목에 두 손을 감았다.

"아아, 가증스러워! 원망스러워! 죽여버리고 싶어!"

저항하는 것도 잊은 채, 두 팔을 바닥에 늘어뜨린 나는 눈을 크게 뜨고 있었다.

그 분노의 표정에 온몸이 굳어버려서가 아니었다.

"그런데도—— 미칠 것 같아! 이렇게나, **사랑스러워**!!"

당장이라도 허세를 잃어 드러나 버릴 것 같은 그녀의 감정에, 시간이 얼어붙었다.

떨리는 손가락은 가엾을 정도로 목에 파고들지 못했다.

숫제 나의 숨통을 끊어버리고 싶어 할 텐데도, 도저히 손에 힘을 주지 못하고 있었다.

『애증』이라는 말의 의미를.

한 조각에 불과하더라도, 아주 소소한 표면만이기는 해

도…… 처음으로 이해했다.

"내가 먼저 만났더라면!"

그녀가 외친다.

"이런 미래를 알았더라면!"

그녀가 분노한다.

"여신님과 만나기 전에, 내가 널………… 당신을, 안았을 텐데……."

그녀가, 떤다.

"내가…… 당신을………… 먼저 만나기만 했더라면……!"

——여신님은 괴로워하지 않고, 나는 『나』로서 당신을 좋아할 수 있었을 텐데.

갈라진 속삭임이 토해내는 숨결 속에서 덧없이 사라진다.

스테인드글라스의 빛을 등에 받으며, 죄를 고백하는 죄인처럼, 그녀는 마음속 깊은 곳에 떠오른 말을 드러냈다.

"안 되는 거였는데……."

"네……?"

"내 방식으로는…… 안 되는 거였어……."

꺼져 들어갈 것만 같은 목소리.

떨리는 목.

떨어져 나간 가면 안에서, 마음이 새어 나와 넘쳤다.

"그분께서, 숭고한 여신으로 있으셨으면 했어……. 나처럼, 평범한 여자아이는, 되지 않으셨으면 했어……! 그래서 난 당신을 죽이려고, 그분의 『바람』을 막으려고 했는데……

하지만, 그랬는데…… 그래도……!"

나의 뺨에 드리워진 긴 앞머리가 흔들렸다.

흔들리던 오른쪽 눈이 드러났다.

어둠에 덧칠된 듯 온통 검은색인 왼쪽 눈과는 다른, 『은색』으로도 『회색』으로도 보이는 눈.

그 눈은 지금, 울고 있었다.

"『바람』이 이루어지지 않아서! 그분은 『마을 아가씨』의 마음을 없앴을 텐데! 당신에게 거절당하면, 그분의 악몽은 깨어날 거라고, 그렇게 생각했는데!! ——계속 들린단 말이야! 흐느껴 울고 계셔! 그런 목소리, 이제까지 한 번도 들어본 적이 없어!"

눈물이, 내 뺨으로 뚝뚝 떨어진다.

아연실색한 내 눈앞에서, 그녀는 평범한 어린아이처럼 울고 있었다.

"괴로워하고 계셔! 아파하고 계셔! 스스로도 알지 못할 정도로 망가질 것 같아! 이대로 가다간, 그분은 영원히 구원받지 못해! 그건 아니야, 그런 건 아니야! 나는 그런 건, 바란 적 없어……!"

『사랑』과 『 』 사이에서, 계속 흔들리고, 붕괴하려 해.

이해할 수 없는 말의 나열. 다는 이해할 수 없는 그녀의 진의.

하지만 그녀 자신이 흐느껴 울면서 쏟아낸 감정에 눈길을 빼앗겼다.

"……깨달아! 깨달으란 말이야! 당신이 스스로 깨닫지 않으면 의미가 없어!"

눈물을 쏟으면서, 회른 씨가 나를 향해 울부짖는다.

"『가짜』인 내 말로 진실을 알아봤자, 아무 의미가 없어!!"

얼굴을 엉망진창으로 만든 채, 손을 내밀어달라고 호소한다.

"그러니, 제발……!"

통렬한 애원이 울려 퍼진다.

"깨달아줘…… **벨 씨**——."

그리고 그 목소리를 들은 순간.

오늘까지의 방대한 기억과 정보가, 무시무시한 기세로 재생되었다.

"————————————."

언어. 어조. 울림. 슬픔. 눈물. 마음.

유사점. 공통점. 흡사. 근사. 너무나도 많다.

눈앞에서 울고 있는 그녀. 풍요의 주점에서 일하던 그 사람. 그리고 누구라도 사랑하는 숭고한 여신.

교차될 리 없는 세 개의 점.

하지만 겹쳐져 버린 세 명의 그림자.

——여신의 수행원.

——네임리스.

——『이 아이는 그 누구도 되지 않는다』는 여신의 발언.

다른 누구도 되지 않는다—— 뒤집어 말하자면, **되어야 할 존재는 이미 정해졌다**?

그렇다면, 그것은, 설마—— **여신의 화신**?

그녀와 만나면서 품었던 『위화감』.

몇 번이나 만났던 듯한, 계속 곁에서 느꼈던 듯한, 전부터 그것을 알고 있었던 듯한.

얼굴도 목소리도 전혀 다른데도, 그녀들은 너무나 흡사했다.

마치 일렁이는 수면처럼. 파문이 퍼질 때마다 다른 얼굴을 비추는 수경처럼.

그녀는 지금, 자신을 『가짜』라고 했다.

『그때 죽였어야 했다』고도 말했다.

여신제 날, 나를 죽이려 했던 그 사람과 닮은 누군가.

그때 품었던 가정. 기억, 혹은 시야의 『공유』.

그것이 한없이 진실에 가까운 추측이라고 한다면, 그녀와 그 사람이 이어진다.

그리고,

『——아아, 좋아라.』

『——아아, 역시 좋아해.』

그 사람과 여신님이 했던 말.

틀림없이 여신님을 통해 보았던 그 사람의 미소.

나를 감싸주던 온기. 은색과 회색의 경계선.

오늘까지 계속 이상하다고 생각했던 것. 그 사람과 도시 최대 파벌의 관계성. 호위와 존칭. 유일무이. 대타 따위가 아니다.

뒤틀려버린 이 세계에서, 그 사람은 사라지고, 그 자리를 대신하듯 여신님은 내 앞에 나타났다.

설마, 설마, 설마.

황당무계하고, 뜬금없어서, 결코 도달할 리 없었던 『설마』에 손이 닿고 말았다.

『네임리스』라는 존재가 마지막 피스가 되어, 나에게 『진실』을 깨닫게 해주었다.

기억과 정보의 재생이 수렴된 순간, 나는, 입을 열고 있었다.

"당신은…… 시르 씨?"

그녀의 『진명』을 입에 담았다.

"프레이야 님도…… 시르 씨?"

그리고 그 사람의 『이름』을 겹쳤다.

"…………."

눈물을 흘리던 소녀의 얼굴이, 천천히.

아름다운, 웃음을 그렸다.

내 목에 걸려 있던 손가락이 떨어지고, 가만히, 뺨을 쓰다듬었다.

멍하니 움직이지 못하는 나를 내려다보며, 눈을 가늘게 뜨고, 회른 씨는 천천히 일어났다.

바닥에 떨어져 있던 나이프를 주워든 그녀를 따르듯, 나도 일어나고 있었다.

"……여기."

"엑…… 이, 이건, 《주신님 나이프》?!"

그녀가 내민 나이프를 보고 경악했다.

조금 전까지 회른 씨가 휘두르던 나이프는, 바로 헤스티아 님이 나를 위해 만들어주셨던 《주신님 나이프》였다. 실내가 어두웠다고는 해도 알아보지 못했던 자신이 부끄러웠다. 어쩐지 나이프도 토라진 것만 같다.

그와 동시에, 깨달았다.

주신님도, 릴리도 말했다. 헤스티아 님의 『은혜』를 받지 않은 사람은 이 나이프를 쓸 수 없다고. 그야말로 검신 그 자체가 죽어버린다고. 이 상태의 나이프로 아무리 베어봤자, 상급 모험자인 나에게는 치명상을 입힐 수 없다.

회른 씨는 나를 죽일 생각이 조금도 없었던 것이다.

"……혹시, 처음부터……."

……나를 도와줄 생각으로?

그녀는 나이프를 내밀고, 두 손을 써서, 내 손에 단단히 쥐어주었다.

그 순간 《주신님 나이프》에 새겨진 【히에로글리프】가 자남색 광채를 맺으며 되살아났다.

회른 씨는 그것을 지켜보며 조그맣게 웃었다.

"네, 당신을 죽일 마음 따위 없었고—— 처음부터 이럴 생각이었어요."

그렇게 말하며, 마치 몸을 바치듯.

나에게 쥐여준 나이프를 향해 **스스로 뛰어들었다**.

"앗?!"

칼날이 살을 꿰뚫는 감촉. 솟아나는 새빨간 온기.

눈 깜짝할 사이에 그녀의 옷이, 내 손이, 피에 물들었다.

힘을 잃고 쓰러지는 회른 씨를 얼른 안아들었다.

"무슨…… 무슨 짓을 하는 거예요?!"

바닥에 무릎을 꿇고, 가녀린 몸을 두 팔로 지탱하며 놀라 소리를 질렀다.

나는 왼쪽 가슴으로 빨려 들어가려 하는 나이프의 위치를 아슬아슬하게 틀었다. 트는 것이 고작이었다. 심장 바로 아래쪽을 꿰뚫은 칼날은 지금도 피부와 근육 안쪽에서 선혈을 만들어내며 그녀의 생명을 빼앗고 있다.

나이프를 뽑고 필사적으로 지혈하는 가운데, 축 늘어져 내 가슴에 얼굴을 기댄 회른 씨는 입술을 일그러뜨렸다.

"여신님을 생각해서…… 여신님을, 배신했어요……. 그것도, 이번이…… 벌써, 두 번째……."

그 입술에 떠오른 웃음은 빈축의 웃음이었다.

어리석은 자신에 대한, 숨김없는 경멸과 연민이었다.

"무엇보다…… 당신을, 좋아하고 말았어요……."

――누구의 감정도 아닌, 다른 이도 아닌 자신의 의지로.

크게 뜨인 내 눈에, 덧없는 참회의 웃음이 비쳤다.

"그러니, 죽음으로…… 그분께, 사죄할 뿐……."

피를 잃고 섬뜩할 정도로 얼굴을 창백하게 물들인 회른 씨를 보며 가슴을 누르는 손에 힘을 주었다.

"치료를 해야 돼요! 아직 안 늦었어요! 헤이즈 씨한테 가면——!!"

왜 이런 짓을 하는 거야. 왜 죽으려고 하는 거야!

필연적으로, 내 가슴 속에서 한번 스러졌던 용종 소녀를 떠올린 나는 이를 악물고 그녀를 옮기려 했다.

"기다, 려요……."

하지만 일어나려 하는 나를, 가슴에 매달린 가녀린 손이 제지했다.

"지금부터, 『마법』을…… 쓰겠어요. 나와, 그분이 이어지는, 『기적』을……."

"이, 이어져요……?!"

"이걸, 쓰면…… 그분께…… 모든 것이, 탄로 나게 돼요……. 당신에 대해서도, 모두 알려지게 돼요."

곤혹스러워하는 내게 회른 씨는 입술을 움직였다.

얕은 호흡으로, 괴롭게 숨을 헐떡이며, 얼마 남지 않은 힘을 쥐어짜낸다.

"그래도………… 나만이 아는, 그분의 마음을………… 당신에게……."

얼마 남지 않은—— 온몸의 마인드를 긁어모아, 그녀는 기도했다.

"……【미답의 사다리여, 금기의 문이여…… 오늘 이날, 나의 몸은 하늘의 법전을 등지노라——】."

우리를 중심으로 전개되는 매직 서클.

그 빛은 은색에는 미치지 못하는 회색.

"【공허한 영혼, 얄팍한 갈망……】."

조용한 파동. 소용돌이치는 『마력』도 미미하다.

빛의 입자가 스테인드글라스의 광채를 반사하고, 반짝이며, 하늘로 오른다.

그것은 덧없으면서도 구제를 바라는 선율처럼 들리기도 했다.

『현자』의 것과는 비교할 수도 없는 단문 영창.

하지만 그와 비슷한 『금단의 영역』을 여는, 그녀만의 【비법】.

"【나누어진 진명 아래…… 강림하라, 신들의 딸——】."

그리고 떨리는 입술에서 그 이름이 선고되었다.

"【바나 세이즈】."

매직 서클이 부서져나갔다.

그리고 산산이 깨진 빛의 파편은, 회색 속에서 보석처럼 아름다운 은색의 빛 조각으로 바뀌어, 회른 씨에게로 빨려 들어갔다.

"?!"

품에 안긴 그녀의 몸이 달의 조각과도 같이 빛나며 고열에 휩싸였다.

경악하는 내 품속에서, 너무나도 이질적인 마력의 분류와 함께 빛은 흐려져 가고, 모든 것이 가라앉은 후, 그곳에 있던 것은――

"――――……시르, 씨……?"

회색 머리의, 소녀였다.

넋 나간 목소리가 툭 떨어졌다.

그것을 받아낸 눈꺼풀의 속눈썹이 떨렸다.

회색 눈동자가, 천천히, 나를 올려다본다.

"……괴로워요."

"네……?"

"이런 마음, 알리고 싶지 않아서…… 견딜 수가 없어서…… 저는, 『시르』를 버렸을 텐데도…… 그런데도, 아직도 이렇게나 괴롭다니."

시르 씨의 목소리. 시르 씨의 눈빛. 시르 씨의 숨결.

그것은 회른 씨의 말이 아니었다.

여신과 이어졌던 회른 씨만이 아는, 틀림없는 『진정한 그녀』의 마음.

"저는 이제, 당신만 있으면 된다고 생각했는데…… 수많은 사람을, 소중한 존재를 상처 입혀서…… 얼어붙을 것 같아요. 『시르』는 전부 『거짓』이었는데, 어떻게 돼버릴 것만 같아요!"

스테인드글라스의 자청색 빛이 쏟아지는 신성한 공간.

명상의 방은 공교롭게도 『그녀』와 방문했던 대정당을 연상케 했다.

울려 퍼지는 비통한 목소리는 여신의 잔재?

버릴 작정이었지만.

없앨 작정이었지만.

그래도 『그녀』가 깨닫지 못한 곳에 남아있었던 걸까?

"내가 가장 원했던 것은…… 아니야. 내가 소원했던 것은, 『갈망했던 것』은──."

『 』을 바라는 목소리.

숨을 삼켰다.

회색 눈에서 굵은 눈물이 흘러넘쳐 뺨을 타고 떨어졌다.

"부탁이에요, 날 막아줘! 나는 더 이상 『사랑』에 미치고 싶지 않아!"

그리고.

여신님이 할 수 없었던 말을, 『그녀』가 터뜨렸다.

"구해줘요…… 벨 씨……!"

"──!!"

지탱해주던 가녀린 어깨에 손가락이 파고들었다.

심장의 고동이 타올랐다. 의지는 충동으로 바뀌었다.

감정의 격류가 가슴도 마음도 태워, 단 하나의 맹세를 이 몸에 새긴다.

"구할게요."

그러므로, 지극히 당연한 대답을 했다.

"당신을 또 상처 입히게 되더라도! 이것이 저질스러운 『아집』이었다고 해도! 당신을 구하러 가겠어요!!"

공허한 『그녀』의 마음에 온 마음을 전할 수 있도록, 큰소리로 외쳤다.

무엇을 해야 좋을지는 전혀 알 수 없다. 하지만 너무나 뻔한 일이다.

아무리 매도당하더라도, 아무리 추한 자기만족이라고 경멸을 사더라도── 진짜 바보인 벨 크라넬은, 『그녀』를 저버릴 수 없다.

자신을 지키려고, 도움을 청하는 손을 뿌리칠 수는 없어!

넘쳐난 눈물이 피투성이 옷을 적셨다. 고함을 질러 대답한 나를 바라보던 『그녀』는, 조용히 눈을 감기 직전…… 아주 살짝, 웃은 것만 같았다.

마치 울다 지친 아이처럼, 『그녀』는 깊은 잠에 빠졌다.

"……! 상처가……?"

눈을 감고 잠든 『그녀』── 아니, 회른 씨의 가슴에 났던 상처는 사라지고 없었다.

『마법』의 부산물일까?

상처가 아물었어?

아니, 『신의 아가씨』의 육체로 바뀐 걸까?

원리는 알 수 없다. 하지만 그녀가 목숨을 건진 것은 틀림없다.

그래도 섣부른 예측은 금물이다.

지금도 지속되는 【유일한 비법】이 풀려버렸을 때, 회른 씨는 다시 치명상을 입고 금세 숨을 거둘 것이다.

"그렇게는 안 돼……!"

그녀를 안은 채 일어났다.

아무도 잃고 싶지 않다. 잃게 놔두지 않는다.

허무맹랑한 큰소리든 공상이든 몽상이든, 꼴사납고 몰염치하고 아무리 우둔하더라도—— 말하겠어. 말할 거야, 말해!!

모두를 구하고 말겠노라고!!

"당신들을, 구하겠어!"

그녀의 몸을 안은 채 나는 달려나갔다.

명상실을 뛰쳐나가, 저택 안쪽으로.

한 여신이 기다리는 최상층으로, 돌진했다.

그가 온다.

소년이, 이곳으로 찾아온다.

『마법』을 해방한 회른과 오감을 공유해 그 광경을 느낀 프레이야는—— 또렷이 낯을 찡그렸다.

"오탈."

"예."

"회른을 구해. 이대로 천계로 돌아가 내 앞에서 사라지다니, 그런 건 용납하지 않겠어."

의자에 앉은 채, 대기 중이던 종자에게 명했다.

"응, 절대 용납하지 않을 거야. 이런 짓을 하다니…… 반드시 내 손으로 벌을 줘야지. 그러니까 꼭 구해."

"하오나 프레이야 님을 호위할 사람이……."

"상관없어. 다른 아이들도 필요 없어. 모두 물러나게 하고, 너도 가."

"……예."

단언하는 왕의 명령에 오탈은 방을 나갔다.

이어지는 것은 호위도 시종도 방에서 멀어져가는 기척.

이제 아무 소리도 들리지 않는 신실에는 오직 한 명의 신뿐.

자신만이 남은 이곳으로, 그가 온다.

"벨……."

달린다, 달린다, 달린다.

눈을 감은 채, 축 늘어뜨린 팔을 흔드는 그녀의 몸을 안은 채, 질주한다.

등과 어깨로 느껴지는 것은 여전히 저택 동쪽에서 펼쳐

지고 있는 격렬한 전투의 음색과 포효. 명상실이 있던 저택 서쪽의 상층에서 뻗어 나온 구름다리를 이용해, 안뜰을 우회하듯 북쪽 별관으로 달려간다.

아무와도 맞닥뜨리지 않았다. 부자연스럽다. 알고 있다.

의도적으로 사람을 내보낸 것이다. 역시 내 움직임은 고스란히 드러난 상태. 유인되고 있다.

그래도 멈추지 않는다.

공포도 불안도 지금만은 깡그리 내팽개친 채, 앞으로 나아간다.

"!"

목적지까지 얼마 남지 않은 곳.

이제까지 매일 드나들었던, 최상층으로 이어지는 계단을 뛰어 올라가던 그때.

그 사람이 앞을 가로막듯 서 있었다.

무시무시한 거구, 녹슨 색의 머리카락을 가진 보어즈 무인.

"그 아이를 내놔라."

"큭……!"

일격으로 나를 제지했던 도시 최강의 모험자 오탈 씨는 나를 내려다보며 말했다.

압도적인 강자의 위압감에 숨을 멈추면서도 회른 씨를 품에 안고 보호하려 하자,

"죽이지는 않는다. 여신의 뜻이다."

"네……?"

"그 아이는 살릴 것이다."

말수가 적은 무인의 말.

하지만 누구보다도 무인이기에, 그 말은 믿을 수 있을 것 같았다.

거짓 없는 녹슨 색깔의 눈동자와 시선을 얽고, 입을 꾹 다문 후, 결심했다. 이 『마법』의 성질도 모르고 치유마법도 쓰지 못하는 나는 아무리 발버둥을 쳐도 회른 씨의 부상을 고쳐줄 수 없다. 오탈 씨를 믿고, 다가가, 맡겼다.

굵은 통나무 같은 두 팔이 소녀를 가볍게 안아든다.

"가라. 여신은 이 앞에서 기다리신다."

오탈 씨는 짧게 말했다.

옆을 지나쳐 계단을 내려가는 등을 바라보다, 앞을 향했다.

남은 계단을 오른다. 이제는 뛰지 않고, 한층 각오를 단단히 하듯 한 단 한 단을 밟으면서.

갑자기.

영웅담이── 『물과 빛의 플루란드』가 떠올랐다.

정령은 진짜 이름을 숨긴 채 죽고.

성녀는 탄식과 후회에 잠기고.

기사는 자신의 죄악에 괴로워했다.

그러면 지금은?

대체 누가 기사고, 누가 정령이고, 누가 성녀지?

마음을 이루지 못했던 것은 누구?

『사랑』을 손에 넣었던 것은?

『　』을 이루지 못했던 것은?
사실은 누가 제일 불쌍했을까.
나는 기사가 아니다.
하지만 『성녀』에게—— 『마녀』에게 고하러 간다.
지금, 이 가슴에 담긴 마음을.
"——왔구나, 벨."
최상층.
쌍여닫이문을 열고, 신실에 도달한 나를, 그녀는 홀로 기다리고 있었다.
넓은 방의 한복판에서, 몇 번이고 둘이서 이야기를 나누었던 카우치도, 외다리 테이블도 치워버린 채, 앉지도 않고 그저 선 채로.
"무슨 볼일로, 라고 물으면 너무 뻔뻔하겠지."
그 어조도, 몸에 두른 공기마저도 어제까지의 그녀와는 완전히 달랐다.
온기를 내려주던 자애의 여신으로서가 아니라 얼어붙은 여왕으로서 나를 노려본다.
"진실을 깨닫지 못하고 나를 받아들였더라면…… 늘 곁에서 안고 『사랑』으로 채워주었을 텐데. ……회른도 쓸데없는 짓을 했지."
은색 눈빛은 맑으면서도 싸늘하고 지엄했다.
지금의 그녀는 좋아하는 장난감을 잃어버린 아이 같기도 했으며 오만한 폭군 같기도 했다. 그러면서도 여전히 초연함과 신성으로 넘쳐났다.

정과 부의 양면성.

잔혹하고도 분방한, 절대자가 되기에 충분한 『미의 여신』.

기억 속에 있는 주점의 『그녀』와는 조금도 닮지 않은, 초월존재 데우스데아의 모습—— 하지만 나는 주눅 들지 않고 입을 열었다.

"당신이 시르 씨였군요."

그 말에 그녀는 눈썹 하나 까딱하지 않고 대답했다.

"그래. 주점에서 너희와 놀았던 건, 실제로 나."

그뿐이 아니라, 시시하다는 듯이 대답했다.

"하지만 넌 착각하고 있어. 시르라는 아이는 원래부터 없었으니까."

"……."

"같은 이름의 아이는 있었지만…… 『시르』라는 진명은 내가 받았어. 너희가 보던 건 나의 연기이자 허상."

그녀가 들려주는 고백은 충격적이어야 할 텐데, 스스로도 이상하게 여겨질 만큼 마음이 고요했다.

"무슨 뜻인가요?"

"말 그대로야. 나는 롤플레잉…… 단순히 게임을 하고 있었어. 신위를 없애고, 『마을 아가씨』의 얼굴을 써서, 지루함을 달래기 위해 아이인 척을 했지."

"롤플레잉……?"

"응. 그곳에서 류나 다른 아이들도, 그리고 너도 만났지.

모두 놀이의 연장이야."

싸늘하게 식은 눈빛으로, 하잘것없는 내용을 입에 담듯 그녀는 눈을 가늘게 떴다.

"모두 내가 만들어낸, 단순한 『게임말』. 시르 같은 건 처음부터 없었어. 그저 나의 변덕이었어."

그러니 시르를 구하겠다니, 그런 각오는 처음부터 뜬금없는 것이라고.

그렇게 행간으로 말하는 그녀를 향해, 그래도 나는 그 이름을 불렀다.

"시르 씨."

"……그 이름으로 부르지 마."

"싫어요."

"웃……."

"시르 씨."

내가 그녀의 이름을 부를 때마다, 가증스럽다는 듯 여신의 얼굴이 일그러졌다.

지금은 은색으로 물든 눈동자를 바라보며 물었다.

"그러면 어째서 그때, 울고 있었나요?"

풍요의 연회 당일.

당장이라도 울음을 터뜨릴 것 같은 회색 하늘 아래에서, 나는 그녀를 상처 입히고, 그녀는 눈물을 흘렸다.

그녀의 눈이 크게 뜨였다.

"어째서 오늘까지, 저를 계속 도와주었나요?"

비웃음을 당하고 주점에서 뛰쳐나갔을 때. 동경이 있는 까마득한 경지에 좌절했을 때. 『제노스』를 둘러싼 소동에서 아무것도 못 하고 온몸이 얼어붙었을 때. 그녀는 언제나 내 앞에 나타나, 때로는 웃음을, 때로는 도피처를, 때로는 온기를 주었다.

그리고 언제나 내게 도시락을 준비해, 건네주었다.

수많은 『어째서』를, 짧은 말 속에 담았다.

"……시르의 모습으로 도와주었던 건, 너를 성장시키기 위해서. 나는 네 『영혼』을 보고 첫눈에 반했으니까. 그 투명한 광채를 길러내고, 몸도 마음도 내 취향대로 성장시킨 후, 수확할 생각이었어."

"……."

"그리므와르도, 워 게임에서 주었던 아뮬렛도, 그 이외의 모든 것도…… 너를 길러내고, 지키기 위해."

그녀의 말에 틀린 부분은 없다.

그녀가 베풀어준 온갖 조력 덕에, 나는 수많은 싸움을 이겨내고, 제2급 모험자로서 지금 이 자리에 서 있다.

틀리진 않다. 하지만 사실도 아니다.

"네가 봤다는 눈물은…… 『마을 아가씨』라는 롤에 따른 것뿐. 시르라면 그때 울었을 테니까. 그러니까 나는 게임에 따랐을 뿐."

나는 지체 없이 대답했다.

"거짓말."

"!"

"그때, 당신은 상처를 입었어요. 내가 얼어붙어 버릴 만큼, 그 눈물은 진짜였어요."

부정한다.

아무리 괴로워도, 아무리 그녀와 내 가슴을 도려내더라도, 그 눈물을 거짓으로 만들지 않기 위해『시르 플로버』라는 여자아이를 긍정했다.

연기도 허상도, 아무것도 아니다.

"시르 씨는, 거기 있었어요."

커다란 창 너머에서 엷은 구름이 흔들린다.

신실에 스며드는 달빛이 조용히 귀를 기울이고 있었다.

강한 단언의 목소리가 울려 퍼진 후, 청백색으로 물든 방에는 침묵이 찾아오고, 그녀의 얼굴은 더더욱 일그러지기만 했다.

그리고 눈을 돌리지 않은 채, 결코 표정을 바꾸지 않는 나에게 짜증을 내고 화를 내듯.

그녀는 품에서 어떤 물건을 꺼냈다.

"……! 그 머리 장식은……!"

한 쌍을 이루는 액세서리. 내가 가진『기사』의 반대편이 아닌『정령』의 것.

내가 시르 씨에게 선물한 것.

"시르가 네게 받은 첫 선물…… 기뻤어."

푸른 장식이 뿌려진 은세공품에 내 시선이 빨려 들어간다.

그녀는 미소를 지었다.

그대로 자신의 머리에 가져다 대려는 듯, 오른손에 든 머리 장식을 들어 올리더니,

"하지만 이젠 필요 없어."

내팽개쳤다.

눈을 크게 뜬 내 앞에서, 있는 힘껏 바닥에 집어던져, 무수한 파편으로 바꾸었다.

귀를 찢을 듯이 부서져 나가는 소리는 마치 소녀의 비명 같았다.

시간의 흐름이 느려지는 가운데, 산산조각이 난 푸른 파편은 무참히도 바닥에 퍼져나가며 말을 앗아갔다.

"놀이는 끝. 네 헛소리에 어울려줄 의미는 없어."

발밑에 널브러진 파편 중 하나를.

그녀는 아무 미련도 없이, 콰직, 소리와 함께.

"이제 시르는 없어. 시르는, 죽었어."

한쪽 발을 살짝 들어, 짓밟았다.

짓밟힌 머리 장식의 파편이 시간을 얼어붙게 하고, 시르 씨의 추억을 환영처럼 보여주는 가운데—— 순식간에 머리에 왈칵 피가 쏠렸다.

의미심장하게 웃는 신의 눈이 나의 속마음을 꿰뚫어 보고, 가슴속을 헤집으며, 감정을 가지고 논다.

너무나도 간단하게, 잔잔하던 마음에 불이 붙었다.

여신의 술수. 마녀의 손바닥 위.

상관할까 보냐.

나는 조용하던 태도를 내팽개치고 고함을 질렀다.

"아니야! 시르 씨는 살아있어! 시르 씨는 당신이에요! 당신이 나한테 도와달라고, 그렇게 말하고 있어요!"

"그건 회른의 감정이 혼선된 결과야. 『변신 마법』으로 이어지면서 내 신의에 아이의 선망이라는 불순물이 섞였을 뿐. 나는 도와달라고 생각한 적도 없고, 말한 적도 없어."

『변신 마법』의 효과로 오감을 공유해 자초지종을 아는 그녀는 확고히 대답했다.

우위에 서 있다고 확신하는 요염한 웃음. 격앙한 어리석은 아이를 놀리듯 눈을 가늘게 뜬다.

"게다가 『도와준다』니…… 어느 입으로 하는 소리야? 따지고 보면 시르를 거부했던 건 너였잖아."

입술이 조소를 머금는다.

그것은 무엇보다도 확고한 핵심. 벨 크라넬이라는 남자가 저지른 오만한 사실.

그녀의 정론에 대한 나의 행동은── **전력으로 긍정하는 것이었다.**

"맞아요!! 내가 거부했어요!!"

"!"

경악으로 크게 뜨인 은색 두 눈에도 아랑곳하지 않고 걸음을 내디뎠다.

부서진 머리 장식은 주위에 파편을 흩뿌린 채 『하나의

길』을 만들고 있었다.

추억의 파편을 밟지 않는 외길, 직선의 궤적.

그 길을 큰 걸음으로 다가가, 아연실색하는 그녀의 눈앞에 섰다.

"당신의 고백을! 당신의 마음을! 다른 누구도 아닌 내가 당신을 상처 입혔어요!!"

언젠가 그랬듯, 움직이면 간단히 입술이 닿아버릴 것처럼 밀착된 거리에서, 이 마음을 쏟아냈다.

"내가 당신을 그렇게 만들었어요! 그러니까 내가 막겠어요!"

"크……?!"

"그러니까, 내가 당신을 구하겠어요! 이 역할은 다른 누구에게도 넘겨주지 않아!!"

가슴에 켜진 것은 의지였다. 어린아이의 오기나 다를 바 없는 맹세였다.

그녀가 흘렸던 눈물에 응할 수는 없다. 하지만 그녀가 누군가를 상처 입히고, 자신까지도 상처 입히는 행위로부터 지켜줄 수는 있다.

내가 원인? 그래, 맞아! 내가 일으켰고, 그녀를 괴롭게 만들고 있어!

그런 저질스러운 나는 아무것도 할 자격이 없다고? 웃기지 마!

아무리 남에게 경멸을 사더라도, 자기혐오에 빠지더라

도, 아무것도 하지 않은 채 손가락만 물고 있는 게 더 꼴사납고 무의미하다는 건 너무나 당연해!

대가도 속죄도 뭣도 아니야!!

그녀와 함께 상처 입는 건, 그녀의 마음을 거부한 나란 말이야!!

"……네가 무슨 말을 하는지 알고는 있니? 한번 거부했던 여자를, 자기 손으로 일방적으로 구하겠다고? 사랑도 주지 않고, 아무것도 돌려주지 못하는 주제에?"

아연실색해 서 있던 그녀가 다음에 떠올린 표정은 뚜렷한 혐오였다.

코웃음을 치며, 모멸을 담아 비웃는다.

"정말 추한 『아집』이구나. 신들 중에도 너 같은 남자는 없었어. 넌 정말로 터무니없는 『위선자』야."

"그렇다면 당신이 했던 일도 마찬가지죠!"

"뭐……!"

"나를 자기 것으로 만들기 위해 오라리오를, 모두를 말려들게 해 뒤틀어버렸죠! 이렇게 추악한 『아집』이 어디 있어요!"

조소에 가슴을 뚫려 피가 흐르든 말든, 뻔뻔할 정도로 정색하며 거울을 들이대 그녀에게도 출혈을 강요했다.

이제는 알고 있다. 그녀는 독점욕을 쏟아내고, 나는 궤변을 토한다. 우리가 들이대고 있는 것은 모두 추하고도 지독한 아집이다.

던져진 주사위는 이미 박살이 나버렸다. 아무리 『사랑』을 추구하고 『 』을 갈망한들, 아집과 아집을 맞부딪쳐 서로 상처를 입히고, 피와 눈물을 흘릴 수밖에 없다.

이제 우리는 돌이킬 수 없는 지경에 있다.

나의 눈과 그녀의 은색 눈이 서로를 노려본다.

"……네가 아무리 소리를 질러봤자, 내가 게임을 하고 있었다는 사실은 변하지 않아. 시르는 나의 『거짓말』——."

"그렇게 열렬한 고백을 해놓고 『거짓말』이라니, 그걸 누가 믿으라고요!"

"뭣."

반쯤 충동에 사로잡힌 채 되받아치자, 은색 눈동자가 처음으로 수치심에 흔들렸다.

"아무리 놀이였다고 우겨봤자 시르 씨를 없었던 존재로 만들게 놔둘 수는 없어요! 당신의 자존심 따위 알 게 뭐야!"

나는 그날을 잊지 못한다.

그때 본 그녀의 눈물도, 나 자신의 갈등과 후회도 평생 잊을 수 없다.

우리가 아무리 바라더라도, 아무리 원점으로 돌아가길 원하더라도 그날 있었던 일은 결코 지워지지 않으니까!

"그건 절대 『거짓말』이 아닌 『사실』이었어요! 그건 누구도 부정할 수 없어! 당신 자신이라 해도요!!"

계속해서 소리를 지르는 나에게, 그녀의 백옥 같은 피부가, 빨이, 한순간 붉어졌다.

그런가 싶었더니 그녀는 절세의 미모를 일그러뜨리고, 마침내 참을 수 없다는 듯, 한쪽 팔로 나를 퍽 밀쳐냈다.

나는 비틀거리지도 않고 몇 걸음 후퇴해, 의연히 그녀를 바라보았다.

"……불쾌해. 응, 너무너무 불쾌해. 이런 기분은 처음이야."

웃음을 지운 얼굴로 고하는, 조용한 분노가 담긴 말.

여신의 노기가, 신위가, 피부를 찌릿찌릿 흔들었다.

나는 지금, 분명 터무니없는 짓을 하고 있다.

신들도 두려워하는 『미의 신』에게 대들고 큰소리를 치는 짓을. 헤르메스 님이 봤다면 분명 졸도하겠지.

그래도 나의 등에 깃든 성화는, 가슴에 담긴 마음은 결코 굴하지 않았다.

"나를 막겠다고, 구하겠다고…… 아주 시건방진 소리를 하는데, 그래서 뭘 어떻게 하려고?"

"……."

"너도 눈치챘겠지만, 맞아. 나의 『매료』는 벨 너한테는 통하지 않아. 그래도 오라리오는 아직까지 뒤틀려 있지. 내가 호령하면 즉시 온 도시의 모든 존재가 네 적이 될 거야. 【헤스티아 파밀리아】도…… 【검희】도."

마음만이 앞선 나에게, 그녀는 현실을 들이댔다.

아무리 평정을 호소해도 심장은 크게 날뛴다. 그런 고동의 움직임조차 간파한 것처럼 그녀는 눈을 날카롭게 치켜뜨고 엄연한 사실을 들이댄다.

"내가 수단을 가리지 않으면 네 마음은 꺾일 수밖에 없어."

오라리오 전역의 생살여탈권을 쥔 그녀의 말에 과장은 없다.

숨길 수 없는 한 줄기 식은땀이 목 뒤를 타고 흘러내렸다.

"네가 날 구할 방법 따윈──"

그녀가 그렇게 말한 바로 그때였다.

『이변』이 일어난 것은.

제일 먼저 느낀 것은, 나.

"──뜨거워?!"

등이, **타올랐다**.

미의 신이 갱신해주었던 【스테이터스】── 거짓된 『은혜』의 가죽을 태워버리듯, 성화의 『은혜』가 포효를 올리고 있었다.

"────."

그 직후, 프레이야 님은 숨을 멈추고 눈빛을 바꾸었다.

몸을 튕기듯 돌아본 곳은, 창밖.

『등불』로 가득 찬 오라리오의 야경이었다.

"설마…… 헤스티아?"

어느샌가, 헤아릴 수도 없는 『화로의 불꽃』이 온 도시에서 일렁이고 있었다.

"윽……?!"

『이변』은 도시 곳곳에서 시작되고 있었다.

길드 본부 지하, 『기도의 방』.

석조 제단 앞에서 펠즈가 무릎을 꿇은 채 바닥에 한 손을 짚었다.

"몸이 뜨거워……?! 불꽃 따위 없는데도, 불타고 있는 것만 같아……!"

반대쪽 손으로 머리를 붙들며, 불에 달궈지듯 목소리를 떨고 있었다.

그런 메이거스의 모습에, 눈을 감고 있던 우라노스가 조용히 말했다.

"『성화의 권능』이 움직였다."

"성화……? 그게 무슨 소리야?!"

직감적으로 위험성을 깨달았는지, 흑의의 후드 안에서 은색 빛이 스파크처럼 번뜩였다.

프레이야가 규정한 규칙 중 하나. 『상자 정원을 파괴하는 언동』에 대한 저촉. 『매료』의 노예가 된 펠즈는 오른손을 들어 신좌를 향해 매직 아이템인 장갑을 겨누었다. 그러나.

"소용없다, 펠즈. 이미 늦었다. 아무리 너희가 『매료』의 꼭두각시로 전락한들 번져버린 불길을 막을 수는 없다."

우라노스는 흔들리지 않았다.

세계를 내려다보는 천공과도 같이, 유유히 『트릭』을 밝히기 시작했다.

“『매료』된 자가 일정한 언동이나 조짐에 반응하여 위험 요소를 배제한다면…… 우리만이 알 수 있는 의도를 포함하면 그만이지.”

“뭐야……?!”

“아이들은 고사하고, 천계에서도 동향의 존재가 아니면 모를, 아주 소소한 『암호』를.”

헤스티아가 이 제단을 찾아왔을 때, 이미 『준비』는 끝난 상태였다.

펠즈가 귀를 기울이는 동안, 두 신은 서로에게 제시하고 있었다.

그러므로 우라노스는 말했던 것이다. 『지금 네가 할 수 있는 일은 없다』고.

지금은 아직 네가 할 수 있는 일은 없다, 그때가 오기를 기다려라, 라고.

“사전의 대화로 헤르메스가 헤스티아에게 메시지를 전했다는 사실은 알고 있었다. 수단이 한정된 이상 도박이기는 했다만…… 나는 『장작』을 헤르메스 파벌에게 맡겼지.”

“『장작』……?! 장작이 어쨌다는 거야?!”

길드가 준비하고 【헤르메스 파밀리아】에게 맡겼던 것은 평범한 장작이다. 그 자체에 특별한 힘은 없다. 규칙에 속박된 펠즈도 경계하지는 않았다.

우라노스는, 아니, 헤스티아는 여기서부터 『준비』를 시작했던 것이다.

모든 것은 헤르메스가 차린 밥상 위에서, 여신이 용단을 내려, 노신의 신의를 올바르게 해석해, 포기하지 않은 채 움직였던 결과.

"도시 곳곳에 퍼진 장작에는── 헤스티아의 『신혈』이 묻어있다."

"진짜로…… 위험한 줄타기였지이……."

눈이 쏟아져도 이상하지 않을 정도로 차디찬 하늘 아래, 벽에 기대선 헤르메스가 힘없이 중얼거렸다.

그의 시야 구석에서 구석까지, 가로 곳곳에는 머리를 붙들고 주저앉은 오라리오의 주민들로 넘쳐났다.

신들도 모험자도 예외가 아니다. 지금의 헤르메스와 마찬가지로 벽에 몸을 기대거나 손을 짚은 채 두통을 호소하는 듯한 얼굴을 하고 있다.

그리고 길 양옆에 이어진 집들의 창문에서는 『화로』의 불빛이 새어 나오고 있었다.

"마음을 비우고 『화덕 만들기』…… 내가 한 것 치고는 꽤 열심히 한 편이지……?"

헤르메스가 헤스티아에게 받았던 편지는 둘.

한 장은 『오라리오를 【화덕】으로 바꿔라』라는, 스스로가 쓴 메모.

또 한 장의 종이에 적힌 것은, 『헤스티아의 신혈을 보관한 장소』였다.

감시 때문에 꼼짝하지 못하는 헤스티아를 대신해, 그녀의 피를 매직 아이템 용기에 담은 아스피가 『투명』해진 채 옮겼던 것이리라. 헤르메스가 애용하고 일상적으로 찾아가는 변두리의 지하 주조소, 그 안쪽의 테이블 밑에 고정되어 있었다.

아스피의 매직 아이템은 같은 【파밀리아】의 구성원들이라면 잘 안다. 장작이 보관된 홈에 『투명 상태』로 침입하면 감지당할 가능성이 매우 높다. 『매료』된 단원들이 신고하면 그 순간 끝장이다. 그러므로 최후의 마무리를 헤르메스가 맡았다.

회수한 헤스티아의 신혈을, 길드에서 운반하는 모든 장작에 한 방울씩 떨어뜨렸던 것이다.

"『위화감』은 들더라도, **나는 상황을 하나도 모르지**……. 아스피의 필적에 따라 움직여봤자 『상자 정원』이 부서질 거라고는 애초에 의심도 하지 않아……! 오인도 리셋도, 일어날 리가 없지……!"

낯을 찡그리고 비지땀을 흘리면서도 헤르메스는 입가에 웃음을 머금었다.

그는 『위화감』을 『의심』으로 승화시키지 않도록 필사적으로 생각을 억제하고 있다.

이 시점에서 기억의 리셋이 일어나지 않는 것은 이미 확인한바.

그렇기에 이 『상자 정원』의 규칙과 『흑막』의 존재를 파악하지 못한 ——파악하지 않으려고 하는—— 이상, 『화덕 만들기』라는 행위가 『상자 정원의 붕괴』에 원인을 제공하리라고는 인지할 수 없다.

비유를 해보자.

『마왕』을 멸할 『불꽃의 검』이 있다고 가정한다.

하지만 『마왕』의 약점은 고사하고 존재 그 자체가 알려지지 않았다면, 『불꽃의 검을 준비해라』라고 말해봤자 다들 『왜?』라고 고개를 갸웃거릴 뿐이다. 전후 관계를 이해하지 못한다면 『마왕을 멸한다』와 『불꽃의 검을 준비한다』는 결코 직결되지 않는다.

헤르메스는 자신이 품은 『위화감』을 깊이 캐려 하지 않고 『외부에서의 방침』에 묵묵히 따랐다. 신혈을 뿌린 장작을 권속들에게 운반시키고, 배급하자마자 불을 붙여주도록 명령했다. 모두 수기로 작성한 아스피의 전갈에 따른 것이다.

장작 배급은 길드의 시책이며 연례행사다. 일상에서 일탈하지 않은 광경은 『매료』의 영향에 놓인 오라리오 주민들도 막을 수 없고, 위화감조차 느낄 수 없다.

"뭐, 꼴사납게 체크메이트 당한 후에도…… 할 수 있는 일은 있다 이거야……."

시야 끄트머리에서는 장작 배급을 마친 루루네와 팔거가, 권속들이 고통스러워하며 주저앉아 있었다.

모르는 사이에 권속들에게 『잔꾀』의 일부를 짊어지게 한 데에 미안함을 느끼면서도, 게임판 밖에서 발버둥을 쳐왔던 헤르메스는 비지땀에 젖은 회심의 미소를 지었다.

“프레이야가 오라리오의 주민을 완전한 노예로 만들었더라면 우리도 속수무책이었다.”

지하 제단에서 우라노스의 목소리가 울려 퍼졌다.

사람도 모험자도 신도, 명령을 듣기만 하는 충실한 인형으로 삼았더라면 프레이야의 승리는 확실했을 것이다.

헤르메스는 『위화감』을 가지기는커녕 생각조차 못 하는 여왕의 수족이 되고, 고립된 헤스티아는 꼼짝달싹 못 하고, 아스피 또한 머잖아 체포되었을 것이다.

“하지만 프레이야는 그러지 않았다. 정확하게는, 그럴 수 없었다. 오라리오는 『영웅의 도시』. 그 의미를 없애는 것은 하계의 멸망이나 다를 바 없으므로.”

【프레이야 파밀리아】 이외의 모험자를 단순한 인형으로 만들어놓고도 3대 퀘스트──『흑룡』의 토벌이 가능할까?

명령에 따르기만 하는 노예를 사역해 던전을 공략하는 것이 가능할까?

대답은, 『불가능』.

모든 존재를 꼭두각시로 만들고 세상을 완전한 『상자 정원』으로 바꾼다 한들 신들이 원하는 『영웅』은 태어나지 않는다. 프레이야도 그 사실을 안다.

그녀 또한 『사신』은 아니며 하계를 사랑하는 자의 일원.

세상의 멸망을 회피하기 위해, 그녀는 세계를 완전히 뒤틀어버릴 수는 없었다는 뜻이다.

"그리고 하계가 멸망한다는 것은…… 손에 넣은 벨 크라넬 또한 잃어버린다는 뜻. 오히려 그 소년을 『영웅』으로 추대하고 싶었던 프레이야는 『영웅의 도시』의 기능을 유지할 필요가 있었다."

그 결과가 현재.

제약을 만들면서도 자유롭게 사람들이 살아가는, 현재의 왜곡된 오라리오다.

그리고 그 『왜곡』이야말로 우라노스와 헤르메스, 헤스티아가 파고들 수 있는 유일한 돌파구였다.

"뭐야, 무슨 소릴 하는 거야, 우라노스?!"

제단 밑에서 펠즈가 갈팡질팡했다. 『매료』의 힘도 주체할 수 없었다.

800년을 살며 지혜를 얻은 전 현자도 미처 알 수 없는 『미지』 앞에서는 무력했다. 우라노스의 발언도 신의도 지금은 이해할 수 없다.

들어 올린 팔은 마치 주박과 영혼이 맞버티는 것처럼 뿌득뿌득 소리를 내며 떨렸다.

"대체 지금 뭘 하려는 거야?!"

그 물음에 노신은 엄숙히 말했다.

"이제부터 시작될 것은, 어떤 여신이 천계에 보유한 『신전』의 재현. 오라리오를 뒤덮을 정도로 신위를 높여 파사(破邪)를 이룰 것이다."

"……?!"

"그녀의 이름은 헤스티아. 권능은 『유구한 성화』이자 『수호의 불』──."

──그리고 불꽃을 숭상하는 『제단』의 신.

감겨만 있었던 노신의 눈이 천천히 뜨였다.

"오라리오를 『화덕』으로── 그녀의 『제단』으로 바꾼다."

여신과 약속했던 『침묵』의 끝.

창공을 방불케 하는 신의 눈을 드러내고, 입가를 틀어올려 웃음을 짓는다.

"너의 『생떼』에 어울려주는 것도 끝났다, 프레이야."

아무것도 모르는, 어떤 수도 쓸 수 없는 흑의의 메이거스는 그저 아연실색했다.

그저 멍하니 신을 우러러본 채, 800년 어치의 만감을 담아 중얼거렸다.

"네가 웃는 얼굴…… 처음 봤어, 우라노스."

"~~추우우우우우우워~~어어어어어어어어어어어어어?!"

하늘이었다.

고도 약 3K.

지상으로부터 아득히 떨어진 상공에서, 헤스티아는 휘몰아치는 바람에 시달리고 있었다.

"얌전히 계십시오, 신 헤스티아?! 저도 이런 고도에서 날아본 경험은 손으로 꼽을 정도밖에 없습니다!"

"그런 소릴 해도 추운 건 춥단 말이다 아스피 군?! 이제 슬슬 겨울인데, 다들 난로를 쓸 계절인데! 봐라, 이도 따닥따닥 울고 있지 않으냐! 보라고, 봐—!"

"그러니까 왜 그렇게 평소에 입는 얇은 옷을 입고 오셨습니까앗?!"

"이건 정말 뜬금없는 소리지만 말야—! 나랑 네가 콤비를 짜다니 참 신기하지—!"

"정말 뜬금없는 소리네요?!"

꽥꽥 왁왁 소란을 떨며, 헤스티아를 안은 아스피는 강하를 시작한다.

두 사람이 구름마저 코앞에서 바라볼 수 있는 상공을 날아온 데에는 이유가 있다.

하나는 만전을 기하기 위해.

감시 대상인 헤스티아가 어느샌가 사라진 바람에 【프레이야 파밀리아】는 지금쯤 발칵 뒤집혔을 것이다.

하늘로 도망쳤다고 간파는 할 수 없더라도 【랭크 업】한 상급 모험자의 시력은 위협적이다. 『하데스 헤드』의 효과는 『투구를 쓴 대상과 대상의 장비 투명화』이기 때문에, 자기가 쓸 매직 아이템밖에 없는 아스피는 헤스티아까지 『투명 상태』로 만들 수는 없다.

따라서 상급 모험자의 시력으로도 포착할 수 없을 만한 고도에서, 구름까지 이용해 모습을 숨기고 있었다.

덕분에 공기는 희박하지 바람은 쌩쌩 불지 헤스티아의 트윈테일은 철썩철썩 아스피의 안경을 타격하지, 두 사람의 텐션도 이상해질 수밖에 없었다.

그리고 두 번째 이유는,

"신 헤스티아, 『바벨』에 착지하겠습니다!"

우뚝 솟은 『신의 탑』 꼭대기에 내려서기 위해.

비행 신발 『탈라리아』에 달린 한 쌍의 날개를 크게 펼쳐, 아스피는 선언한 대로 『바벨』의 옥상에 착지했다.

부유감과도 비슷한 기묘한 감각에 이어, 그녀에게 매달려 있던 헤스티아가 꼭 감았던 두 눈을 뜨자…… 시야를 가리는 것이 하나도 없는 가을 밤하늘이 가득 펼쳐져 있었다.

『바벨』의 옥상에는 장식이라곤 조금도 보이지 않았다.

커다란 타일이 가득 깔리기는 했으나 낙하방지용 방책조차 없다.

애초에 이곳에 사람이 올라올 것을 상정하지도 않았기 때문이다.

있는 것이라고는 손을 뻗으면 별을 잡을 수 있을 것 같은 하늘과 차디찬 바람뿐이다.

"아~~ 스스로 제안해놓고 이런 말은 그렇지만, 도착해서 다행이야~."

“【프레이야 파밀리아】도…… 보아하니 눈치채지 못한 듯 합니다.”

지금도 두 팔을 문질러대는 헤스티아를 옆구리에 끼고, 아스피는 옥상의 유일한 출입구인 계단을 보았다.

『바벨』 최상층의 방은 현재 프레이야의 것이며 【프레이야 파밀리아】가 상주한다. 탑을 올라 위로 가려 하면 반드시 들킬 테니, 헤스티아는 아스피만이 선택할 수 있는 하늘의 루트를 제안했던 것이다.

아스피에게서 내려온 헤스티아는 주위를 한 바퀴 둘러보았다.

“아름답구나…… 라고 말할 시간도 없겠지.”

탑 주위에는 아름다운 오라리오의 야경이 펼쳐져 있었다.

오라리오에서도 가장 높은 장소에서 내려다보는 그 광경은 도시에서 가장 사치스러운 경치라 해도 과언이 아니다. 보석상자를 뒤집어놓은 것처럼 마석등 불빛이 범람하는 가운데, 집집마다 켜놓은 난로의 빛을 바라보는 헤스티아는 눈을 가늘게 뜨고 머리 장식을 풀기 시작했다.

“신 헤스티아. 여기까지 오고 이런 말씀을 드리기는 뭣하지만…… 저는 아직까지도, 지금 무엇을 하는지를 잘 모르겠습니다…….”

여신의 말을 믿고 『바벨』 꼭대기까지 온 아스피가 조심스레 물었다.

정말로 헤르메스와 동료들의 주박은 풀릴지, 오라리오

는 어떻게 될지, 그녀의 음성은 불안을 감추지 못했다.

"음—…… 내가 관장하는 사물은, 간단히 말하자면 『불꽃』인데…… 뭐, 시시하지."

"예?"

"헤파이스토스 같은 『대장장이의 불꽃』하고도 다른, 『화덕의 불꽃』이랄까…… 아무튼 타케의 무술이라든가, 소마의 『술』, 그야말로 프레이야의 『미』처럼, 이 하계에서 할 수 있는 일이 많지는 않다."

조금 이해하기 힘든 예시를 들자 아스피의 얼굴은 당혹감에 물들었다.

벨이 입단할 때까지 【파밀리아】의 단원을 모으지 못했던 부차적인 이유를 행간으로 언급하며, 여신은 풀어버린 긴 흑발을 허리까지 늘어뜨렸다.

"하지만 이렇게 『제단』이 마련되면 할 수 있는 일도 있거든."

그때였다.

헤스티아가 조용히 오른팔을 가슴 높이까지 드는가 싶더니—— 도시 곳곳에서 가늘고 긴 붉은색 빛이 솟아나기 시작했다.

수십, 수백에 이르는 빛의 기둥이다.

그것은 【헤르메스 파밀리아】가 『장작』을 배급한 민가, 더 정확하게 말하자면 난로에서 솟아나는 불꽃의 숨결이었다.

아스피는 눈을 크게 떴다.

그 빛은 색은 다를지언정, 본 적이 있다.

【스테이터스】를 갱신할 때 등에서 어렴풋이 새어 나오는 따뜻한 빛── 『팔나』의 빛이다.

"도시에 수많은 『화로』를 설치해 진을 쳤다. 모든 『화로』에는 내 신혈이 있고. 다시 말해 『매개』인 것이다. 저 무수한 빛은 여신의 권속이나 마찬가지지. 이거라면 천계에 존재하는 내 『신전』을 재현할 수 있다."

아스피는 그제야 깨달았다.

헤스티아의 목소리에서, 평소의 친근한 온기가 사라지고 있었다.

그 목소리에 깃든 것은 한층 기능적이며 인간성을 배제한 『신성』.

그녀의 조그만 몸에서 신위가 솟아나, 아스피는 무의식중에 뒷걸음질을 치며 외경심에 떨었다.

"이 몸은 처녀신. 매료의 위력에 굴하지 않으며 이를 단연히 거부하나니. 사(邪)라 함은 정욕, 정(正)이라 함은 정결일진저. 지금 이 땅에 가해진 매료의 주박을 제하노라. 이는 곧 파사, 정화의 제단에 피어난 불길."

낭랑히 자아내는 음성.

주문 같기도, 제문 같기도 한 처녀신의 목소리.

여신에게서 표정은 이미 사라지고 없었다.

도시를 내려다보는 두 눈은 이미 인지의 영역을 벗어나, 속세를 초월하여, 신성 그 자체였다.

하계에서 무수히 솟아나는 희미한 빛의 기둥과 호응하듯, 고밀도의 붉은 광채, 신위의 파동이 아스피의 시야를 태웠다.

"이, 이건……?!"

돌풍이 되어 밀어닥친 가공할 신의 위광에, 평범한 하계의 주민일 뿐인 아스피는 얼른 두 팔로 얼굴을 가렸다.

헤스티아가 지시하고, 아스피의 전령에 따른 위치에 배급된 『장작』은 불꽃으로 변하여 여신의 신위를 증폭시켰다.

높은 하늘에서 춤을 추는 새의 눈을 가진 자라면 알 수 있었으리라.

화톳불과도 같이 오라리오에 점점이 켜진 화로의 불빛이 광채를 더하며, 매직 서클과도 같은 『진』을 구축하는 모습을.

시벽에 에워싸인 원형의 거대 도시가, 그야말로 거대한 『화덕』으로 변해, 불꽃의 빛이 범람하기 시작했다.

"반칙이라고는 하지 마, 『치트』. 이건 신들이 규정한 섭리, 나의 일시적인 사명이자 의무."

그것은 『암묵적인 양해』.

천계의 『침략』과 『지배』를 두려워한 대신들의 규정이자 하계에도 통하는 불문율.

압도적인 매료의 위력을 튕겨낸 『처녀신』은 『미의 신』에 대한 반격자이자 안전장치다. 천계 하계를 가리지 않고, 세계의 위기에 직면했을 때 그 권능을 ──『아르카넘』이 아닌, 자신이 관장하는 『사물』을—— 십분 발휘하도록 허락을 받았다.

"……벨을 차지하려고 『바벨』을 떠났던 건 실수였어, 프레이야."

눈빛을 도시 남쪽, 『폴크방』으로 돌린 헤스티아의 어조가 한순간 평소 그녀의 어조로 돌아왔다.

"네가 자리를 비우고 내줬던 건 『제단의 중심』이었거든."

이 『바벨』이야말로 오라리오의 중심지.

그리고 천계에 가장 가까운 『신의 탑』.

불꽃의 광채가 늘어난다.

대지가 조용히 흔들린다.

도시 그 자체가 『성화대』로 변모한 것과도 같은 광경을 보였다.

대로에서, 주점에서, 광장에서, 아이들과 신들이 주저앉고 쓰러지는 가운데, 여신은 고했다.

"너도 몰랐던 헤스티아의 비의를 보여주겠어."

그것은 천계에서도 동향의 신들만이 아는 그녀의 제례이자 『히든카드』.

『아르카넘』에 이르지 못하는 훨씬 하위의 기적이자, 극상의 신비.

말을 잇지 못하는 아스피의 시선 너머에서, 여신은, 조용히 오른팔을 수평으로 휘둘렀다.

“디오스, 아에데스 베스타(화로신의 성화신전)**.”**

방대한 마력과도 다른 가공할 『신위』가 포효를 올렸다.

"————————————————————————우우웃!!"

힘의 발로를 직접 본 아스피의 몸이 한계까지 뒤로 젖혀졌다.

그리고 태어나는 파사의 빛.

다시 말해 『정화의 불꽃』.

『매료』에 빠진 모든 이의 귀에 울려 퍼지는 연소의 환청, 그러나 틀림없이 몸속 깊은 곳으로 쩌렁쩌렁 울려 퍼지는 온기.

신의 위광이 발산되고, 불꽃의 광채가 도시를 감쌌다.

제단의 불길이 솟아난다.

축복의 불꽃이 성스러운 정화의 노래를 부른다.

들불과도 같이 번져 도시 전역을 태워나가면서도, 그 불길은 아무도 태우지 않는다.

적을 멸하는 맹렬한 불길이 아닌, 탄원자를 구하는 『수호의 불』.

인류에게 문명과 문화를 가져다주기도 훨씬 전의, 원초이자 근원의 불꽃.

『화덕』 속에서 불이 부드럽게 튀듯, 은은한 모닥불이 어둠을 비추듯, 지금도 괴로워하는 이들에게 온기와 안도를 가져다주고 가호를 내린다.

그것은 악몽을 끝내는 불의 소리다.

주박을 태워버리는 신의 불꽃이다.

대로에, 주점에, 저택에, 탑에. 건물을 감싼 불꽃의 걸음은 신과 사람에게도 이르렀다.

심부름꾼 신을, 대장장이 신을, 의료의 신을, 무술의 신을, 광대의 신을.

파룸 서포터를, 스미스 청년을, 극동의 소녀를, 르나르 요술사를.

그리고 검의 공주를.

땅바닥에, 바닥에 쓰러진 채 눈을 감은 신들과 권속들을, 타오르는 불꽃이 부드럽게 감싸주었다.

『정령의 기적』과도 흡사한 화로의 불꽃은 멈출 줄 모르고 붉은 파편을 뿌리며 허공으로 솟아나—— 이윽고 소실되었다.

모든 것이 환영이었던 것처럼, 도시에 정적이 돌아왔다.

"……지금 그 광채는……?"

회그니는 멍하니 중얼거렸다.

주위에서는 【프레이야 파밀리아】의 단원들이 똑같이 당황하고 있었다.

시선을 머리 위로 향해 홈의 바깥, 어둠을 장식했던 붉은 불꽃의 흔적을 찾듯, 의식을 이리저리 돌렸다.

'크…… **위험해, 뭔가가!**'

그 직후 가슴속에 싹튼 것은 형용하기 힘든 초조감.

거대한 네 개의 벽에 가로막혔던 불꽃이 『폴크방』을 침범하지는 않았다. 하늘에서 춤을 추며 내려온 무수한 불똥이 온몸을 감쌌으나 이상은 없었다. 하지만 말로는 설명할 수 없는 절박감이 회그니의 소극적인 마음을 위협했다.

한손에 든 검은색 장검을 부르쥔 다크엘프는 정면을 노려보았다.

도시와 홈을 가로막는 거대한 벽을 등진 그 자는, 한쪽 무릎을 꿇은 채 만신창이가 된 동포였다.

"……투항하라. 소란도 항거도 용납하지 않겠다. 무기를 놓아라. 그렇지 않을 경우 사지 하나를 베어버리겠다."

"큭……!!"

회그니를 포함한 【프레이야 파밀리아】의 단원들에게 포위당한 것은 류였다.

지하에서 탈주해 저택 내를 헤집고 다녔던 그녀의 분투도 눈앞의 회그니가 출격하면서 종식을 맞았다. 여신제에서 싸울 때에도 압도당했듯, Lv.6의 힘에 열세를 면치 못해, 저택을 벗어나 평원 구석으로 이렇게 몰린 것이다.

자신을 에워싼 반원형의 포위망. 벌레 한 마리도 빠져나갈 수 없으리라.

류는 소태도를 쥔 주먹을 풀밭에 짚으며 얼굴을 일그러뜨렸다.

"큭…… 벨……!"

소년이 지금도 사로잡혀 있을 언덕 위의 저택을 향해 눈을 가늘게 뜨며, 여기까지구나, 라는 말을 걷어차 버린다. 꺾이려 하는 마음을 분기시키며, 류는 몸을 일으켜 소태도를 들었다.

회그니는 이 상황에서도 여전히 투쟁심을 잃지 않는 자긍심 강한 동포에게 존경과 감탄을 보내고, 이내 자비를 버렸다.

"자긍심을 택하겠다고 한다면, 사라져라!"

소리도 없는 육박은 잔상조차 일으키지 않았으며, 다음 순간에는 류의 눈앞까지 약동해 칠흑의 검을 내리치고 있었다.

그러나.

——까아앙!!

"""?!"""

드높은 금속성과 선명한 불꽃을 일으키며, 다크엘프의 참격은 튕겨 나갔다.

"아니……?!"

그렇게 경악성을 터뜨린 것은 눈을 크게 뜬 회그니였을까, 아니면 아연실색하던 류였을까, 아니면 눈을 의심하는 【프레이야 파밀리아】의 단원들이었을까.

그들의 눈에 비친 것은 아름다운 금발금안의 소녀였다.

"……【검희】?"

류의 조그만 목소리를 등 너머로 들은 아이즈가 은색 세

검을 휘둘러 소리를 냈다.
그 금색 두 눈에 비친 회그니 이외의 모든 단원들이 갈팡질팡했다.
"전부, 생각났어."
평소에는 기복이 적은 소녀의 음색에 담긴 것은, 의심할 여지도 없는 분노.
"벨은, 【프레이야 파밀리아】가 아니야."
눈을 크게 뜬 회그니에게 칼끝을 겨누며 아이즈는 왼손을 가슴에 얹었다.
"헤스티아 님의 『불꽃』…… 나에게도 닿았어."
그곳에 지펴진 것은 화덕과도 같은 따뜻한 불빛이었다.
계약을 맺지도 않았지만, 주종의 관계도 아니지만, 신의 권속 중 하나인 소녀는 확신을 품고 그 사실을 말했다.
"『매료』의 힘을, 태워주셨어."
마치 그 선언이 방아쇠가 된 것처럼.
네 개의 벽 바깥에서, 군중들이 술렁이기 시작했다.
"엑…… 이게 뭐야……?"
"【래빗 풋】이, 【프레이야 파밀리아】……?!"
"이 기억은 대체 뭐야?!"
제정신을 차린 목소리가 번화가에서, 아니, 동서남북 오라리오 전역에서 노도와도 같이 솟아났다.
그것은 다름 아닌 『화로의 신위』가 『미의 신위』를 타파했다는 증거였다.

피부로 전해지는 막대한 소란과 혼란의 기척에 회그니가 얼어붙었던 것도 찰나. 머리 위, 거벽 저편에서 【검희】에 이어 새로운 그림자 두 개가 솟아났다.

"진짜~! 아르고노트 군한테 나쁜 소리 해버렸잖아~!!"

"우리를 모두 현혹하는 빌어먹을 짓을 했겠다. ……전부 설명을 해줘야겠는데?"

대쌍인을 들고 소란을 피우는 티오나가, 두 자루의 쿠크리 나이프를 쥐고 살기를 뿜어내는 티오네가, 아이즈와 공통된 노기를 머금고 【프레이야 파밀리아】를 노려본다.

"【로키 파밀리아】……!! 설마, 정말로, 프레이야 님의 『매료』가……?!"

그 광경에는 마침내 제1급 모험자인 회그니마저 전율을 드러냈다.

주인의 절대성을 의심하지 않았던 【프레이야 파밀리아】가 혼란의 낭떠러지로 떨어지고 있었다.

갈팡질팡하는 그들과 달리, 류는 간신히 냉정함을 되찾을 수 있었다.

지금도 자신을 감싸주는 여검사의 등에 말했다.

"【검희】…… 설마 당신에게 도움을 받을 줄은……."

그 말에 아이즈는 천천히 돌아보았다.

"저기…… 벨은 어디 있나요?"

"엑?! 어, 어째서 당신이 벨의 소재부터 묻는 겁니까?!"

"……? 안 돼요?"

“아, 안 된다는 건 아니지만………… 아니, 역시 안 됩니다! 왠지 안 되겠습니다!!”

“너희는 왜 거기서 티격태격하는데!”

고개를 갸웃하는 아이즈에게 말을 더듬던 류는 결국 냉정함을 깡그리 내팽개친 채 얼굴을 붉히고 외쳤다. 그 모습에 티오네가 침을 튀기며 딴죽을 건다.

한순간 펼쳐진 촌극에 움직임을 멈추었던 회그니는 두 눈을 곤두세웠다.

“진위는 모르겠다만 이곳은 여신의 영지! 흙발로 어지럽히는 야만인들을 베어버려라!”

“좋~았어 붙어보자고! 나도 엄~청 화났으니까!!”

머리 위에서 대쌍인을 회전시키는 티오나도 외쳤다.

금세 다크엘프와 아마조네스가 무기를 충돌시키는 가운데 아이즈, 티오네, 그리고 류도 정면을 향하고, 함성을 지르는【프레이야 파밀리아】와 교전을 개시했다.

“——쳇?!”

가공할 발길질이 아렌의 은창을 타격했다.

“사람이 아주 우습게 보였나 보다, 똥고양이. ……변명은 필요 없어. 걷어차 죽여주마.”

“……웨어울프, 이 자식.”

달을 등지고 흉흉한 살기를 피워대는 베이트 로가에게, 아렌은 확실하게 혀 차는 소리를 냈다.

장소는 도시 남쪽, 제5구역.

홈으로 돌아가던 아렌 휘하의 별동대는 『폴크방』을 목전에 두고, 그들의 파벌과 대립하는 『또 다른 도시 최대 파벌』에게 제지당하고 있었다.

"나 원, 베이트 저놈은. 아이즈나 아마조네스들도 그렇지만 영 말을 듣질 않는구먼. ……하지만 이번만큼은 나도 눈치 보지 않기로 했지."

투덜거리면서도 이내 두 눈을 날카롭게 뜬 것은 한 드워프 대전사.

"길드가 말리기 전에 자네들의 낯짝을 갈겨줘야 직성이 풀릴 게야."

"【엘가름】……!"

"여신의 신의를 어떻게 튕겨냈나!"

"조금 전의 불가사의한 불꽃이 원인인가?!"

"드워프 늙은이!"

아렌의 옆에서는 가레스 랜드록과 걸리버 4형제가 대치하고 있었다.

무기는 들지 않았지만 바위 같은 주먹을 무겁게 울리는 드워프를 보며, 파룸 네쌍둥이는 동요와 반감의 목소리를 띄엄띄엄 토해냈다.

숨을 멈춘 반 일행 앞에도 베이트의 뒤를 따라온 혈기왕성한【로키 파밀리아】의 단원들이 가로막고 서 있다.

남이 자신의 자아를 마음대로 헤집어놓았다는 사실이

흉랑과 드워프 대전사에게 불을 질렀다.

무기를 맞부딪치는 격렬한 소리와 함께, 두 번째 전장이 생겨났다.

충격에서 헤어나지 못한 오라리오의 주민들이 금세 비명을 지르고, 그야말로 항쟁이나 다를 바 없는 광경이 펼쳐졌다.

"…………그럴 리가."

마음을 내팽개쳐버린 채, 목소리의 파편을 굴리던 것은 한 파룸 소녀였다.

"거짓말, 거짓말——— 거짓말! 이런 건 거짓말이야!! 릴리는, 릴리가, 그분을, 벨 님을, 상처 입히고………… 싫어어어?!"

"리, 릴리 공?!"

【헤스티아 파밀리아】의 홈 『화덕관』에서 목이 터질 것 같은 절규가 울려 퍼졌다.

『정화의 불꽃』이 발현되어 모든 주박이 사라진 직후.

자신을 구해주었던 소년에게 마음을 기울이고, 두 번 다시 배신하지 않겠노라고 맹세했던 파룸 소녀에게 있어, 이제까지 그에게 보인 행동은 너무나도 버거웠다. 기억의 역류에 따라 모든 것을 떠올리고만 릴리는 바닥에 쓰러진 채 망가진 악기 같은 목소리를 뿌려댔다.

마찬가지로 자신의 소행에 낯을 새파랗게 물들였던 미코토는 고통에 허덕이는 릴리에게 달려가려 했으나……

털썩.

다른 장소에서, 누군가가 주저앉는 소리를 들었다.

"어찌, 이런 짓을……… 소녀는………. 어떻게…………. 그럴 수가………… 이런 건………… 너무해…………."

"하……하루히메 공……."

르나르 소녀가 무릎을 꿇은 자세로 바닥에 주저앉아, 공허한 눈에서 잇달아 눈물을 쏟아내고 있었다.

이성을 잃고 날뛰는 릴리와는 정반대로, 설녀처럼 비탄에 사로잡힌 채 자학의 나락에 빠진 그 모습은 시간을 잃어버릴 정도로 간담을 서늘케 했다. 속수무책으로 두 사람의 절망 사이에 낀 미코토는 꼼짝도 못 하고 경직되었다.

"…………크."

그 옆에서 아연실색 서 있던 벨프는 주먹을 부르쥐었다.

릴리와 하루히메 못지않게 구역질과 자기혐오에 시달리면서도 기염을 토해 억지로 가슴에 불꽃을 태웠다.

조그만 머리를 두 손으로 붙들고 바닥에 이마를 짓이겨대며 "죄송해요죄송해요죄송해요……!" 하고 사죄를 반복하는 릴리에게 다가가, 팔을 붙잡아 끌어당겼다.

"일어나, 릴리돌이! 욕먹고 싶으면 나중에 죽을 정도로 욕해줄 테니까!"

그리고 눈물을 흘리는 밤색 눈에 『그것』을 들이댔다.

"지금 벨을 구하러 가지 않으면, 그놈의 『미의 신』한테 온몸을 다 먹혀버릴 거다!!"

"———끼에에엑?!"

다음 순간 밤색 눈은 한계를 넘어 크게 뜨이더니 조금 전과는 다른 종류의 고주파를 터뜨렸다.

심각한 분위기를 끝장내버리는 소리에 미코토와 하루히메가 흠칫! 어깨를 떨었다.

"안 돼, 안 돼요, 절대로 안돼에에에에에에에에에에에에에에에!! 아직 어린애인벨님한테능욕의극치를다해더럽히다니!! 벨님의정조는릴리가지키겠어요———!!!"

"그럼 가자!!"

"아, 아, 아, 아, 아, 아, 아! 벨니이이이이이이이이이이이이이이이이이이이이이이임!!"

절망을 멋지게 박살 내버린 벨프의 파인플레이에 괴성과 함께 재기동한 릴리는 쏜살같이 홀을 뛰쳐나갔다. 입을 딱 벌린 채 아연실색했던 하루히메와 미코토에게도 벨프의 고함이 터져나왔다.

"너희도 냉큼 준비해!! 우린 가족이잖냐! 마중하러 가자!!"
"읏…… 네!!"
하루히메도 눈물을 거칠게 닦고, 누구의 손도 빌리지 않은 채 일어나 힘차게 달려나갔다.
흠칫 놀란 미코토도, 달려나가는 벨프의 뒤를 황급히 따랐다.
릴리와 하루히메가 앞장서고, 한발 늦게 벨프와 미코토가 저택을 나섰다.
스미스 청년과 나란히 달리는 극동의 소녀는 감개무량한 것인지 후회를 지우지 못한 것인지, 스스로도 잘 알 수 없는 서툰 미소를 스미스 청년에게 보냈다.
억누르지 못한 것처럼 벨프의 허리를 팡! 하고 한 손으로 두드리고 가속한다.
이에 웃음으로 대답한 벨프 또한 두 주먹을 치켜들고 외쳤다.
"기다려라, 벨!!"

"우~와…… 벨한테 민폐 끼친 게, 이게 몇 번째……?"
쓸쓸한 약방 안.
시앙스로프 소녀의 목소리가 께느른하게 흘러나왔다.
"진짜, 죽고 싶은데……."
"멍청한 소리 하지 마! 이러면 당장 빚을 갚으러 갈 수밖에 없잖아!"

다프네는 진심으로 실망에 잠긴 나자의 의수를 붙들고 밖으로 끌어냈다.

뻔하디뻔한 목적지로 달려나가는 두 사람을 미아흐도 따라갔다.

"신조차 이런 어리석은 짓을 저지르지 않았느냐. 결코 고개를 숙이지 마라. 지금은 해야 할 일이 있다!"

"우와앙~ 역시 계시대로였어~~~~~~! 꿈도 꾸었으면서 왜 벨 씨의 편을 들어주지 않았던 걸까아~~~~~~~~~~~~!"

어지간해서는 목소리를 높이는 일이 없는 주신이 고함을 지르고, 그러거나 말거나 카산드라는 지팡이를 가슴에 안은 채 달렸다.

비극의 예언자가 남들과는 다른 이유로 울부짖는 가운데, 【미아흐 파밀리아】도 【헤스티아 파밀리아】와 완전히 같은 행동에 나섰다.

"또 그 친구를 궁지에 몰아넣었다니……! 이번에는 방패로 지켜주는 정도로는 넘어갈 수 없겠어!"

"그래도, 가자! 벨 씨를 구하러!"

오우카와 치구사가 무기를 들고 메인 스트리트를 달려나간다.

그 뒤를 따르는 것은 【타케미카즈치 파밀리아】의 단원들.

"나 원, 하계에 내려온 후로 스스로가 못났다는 것을 몇 번이나 느끼기는 했다만…… 이건 결정타로군!"

일반인과 비슷한 정도의 신체 능력밖에 없으면서도, 무신은 엄청난 주법으로 건물 위를 닌자와도 같이 질주했다.

"마, 막아라! 각【파밀리아】의 폭주를 막아아아아아!"

직원들이 제정신을 되찾아 소란스러워진 『길드 본부』에서는 길드장 로이먼이 핏대를 세우며 고함을 질러댔다.

"**【프레이야 파밀리아】를 지켜어어어**!! 정전 명령을 내려라앗!"

"네에에?! 하지만 길드장님, 아무리 그래도【프레이야 파밀리아】가 한 짓은 용서가 안 된달까, 방치하면 또 조종당할 거 같아서 무서운데요……."

"그런 건 나중 문제야앗! 유력 파벌, 특히【로키 파밀리아】랑【프레이야 파밀리아】가 충돌하면 오라리오는 불바다가 된단 말이다앗?!"

"흐에에에에에엑?!"

귀를 의심할 만한 지령에 접수원 미샤가 끼어들었다가 돌아온 노성에 금세 비명을 질렀다.

자신도 『매료』에 걸렸으니 당연히 생각하는 바는 있겠지만, 로이먼은 누구보다도 냉정했으며 누구보다도 조바심에 사로잡혔다. 정확하게는, 전부터 우려했던 『로키 대 프레이야』 전면전쟁의 기척을 느끼고 공포에 떨었다.

이미 『매료』가 풀린 지금, 자신들이 조종당했던 과거 따위 『오라리오 궤멸』에 비하면 지극히 사소한 일이라고 소리를 지르며 거대 폭탄의 점화를 저지하기 위해 혈안이 되었다. 사태의 중대성을 깨달은 길드 직원들도 새파랗게 질려 일제히 움직이기 시작했다.

"막아야만 해……! 안 그러면, 또 내 위장약이, 늘어난다구우우우……?!"

뚱뚱한 배를 한 손으로 움켜쥔 로이먼은 몇 번이나 비틀거렸다.

길드장으로서 그는 필사적으로 냉정함을 유지하고자 했다.

그리고, 그렇기에, 이런 상황에서 『무뢰배』인 모험자들이 멈추지 않으리란 것도 그는 잘 안다.

"에, 에이나아~! 어쩐지 기분은 복잡하지만 길드장님 말에 따르는 게……!"

핑크색 머리카락을 찰랑찰랑 흔들며 미샤가 뒤를 돌아보았으나,

"아, 없네……."

동료이자 절친인 하프엘프의 모습은 이미 사라져 본부를 뛰쳐나간 후였다.

분노, 공포, 당혹감, 혼란.

광대한 미궁도시에 사는 수많은 사람과 신들이 저마다의 감정에 휘둘리는 가운데, 그들은 공교롭게도 【프레이야 파밀리아】와 같은 『상태』에 빠져 있었다.

다시 말해『매료』가 걸린 후에 해제되어, 입력되었던 거짓 정보를 공유하고, 누가 말해줄 것도 없이 상황파악을 완료해버렸다.

"이런 짓을 할 수 있는 건 신 프레이야! 그 여신제 날에 우리에게『매료』를……!"

『매료』에 걸리기 전후의 기억은 분명치 않다. 그러나 신들이나 다른 현명한 이들과 마찬가지로, 에이나는 이러한『침략』이 가능한 유일한 용의자를 즉시 단정했다.

웅성거리는 밤의 메인 스트리트를 달려나가, 자신에게 무슨 일이 일어났는지 아직 전모를 다 이해하지 못한 주민들을 내버려 둔 채, 에이나는 숨을 헐떡이며 외쳤다.

"용서 못 해! 그런 짓을 하게 만든 여신도! 벨에게 그런 짓을 한 나 자신도!!"

에메랄드색 눈에서 눈물이 솟아나 눈가를 타고 반짝반짝 흩어졌다.

"그 자식들, 죽여버리겠어!!"

"기, 기다려, 아이샤아?! 진정해에!"

"부탁이니【프레이야 파밀리아】에 싸움을 걸지는 마아앗!"

"시끄러워알게뭐야!! 그놈들 가만 안 둬——!!"

눈에 핏발을 세우고 분노를 터뜨리는 아마조네스를 필사적으로 제지하는 팔거와 루루네.

마음대로 조종당한 것은 물론, 여동생이나 다를 바 없는 르나르 수인이 눈앞에서 다치는 모습까지 보았던 아이샤는 그들의 손을 뿌리치고 달려나갔다.

서로 다른 장소에서 뛰어가던 하프엘프도, 아마조네스도, 목적지는 단 하나.

“『폴크방』!”

에이나와 아이샤, 그리고 아이즈 일행을 비롯한 모험자들의 행동은 신속했다.

격정에 떠밀린 채, 혹은 『어떤 소년과의 유대』를 지키기 위해, 도시 남쪽에 위치한 최대 파벌의 거대 영역으로 집결했다.

『깃발』이 바람을 타고 나부꼈다.

이제는 수많은 【파밀리아】의 『단기』가 『폴크방』을 에워싸고 있었다.

“괜찮으시겠소, 주신님? **파벌이 총출동**해 【프레이야 파밀리아】의 거성 앞에 진을 치고 있다니 말요.”

“괜찮아. 우리한텐 그럴 만한 대의명분이 있는걸.”

마스터 스미스 츠바키 콜브랜드의 목소리에 헤파이스토스가 분연한 목소리로 대답했다.

【헤파이스토스 파밀리아】의 거의 모든 단원, 상급 모험자에도 필적하는 하이 스미스까지 이끌고 그녀가 서 있는 곳은 웅대한 평원을 에워싸는 네 개의 벽 위였다.

평원 중심의 언덕에 세워진 저택을 노려보며, 헤파이스토스는 그야말로 홈을 점거하고자 했다.

“이런 짓은 도리가 아니야. 헤스티아의 편을 들어주고

어쩌고는 차치하고서라도…… 책임은 확실하게 져줘야겠어, 프레이야."

안대에 덮이지 않은 왼쪽 눈을 가늘게 뜨며 분기탱천한 주신의 모습에 ──『천계에서는 몇 명이나 되는 여신을 울렸다』던 대장장이 신의 진노에── 츠바키는 약간 겁먹은 표정을 보이고는 어깨를 으쓱했다.

"프레이야 꼴 조타아아아아아아아아아아아아아! 콧대 세웠던 벌이데이, 이대로 멸망의 슈퍼 울트라 버스트 스톰으로 칵 파멸해버리삐라 색고오오오오오오오오오오올!!"

"좀 진정해, 로키……."

남쪽과 서쪽을 포위한【헤파이스토스 파밀리아】의 반대편, 북쪽과 동쪽을 포위한 것은【로키 파밀리아】. 벽 위에서 눈을 이글거리며 분노하고, 또한 깔깔 웃는 주신을 보며 핀은 그 조그만 손으로 이마를 짚었다.

"우~째 나가 니한테『프레이야 님~ 뭐든 시키는 대로 하겠어예~』하고 눈에 하트마크 깔아쌌는데 문디야!! 그 매료 쓰지 말라꼬 천계에 있을 때 그래 겁 줬구마 바부 뭉티기가!!"

요컨대『매료』에 빠진 자신에게 굴욕을 느끼고 격분한 것이다. 그런 주신을 흘겨보던 핀은 창대로 어깨를 두드리며 한탄을 참았다.

"리베리아가 레피야랑 다른 단원들하고 같이 던전으로 갔던 게 불행 중 다행이었으려나…… 하이엘프가 조종당했다는 사실이 알려지면, 오라리오는 물론이고 전 세계의 엘프들이 가만있지 않았을 테니."

무시무시한 상상을 입에 담으며 주위에 시선을 보낸다.

【로키 파밀리아】와 【헤파이스토스 파밀리아】 이외에도 미아흐나 타케미카즈치 등, 특히 【헤스티아 파밀리아】와 친했던 파벌이 속속『폴크방』의 포위망에 가담해, 그야말로 시위 행동을 방불케 하는 광경이 펼쳐지고 있었다.

"저, 저기, 몰드. 이래도 될까? 이런 데 끼어도……!"

"쪼, 쫄지 마! 【로키 파밀리아】도 있잖아, 암만 【프레이야 파밀리아】라 해도 이 숫자랑 맞짱을 뜨면 끝장이지! 그러면 혼란을 틈타, 홈에 쌓인 돈을 슬쩍하는 거야……!"

개중에는 어부지리를 노리는 악랄한 모험자도 있었지만, 도시 최대 파벌을 포위하고 있다는 점은 마찬가지였다.

일행에게 고함을 질러대며 몰드는 저택을 노려보았다.

"이 자식들아! 냉큼 그 꼬맹이 돌려주지 않으면 쳐들어간다!"

"단장님?!"

저택의 한 곳.

회른의 치료를 맡은 헤이즈의 동요하는 목소리가 울려 퍼졌다.

"설마……."

그녀의 곁에 서 있던 오탈은 창밖의 광경에 녹슨 색깔의 눈을 크게 떴다.

"프레이야 님의 『매료』를, 해제했어……?"

언덕 위.

저택을 수호하듯 등진 헤딘 또한 숨김없는 경악을 두 눈에 맺고 있었다.

지휘를 맡은 그의 곁에 쇄도하는 단원들의 당혹감 섞인 시선.

정문만이 아니라 네 개의 벽까지도 확보 당해, 이쪽을 노려보는 모험자의 수는 분명 【프레이야 파밀리아】의 전체 규모를 웃돌았다.

"……우민들 주제에, 라고 내뱉는 것도 우스꽝스러운 짓이겠지. 여신의 신의를 이루기 위해 존엄을 짓밟았던 것은 우리가 먼저였으니."

하지만 헤딘은 땀 한 방울 흘리지 않고, 안경을 밀어 올리며 언덕에 롬파이아의 물미를 내리찍었다.

"그렇다고 해도 할 일은 변함이 없다. 이 몸은 여신의 창이자 방패. 악의로부터 수호하고 적을 물리칠 뿐!"

총명한 화이트엘프의 옆얼굴이 전의로 가득 차오르고, 그것이 다른 단원들에게도 전파되었다.

여전히 그들은 『에인헤랴르』.

시야 저편에서 회그니와 아이즈 일행이 격렬한 전투를 속행하는 가운데, 사기를 잃지 않고 일촉즉발의 눈싸움을 이어나갔다.

그리고.

""아냐!!""

풍요의 주점에서도 목소리가 울려 퍼졌다.

"어떻게 된 거냐옹?! 엉덩이 소년이 【프레이야 파밀리아】라서 손도 못 대고 답답해했더니 사실은 그게 세뇌였고 소년은 역시 주점 단골이었고 【헤스티아 파밀리아】고! 다시 말해 소년의 엉덩이는 대체 누구 것이냐옹?!"

"넌 좀 닥쳐! 【프레이야 파밀리아】한테 당한 채 몽땅 잊어버리고 있었다니, 믿을 수 없지만……! 빌어먹을!!"

"클로에, 루노아…… 전부, 기억났어……?"

별채의 자기 방으로 뛰어든 클로에와 루노아에게, 완전히 초췌해진 아냐는 눈을 크게 뜨고 있었다. 그녀에게 몸을 불쑥 내민 친구들은 혼란과 노기를 내비치면서도 마지막에는 불안과 당혹감이 섞인 표정으로 물었다.

"시르는…… 시르는, 어떻게 된 거야?"

『미의 신』이 도시에 심어놓은 『설정』에는 회색 머리의 소녀가 존재하지 않았다.

루노아의 물음에, 아냐의 눈가에는 서서히 눈물이 맺혔다.

얼굴을 한껏 일그러뜨리고 루노아의 가슴에 뛰어들었다.

"어, 야! 왜 그래?!"

"……아냐?"

루노아의 가슴에 얼굴을 묻고 오열한다.

갈팡질팡하던 루노아는 당황한 것처럼 얼어붙은 채, 어중간한 위치에서 굳어버렸던 팔을 떨리는 등에 가만히 감았다.

클로에도 조용한 표정으로, 새끼고양이를 핥아주는 언니처럼 몸을 가까이 가져갔다.

아냐는 소리를 죽여 울고만 있었다.

"……."

활짝 열린 문밖의 복도.

방의 불빛이 닿지 않는 문 바로 옆, 어두운 벽에 등을 기댄 채, 팔짱을 끼고 눈을 감은 미아는 창밖을 보았다.

"진짜…… 바보 같은 여자지."

그 말과 눈빛은 여신의 거성을 향하고 있었다.

모험자들의 열기, 그리고 격렬한 교전의 소음이 최상층의 신실에까지 닿았다.

경악과 충격을 함께 공유하던 벨과 프레이야는 벽 한 면을 가득 채운 거대한 창문으로 시선을 향한 채 멍하니 서 있었다.

"내『매료』가, 깨졌어……? ……이런 일이, 가능한 건──."

망연자실한 표정이던 여신은 가증스럽다는 듯 눈썹을 곤두세웠다.

상황을 이해하지 못하던 벨을 내버려 둔 채 프레이야가 사태를 짐작하고 있을 때—— 거대한 창문이 깨져나갔다.

"엑, 에에에에에엑?!"

벨의 입에서 터져나온 경악성, 울려 퍼지는 파쇄음.

유리의 파편이 무수한 비가 되어 흩어지는 가운데, 프레이야와 함께 팔로 얼굴을 가린 벨은, 보았다.

공중에서 고속으로 사출되어, 창문을 부수며 나선을 그리는 니들을.

그리고.

"——베에에에에에에에에에에에에에에에에에에에에에에에에에에에에에에에에엘!!"

"주, 주신니——푸허억?!"

밤하늘에 퍼덕이는 네 개의 날개와 함께 어린 여신이 돌진해왔다.

탈라리아를 다루는 아스피에게서 억지로 몸을 날린 헤스티아의 다이빙 박치기.

반사적으로 받아낸 벨은 로켓 같은 그 돌격의 위력에 구르고, 구르고, 굴러갔다.

제멋대로 뛰어내린 여신에게 당황하면서 머리 위를 지나쳐가는 아스피, 아연실색한 프레이야, 마지막에는 그 조그만 몸을 단단히 끌어안은 벨.

바닥 위를 정확히 열 바퀴 굴러간 끝에야 겨우 정지한 벨은 비실비실 몸을 일으켰다.

"……주신, 님?"

"——미안하다아아아아아아아베에에에에에에에에에엘————————————————! 너한테 몹쓸 태도를 보여서! 난 주신 실격이다아아아아아아!! 무력한 날 용서해다오오—!!

벨의 떨리는 목소리는 벌떡! 고개를 든 헤스티아에게 차단당했다.

눈물만이 아니라 콧물까지 흘리는 어린 여신은 벨의 목에 두 팔을 감고 안겼다. 신위를 해방한 늠름한 모습과의 갭에 아스피가 얼굴을 실룩거리거나 말거나, 그야말로 어린아이처럼 엉엉 울기 시작했다.

벨은 그제야 겨우 이해했다.

지금 도시에 걸렸던 『매료』를 푼 것은 헤스티아였으며, 그녀는 이제까지 줄곧 자신을 구출하고자 했던 것을.

포옹의 온기에 금세 눈물을 글썽이고, 코를 훌쩍였다.

두 어깨에 손을 얹고 헤스티아의 얼굴을 들여다보던 벨은, 주신과 함께 겨우 표정을 풀고 진심으로 웃었다.

"고맙습니다, 주신님…… 정말 좋아해요!"

"……그래, 나도다!"

눈물을 나누던 여신과 권속은 이제 웃음을 나누고 있었다.

다시 한번 포옹하고 둘이 함께 일어났다.

그들이 바라본 곳에는 험악한 표정을 지은 한 여신이 있었다.

"그런고로 프레이야! 나! 의! 벨을 돌려받아가겠다! 네 거 아니고 내! 거!! 내가사랑하고서로사랑하고누구보다도 깊은인연으로맺어진벨을말이다앗!!!!"

"주, 주신님……."

이때다 하고 도발과 함께 마운팅을 가하는 헤스티아에게 식은땀을 흘리면서도, 벨은 앞을 보았다.

체면에 먹칠을 당한 여왕은 뚜렷한 불쾌감을 드러내고 있었다.

손톱을 깨물지는 않았으나 얼굴 옆의 머리카락을 손가락으로 뱅글뱅글 감으며, 서로 맞잡은 벨과 헤스티아의 손을 응시한다.

"신위의 최대해방…… 신혈과 불꽃을 촉매로 삼아, 천계의 『신전』을 소환…… 아니, **유사** 재현하다니. 그런 비장의 수가 있었구나, 헤스티아."

신속하게 정보를 분석한 프레이야는 자신의 『상자 정원』을 파괴한 당사자인 헤스티아를 미워하지도 않거니와, 지금의 사태를 용납한 권속들을 원망하지도 않았다.

그녀가 실망과 분노를 품은 것은 여신 프레이야 자신.

소년의 시시한 언동에 마음이 흔들려, 내면에 몰두한 나머지 주의력이 산만해졌던 자기 자신이었다. 그녀가 **평소와 같았다면**, 헤스티아의 움직임도 헤르메스의 발악도 모두 감지하고 반드시 차단했을 것이다.

"그러엄! 같은 올림포스의 신들만이 아는 내 전심전력의 가호지! 평소에는 아무짝에도 쓸모가 없고 쓰지도 않겠지만!! 수단 가리지 않는 네 상대로는 딱 좋지 않아?!"

헤스티아는 험악한 프레이야의 눈빛을 정면으로 받아냈다.

"날 송환시키지 않았던 네 어중간한『허술함』, 아니,『다정함』덕이었다! 감사는 안 하겠다만!!"

역시 화가 났는지, 여느 때와 달리 공격적인 헤스티아는 한껏 비아냥거렸다.

여신과 여신의 수라장에 완전히 외야로 밀려나 버린 벨은 갈팡질팡했다. 아니, 겁을 먹고 있었다. 오체투지로 애걸복걸하는 헤스티아에게 설득당해 그녀를 여기까지 데려왔던 아스피는 아스피대로 "하, 하하하……【프레이야 파밀리아】의 홈에 불법 침입…… 그것도 신실 창문을 깨뜨리고…… 난 끝장이군요……"라며 메마른 웃음소리를 내고 있었다.

반쯤 제정신을 잃었으면서도 이젠 될 대로 되라지~ 하고 주신 헤르메스와 같은 자포자기의 경지에 이르렀다.

"자아…… 어떻게 할 테냐, 프레이야? 뭐라 해도 네 패배인데? 오라리오는 이제 현혹되지 않을 거고 벨도 네 것이 되지 않아!"

벨에게『매료』가 통하지 않는 이상 세계개찬은 한 번밖에 쓸 수 없다.

프레이야에게 조종당한 사람들에게 다시 거절하더라도 벨은 자기 자신을 잃지 않을 것이며, 애초에 헤스티아가

처녀신의 이름으로 이를 용납하지 않는다.

압도적이던 체스판이 뒤집혀 역으로 체크를 당한 프레이야의 얼굴은 가면을 쓴 것처럼 무표정해졌다.

추욱, 그녀의 손이 늘어졌다.

"타협점은 어느 정도가 될 거라고 생각해, 로키?"

궁전과도 같은 저택의 바깥, 네 개의 벽 위.

후방에서는 아렌 부대와 베이트 부대의 공방이 펼쳐지고, 정면의 눈 아래에서는 회그니가 이끄는 【프레이야 파밀리아】와 아이즈, 티오나, 티오네가 싸우는 가운데 핀은 정면을 보며 물었다.

그의 곁에 선 로키는 아이즈에게 촉발되어 당장이라도 『폴크방』에 쳐들어가려 하는 다른 모험자들을 흘끔 보고 대답했다.

"내 엄청 화나지만서도…… 오라리오가 망해뻘 수도 있는 『전쟁』을 길드가 용납할 리 없제. 여그서 날뛰봤자 분명 불완전연소로 끝날기라."

뒤에서는 이제야 겨우 남쪽 메인 스트리트에 도착한 길드 직원들의 필사적인 정전 명령이 희미하게 들려오고 있었다.

"하지만 모험자들은 갈 곳 없는 울분을 쌓아두진 못해."

주신의 대답에, 핀은 남의 일처럼 말했다.

포위망을 풀지 않은 채 저택의 최상층, 【페르세우스】와 어린 여신으로 보이는 그림자가 침입했던 여신의 신실에 시선을 고정하며.

"그라믄 마 방법은 하나뿐 아이가."

권속과 같은 방향을 바라보며, 로키는 주홍색 한쪽 눈을 희미하게 떴다.

"『워 게임』이데이."

"헤스티아——『워 게임』이야."

"""!!"""

그녀의 입에서 나온 단어에 헤스티아와 벨이 눈을 크게 떴다.

제정신을 잃을 뻔했던 아스피마저도 흠칫 고개를 드는 가운데, 프레이야는 담담히 고했다.

"내가 지면 너희 말을 뭐든 들을게. 천계 송환도 받아들이겠어. ……그리고 내가 이기면, 벨을 가져갈래."

"……웃기지 마라, 프레이야. 이 상황에서 승부를 받아들일 것 같아? 너는 이미 졌고, 심판을 받을 입장이다."

헤스티아는 목소리를 깔며 눈썹을 곤두세웠으나, 『미의 신』은 어디까지고 불손한 여왕이었다.

"우리는 길드로부터 엄중한 페널티를 받을 거야. 하지만 **그게 전부.**"

"뭐……!"

"『3대 퀘스트』를 달성해야만 하는 오라리오는 도시 최대 파벌인 우리를 해체할 수도, 놀게만 놔둘 수도 없어. 내기해도 좋아. 그리고 나는 사건이 잠잠해졌을 때…… **나도 모르게 손이 미끄러져서**, 또 『장난』을 칠지도 모르지.”

“큭……!!”

너는 그런 상황에서 정말로 안심할 수 있겠어?

그렇게 덧붙이며, 궁지에 몰렸음에도 이쪽을 몰아붙이려 하는 프레이야.

우위에 있었어야 할 헤스티아는 당황했다. 곁에 있는 벨도 마찬가지였다.

프레이야의 말이 모두 사실이란 정도는 입을 다물어버린 아스피를 보면 알 수 있다.

공기의 흐름이 시간과 함께 정체되었다.

하지만 헤스티아와 벨에게 생각할 여유는 주어지지 않았다.

갑자기 소란스러워진 아래층에서, 침입자의 존재를 알아차린 미신의 권속들이 밀려들고 있었다.

“그게 내 【파밀리아】의 실력. 그게 이제까지 내가 쌓아온 지위.”

그 말은 후안무치하다고 할 만큼 오만함 그 자체였으나.

“나는 그걸 전부 **칩으로 걸겠어**.”

부도 명예도 영광도, 자신의 몸마저도 이 일전에 바치겠노라고, 미신은 그렇게 단언했다.

두 번째의 경악이 헤스티아와 벨을 엄습했다.

자신이 가진 모든 것을 헌상하고서 개전을 요구하는 『워 게임』.

여기에 패배하면 프레이야는 그야말로 벌거숭이 여왕으로 전락하고, 모든 것을 잃는다.

"너희는 얼마든지 도당을 짜도 상관없어. 밖에 있는 【파밀리아】하고 협력해도 좋아. 나는 내 【파밀리아】만으로 맞서겠어."

핸디캡까지 제공하는 자세는 그녀의 각오를 보여주고 있었다.

여왕의 관을 발밑에 내팽개치고, 여신은 단 하나의 존재를 바라보며 요구했다.

"승부를 내자, 헤스티아…… 그리고 벨."

침묵이 찾아왔다.

세 개의 시선이 교차하고, 서로 얽혔다.

제삼자의 위치에서 아스피가 마른침을 삼키며 지켜보는 가운데, 처음으로 입을 열었던 것은 헤스티아였다.

"프레이야…… 나는 네가 싫다. 솔직히 말했다. 네 방식에는 공감도 못 하겠고, 동정도 해주지 않아."

"……."

"내 아이들의 목숨까지 인질로 잡고, 벨을 상처 입히고…… 나는 너를 원망할 거고, 평생 경멸할 거다."

"……."

"……하지만 어째서 그렇게까지 벨에게 집착하지?"

자신의 말을 증명하듯 눈꼬리를 틀어 올리며 적의와 경멸을 보내던 헤스티아가 물었다.

"네가 사랑의 여신이라서? 정말로, 그냥 벨이 마음에 들었을 뿐이야? 어째서 네가 그 정도로 혈안이 되었어야 했지?"

거듭되는 물음. 이제는 멸시와는 거리가 먼 투명한 눈빛.

헤스티아는 입장도 권능도 버리고, 같은 여신으로서 물었다.

"프레이야…… 너는 사실은, 뭘 하고 싶었던 거지?"

돌아오는 대답은, 없었다.

깨진 창문으로 들이치는 냉기와 푸른 달빛이 옆얼굴을 쓰다듬는 가운데, 은발의 미신은 어렴풋이, 정말 알아보기 힘들 정도로 시선을 떨구었다.

벨에게는 그 모습이, 스스로도 아무것도 모르는 듯한, 길을 잃은 어린아이처럼 보였다.

침묵이 영원할 것을 깨달은 헤스티아는 조용히 숨을 내쉬고, 벨과 맞잡은 손을 꼭 쥐며 자신의 옆을 올려다보았다.

"벨…… 너는 어떻게 하고 싶으냐?"

누구보다도 사건의 피해자이며 당사자인 소년에게, 여신은 선택을 맡겼다.

이 결정에 가장 잘 어울리는 사람은 너일 거라고, 눈빛으로 고하며.

루벨라이트색 눈이 크게 뜨이고 입이 다물어졌다.

이윽고 벨은 맞잡았던 손을 천천히 풀고는, 한 걸음 앞으로 나왔다.

"……우리가 이기면, 제 소원도 들어줄 건가요?"

"……좋아. 뭘 바라겠니?"

냉담하게 되묻는 여신에게 소년이 고했다.

"시르 씨와 다시 한번 만나게 해주세요―― 아니."

고개를 가로젓고, 그것을 바랐다.

"『진정한 당신』을 가르쳐주세요."

"――――."

은색 눈이 크게 뜨이고, 말을 잃었다가, 이내 시선은 바닥을 향했다.

흔들리는 앞머리로 표정을 순식간에 지워버린 프레이야는 벨을 노려보았다.

"마음대로 하든가. 네가 바라는 『진정한』이 뭔지 나는 모르겠지만."

서로 받아들였다.

모든 조건을.

이를 지켜본 것은【페르세우스】.

조정자 헤르메스를 주신으로 둔 그녀의 증언 아래, 이날의 결정은 도시의 한뜻이 될 것이다.

"프레이야 님!"

아래층에서 올라온【프레이야 파밀리아】의 단원들이 문을 열어젖힌 것은 그와 동시였다.

프레이야가 조용한 신위를 뿜어냈다.

바람처럼 공간을 뒤흔든 여신의 위광에, 물밀 듯이 쳐들어오려던 단원들은 우뚝 움직임을 멈추고 무기를 내렸으며, 밖에서 싸우던 회그니를 비롯한 단원들 또한 흠칫 놀라 저택의 최상층을 올려다보았다.

오라리오에 공백이 발생하고, 모든 전투가 멈추었다.

눈을 크게 뜬 아이즈도, 얼어붙었던 류도, 【헤스티아 파밀리아】도, 【로키 파밀리아】도, 모든 이들 또한 여신이 있는 신실로 눈을 돌렸다.

"알았다…… 승부를 내자, 프레이야."

소년의 의지.

그리고 여신의 각오.

이 두 가지를 받아들여, 헤스티아가 수많은 권전을 뒤흔들 음성으로 말했다.

"워 게임이다!"

포효가 하늘로 터져나갔다.

선언은 이루어졌다.

약속된 것은 오라리오 사상『최대 규모의 워 게임』.

훗날『파벌 대전』이라 불리게 될 전투의 종이, 조용히 울리기 시작했던 것이다.

Double Role I
Suzuhito Yasuda

우스꽝스럽다고 한다면, 실제로 그랬겠지.

당시의 일은 지금도 기억한다.

조금 쌀쌀하던 봄날 아침.

그 아이를 본 것은 우연이었다.

영혼의 광채는 매우 조그마했다. 오탈 같은 권속들과는 비교도 할 수 없을 정도로.

하지만 아름다웠다. 투명했다. 내가 이제까지 본 적이 없는 색이었다.

——갖고 싶어.

처음 본 순간, 그렇게 생각했다.

아름다운 빛, 보기 드문 색, 강한 광채. 영혼의 본질을 꿰뚫어 보고 끌리는 나에게는 컬렉터라는 나쁜 버릇이 있다. 그때 처음으로 품었던 마음은 숨김없는 욕망뿐이었다.

뜨겁게 바라보던 나는 속으로 의미심장하게 웃고, 어린 토끼처럼 주위를 경계하는 아이에게 다가가, 품에 감추어 두었던 『마석』을 꺼냈다.

『이거 떨어뜨리셨어요.』

시작은 『거짓말』.

처음부터가 『거짓말』.

그때, 그 아이와 만났던 것은 『프레이야』가 아니라 『시르』였으니까.

『시르 플로버예요, 벨 씨.』

평소의 나였다면 당장 빼앗으려 했을 것이다. 소속 파벌을 알고, 귀찮은 일이 없을 거라면, 나쁜 마녀가 되어 다가가 잡아 왔을 것이다.

하지만 그때의 나는 자중했다.

왜냐하면『프레이야』가 아니라『시르』로서 만났으니까.

이것은 게임.『롤플레잉』.

그렇다면 평소와는 취향을 달리 해보기로 한 것이다. 신의 오만함도 조금만 참고, 한동안 성장을 지켜보고자 했다. 나니까 어차피 금방 참지 못하고 손을 댈 게 뻔하다고 단정하기도 했다. 그러니 처음만이라도…… 하고 생각했던 것이다.

게다가 나는 그때까지 몇 번이나 실패를 했다.

내 진정한 바람이란,『반려』를 만나는 것.

신이어도 아이여도 상관없다. 내 곁에 서기에 어울리는 존재를, 천계에서도, 이곳 하계에서도 찾아 헤매고 있었다. 그래서 나는 그 아이에게, 이제까지 본 적 없는 영혼에게 기대를 품고 있었다. 더 소중하게, 꼼꼼히, 그리고 신중하게, 그 영혼의 광채를 이끌어 내주기로 결심했다.

나를 아는 신들이 봤다면 굉장히 소극적이고 답답하다

고 할 만한, 이제까지와는 다른 『소년과 아가씨의 교류』가 시작되었다.

지금 생각해보면, 그것이 잘못이었는지도 모른다.

처음에는 생각한 대로였다.

나는 참지 못하고 실버백이라는 시련을 부추겼으며, 뭔가가 모자란다고 생각해 그리므와르를 주었다. 더 강해지도록, 나와 더 어울리도록. 주점에서 접하고 바벨에서 바라보는 하루하루 속에서, 미래의 『반려』에게 마음을 떨치며, 그 아이의 영혼을 갈고 닦으려 했다.

하지만 언제부터인가, 무언가가 이상해지기 시작했다.

갑작스럽지는 않았다.

조용히, 천천히, 나도 깨닫지 못한 사이에, 톱니바퀴가 제대로 맞물리지 않고 기묘한 소리를 내기 시작했다. 달빛을 받는 청령한 샘이 파문을 일으키며 투명한 물로 조금씩 신의를 오염시켜나가는 것만 같았다.

조짐은 있었다.

아이가 금세 죽어버릴지도 모르는 시련── 미노타우로스를 준비하면서, 『시르』로서 그 아이를 만났던 날 밤, 나는 이상한 소리를 했다.

『……모험은 하지 않아도 되는 것 아닐까요.』

모순이다. 웃음이 나버릴 정도로 우습다.

설령 영혼이 하늘로 돌아간다 해도 쫓아가기로 결심한 주제에 하계의 삶을 바라는 그 언동. 주점에서 돌아온 나는 혼자 고개를 갸웃거리고 있었다.

『롤플레잉』에 조금 깊이 몰두한 모양이다. 『시르』라면 그런 말도 하겠지만, 플레이어인 나의 신의는 다르다. 행동 판정에 지나치게 집착해버렸다. 그때의 나는 그렇게 결론을 내렸다.

그리고 사소한 어긋남은 늘어만 갔다.

그 아이의 몸을 걱정하고 지키기는 해도 개입의 빈도는 줄여나갔다. 영락으로부터의 회귀, 그리고 각성을 맞으려는 그 아이에게 다시 한번 미노타우로스라는 시련을 부추기려 했을 때조차, 나는 흥분하는 한편 『절대 죽여서는 안 된다』고 오탈과 권속들에게 엄명했다.

예전보다도 『여신』으로 있는 시간이 줄어들고, 반대로 『마을 아가씨』로 있는 시간이 확실히 늘어났다.

그 사실을 깨달은 나는 아연실색했다. 내 안에서 무언가가 바뀌고 말았다.

원인은 뭐지?

숫처녀처럼, 서툰 점심 도시락을 만들던 탓?

회른에게 받은 진명에 몸이 끌려가는 걸까?

아니면 그 아이가 너무나도 어리석고, 가엾을 정도로 순박하고 올곧아서?

닿을 리 없는 목표를 향해 부단히 달리는 모습이, 가능성이, 불변의 신에게는 부러울 정도로 눈부셔서?

모르겠다. 직접적인 이유가 있었다고는 생각할 수 없다. 굳이 따진다면, 왠지 그냥, 이라고밖에는 형언할 도리가 없다.

나는 어떤 때에도 그의 모습을 눈으로 좇고 찾게 되었다.

예를 들면, 그것은 점심 도시락을 건네줄 때.

그가 짓는 미소가 좋았다.

예를 들면, 그것은 다른 여자와 이야기를 나눌 때.

얼굴을 새빨갛게 물들이며, 내가 아닌 이성에게 놀림을 받는 모습이 조금 언짢았다.

예를 들면, 그것은 하얀 의지가 그늘을 보일 때.

고민하고 상처 입고, 그래도 고개를 들어 앞으로 나아가려 하는 그에게 힘이 되어주고 싶다고, 진심으로, 아무런 타산도 없이 생각했다.

예를 들면, 예를 들면, 예를 들면…….

열거하자면 끝이 없는 수많은 『예를 들면』을 거듭해, 웃음이 나올 정도로 시시하고 소소한 시간을 거쳐── 나는 그를 좋아하게 되었다.

영문을 모르겠지만, 그것이 너무나도 창피한 일임을 자각해 절대 인정하고 싶지 않았지만,

나는 그에게, 마음이 끌리고 있었다.

신으로서가 아니라, 여자로서.

인정해버린 후에는 편했으며, 간단했다.

하지만 동시에 여신으로서의 생각이 이 얼빠진 결과를 비웃고 있었다.

그렇지만 그렇잖아?

나는 롤플레잉 중인 아이에게── 게임 속의 주민에게 정말로 몰입해버렸던 것이므로.

이렇게나 우스울 수가 없다. 이렇게나 못 말리는 일이 또 있을까.

왜냐하면 『시르』는 『거짓』이니까.

내가 그저 연기하고 있을 뿐. 하계라는 게임판을 내려다보며 『마을 아가씨』라는 게임말을 움직이고 있을 뿐이니까. 평범한 보드게임과는 달리, 캐릭터들은 나무와 돌로 이루어진 게임말 따위가 아니라 의지를 가졌으며 생명이 있다. 하지만 그게 어쨌단 말인가. 목소리를 바꾸고 『시르』라는 게임말을 움직여 그들과 접하고 게임판을 부감하는 자신을 깨달았을 때, 가슴에 품은 것은 터무니없는 공허함이었다. 그것은 책 속의 등장 인물에게 마음을 불태워, 가공의 인물과 밀회하는 모습을 꿈꾸는 행위나 다름없다. 동화 속 나라의 주민이 될 수 없다는 사실은 누구나 다 안다.

하지만——

처음으로 발견했던 것은, 여신인 나.
끌려버렸던 것은, 마을 아가씨인 나.

그러므로 『프레이야』로서는 안 되는 것이다.
내가 쫓아가려 하던 것은, 틀림없이, 『시르』가 아니고선 의미가 없었다.
프레이야의 『목적』이 시르라는 『수단』과 뒤바뀌었다는 것은 그런 뜻.
그리고 나는 어느샌가 『여신의 족쇄』로부터의 해방을—— 수만 년도 전에 버렸어야 할 희망을 다시 품고—— 역시 『파탄』을 일으켰다.
그 결과가, 지금.
『시르』로는 이제 아무 것도 손에 넣을 수 없다. 그렇다면 『시르』라는 게임말은 버리고, 원래의 자신으로 돌아갈 뿐. 원래 품었던 욕구에, 『프레이야』에 충실해진다.
그 영혼을 나의 것으로. 미칠 듯한 『반려』를 나의 곁으로. 아무에게도 넘겨주지 않아.
증명은 하나도 필요 없어. 결국 나에게는 『사랑』밖에 없어.
그런 나를 게임판 위에서 올려다보며, 아냐는, 그 아이들은 "너는 시르가 아니야"라고 말했다.
"시르를 돌려줘."

그렇게도 말했다.

웃음거리지. 『시르』 따위 없다고 했는데도. 우스꽝스러운 그녀들에게도, 분명히 감상을 품어버린 나에게도 웃음이 났다. 나는 약간, 지나치게 오래 『시르』로 있었던 것 같다.

그리고, 그런 허점에 파고들어, 그와 헤스티아가 게임판을 뒤집어버렸다.

……아니.

……아니야.

『목소리』였어

어디선가 계속 들려왔던 『목소리』가, 나를 현혹하고 있었다.

——언제쯤 되면 진짜 『바람』을 깨달을 거야?

아아, 시끄러워.

분명히 없애버렸을 『누군가』의 목소리가, 마음속에서 메아리치고 있다——.

소속: 【헤스티아 파밀리아】

종족: 휴먼

직업: 모험자

도달계층: 제37계층

무기: 《헤스티아 나이프》

소지금: 87,890발리스

《영광의 파밀리아 클로스》

- 【프레이야 파밀리아】의 제복. 흰색과 은색이 베이스.
- 배틀클로스로서도 뛰어난 성능을 가졌다. Lv.3 이상의 단원은 스스로 개조를 하는 것도 허락되며, 벨이 입은 것은 표준 타입.
- 착의가 허락된 자에게는 미신의 눈에 들었다는 『영광』과 함께 밤낮으로 목숨을 걸고 싸워야 하는 『시련』이 약속된다.

스테이터스

Lv.4

힘: SS1033 내구: SSS1218 기교: SS1041 민첩: SS1089 마력: S965

행운: F 내성: G 도주: I

《마법》

【파이어볼트】 · 속공마법.

《스킬》

【리아리스 프레제】 · 조숙한다.

· 마음이 이어지는 한 효과 지속.

· 강도에 따라 효과 향상.

【아르고노트】 · 액티브 액션에 대한 차지 실행권.

【옥스 슬레이어】 · 맹우 계열과 전투 시 모든 능력 초고보정.

《한 쌍의 펜던트》

· 두 개를 합쳐 하나가 되는 액세서리.

· 『정령』은 부서졌으며, 남은 것은 벨이 가진 『기사』뿐.

『아아, 그렇다, 성녀 벨린다.

사랑 다음에 얻은 것. 그것이 그녀를 망가뜨렸다.

그리고 사랑 그 자체가 너를 미치게 하였다.

너의 마음에 도사린 마물이 발톱을 휘둘러 그녀를 죽였던 것이다.』

· 성 플루란드 대성당, 비밀방의 수기 『기사의 참회』에서 발췌

후기

작가: "여성은 말이죠, 화장을 한 다음과 전은 다른 사람이에요."

편집자: "호오."

작가: "뭣하면 화장을 하지 않고도 기합을 넣어서 다른 사람이 될 수 있죠."

편집자: "그래서?"

작가: "다시 말해 시르 씨는 프레이야 님의 쌩얼 버전이었던 거예요."

편집자: "그렇구나 뭔소리래."

아무리 역설해도 이해를 얻지 못했으므로, 유일한 비법에 설정을 덧붙인 제17권 되겠습니다.

제16권에서 이어서 이번에도 에피소드를 끝내지 못해 죄송합니다. 아무리 그래도 800페이지 오버는 무리였어요. 최대한 빨리 다음의 『시르 편』 혹은 『프레이야 편』 완결권을 전해드리고자 애쓰고 있사오니 조금만 더 기다려주시면 고맙겠습니다.

그리고 이번에도 내용을 건드릴 수는 없으니 추억담이라도 조금 풀어볼까 합니다.

GA 문고에 응모했던 『던전만남』의 투고작은 사실 종반의 전개가 달랐습니다.

몬스터 필리아에서 몬스터에게 쫓겼을 때, 주인공과 함께 도망치던 것은 어린 여신님이 아니라 회색 머리 여자아이였습니다.

여신님이 나이프를 가져와 주는 전개부터는 같지만, 당시의 편집자님이 "헤스티아를 제대로 메인으로 놓죠"라고 조언해주셔서 당시의 저도 수긍하고 수정했습니다.

응모 원고를 다시 읽어보면서, 이건 나중에 어떻게 하려고 썼더라, 하고 여러 가지를 새삼 떠올려 봤습니다만, 그 무렵부터 주점 아가씨가 특별한 여자아이였다는 점만은 줄곧 변함이 없었습니다.

그녀가 이르게 될 『꽃밭』은 당시의 제가 마음속에 그렸던 장소와 같을지, 지금은 그런 생각을 하고 있습니다.

그러면 감사의 말씀으로 넘어가겠습니다.

새로이 담당이 되신 우사미 님, 앞으로도 잘 부탁드립니다! 계속해서 오모리의 감시자인 키타무라 편집장님, 부디 힘내주세요. 이번에도 매력적인 일러스트로 이야기를 장식해주신 야스다 스즈히토 선생님, 늘 고맙습니다. 미디어믹스를 포함해 던전만남이라는 작품에 힘을 보태주시는 관계자 분들께도 깊은 감사 드립니다. 그리고 이 책을 읽어주신 독자 여러분, 정말로 고맙습니다.

여기서부터는 다른 작품의 이야기가 되겠습니다만, 한

가지 선전을 하겠습니다.

2021년 4월 9일 코단샤에서, 오모리가 스토리를 담당한 『지팡이와 검의 위스토리아』 1권이 간행됩니다. 작화 담당은 신인이신데도 맹자 레벨의 필력을 가진 아오이 토시 선생님입니다.

싫증내지도 않고 『던전만남』과 같은 던전 판타지입니다.

그와 동시에 『검과 마법』을 한층 강하게 의식하고 있습니다.

여러분께 설렘을 전해드릴 수 있기를 매일 바라며, 제가 생각하는 왕도의 전개를 최선을 다해 쏟아낼 예정이오니, 『던전만남』과 함께 읽으며 비교해주시면 기쁘겠습니다.

여기까지 읽어주셔서 고맙습니다.

그러면 이만 실례합니다.

오모리 후지노

던전에서 만남을 추구하면 안 되는 걸까 17

2021년 6월 30일 1판 1쇄 발행

저　　자 오모리 후지노
일러스트 야스다 스즈히토
옮 긴 이 김민재
발 행 인 유재옥
본 부 장 조병권
담당편집 정영길
편집 1 팀 이준환 박소연
편집 2 팀 정영길 조찬희 박치우
편집 3 팀 오준영 곽혜민
미　　술 김보라 서정원
라이츠담당 한주원
디 지 털 박상섭 이성호 최서윤
발 행 처 ㈜소미미디어
제 작 처 코리아피앤피
등　　록 제2015-000008호
주　　소 서울시 마포구 토정로 222, 403호 (신수동, 한국출판콘텐츠센터)
판　　매 ㈜소미미디어
마 케 팅 한민지 이주희
경영지원 최정연
전　　화 편집부 (070)4164-3962, 3963 기획실 (02)567-3388
판매 및 마케팅 (070)4165-6888, Fax (02)322-7665

ISBN 979-11-6611-965-1 (04830)
979-11-950162-0-4 (세트)